KB261615

그 남자의 소설

그 남자의 소설

자음과모음

차례

테이프로 굳게 봉인된 봉투는 꽤 두툼하다. 발신인은 그 사람이다. 옆으로 비스듬히 누운 필체. 왜 하필이면 이때 이 사람은 정혜규 편집장에게 우편물을 보낸 것일까? 민기태가 대한민국 평론가상을 수상한다고 문단이 떠들썩한 이때. 그 사람이 쓴 소설 대부분을 가장 잘 평했던 민기태다. 그 사람 소설이 오늘의 민기태를 만들었다고 해도 과언이 아닐 만큼. 작가는 사라졌고, 작품과 평론가만 남은 셈이다.

우편물에서 그 사람 이름을 보기 전까지 정혜규 편집장은 새까맣게 잊고 있었다. 아니, 민기태가 신문 문화면에 그 사람의 천재성에 대해 대서특필했고, 수상 인터뷰에서도 그 사람이 쓴 작품을 거론하기 전까지 그는 존재하지 않은 사람이었다. 일 년 전 험악한 인상의 그 사람 친구가 찾아온 것이 계기가 되어, 정혜규 자신이 감옥에 있는 그 사람에게 편지를 보냈던 사실도 잊어버렸다. 그 사람에게 아무 연락이 없자 안도했고 바쁜 일상으로 돌아왔으니까. 그는 기억 속에 의식적으로 지워버리고 싶은 사람이었다. 양심의 심연에 박힌 사금파리에 깊이 베이고 싶지 않아서 더 그랬는지도 모른다. 그럴수록 기억의 맨살을 헤집고 삐죽이 솟아오르는 그 사람.

그 사람은 등단작 한 편으로 오래전에 사라진 소설가다. 그러나 소설은 끊임없이 발표해왔다. 얼굴도 이름도 없는 작가. 정혜규는 손바닥으로 얼굴을 쓸어내린다. 빨간 사인펜 진액이 인주처럼 묻은 손가락들이 파르르 떨린다. 뭉개진 얼굴의 그 사람이 떠오른다. 청신하던 눈빛만 선연하다.

정혜규는 사무실 측면에 붙은 유리창에 시선을 준다. 출판사가 통째로 쓰고 있는 10층 창밖으로 종로 거리가 한눈에 들어온다. 꽉 막힌 차량들. 오후 세시가 넘은 시각인데도 종로 시가지의 정체는 극심하다. 십수 년 출판인으로 지내면서 만성으로 굳어진 정혜규의 위장 같다.

소인은 안양 우체국으로 찍혀 있다. 그 사람이 있는 곳. 그 사람이 발신인이 아니었다면, 정혜규는 책상 저편으로 봉투를 밀어 던졌을 것이다. 책 출간을 의뢰하는 일반 투고 원고라는 지레짐작으로.

누런 봉투 하단 귀퉁이가 막 비어져 나올 참이다. 내용물에 비해 턱없이 약한 봉투. 봉투를 조심스럽게 뜯는 정혜규의 가슴 밑바닥에 파문이 인다. 암벽에 부딪히는 거센 물결처럼. 내용물을 보자마자 손이 멈칫한다. 워드프로세서로 타이핑된 A4 용지가 아니다. 2센티미터 두께는 족히 될 스프링 노트. 파란색 하드커버로 된 겉장을 넘긴다. 줄에 맞춰 빼꼭히 들이찬 글씨가 눈에 들어온다. 예의 봉투에 쓰인 필체다. 정혜규는 자기 몸 어딘가에서 가냘픈 유리가 파열음을 내며 부서지는 소리를 듣는다.

　　그 남자의 소설.

　　맨 위에 쓰인 글자다. 제목일까? 정혜규에게는 한마디 인사말조차 없다. 지극히 그 사람답다는 생각을 한다. 그 아래 지우개로 여러 번 지운 흔적 위에 거듭 쓴 글자 행렬이 꼬물거린다. 글자는 살아 움직이는 듯하다.
　　육필 원고. 명치가 먹먹해오면서 콧날이 시큰하다. 연민도 동정도 아니다. 쓰고 매캐한 비애의 감정이 왈칵 치밀었을 뿐이다. 중지를 치켜세워 눈꼬리에 스민 물기를 찍어낸다.
　　어느덧 정혜규는 숙련된 편집자의 눈으로 글자의 행로를 따라가고 있다.

　　귓전에 소음이 떠나지 않았다. 깊이 잠든 짐승의 나지막한 숨결로 들리기도 했다. 공기 속에 스며든 소음의 숨결은 내 울퉁불퉁한 맨살을 차갑게 쓰다듬었다. 8월도 다 갔다. 여름 끝물 더위에 짙은

녹색 나무들이 축축 늘어지고 있었다. 창밖 풍경이다. 바깥은 아
직 후텁지근할 것이다…….

1. 둘이지만 하나: 용민

귓전에 소음이 떠나지 않았다. 깊이 잠든 작은 짐승의 나지막한 숨결로 들리기도 했다. 공기 속에 스며든 소음의 숨결은 내 울퉁불퉁한 맨살을 차갑게 쓰다듬었다. 8월도 다 갔다. 어름 끝물 더위에 짙은 녹색 나무들이 축축 늘어지고 있었다. 창밖 풍경이다. 바깥은 아직 후텁지근할 것이다.

소음이 제로에 가까운 최신형 에어컨디셔너. 천장에 설치되어 있는 터라 실내에는 에어컨 외풍기 팬 돌아가는 소음이 철저히 차단되었다. 그런데도 나는 그 소음에 민감하게 반응했다. 후각 기능이 거의 상실되면서 유독 청각 기능만이 예민해진 것인지도 몰랐다.

공기 정화 기능이 옵션으로 들어 있는 에어컨디셔너는 실내를 쾌적하게 유지시켰다. 자연에 가까운 천연 바람. 천장에서 나를 감시하듯 내려다보는 그것의 광고 카피다. '자연에 가까운'이라는 말은 광고 문구로는 적합하지 않다. 자연과 경쟁해서는 영원히 도달할 수도, 능가할 수도 없다는 경고문처럼 들리기 때문이다. 어쨌든 나를 감싸는 바람은 자연과 도저히 같을 수 없는 인공인 것이다.

어쩌면 그녀도 그 때문에 늘 초조한 것일지도 몰랐다. 내가 당분간 작품을 쓰기 어렵다고 한 후, 그녀의 조바심은 극에 달해 있다. 자연과 인공 사이의 갭. 진짜와 가짜 사이의 갭.

에어컨 바람이 공기의 일부분인 것처럼 느낀 지 오래였다. 내 몸의 화염 자국이 화끈거릴까 봐 에어컨을 줄곧 가동한 탓이었다.

나는 읽던 책을 책꽂이에 꽂고 유일하게 멀쩡한 손으로 휠체어 바퀴를 천천히 굴렸다. 책상 앞으로 가기 위해서다. 오동나무로 특별히 제작한 앤티크 책상은 견고한 데다가 품위가 돋보였다. 잘 모르긴 해도 영국 황실의 어느 것과 비교해도 결코 손색이 없을 것이다. 그녀는 나에게 언제나 최상의 것을 제공한다.

춘천 외곽 신북읍 천전리의 작은 별장. 내가 살고 있는 곳이다. 양쪽으로 채마밭을 거느린 고샅길을 지나, 도보로 십 분 거리에 소양강이 있다. 그녀가 나를 위해 준비한 아늑하고 조용한 집필실이다. 인가에서도 뚝 떨어져 있어서 타인의 눈에 띄지 말아야 하는 나에게는 최적이다. 아니, 나보다는 그녀에게 최적의 장소일 테지만.

삼십 평 남짓의 실내에서 가장 큰 평수를 차지하는 곳이 욕실이 붙은 침실과 집필실이다. 내가 주로 사용하는 전용 공간이다. 그녀가 오면 그녀와 함께 사용하는 공간이기도 하다. 침실과 집필실 사이에는 내가 수시로 드나들 수 있는 문이 있다. 그 밖의 공간인 주방 겸 거실과 곁방은 매번 갈리는 가사도우미의 동선이다. 휠체어가 쉽게 드나들 수 있도록 실내의 모든 방에는 문턱이 없다. 작은 마당에는 화장실과 창고가 있다. 가사도우미와 가끔 별장 안팎을 돌보는 일꾼들이 그 공간을 이용하는 걸로 알고 있다.

책상이 놓인 전면의 벽은 통창으로 되어 있다. 나지막한 수풀 사이로 소양강이 굽이치는 전경이 한눈에 들어왔다. 해가 지고 어둠이 깔리면 책상 앞 통유리는 거울이 되었다. 흉측스런 나의 전신이 고스란히 비치는 검은색 거울. 거구의 괴물! 살찐 몬스터! 휠체어에 웅크린 두꺼비! 거기에 비친 내 모습이었다.

검은 창을 통해 보게 된 내 모습은 어디론가 몸을 숨기고 싶을 만큼 충격적이었다. 사고 후 나는 거울을 보지 않았고 집 안의 거울은 금기였으니까. 나는 괴성을 질렀다. 사람이 낼 수 있는 비명이 아니었다. 화상으로 입 외관은 손상되었지만 목젖과 혀는 제 기능을 하는데도 그것은 짐승의 울부짖는 소리와 다르지 않았다. 주방에 있던 가사도우미가 황급히 뛰어왔지만 나의 발작은 멈추지 않았다. 연락을 받은 그녀가 한달음에 달려왔다. 쉬, 쉬. 이제 그만, 그만. 착하지. 그녀는 나를 끌어안고 토닥였다. 그녀의 품 안에서 나는 비로소 작은 짐승처럼 순해졌다.

그날 이후 그녀는 내 집필실에 있는 통유리 전면에 자동 블라인드를 설치했다. 어스름이 질 때에 맞춰 여러 겹의 인조 나무판으로 된 블라인드는 천천히 내려와 어둠을 차단했다. 창틀까지 내려온 블라인드는 아침이 될 때까지 굳게 다문 입을 열지 않았다. 계절에 따라, 해가 지는 시각과 해 뜨는 시각 차이가 있을 텐데도 블라인드는 해의 방향에 따라 정확하게 내려가고 올라갔다. 충직한 인공지능의 기계 장치였다. 블라인드가 어떻게 조종되는지 몹시 궁금했지만 그녀에게 묻지 않았다. 그때 알았다. 그녀와 소소한 대화가 끊어졌다는 것을.

아직 블라인드가 내려오려면 서너 시간이 남아 있었다. 오늘 써내야 할 원고도 딱 그만큼 남았다는 뜻이기도 했다. 언제부터였는지 몰라도 블라인드의 작동이 나의 작업 시간과 일치되고 있었다. 블라인드가 걷히기 무섭게 노트북을 부팅했고 블라인드가 내려올 즈음이면 모니터의 종료 버튼을 눌렀다.

나는 노트북에서 얼굴을 들어 멍한 시선으로 창밖을 바라보았다. 가파른 둔덕이 있고 그 아래 채마밭은 보이지 않았다. 둔덕과 채마밭 너머 소양강 물줄기가 흘렀다. 두텁게 층위를 두른 하얀 물안개가 축축한 느낌으로 전달되었다. 물속에 우유 몇 방울을 떨어뜨린 듯한 부유스름한 운무까지 끼어 강 근처의 풍경은 사뭇 몽환적이었다. 원고가 막힐 때 창을 바라보는 것이 내가 할 수 있는 유일한 행동이었다. 그 외에 습관이 하나 더 있는데 와인을 즐기는 것이다. 정확히 기억은 나지 않지만 철저하게 알코올을 금지했던 그녀가 와인은 한두 잔을 허용하기 시작하면서 생긴 것 같다. 블라인드가 내려오는 시각에 맞춰 노트북을 닫으면 와인을 찾는 내 혀끝의 돌기는 빨판처럼 옴죽거렸다.

노트북 옆에 놓여 있는 탁상 달력을 집어 들고 차례로 넘겨보았다. 1월부터 7월의 달력 네모 칸에는 빈 공간이 거의 없었다. 동글납작한 그녀의 필체와 옆으로 흘려 쓴 나의 필체가 뒤섞여 있어서 가까이 들여다보아야 글씨를 알아볼 수 있었다. 빽빽하게 들어찬 원고 스케줄은 그녀의 스케줄인 동시에 내 스케줄이기도 했다. 그녀와 나는 둘이지만 하나다. 자웅동체. 내가 그녀 안에 있을 때, 그녀의 귓속에 뜨거운 숨을 불어넣으며 한 말이었다. 내 말을 듣는 그녀의 표정이 의아했다. 그런데 그 말이 왜 그렇게 슬프게 들리지? 그녀가 반문했다.

오늘 날짜로 분명 넘겨야 할 마감 원고가 한 꼭지 있었는데 그녀로부터 아무 연락이 없다. 무작정 원고 청탁을 받아오는 그녀에게 너무 힘들다고 불평한 적이 있었다. 그녀는 전혀 생각하지 못했다는 표정으로 눈을 동그랗게 떴다. 오! 이런. 그렇게 힘들었단 말이야. 어쩌나. 말을 하지, 왜. 그녀가 측은한 눈빛으로 나를 바라보았다. 나는 그녀의 그런 눈빛에 환멸을 느꼈다. 그녀를 외면하며 못을 박듯 말했다. 이제 무작정 원고 청탁을 받아오면 난 거부할 테니까 그렇게 알아.

그러나 그 후에도 그녀는 여전히 무리하게 원고 청탁을 받아왔다. 나는 일부러 원고 마감 날짜를 어겼다. 처음 있는 일이었다. 그녀는 난색을 표했다. 너는 내가 원고 마감 약속도 지키지 못하는 얼치기 작가였으면 좋겠니. 눈을 하얗게 흘기며 팔짱을 낀 그녀가 나를 내려다보며 한 말이었다. 여간해서 그녀는 나를 내려다보지 않았다. 항상 휠체어 앞에 쪼그려 앉거나 무릎걸음으로 다가와 나와 눈높이를 맞추었다.

그런데 이상한 일이 일어났다. 원고 마감 날짜를 어길수록 출판사나 잡지사는 원고에 더 목말라했다. 리영 작가님께, 로 시작하는 그녀 앞으로 온 메일 내용이 그랬다. 리영은 그녀의 필명이다. 데뷔 때 그녀가 정한 필명은 그녀에게 매우 잘 어울렸다.

차츰 일주일에서 보름을 넘기는 것도 예사가 된 지 오래였다. 가끔 펑크를 내기도 했다. 그럴 때마다 그녀는 조바심으로 끌탕을 했지만 아무도 의심하지 않았다. 그녀의 태도도 바뀌었다. 사람들이 나 정도의 네임밸류 작가는 그렇게 해야지 더 값이 올라간다고 하더라. 그 말을 하는 그녀의 목소리에 경박한 웃음이 깔려 있었다. 그리고 나를 독려하기까지 했다. 괜찮아. 천천히 해. 네가 글 쓰는 기계는 아니잖니. 잠시 위안은 되었지만 사실이 아니어서 인정하고 싶지 않았다. 나는 그녀에게 글 쓰는 기계에 불과했으므로.

나는 탁상 달력을 앞으로 끌어당겼다. 그러나 8월 29일 월요일인 오늘 날짜에 체킹된 원고는 없었다. 머리를 갸웃거리는 사이 기억이 불쑥 올라왔다. 여성 잡지에 보낼 에세이 한 꼭지가 있었지만 캔슬시켰다고 했던 일. 요즘 왜 그렇게 깜박깜박하는지 모르겠다. 두 뇌의 한쪽이 함몰되거나 결락된 기분이었다. 과부하가 걸린 걸까. 나와 그녀 사이에 작은 마찰이 있은 직후 취소했던 원고였는데, 까맣게 잊고 있었던 것이다.

내 말 한마디가 발단이었다. 에세이 정도는 써봐도 되지 않아?

내가 그런 잡문까지 일일이 써줘야 해? 그녀가 쓸 수 없다는 것을 알면서도 공연히 어깃장을 부려본 것이다. 그녀의 눈동자가 미세하게 흔들렸다. 알았어. 내가 한번 써보지, 뭐. 그녀는 내 생각과 달리 순순히 응했다. 그렇게 돌아간 그녀에게서 문자가 날아왔다. 에세이 원고 캔슬 시켰다고. 그 문자를 읽으면서 나는 내 안에 웅크린 작은 짐승 한 마리와 대면하고 있었다. 그 후에 나는 그녀에게 선언했다. 글이 나오지 않는다고. 당분간 못 쓰겠다고. 그녀는 아랫입술을 깨물며 중얼거렸다. C출판사에 써주기로 한 단편은? 오래전에 약속한 원고였다. 그것까지는 어떻게 해볼게. 내 대답에 그녀의 얼굴에 안도감이 스쳤다. 그녀도 내 안에 발톱을 곤두세우며 갸르릉, 하는 그것을 본 것일까. 나도 정확히 모르는 짐승의 실체.

단편은 다음 달 초까지 넘기기로 되어 있었다. 착상과 구상, 인물 배치와 설계도까지 다 작성했다. 그러나 머릿속이 깨끗했다. 마치 한글 파일 빈 문서의 흰 여백처럼. 간신히 만든 첫 문장이 딜리트 키의 뒷걸음질에 의해 잡아먹히기를 수십 번. 다음 문장이 나와주지 않아서다. 다음 문장을 부르지 못하는 앞 문장은 실격이었다.

한때는 그녀가 나의 이런 자잘한 고통을 조금이나마 이해주었으면 하는 바람을 품은 적도 있었다. 글을 쓰는, 아니 글을 만드는 고통을 말이다. 나는 궁금했다. 그녀가 리영이라는 이름으로 세상에 나가 작가 행세를 할 때의 모습이. 인터넷 포털 사이트 몇 군데만 검색해도 그녀를 볼 수 있지만 그건 박제에 불과하다. 시시각각으로 변하는 표정과 생각이 담긴 눈동자 속에 그녀는 창작의 고통을 어떻게 표현하고 전달하는 걸까. 독자는 속일 수 있을지 모른다. 그러나 동료 작가나 평자, 출판 관계자의 눈까지 속일 수 있을까, 하는 의구심이 고개를 치켜세우곤 했다. 어쩌면 그래서였는지도 모른다. 에세이를 써보라고 했던 것이. 다분히 내 의도가 깔린 심술이었다. 그녀 스스로 자멸하는 날이 과연 올까? 그걸 기대하는 내가 어리석은 걸까? 물론 에세이 한 편이 그날을 앞당길 수 없는 일이겠지만.

흰 모니터 위에 C출판사에 넘길 단편의 첫 문장을 썼을 때였다. 현관문 열리는 소리가 들렸다. 곧이어 가사도우미의 슬리퍼 끄는 소리가 났다.

"오셨어요."

목소리를 낮추라는 그녀의 주의에도 불구하고 도우미의 목소리는 높고 컸다. 그녀가 검지를 치켜세우며 살짝 미간을 찌푸리는 모습이 그려졌다. 가사도우미는 수시로 갈렸다. 내가 까다로워서가 아니었다. 짐작하건대 별장에 도우미를 들이는 일은 그녀가 가장 신중을 기하는 일이라서 그런 게 아닌가 싶었다. 내 일상을 위해서 최고급의 의식주와 최신식의 가전제품을 마련하는 것과는 비교도 되지 않을 만큼 온 신경을 곤두세우는 일. 가사도우미는 세상 밖에 은둔한 내가 소통할 수 있는 유일한 세상 사람인 탓일 것이다. 그녀가 선호하는 가사도우미의 조건은 육십 후반에서 칠십을 웃도는 나이로 세상 물정에 어둡기 그지없고 학력이 낮은 사람이었다. 거기다 연고나 친인척도 별로 없는 조건까지 구비해야 했다. 그래서 한동안 조선족 여자가 몇 차례 드나들기도 했다.

이번 도우미 아줌마는 귀가 좀 어두웠다. 아줌마의 목소리가 높고 큰 까닭은 거기에 있었다. 아줌마의 여러 조건이 그녀의 도우미 매뉴얼에 부합되었을 것이다. 그 매뉴얼에 귀가 어두운 조건은 참고 사항의 항목이었을 것이라고 유추할 따름이었다.

백여 평 남짓한 마당과 삼십 평 정도의 주택의 관리를 하기 위해서 계절별로 인부를 불렀다. 근처 인가와도 뚝 떨어져 있기도 했지만 결코 근동에서 일꾼을 소개받지 않았다. 그녀는 글과는 상관없는 다른 방면에서는 꽤 용의주도한 편이었다. 아니, 그녀가 다른 사람보다 훨씬 더 용의주도하다는 생각은 하지 않는다. 다만 자신의 생사여탈이 걸린 문제나 극단적인 상황에서 머리가 빠르게 돌아가는 것이 인간이라고 생각을 할 뿐이다. 그녀의 일련의 활동들은 처음 우리가 관계를 맺으면서 이루어진 무언의 계약이므로 딱히 나도 불만을 가질 일은 아니다. 조용하고 안락한 환경에시 글을 쓸 수만 있다면 그것으로 충분하지 않겠느냐고 그녀가 반문했다. 나는 입을 다물고는 긍정도 부정도 하지 않았다.

그녀가 노크도 없이 방문을 비긋이 열었다.

"나 왔어."

그녀의 목소리가 하이 톤이었다. 그녀는 누런 서류봉투를 양손으로 모아 가슴에 끌어안고 있었다. 그녀는 최종본 원고나 새 책이 나오면, 저렇게 끌어안는 버릇이 있었다. 책이 나올 때마다 나에게 가장 먼저 가져오는 그녀였다. 꼭 저 모습으로 말이다. 하지만 현재로서는 출간될 책이 없었다. 뭘까? 궁금했지만 묻지 않았다. 쥐어 짜내듯 써낸 네번째 장편이 작년에 나와서 생각보다 좋은 반응을 얻고 있었다. 그녀는 곧바로 다섯번째 장편을 재촉했다. 그것은 내가 원고 청탁을 어긴 시기와 묘하게 맞물렸다. 그녀의 채근을 묵묵 부답으로 대신하고 있는 중이다.

그녀의 눈이 웃고 있었다. 나는 그녀를 힐끗 올려다보았다.

"안 궁금해?"

그녀가 입을 쫑긋했다.

"뭔데?"

내가 물었다.

"소설."

윗입술을 빨며 그녀 특유의 표정을 지어 보였다.

"누구 소설?"

나는 휠체어를 그녀 앞으로 굴렸다. 웬만한 책이나 소설은 온라인 서점으로 구입하고 있어서 그녀가 책을 가져오는 일은 드물었다. 출판사나 동료 작가에게 받은 책도 많을 텐데, 그것은 그녀 선에서 처리하는 것 같았다.

"음, 내가 쓴 소설."

그녀가 손가락을 튕기며 배시시 웃었다. 나는 그녀를 힐끗 쳐다보았다.

"나보고 한번 써보라며? 그래서 써봤어."

나는 그녀의 말이 얼른 이해가 되지 않았다. 소설 공부를 지금부터 해보려고 한다는 말일까. 내 표정이 저절로 구겨졌다.

"왜 그래, 표정이? 나는 소설 쓰면 안 되나. 이미 출판사에 넘겼어."

"그게 무슨 말이야?"

내 목소리가 높아졌다.

"당연한 절차잖아. 어느 출판사나 내 원고에 목을 맨다는 거 알잖아. C출판사에서 단편 청탁하면서 장편을 계약했었어. 너는 아무런 반응도 없었잖니. 그래서 내가 한번 해봤어."

내 입에서는 저절로 바람 빠지는 소리가 났다. 그녀에게 비웃음으로 들렸어도 상관없었다. 너 지금 나 비웃는 거지? 그녀 표정이 그랬다.

"두고 갈게. 읽어봐."

그녀는 쌩한 목소리로 말하며 책상에 봉투를 툭, 던졌다. 자신이 소중하게 끌어안고 왔다는 사실을 망각한 채. 아니, 내 잎에서 대수롭지 않다는 것을 보여주기 위한 제스처로 보였다. 소설 그까짓 것, 써보니까 별거 아니던데, 라고 말하는 듯했다. 도대체 뭘 썼다는 걸까. 그녀에게 장편을 쓸 필력이 있다는 게 신기할 뿐이었다.

지난 육 년 동안 나는 그녀의 충직한 하수인이었다. 그녀의 글을 생산해주는 기계. 그러나 어느 순간, 그 어느 순간이 바로 그때였던 것 같다. 내가 원고 마감을 어기기 시작한 그때. 내 기계가 삐꺽거리는 경보음을 냈다. 마모된 톱니가 엇갈리면서 불량품이 나올 것 같은 불안감이 나를 짓눌렀다. 물론 너무 미세해서 그녀는 감지하지 못했다. 아니, 사실 매너리즘에 빠진 나도 체감하지 못했다. 습관처럼 써온 글은 여전히 그런대로 나오고 있었으니까. 엿가락 뽑듯 그렇게. 글에 탄력이 없고 힘이 부치는 것 정도는 자연스런 고통이라고 자위했다. 한동안 뜸했던 그의 쪽지가 아니었다면, 나는 계속 그렇게 썼을 것이다. 네번째 장편에 대해 따끔한 질타를 해왔다. 그는 역시 예리한 사람이었다. 그때 알았다. 내가 다음 소설을 쓰기까지 재충전의 시간이 아주 많이 필요하다는 것을.

"거의 최종 원고라고 해도 무방해. 그래도 네가 한 번은 살펴봐야 하니까 가져왔어."

최종 원고라니? 내 귀가 의심스러웠다. 그녀가 쓴 소설을 출판사에서 오케이를 했다는 말인가? 출간되기 이전에 작가와 출판사 간의 원고 수정 협의를 거치는 과정을 그녀가 통과했단 말인가? 내 머릿속에 갈고리의 의문부호가 명멸했다.

"너 미쳤니? 네가 무슨 글을 쓴다고."

나는 대놓고 그녀를 빈정거렸다. 그녀 보란 듯 헛웃음을 흘리면서.

"너 웃긴다. 왜? 글은 너만 쓰란 법 있니? 네가 아무리 그래도 작가는 나지, 네가 아니야."

반격이 만만치 않았다. 그녀 입가에 매달린 조소. 언제부턴가 우리는 입만 열면 서로를 할퀴고 있었다. 나는 지그시 어금니를 깨물었다.

기우뚱한 몸을 외로 비틀고는 봉투를 끌어당겼다. 원고를 보고 맘껏 비아냥거려주리라. 책꽂이 앞에 있는 의자에 다리를 꼬고 앉은 그녀가 담배를 꺼내 불을 붙였다. 나는 조금 전의 분노도 잊은 채 어느새 담배 피우는 그녀를 곁눈질하고 있었다. 턱을 살짝 치켜 뜬 옆얼굴의 실루엣과 목선 아래 깊이 파인 브이넥 민소매 카디건 속 가슴골이 내 시선을 붙들었다. 내 감정과 몸은 어느새 무장 해제되고 있었다. 내가 작품 속에서 그려낸 수많은 여자들은 그녀를 닮았지만 결코 그녀를 능가하진 못했다. 오렌지 빛 입술 사이로 가느다란 연기가 피어올랐다. 그 연기 끝자락에 내 숨결을 불어넣고 싶은 충동이 일었다. 그녀의 입술은 아무리 녹이고 빨아도 줄어들지 않은 사탕이었다. 빨고 있어도 그 달콤함에 안달이 나서 더 빨고 싶은 맛. 성급함에 와작, 깨물고 싶지만 그녀를 다치게 할 수는 없어서 늘 조심스러웠던 순간이 떠올랐다.

사무용 집게로 묶인 A4 용지 원고가 봉투에서 나왔다. 유년의 자화상. 소설 제목이었다. 그 아래 그녀의 필명이 있었다. 네 권의 장편과 한 권의 중단편 소설집, 그리고 한 권의 산문집을 낸 리영이라는 이름의 작가가 쓴 첫 소설. 아이러니컬한 말이지만 명백한 현실이다. 나는 입속으로 제목을 읊조렸다. 유년이라고? 그 단어가 목에 걸려 따끔거렸다. 그녀의 유년에서 내가 배제될 수 없는 까닭이었다. 무슨 이야기를 쓴 걸까? 생각의 갈피가 뒤죽박죽 섞이고 있었다. 그녀 스스로 와해될 수 있을지 모른다는 사실에 쾌감이라도 느껴야 하는 걸까? 그러나 딱히 그런 기분만은 아니다.

나의 창작물이, 고통의 산물이, 버젓이 그녀의 이름을 달고 세상에 나올 때마다 내가 속으로 삼키는 단어가 있었다. 박제. 그녀는 책의 박제만을 소유할 뿐이라고. 책 속에 엄연히 존재하고 있는 뼈, 살, 내장, 피, 지방, 그리고 노폐물까지는 그녀의 것이 될 수는 없다고 말이다. 비록 더럽고 고약한 냄새를 풍기므로 구역질이 나는 것이라고 할지라도 책의 알갱이는 그것들을 다 포함하고 있어야 했으니까. 그것만은 내 것이라고, 자위해왔다. 그녀는 단지 그럴싸하게 디자인한 책 겉표지만을 들고 있을 뿐이라고. 그런 자의식마저 없었다면 그 시간들을 어떻게 버틸 수 있었을까.

"유년의 자화상이라고? 제목부터 바꿔야겠군. 너무 올드하잖아."

허공에 후, 하고 담배 연기를 뿜던 그녀의 눈썹이 일순 살짝 치켜 올라갔다.

"편집자는 괜찮다고 했어."

그녀가 감정을 최대한 억제하고 있다는 게 느껴졌다.

"그 편집자 실력이 영 젬병이로군."

나는 두툼한 A4 용지를 후루룩, 넘기며 말했다. 그녀는 작은 탁자 위에 담뱃재가 툭 떨어지는 것도 아랑곳하지 않고 나를 물끄러미 바라보았다. 어떤 감정도 읽히지 않는 담담한 표정이었다. 나는 그만 입을 다물고 말았다. 그녀의 저런 모습 앞에 무슨 다른 말을 할 수 있을까? 가슴속에 번지는 소용돌이. 그 위로 솟구치는 불꽃들. 그녀의 저 표정, 저 자세, 저 눈길을 누군가에게도 보낼 것이다. 그녀가 필요하다고 생각하면. 그녀는 알고 있었다. 자신의 담담한 모습이 얼마나 남자의 마음을 들뜨게 하는지.

"그래. 문제는 좀 있지. 초고는 늘 문제가 있기 마련이니까."

그럼 그렇지! 나는 속으로 손가락을 튕겼다.

"문제? 천하의 리영 작가가 쓴 소설인데. 뭔가 부족하면 편집자와 상의해서 고치면 될 텐데."

"자꾸 빈정거릴 거야?"

그녀가 눈을 흘기며 되알지게 쏘아붙였다. 나는 창밖으로 시선을 던지며 딴청을 했다.

"원고 매수를 대폭적으로 늘려야겠다고 하더라고."

아까와 달리 목소리가 한풀 꺾여 있었다. 원고량이 적어 보이긴 했다. 어림잡아도 사오백 매밖에 되지 않는 분량.

"그래서?"

"네가 해줘."

그녀는 단도직입적이었다.

"네가 시작했으면 끝도 해내야지. 처음부터 나한테 상의조차 하지 않고 벌인 일이잖아."

나도 정색을 했다.

"상의? 나는 진즉에 너와 상의했었어. 다섯번째 소설을 써야 한다고. 너는 계속 못 쓰겠다는 말만 해놓고 지금 와서 너한테 상의하지 않았느냐는 게 말이 된다고 생각하니?"

그녀는 늘 자기 입장만 주장한다.

"됐고. 문제가 그것만은 아닐 텐데."

나는 그녀의 말을 끊었다. 그녀가 머리를 주억거렸다.

"책 내용도 많이 수정하래. 급하다고 했어."

급해서 어쩌라는 것인가. 그녀는 당당했다. 그녀 딴에는 사정을 하고 있는 것이겠지만. 평소보다 말이 빠르고 간결한 걸 보면 알 수 있었다. 그녀는 어느새 담배 한 개비를 더 뽑아 볼우물이 파일 만큼 깊숙이 빨아들였다.

"읽어보나 마나 많이 수정해야겠지."

우리 사이에 보이지 않는 팽팽한 줄다리기. 얼마나 엉망인 이야기를 쓴 걸까. C출판사 편집자라는 사람은 전혀 의심하지 않았던 걸까. 나도 책 출간에 대해서만은 어느 정도 꿰뚫고 있다. 책이 출간되기까지 수정 작업을 해야 한다는 사실을. 그러나 아무리 초고라고 해도 작가의 기본이 있기 마련이다. 그런 모험을 감수하고 그녀가 서둘러 책을 출간하려는 데는 필시 이유가 있을 것이다. 설마 ○○문학상까지 욕심을 내고 있는 것은 아닐 테지.

"그나저나 무슨 이야기를 쓴 거야?"

내가 물었다.

"네 이야기."

그녀의 목소리가 사뭇 떨리고 있었다. 내 이야기라니? 나는 갑자기 말문이 막혔다. 쓰려면 자기 이야기를 쓰지, 왜 내 이야기를? 그 순간 뇌관에 스파크가 터졌다. 설마? 아닐 것이다. 그녀가 나를 외면했다. 내 손바닥에 서서히 땀이 차올랐다. 호흡도 가빠졌다. 나는 그녀에게 그 모습을 보이지 않으려고 휠체어 아래로 떨어뜨리고 있던 손바닥을 무릎에 문질렀다.

"진정성도 부족하대. 출판사 방향과 내 작품 의도가 맞지 않는다고도 했어. 잘 고치면 훨씬 나아질 거라고 했어."

여태까지와는 다른 모습을 보이는 그녀는 당황하고 있는 게 분명했다. 그녀는 작품에 관한 한 단 한 번도 나를 인정하지 않았다. 항상 그녀가 작품의 중심에 있었다. 토씨와 조사 하나도 다 나한테 나와야 하는 줄 알면서도 그랬다. 그런 면에서 그녀는 편집자나 출판사 의견을 나에게 충실히 전달했고, 나는 여러 번에 걸쳐 원고를 다듬었다. 그 점에 대해 반대를 하거나 쓸데없이 고집을 내세운 적은 없었다. 다만 절충이 필요한 부분에 대해 다시 의견을 내놓은 적은 있었지만. 그것은 출간의 관례였고 작품의 완성도나 질을 높이는 데 필요한 절차였다.

"너도 편집회의에 참석하긴 했어?"

내 마음을 다스리는 심정으로 물었다. 그녀 쪽에서 본다면 한 발 양보하는 뉘앙스로 들렸을 수도 있으리라.

"그럼 당연하지. 편집자와도 충분히 의논했어. 너도 알고 있지만 네가 썼던 초고도 늘 형편없는 건 마찬가지였잖니."

그녀는 나를 지그시 밟아주는 순간을 놓치지 않았다. 교활하다는 생각보다 애처롭다는 마음이 앞서므로 지적해주기보다 매번 기꺼이 밟혀왔다.

창작의 내밀한 고통에 대한 연기. 그녀의 교활함은 그것을 표현하는 데 부족함이 없을 것이다. 썩 잘해냈을 것이라는 생각마저 들었다. 그러나 고통의 산물 하나하나를 핀셋으로 끄집어 나열할 수는 없었을 것이다. 산짐승의 창자와 내장의 역할과 기능에 대해서 시시콜콜 말할 수 없는 돌팔이 수의사처럼.

출판사에서 원고를 읽었다면 사태가 심각했을 텐데도 출간을 하자고 했다는 게 더 의아했다.

그녀의 심정을 이해 못 하는 것은 아니었다. 나는 더 이상 쓰지 못하겠다고 하는데, 계약을 한 C출판사에서는 재촉을 했을 테니까. 게다가 이번 기회에 그녀의 인생에서 거대한 혹처럼 매달린 나를 딜리트 시켜버리고 싶은 마음도 없지 않았을 것이다. 내가 아니더라도 리영 자체로 홀로 설 수 있다는 것을 보여주고 싶은 욕망들. 그러나 이 방법은 옳지 못했다. 까닥하다가는 작가로서의 자질을 의심받는 치명타가 될 수 있다.

"좋아. 다 좋다고. 네가 써보려고 했던 시도는 나도 바람직하다고 생각해. 그런데 다음부터는 뭔가 쓰더라도 나한테 먼저 보여줘."

그녀와 더 이상 신경전을 하기 싫었다. 얼른 원고를 봐야겠다는 생각으로 손을 휘휘 내저었다. 그녀 말대로 내 이야기를 썼다면 내가 확인해야 할 부분이 있기 때문이었다.

"아니, 다음에도 그럴 일이 있으면 난 그렇게 할 거야. 세상엔 너만 한 사람은 널렸어. 아니, 너보다 잘난 사람이 너무 많아. 나 정도의 위치면 그런 사람들에게 도움을 받는다고 해도 잘못될 일은 없어."

"네가 위험해질 수도 있다는 걸 명심해!"

나는 음절 하나하나에 압정을 꾹꾹 눌러 박듯 말했다.

"위험? 명심?"

그녀는 내 말을 받아 되뇌더니 크게 웃었다. 그녀의 웃음이 천장에 닿았다. 그녀는 배를 구부리며 의자에서 고꾸라지기 일보 직전이었다. 무엇이 그녀를 저토록 웃게 만든 걸까? 나는 잠시 멍해졌다.

"고마워. 네가 날 생각해주는 그 마음. 매우 고맙게 받겠어. 그런데 작가한테는 슬럼프가 있기 마련이거든. 자잘한 일 정도는 사람들이 슬럼프에 빠졌다고 봐줄 거야. 조금 쉬고 싶기도 하고."

그녀가 쉬고 싶다고 말했다. 나는 내 귀를 의심했지만 박제로서의 삶도 힘들 수 있을지 모른다고 생각했다. 속은 다 파이고도 위엄과 기품을 가진 채 유리 눈으로 한곳을 응시하는 일도 결코 쉬운 일은 아닐 테니까.

"쉬고 싶다고?"

내 입에서 경련이 일어나는 게 느껴졌다. 이제 그녀가 그만 돌아갔으면 좋겠다. 나야말로 정말 쉬고 싶기 때문이었다.

"응. 그래, 쉬고 싶어. 나는 쉬고 싶다는 말을 하면 안 되는 거니?"

웃음기가 가신 그녀의 얼굴이 싸늘하다 못해 새파랗게 날이 서 있었다.

"피곤해. 그만 돌아갔으면 좋겠어."

말하기조차 숨이 가빴다.

"웬일이야? 난 선물 주려고 왔는데."

그녀가 다가와 내 목과 어깨를 어루만지며 한 말이었다. 서로 기분이 어긋날 대로 어긋나 있는 상황에서 선물을 운운하는 그녀. 책이 나오면 나와 그녀 사이에 치르는 의식을 그녀는 선물로 표현했다. 어느 순간에도 수직의 관계를 인식시키기에 고삐를 늦추지 않는 그녀였다. 나와 그녀가 하나 되는 일. 그녀 안에 침잠해서 머무르는 일. 그 일이 언제부터 그녀가 나에게 하사하는 선물이 되어버린 걸까. 상관없다. 그게 선물이든, 사랑의 행위든.

그녀가 인식하는 나는 딱 세 가지일 것이다. 무한한 상상력과 이야기가 가동되는 브레인과 신기가 들린 듯 자판 위를 달리는 열 개의 손가락들. 그리고 마지막 하나는 나의 왕성한 수컷성.

그녀는 실제로도 그렇게 불렀다. 나의 그것을 수컷이라고. 짐승으로 전락하는 더러운 기분이 들었지만 늘 그렇듯 반박할 의지 따위는 없었다. 그것은 내 최선인 동시에 우리의 최선이었다. 내가 그녀를 조율하는 방식이며 그녀 또한 나를 조율하는 방식이 된 지 오래였다. 내가 없으면 세상에서 한순간 빛을 잃어버릴 여자였으니까.

그녀가 미적거릴수록 내 안의 본능이 버르적거렸다. 그녀를 잡아야 하는 걸까. 그러나 오늘만은 그녀를 안기가 싫었다.

"싫어? 그럼 관둬. 나, 간다."

그녀는 몸을 돌려 핸드백을 챙겼다.

"아, 참. ○○문학상 있잖아. 후보로 나도 거론되나 봐."

역시 그 때문이었다. 그녀의 끝없는 욕심에 소름이 끼쳤다. ○○문학상. 대한민국에서 문학상으로서는 최고의 전통과 권위를 자랑하는 상이었다. 후보에 오르는 것만으로도 더없는 영광이 되는 상.

그 상의 역대 수상자들에게 동경과 흠모를 품지 않은 문청은 없었다. 나의 문청 시절도 그랬던가? 이제 그런 날이 있었는지조차 아득했다. 그 상의 후보에 오른다면 그녀는 굵직한 작가로 한국 문학사에 자리매김할 것이다. 그녀는 두렵지 않은 걸까.

"누가 추천했는데?"

"누구겠어?"

"민기태?"

"응."

리영 작가의 절대적인 아군 평론가, 민기태. 내 첫 장편을 강력하게 밀었을 뿐 아니라 그녀가 낸 작품마다 기막힌 평을 해주었던 사람이다. 대학 재학 시 세 군데에 데뷔하면서 문단에 나온 평론계의 기린아. 어떤 면에서 보더라도 내 작품과 민기태의 코멘트는 잘 맞아떨어졌다. 그가 없었다면 리영의 오늘이 있었을까? 아니, 지금의 나도 없었을 것이다.

사십 대 중반의 그는 대학교수이자 평론가이며 출판사 감수를 맡고 있다. 턱 선과 눈매가 날카로워 전체적으로 이지적인 외모의 사내. 인터넷 포털사이트나 그의 평론집 책날개에 실린 사진 속 모습이다. 그녀에게 자주 만나냐고 물은 적이 있었다. 작가와 평론가로서지, 뭐. 그녀의 대답은 심플했다. 결혼은 했냐고 또 물었다. 그분 나이가 몇 살인데 결혼을 안 했겠어. 완전히 범생이 스타일이야. 좀 따분해. 난 딱 질색이야. 그녀의 표정으로 보아 정말 딱 질색인 투였다. 왜? 너의 키다리 아저씨였잖아. 나는 그 말을 목구멍 저

안으로 밀어 넣었다. 마음 한구석이 께름칙한 채. 예감이었다. 글을 쓰면서 유독 발달한 것은 그것뿐이었다.

그녀가 돌아가자 집 안은 다시 적막감에 휩싸였다. 나는 그녀가 오기 전에 써놓았던 단편의 첫 문장을 다듬었다. 어쩐지 이번에는 다음 문장을 불러낼 수 있을 것 같은 느낌이 왔다. 작업을 끝내고 마실 와인이 벌써부터 혀끝에 감겨오고 있었다.

2. 그의 재능이 너의 인생을 바꾸어줄 것이다: 리영

길 양편에 펼쳐진 마름모꼴의 채마밭을 지나서 속력을 냈다. 어깨가 뻣뻣했다. 근육이 뭉친 모양이었다. 깊은 숨을 토해냈다. 아무리 숨을 토해내도 명치끝이 무지근해오는 것은 어쩔 수 없었다. 용민 앞에서 흐트러지지 않으려고 기를 쓴 탓이었다. 용민 앞에선 늘 경직되고 있는 내가 신경질 나서 견딜 수 없었다.

차창을 열었다. 바람이 얼굴을 때렸다. 기분이 조금 상쾌해졌다. 용민에게 원고를 건네주고 등을 돌리는데 두려움이 엄습했다. 일기장를 돌려놓지 않은 탓이었다. 공연히 선물을 운운했지만 나 또한 자고 싶은 생각은 눈곱만큼도 없었다. 용민 또한 내 선물을 마다할 만큼 신경이 날카롭게 곤두서 있기는 마찬가지였다. 오늘은 무사히 넘어갔지만 후폭풍이 남아 있었다. 유년의 자화상, 너무 올드

하잖아. 용민의 쇳소리 섞인 음성이 가슴 밑바닥을 긁었다. 가늘고 뾰족한 그것이 결국 내 가슴을 쿡, 찌를지도 몰라 조마조마했다. 그 소설의 소스가 일기장인 때문이었다. 용민은 소설의 몇 장만 읽어도 곧바로 알아차릴 것이다. 그러고는 자기 책상의 맨 아래 서랍을 열어 확인할 것이다. 용민의 책상 서랍에서 일기장을 가져올 때 나는 상상했다. 그의 코앞에 들이밀 나의 멋진 소설을. 그러나 상상만큼 현실은 여의치 않았다.

별장의 현관문을 나서면서 나는 잠깐 망설였다. 선물을 한 번 더 권해야 하는 걸까 라는 생각으로. 내가 한 번 더 권했다면, 아니 내가 다시 방문을 열었더라도 용민은 주저 없이 나를 끌어당겼을 것이다. 용민의 목소리와 눈빛 속에서 불편한 기색을 읽었기 때문에 내가 그렇게 하지 않았을 뿐이었다. 그러니까 용민이 내 선물을 거절한 게 아니라 내가 용민에게 선물을 주지 않은 날이 더 맞았다. 그렇게 생각하기로 했다. 용민에게 밀리지 말아야 한다는 것은 일종의 강박관념으로 작용했다. 한 발이 밀리면 열 발을 양보하는 사태가 생길 수 있다는 것에 대한 불안감.

용민은 점점 더 괴팍해지고 날카로워지고 있었다. 나름 스스로를 조절하려고 했지만 용민 안에 끓고 있는 것을 감추기에는 역부족이었다. 그것은 자기 자신에 대한 자긍심 내지 우월감, 그리고 나에 대한 경멸이었다. 유쾌한 기분은 아니었다. 아니, 더럽고 치사했다.

용민은 입버릇처럼 말한다. 너는 나고 나는 너라고. 우리는 하나라고. 그런데 가끔 나를 철저히 분리시키려는 경향이 있었다. 바로 작품이 관계될 때였다. 그럴 때마다 내 자존심에 깊은 상처를 남겼다. 아니, 처음부터 나는 자존심조차 없는 마네킹 같다는 생각이 들 정도로 사람을 비참하게 만들었다.

용민 말처럼 자신과 나를 진정으로 동일시할 때는 언제일까? 바로 용민이 내 안에 들어오고 싶을 때다. 더 진솔하게 이야기하면 용민이 수컷으로만 자신의 존재를 증명하려는 순간만 그렇다. 그는 반박할는지 모르지만 내 느낌은 그랬다. 개자식 같으니라고. 그래서 나도 용민의 그런 점을 수컷이라고 불렀다. 그래, 수컷! 그것만큼 적절한 말은 없을 것이다. 내가 그의 정체성을 깎아내리고자 쓰는 말인 동시에 그가 나에게 우리는 동등한 관계라고 끊임없이 주장하는 말과는 대치되는 개념이었다. 더럽고 지저분한 짐승성만을 표현하는. 그러고 보면 우리의 신경전은 고음을 내는 현악기의 그것과 다를 바 없었다.

용민 안에 내가 있고 내 안에 자기가 있다고 믿는 신념에 가까운 믿음. 그것은 용민의 첫 장편소설의 메시지이기도 했다. 세상에, 용민의 첫 장편소설이라니! 용민 앞에서는 절대 하지 않던 실언을 하고 말다니. 내가 어떻게 쟁취한 성과물인데 함부로 실수를 할 수 있겠는가. 정정하자. 내 등단작이자 첫번째 장편소설 『표절』의 모토가 된 이야기. 작품 속에서 이복 오빠의 여성성은 이복 여동생이며 그녀의 남성성은 그 오빠일 수밖에 없다는 남녀 관계를 그는 곧잘 우리의 관계에 끌어다 붙이곤 했다. 작품에서는 조각품이지만 우리에게는 문학이 그 매개체가 될 뿐이라고. 문학을 통해 육체뿐만 아니라 정신적으로도 완전한 합체가 이뤄졌다는 것이 우리의 관계를 설득하는 용민의 주장이었다. 그것은 순전히 용민의 자위 의식에서 나온 자기 합리화에 지나지 않는다고 나는 생각했다.

우리의 이 말도 안 되는 관계를 꼭 끌어다 붙이고 싶다면, 태고의 인간형에 더 가까울지 몰랐다. 플라톤이 쓴 『향연』에 나온 글을 읽다가 깨달은 것이다. 내가 『향연』을 운운하면, 용민은 내게 되물어왔다. 네가 『향연』을 읽었다고? 나를 향한 조소와 경멸이 엉킨 용민의 눈빛. 나도 용민만큼 작가가 되고 싶었던 사람이었다. 용민을 앞서야 한다는 강한 열망으로. 그런 내가 플라톤의 『향연』을 읽지 않았다는 게 더 이상한 일 아닌가? 용민을 이기고 싶다는 내 열망. 용민은 알면서도 모르는 척해온 것일지도 몰랐다. 거지발싸개 같은 자식. 무의식으로 알고 있는 사실을 의식적으로 모르는 척하는 데 능수능란한 인간이니까. 내가 일일이 말하지 않았다고 모를 용민이 아니다. 비록 내가 이름뿐인 작가라고 할지라도 알맹이가 없는 박제가 되긴 싫었다. 용민의 눈빛 속에 드리워진 음영들. 그게 뭘 말하는지 나도 알고 있었다. 용민이 나를 얼마나 어리석고 교활하게 생각하는지. 그러나 용민이 잘못 생각하는 게 있었다. 교활하다는 것은 어리석음과는 반대 선상에 있는 단어다. 교활한 사람은 절대 어리석을 수 없다.

내가 지금의 이 자리를 유지하는 게 단지 자기 재능이라고만 생각한다면 오산이다. 사람에게서 뿜어져 나오는 기운과 에너지까지 작품이 대신해줄 수 없었다. 선망과 동경을 품고 나를 바라보는 사람들의 시선이 그것을 말하고 있었다. 그리고 그가 쓴 작품 세계를 알아야 하기 때문에라도 책 읽기는 게을리 할 수 없는 내 일과였다.

플라톤의 『향연』에서 나온 남녀 분리설. 아리스토파네스가 에로스를 설명할 때 나온 말이었다. 그 책의 주장에 따르면 인간은 오늘날처럼 남성과 여성의 양성이 아니라 세 가지 종류였다고 한다. 두 개의 남성이 붙어서 이루어진 종과 두 개의 여성이 붙어서 이루어진 종, 그리고 마지막은 남성과 여성이 붙은 종이 있었다고 한다. 세번째 종의 인간은 남성과 여성 모두의 공통점을 지니고 있었다. 등짝이 붙은 그 종은 남녀 두 얼굴이 반대로 놓여 있었다. 그에 따르면 남성만으로 이뤄진 종은 본래 태양의 자식이고 여성만으로 이뤄진 종은 지구의 자식이며 그 두 종의 성질을 모두 지닌 이 세번째 종은 달의 자식이라고 한다. 제우스에 의해서 세 종류의 인간은 둘로 쪼개어진다. 이렇게 나누어진 인간들은 각긱 자기 사신의 또 다른 반쪽을 갈망하면서 그것과의 합일을 원하게 되는 것이다. 본래 순전히 남성적인 존재가 나뉘어져 반편이 된 남성은 여성에게 전혀 관심이 없고 오히려 남성에게 친근감을 느끼는 것이고 순전히 여성적인 존재로 나누어진 존재도 반편인 여성만 따라다니기 마련이다. 역사적인 사실에 근거할 때 그 시대에 동성애가 성행했으므로 그에 대한 정당성을 마련하기 위한 플라톤의 주장이었을 수도 있지 않을까.

어쨌든 그 마지막 종인 인간에 주목해야 할 필요가 있다. 그 이론에 근거하자면 나는 용민의 반편이고 용민은 나의 반편일지 모른다. 그러니까 용민과 나는 자웅동체인 셈이다.

세번째 인류든, 자웅동체든 나와 용민을 연결시키는 끈은 바로 우리의 근원이었다. 용민도 알고 나도 알고 있는 사실. 태어나면서부터 연결된 끈. 차마 입 밖으로 발설하는 것 자체가 금기가 되어버려 서로 암묵하고 지낸 지 오래지만.

어린 시절 우리는 서로가 전부였다. 세상을 인식하는 그 순간부터. 는개가 내린 이른 새벽이었다고 했다. 사과 상자 안에 백일도 채 되지 않은 아기 둘이 나란히 누워 있었다고 했다. 한 아기가 바락바락 악을 지르고 울면, 다른 아기가 따라 울었다고 했다. 그게 우리 둘이었다고 했다. 남쪽 바닷가 사투리를 쓰던 보모가 먼 산을 바라보며 조근조근 들려준 우리의 태생에 관한 설화 같은 이야기.

거울을 바라보듯 우리는 그렇게 자랐다. 그 아이의 동공 안에는 내가 있었고 내 동공 안에는 그 아이가 있었다. 내가 있는 그 아이의 동공은 슬펐고 애처로웠지만 내 동공 안의 그 아이는 내가 넘어서야 할 벽이었다. 서로의 눈을 바라보며 우리는 각자 욕망을 키웠다. 그런 시절이 있었다. 그 일이 있은 후로 나는 내 동공 안에서 그 아이를 지웠다. 그나마 남아 있던 따뜻한 감정의 열선도 무섭게 식어버렸다. 나도 때때로 그 일을 깨끗이 잊어버리고 싶을 때가 있었다. 어쨌든 용민의 잘못은 아니었으므로. 그러나 언제나 나를 앞질러 행운의 계단에 먼저 발을 내딛는 용민을 바라보는 순간, 내 안에 잠자고 있는 그 일이 날을 세워 날카롭게 벼리길 멈추지 않았다.

시간이 모든 것을 마모시킨다는 것은 거짓이다. 용민에 대해서 나는 결코 너그러울 수 없었다. 용민의 속과 겉 모두. 용민은 날이 갈수록 살이 불어났고 세월의 더께로 몰골은 더욱 흉측해지고 있었다. 그런 자신을 용민 스스로도 받아들이기 힘들어했다. 용민이 거울이란 거울을 죄다 없애라고 했을 때 알았다. 자신의 외양을 혐오한다는 사실을. 그때의 발작. 용민도 잊지 않았을 것이다. 어둠이 내린 창에 비친 자신의 모습에 경악했다. 그도 끔찍해하는 자신의 육체를 몸으로 받아들여야 하는 내 심정도 과히 즐겁지만은 않다.

심하게 말하면 거리의 여자로 굴러 떨어지는 느낌이 들었다. 용민의 몸이 내 몸에 닿는 순간 나는 이를 악물곤 했다. 어떤 때는 화장실에 가서 구역질을 한 적도 있었다. 용민이 나에게 하는 행위가 거리의 여자와 하는 행위와 무엇이 다르겠는가. 용민이 써주는 작품은 나에게 자기 욕정을 채워주는 화대와 다름없다. 단지 여자의 몸을 가진 나일 수밖에 없다는 기분. 정말 더러웠다. 만약 내가 여자가 아니었다면 용민은 나를 위해 작품을 결코 쓰지 않았을 것이다.

용민은 나에게 반문할지 모른다. 지금 자신을 이렇게 만든 게 누구냐고. 결국 책임 전가와 추궁으로 점철될 우리의 관계는 추악함만이 남겨져 있을 뿐이었다. 용민은 교묘하게 나를 추궁했고 결국 내 입에서 확인 사살하길 원했다. 내가 그랬다. 일그러진 얼굴. 화상으로 울퉁불퉁한 몸뚱어리. 다 내 짓이었다.

육 년 전, 용민이 보여준 휴대폰 문자 메시지가 발단이었다. 그때 우린 유형일의 죽음을 이용해서 김 사장을 벼랑 끝으로 몰아넣었고 그 일로 나는 밤마다 악몽에 시달렸다. 그런데 용민은 그런 나를 두고 혼자만 하늘로 향한 사다리에 한 발을 내딛고 있었다. 용민은 언제나 그랬다. 내가 간절히 가지고 싶었던 것을 대수롭지 않게 지니고 있었고 행운은 늘 그의 편이었다. 어미의 억지 같은 신념과 왜곡된 모성이 올가미가 되어 우리의 운명을 잡아끌고 있는 걸까. 그래서 더 싫었다.

용민은 그걸 나에게 보여주지 말았어야 했다. 마치 우리가 함께 처한 상황에서 자기만 빠져나가게 되었다는 것을 내게 통보하는 듯했다. 그가 그걸 의도했든 하지 않았든 말이다.

용민이 나를 사악한 인간으로 몰아붙이려 한다면 별수 없다. 내가 악녀였다고 시인하는 수밖에. 굳이 궁색한 변명을 하자면 그 시기에 엄청난 일을 막 치르고 경황이 없을 때였으며 그도 마찬가지였겠지만 나도 도저히 이성적일 수 없었다.

또 다른 핑곗거리를 대자면 나의 어떤 감각이 나를 조정했다고 할 수밖에 없다. 다른 사람과 달리 나는 유난히 직감이 발달되어 있다. 남자와 달리 여자들에게만 있다는 육감일 수도 있다. 그러나 나에게 그것은 더 특별하고 선험적인 무엇이었다. 곤충의 더듬이이거나 허공을 감지하는 안테나 같은 것일 수도 있었다. 눈으로 보이고 손으로 만져지는 것보다 더 정확하고 확실한 감각으로 작용했다. 어미에게조차 버림받은 나의 불운한 운명을 불쌍히 여긴 신이 준 특별한 선물이라고 믿고 싶다.

용민의 휴대폰 문자 메시지를 보는 순간에는 『표절』을 빼앗을 생각은 하지 않았다. 그때까지는 그럴 마음이 정말 추호도 없었다. 용민이 믿거나 말거나지만. 그의 휴대폰에 찍힌 문자 메시지를 한 글자도 빠짐없이 기억하고 있었다. 그 문자 메시지를 기점으로 용민과 나의 운명이 뒤바뀌어 여기까지 달려온 셈이었다.

○○일보 문화부 차장 권명수입니다. 박용민 씨가 투고하신 작품, 『표절』이 우리 신문사에서 주최한 장편소설에 당선되었습니다. 축하드립니다. 전화 연락이 되지 않아 문자 드립니다. 내일까지 신문사로 나와주시기 바랍니다.

나는 그가 보여준 글자를 읽고 또 읽었다. 글자는 이해가 되는데 의미가 머리와 가슴까지 전달되지 않아서였다.

"이게 뭐야?"

내가 물었다.

"이게 뭐냐고? 내가 되었다니까."

평소 그답지 않게 목소리 톤이 높았다. 그는 목소리조차 높낮이가 없었던 사람이다.

"그러니까 네가 뭐가 되었다는 거야?"

내가 다시 물었다.

"소설."

내 우문에 답을 하는 용민의 목소리는 떨고 있었다. 침묵으로 말을 대신했던 그의 성격에는 맞지 않게 흥분했었던 게 분명했다. 하긴 오랜 꿈이 이뤄졌으니 그럴 만도 했다.

"무슨 소설이?"

"이복 남매 이야기……."

이복 남매의 이야기? 나는 그때 기억이 났다. 술에 취한 용민이 나에게 주절거렸던 말들이. 신춘문예로 작가가 되었지만 그 어디에서도 청탁이 오지 않는다고. 그래서 장편을 쓰고 있다고. 그 골자가 예술가를 꿈꾸었던 이복 남매의 근친상간 이야기라고.

말끝을 흐리던 용민은 평소 모습으로 돌아와 있었다. 그는 담담해했지만 나는 절망적인 충격에 휩싸였다. 두 사람이 저지른 일로 매일같이 경찰차 사이렌 소리가 귓전에 울려 한시도 마음 편할 날이 없었는데, 용민은 어느새 그 일에서 발을 빼고 저만치 물러나 있다는 생각이 들었다. 갑자기 내 손이 미치지 않는 곳에 우뚝 선 용민과 비교해 나의 처지는 한없이 남루하고 비참했다. 그의 옷자락이라도 붙들어야 했다. 그가 단편소설로 신춘문예에 당선되었을 때도 질투가 나서 견딜 수 없었던 일이 생각났다. 나도 그와 똑같이 문학을 열망했음에도 나는 소설의 시옷 자도 가까이 할 수 없는 사람이라는 열패감이 들었다. 그때부터였다. 내 안의 또 다른 내가 가늘게 눈을 홉뜨고 속닥거린 것이. 그가 가진 재능은 결국 너의 것이나 마찬가지야! 그의 문학적 재능이 너의 인생을 반드시 바꾸게 해 줄 거야! 악마의 목소리는 내 안에서 공명처럼 울려 퍼졌다.

어릴 적부터 숨통을 조여왔던 것들이 내 가슴을 눌러왔다. 왜 항상 그는 나를 제치고 빛났던 걸까? 왜 그는 불운에서 한 발 비껴서 행운의 우선순위에 발을 내딛었던 걸까? 나는 왜 그의 불운을 대신 짊어질 수밖에는 없었던 걸까? 그에게 찾아든 행운에 혹시라도 끼어들어 있을 불운의 전조를 막아주는 존재가 바로 나였던 걸까? 용민이 그렇게 의도했든 하지 않았든 간에. 우리의 불평등한 운명. 그것을 상쇄하기 위해서라도 용민은 자신의 재능과 수고를 나에게 넘겨준 걸 결코 아까워해서는 안 된다. 기브 앤 테이크! 그와 나 사이에 맺어진 무언의 법칙.

"우리 파티 하자!"

내가 제안했다. 내 직관의 답신이기도 했다. 그의 행운을 등에 업는다면 내 오랜 꿈을 단번에 실현시킬 수 있는 동시에 오시연을 이기고 민기태의 마음을 얻을 수 있어. 명심해! 지금이 행운의 열쇠를 움켜쥘 수 있는 적기야! 열쇠? 그게 무슨 말이야? 내가 내 자신에게 수신호를 보냈다. 토 달지 말고 시키는 대로 해! 내 직관이 나를 윽박질렀다.

나는 용민을 끌고 택시를 잡았다. 그의 집에 가기 위해서였다. 아니, 더 정확하게 말하자면 그의 원고를 가져오기 위해서였다. 원룸에 도착한 그는 순순히 노트북을 열어 파일을 보여줬다. '표절12'라는 한글 파일을 열자, 글자들이 떴다.

"12라는 숫자가 뭐야?"

내가 물었다. 궁금한 게 한두 가지가 아니었다. 내 심장박동은 평소보다 두 배쯤 빠르게 뛰고 있었다.

"열두 번 고친 원고라는 뜻이야."

계면쩍은 표정을 짓던 그가 살짝 얼굴을 붉혔다. 자신감과 자랑
스러움을 못내 감추지 못한 용민의 얼굴. 솔직히 보기 싫었다. 그가
저런 표정을 짓다니. 죄의식과 수치스러움으로 그늘진 모습이 그
의 트레이드 마크여야 했다. 나를 위해서 용민은 내 그림자로 살아
야 했다. 그런데 어둡고 그늘진 그의 뒷면에서 후광처럼 그를 빛나
게 하는 에너지를, 나는 보고 말았다.

오시연 작가, 그녀도 그랬다. 늘 빛이 나던 여자. 지극히 평범한
외모 뒤에 숨겨진 그녀의 문학적 재능이 그녀를 살아 있게 했다. 용
민도 오시연의 작품을 침이 마르게 칭찬했다. 오시연을 생각하는
동시에 그녀에게 눈길을 주던 민기태가 떠올랐다. 민기태. 용민의
눈빛 속에 그 사람의 이름은 늘 탐색의 대상이었다. 내가 민기태의
눈빛에서 오시연이 탐색의 대상이었던 것처럼. 그러나 그 정도쯤
은 용민을 속일 수 있었다. 민기태의 이름이 용민의 입에서 나올 때
면 나는 최대한 심드렁하고 시니컬한 태도를 취했으니까.

민기태와 오시연이 내게 준 열패감과 소외감. 나만 빼놓고 두 사
람이 작당을 해서 절대적인 구원이라고 이름 지었던 그것은 바로
문학이었다. 내가 죽어도 갖고 싶었던, 그러나 나에게는 죽었다 깨
어나도 없는, 노력으로는 도저히 성취할 수 없는, 결국 특별한 재능
이라고밖에 표현할 길 없는 것을 소유한 사람들. 두 사람 앞에서 나
는 이방인이었고, 열외의 인간이었다. 내 오랜 열등감의 원천인 용
민도 그것을 소유한 사람이었다. 그와 나는 같은 부류의 인간이라
고 생각했었다. 민기태나 오시연 같은 치들과는 전혀 어울릴 수 없

는 부류. 그런데 그런 그들이 소유한 특별한 재능을 용민도 갖고 태어난 것이다. 그제야 나를 부추기는 내 직관의 저의를 명백하게 알아차릴 수 있었다.

숫자로 1에서 12로 표시된 장편소설 원고는 노트북에 고스란히 저장되어 있었다. 그 외에도 용민이 당선한 신춘문예 단편과 습작소설, 또 소설 메모 파일도 한눈에 알아볼 수 있었다. 이만하면 완벽한데. 내 직감은 그렇게 내 속에서 외치고 있었다.

"뭐가 완벽하다는 거야?"

용민이 멍한 표정을 지으며 물었다.

"내가 그랬어?"

"응."

"너무 좋아서 헛말이 튀어나왔나 봐."

나는 손발이 오그라들었지만 짐짓 모른 체 시침을 뗐다. 나는 서둘러 노트북을 챙겼다.

"파티에 주인공이 빠지면 되겠어? 얘가 주인공이잖아. 네 자식 말이야."

용민은 말없이 웃기만 했다. 한 점 의혹이나 그늘이 없는 그의 웃는 얼굴을 나는 외면했다. 하긴 그때 내가 어떤 빌미를 보였더라도 용민은 의심하지 않았을 것이다.

"불꽃 축제를 하려면 불이 있어야 하는데."

내가 눈을 반짝거리며 쫑알거렸다. 용민이 좋아하는 내 표정 중하나였다. 여자가 예쁘다는 것은 위기의 순간에 사용할 수 있는 비

상용 램프 같은 거였다. 자신의 외모가 평균 이상을 웃돈다는 것을
인지하는 순간이 언제일까. 초등학교 때? 아니면 중고등학교 때?
다 아니다. 언제라는 기준은 없다. 그냥 태생적으로 인지되는 감각
이다. 눈짓과 표정 하나에도 남자들의 시선이 뜨겁게 반응한다는
것쯤은 동물적 감각으로 알아지는 것이다.

"불이라고?

용민이 의아한 표정으로 물었다.

"응. 토치 구할 수 있지?"

용민이 생각할 겨를도 없이 내 혀는 빠르게 움직였다.

"토치?"

용민은 바보처럼 내가 한 말을 그대로 다시 받아 되새김질하고
있었다. 나는 슬며시 웃음이 비어져 나왔다.

"응. 용접할 때 쉬, 하고 불 뿜는 기계 있잖아."

나는 손가락으로 권총을 만들어 보이며 눈을 찡긋했다. 용접공인
그 아이가 토치 정도는 쉽게 구할 수 있다는 걸 나는 알고 있었다.

"공장 열쇠를 내가 가지고 있긴 하지만……."

용민이 처음으로 주저하는 모습을 보이며 말끝을 흐렸다.

"왜? 싫어? 난 널 위해서 그러는 건데. 그리고 이젠 용접 일 따위
는 그만둘 거 아니야."

"그게 아니야. 위험한 물건이니까 그렇지."

"불 잘 다루는 네가 있는데 무슨 걱정이람."

내가 뾰로통한 표정으로 볼멘소리를 했다. 효과는 제대로 나타

났다. 날 잠시 바라보던 그의 얼굴에 결연한 빛이 스치고 지나갔다. 하긴 우리가 저지른 일에 비하면 그까짓 일이야 아무것도 아니었다. 그 순간에 그도 나와 똑같은 생각을 하고 있었던 게 분명했다.

용민이 공장으로 토치와 가스통을 가지러 간 사이 나는 집에서 차를 끌고 왔다. 빨간색 소형차. 김 사장, 그 인간의 딸로 살면서 내가 누린 호사 몇 가지 중 하나였다. 나와 용민이 환상의 복식조가 되어 제대로 된 복수를 한 것만큼은 통쾌한 일이었다. 쓰레기 같은 인간은 쓰레기처럼 살다 가면 그뿐이니까.

노트북과 토치와 소형 가스통을 차에 싣고 우리는 밤길을 달렸다. 열린 차장으로 스쳐 지나가는 공기는 부드러웠고 반대편 차선에서 달리던 차들의 전조등은 성탄절 거리 장식처럼 빛났다. 조수석에 앉은 용민은 계속 맥주를 마셔댔고 나는 계속 담배를 피워댔다. 속력계는 시속 백삼십과 백사십 사이에서 부르르 바늘을 떨었다. 가끔 반대편 차선에서 큰 트럭이 빠앙, 하고 경적을 울리기도 했는데 그 소리조차도 야밤 질주에 꼭 들어가야 하는 요소 같았다. 어쩌다 후미등을 깜박거리며 갓길에 세워둔 차를 보면 들이박고 내처 달리고 싶은 이상한 충동이 들기도 했다.

달리는 차체는 검은 도로에 밀착되어갔고 그 안에 타고 있던 우리도 차체의 한 부속이 된 느낌이었다. 그렇게 달리다가는 허공으로 공중 분해되거나 시퍼런 바다가 보이는 벼랑 끝으로 떨어져 지구 한가운데를 향해 추락해버릴 것 같은 이상한 기분이 들었다. 속도계 바늘은 어느새 백칠십에 육박하고 있었다.

누런 논과 검은 삼밭 하우스가 연이어 지나갔다. 이정표 따위를 신경 쓰지 않았기 때문에 얼마나 달렸는지, 어디쯤인지 알 수 없었다. 시간도 어떻게 되었는지 감이 없었다. 용민이 술을 마시면서 무슨 말인가 중얼거렸지만 내 귀에는 아무 소리도 들리지 않았다.

갈대밭을 스칠 때였다. 갈대밭 사이에 공터가 언뜻 눈에 들어왔다. 나는 핸들을 틀어 갈대 사이 좁은 길로 들어섰다. 고샅길을 지나자 공터가 펼쳐져 있었다. 검푸른 하늘이 너른 공터를 둥글게 감싸고 있는 형세였다. 검은 하늘에는 별이 쏟아질 듯 총총했고, 드문드문 눈에 띄던 농가도 보이지 않았다. 빙 둘러쳐진 갈대만이 바람에 따라 한 번씩 몸을 뒤척거리는 소리만 들렸다. 조용한 곳이었다.

우리는 차에서 내렸다. 국도에서 본 것보다 공터는 훨씬 넓고 아늑했다. 마치 오랜 옛날부터 우리를 기다려온 공간 같다는 착각이 들었을 정도였다. 우리는 동시에 아, 라고 탄성을 질렀다. 술에 취할 대로 취한 용민은 차에서 내리자마자 갈대를 꺾었다. 나도 그를 좇아 갈대를 꺾었다. 우리는 어린아이처럼 깔깔거리며 공터 중앙에 갈대를 부려놓았다. 갈대는 원뿔대 모양으로 차곡차곡 쌓아졌다.

내가 용민에게 손을 뻗치며 휴대폰을 달라고 했다. 용민은 정말 아무런 의심을 하지 않고 자기의 휴대폰을 건넸다. 나는 휴대폰 폴더를 열어 신문사에서 온 당선 메시지를 큰 소리로 읽었다. 우리는 경건했다. 마치 원시시대의 성대한 의식을 치루는 사람들처럼.

"점화식 해야지."

놀랍게도 용민의 입에서 먼저 나온 말이었다.

"좋아. 그렇게 하자."

나는 장단을 맞췄다. 점화식을 하는 데 왜 하필 토치가 필요한지 용민은 나에게 묻지 않았다. 용민은 지금이나 그때나 그 옛날이나 무엇에 대해 물어보는 사람이 아니었다. 질문이 없는 아이. 질문이 없이도 상황을 미리 읽는 아이. 그게 그였다. 그런 용민도 그날만큼은 어떤 전조도 읽지 못했었던 것 같다.

용민은 트렁크에서 가스통과 토치를 가져왔다. 토치에서 파란 불꽃이 광선처럼 튀어나왔다. 갈대 더미에 푸른 불꽃이 닿자마자 화르륵, 하는 소리와 함께 갈대는 금세 타올랐다. 주황색 깃털이 천지에 분분히 날리는 듯했다. 널름거리는 불꽃은 검푸른 밤하늘을 집어삼킬 듯 춤을 춰댔다. 검은 연기가 부풀어 올라 바람에 흩어지자 주위는 금방 환해졌다. 한마디로 광경은 끝내줬다. 용민은 계속 술을 마셨고 나도 덩달아 맥주를 들이켰다. 심한 갈증이 나기도 했다. 불이 잦아질라 치면 용민은 갈대를 한 아름 꺾어와 불 가운데 던졌다. 사위어가던 불꽃은 다시 맹렬한 기세로 타올랐다.

불과 술, 여자와 남자, 그리고 깊은 밤. 믹서에 넣고 드르륵, 갈아 낸다면? 걸쭉하고 진한 혼합물은 '광기'였을 것이다. 별이 쏟아지 는 둥근 하늘은 빙글빙글 돌았고 세상은 오직 우리의 축제를 관대 하게 바라봐주고 있었다.

용민과 나는 갈대 더미를 중심으로 빙글빙글 맴을 돌았다. 나는 잠깐 동심원 바깥으로 나왔다. 오줌이 마려웠던 탓이다. 가스통과 토치가 있는 곳. 나는 거기 쪼그리고 앉아 오줌을 누었다. 그때 비로소 나는 웃옷을 벗고 있었다는 것을 알았다. 그러나 그의 휴대폰만은 바지 호주머니에 간직하고 있었다. 쏟아지던 오줌발이 잦아질 즈음 토치 주둥이가 내 눈을 사로잡았다. 호기심이 동했다. 계시는 섬광처럼 번뜩였다. 작은 구멍에서 내쏘던 불꽃이 눈앞에 어른거렸다. 취기는 광기의 배다른 동생이었고 호기심은 광기의 어미뻘이던가.

내 눈에 비친 모든 사물이 굴절되어 보였다. 오줌 방울이 내 허벅지를 타고 흘러내렸다. 찜찜했다. 지금도 내 허벅지 안쪽에 그것은 찜찜했던 기억으로 남아 있다. 나는 간절히 염원했다. 이 몽롱함이 다른 모든 것을 가려주었으면 하고 말이다.

불꽃의 잔영으로 그의 모습이 붉고 노란 빛깔로 꿈틀거렸다. 용민이 벌리고 있던 다리 사이에서도 오줌 줄기가 포물선을 긋고 있었다.

"이걸 누르면 되는 거야?"

"뭘?"

용민이 바지 앞섶 지퍼를 닫고는 나를 향해 고개를 살짝 틀었다. 발사! 부지불식간에 내 입에서 튀어나온 말이었다. 그와 동시에 토치에서는 부드럽고 유연한 불꽃이 흘러나왔다. 그 순간 나는 그렇게 느꼈다. 용민의 뒤태를 어루만지고자 하는 내 손이 그 아이의 몸에 닿는 것이라고. 내 손이 푸른 불꽃이 되어 그 아이의 등과 허리와 엉덩이, 그리고 더 깊숙한 곳을 애무해줄 뿐이라고. 용민의 남성적 아픔을 알고 있었던 유일한 사람이 나였으니까. 언젠가는, 그때가 언제인지는 알 수 없지만 내가 용민의 아픔을 치료해줄 것이라는 막연한 예감이 들었다.

용민은 갑자기 춤을 추기 시작했다. 사이키 조명을 받으며 온몸을 비트는 사람처럼. 내 눈에는 그렇게 보였다. 내가 쏘아댄 불꽃 애무를 받아 쾌감이 절정에 이르는 것일지도 모른다고 생각했다. 용민은 결국 사지를 버둥거리며 비명을 질러댔다. 그때야 비로소 내가 무슨 짓을 저질렀는지 서서히 인식되었다.

나는 토치를 내던지고 차가 있는 곳으로 뛰었다. 시동을 거는 내 손이 마구 떨렸고 이가 부딪쳤다. 간신히 차를 몰았다. 눈 깜짝할 사이에 벌어진 일이었다.

내 알코올 수치와는 상관없이 차는 흔들리지도 비틀대지도 않았다. 다른 어느 때보다도 핸들링이 좋았고 정신도 또렷했다. 그제야 내 직감이 내 옆구리를 톡톡, 치고 있음을 깨달았다.

그때 나에게 양심의 가책이 없었던 걸까? 나를 그 지경으로까지 만든 게 누굴까? 늘푸른 보육원? 민기태? 오시연? 김 사장? 유형일? 아니면 용민이? 잘 모르겠다. 어쩌면 외피의 괴물이 용민이라면 나는 내피가 괴물로 태어난 사람일지도 몰랐다. 아주 어릴 적부터 용민이 나를 여자로 바라보고 있었음을 느낌으로 이미 알고 있었고 그의 치부를 내가 보듬어준 그때부터 우리의 계약은 이미 성립된 게 아니었을까? 누군가는 나에게 질문할 수도 있다. 처음부터 용민을 죽일 계획이었던 것은 아니었냐고. 글쎄 잘 모르겠다. 무엇이 내 속에서 나를 조정하는지. 그러나 나는 용민이 죽길 바란 적은 단 한 번도 없었다. 비록 용민조차도 믿어주지 않겠지만 말이다. 순전히 나만을 위한 이기적인 행동이었다고 세상 사람들이 손가락질해도 별수 없다. 용민과 나의 인생이 어느 순간 바통 체인지를 할지 아무도 모른다. 그러나 아직은 이렇게 그냥 계속 가볼 것이다. 지금의 상황이 그에게 그다지 최악이라고 생각하지 않기 때문이다.

소설을 가운데 두고 육 년을 달려왔던 나와 용민이었다. 소설의 알맹이, 즉 소설이 내재된 미학적 유기체에 열망을 가진 사람이 용민이라면 나는 소설의 후광이 가져다주는 현시적 욕망을 추구하는 사람일 것이다. 야누스의 얼굴을 가진 소설에서 두 사람이 제각각 욕망을 추구해왔다면 누구도 불만을 가질 일이 아니었다. 적어도 나는 그렇게 생각한다.

차를 아파트 지하 주차장에 파킹시키는데 전화벨이 울렸다. ○○문학상 주최 측이었다.

"선생님 이번 주 수요일, 기억하시죠? 저희가 주최하는 신인상 시상식이요."

대답은 물론이죠, 라고 했지만 그제야 생각났다. 메일로 초대장을 받은 것은 일주일 전쯤이었다. 곧이어 선생님 축하드립니다, 라는 말이 들렸다. 갑자기 던진 말. 무슨? 내가 채 말을 꺼내기도 전에 속사포처럼 전하는 낭보. 내가 ○○문학상 후보에 올랐다는 것이다. 삼 대 이였단다. 썩 나쁘지 않다.

"아직 축하 인사는 사양하겠습니다. ○○문학상 수상자가 되면 그때 정식으로 축하 인사 받기로 하죠."

조금 냉정한 목소리로 말했다. 사실 나도 말할 수 없이 기뻤다. 너무 기뻐서 눈물이 찔끔 배어나올 정도였다. 그러나 내 감정을 그렇게 쉽게 드러내고 싶지 않았다. 그럼 그날 참석하시는 걸로 알고 있겠습니다, 라며 상대편이 전화를 끊으려는 찰나 나는 그를 붙잡았다.

"오시연 작가는 어떻게 되었나요?"

내가 듣기에도 염려와 기대가 맞물려 있는 목소리였다. 혹시라도 그녀가 후보에 올랐으면 어쩌나 하는 감정과 함께 그녀가 떨어지면 안 된다는 이율배반적인 심리가 뒤엉켰다. 전화기 너머의 답변은 최악이었다. 오시연도 후보에 올랐지만 만장일치였단다. 오시연에 비하면 나는 아슬아슬하게 오른 셈이었다. 배알이 뒤틀렸다. 전화를 끊으려는데, 이번에는 그쪽에서 나를 잡았다. 아, 참. 선생님 이번에 C출판사에서 장편 신간 나오신다면서요? 선전하시기 빕니다. 잠시 잊고 있었던 난제가 내 숨을 막히게 했다.

현재 상황에서 오시연이 나를 능가하고 있었다. 스릴감은 있지만 초장부터 밀리는 싸움이라는 생각에 순간 의기소침해지는 것은 어쩔 수 없었다. 오시연을 누를 수 있는 방법은 없을까. 안 내리실 건가요? 나와 같은 층에 살고 있는 이웃이 이상한 눈으로 나를 바라보았다. 나는 엘리베이터가 열린 줄도 모르고 손톱을 잡아 뜯고 있었던 것이다.

나는 엘리베이터에서 내려 아파트 번호 키를 눌렀다. 손톱 끝에 발갛게 핏물이 비쳤다. 나는 현관문에 들어서자마자 오래된 앨범을 뒤졌다. 오시연, 나는 그녀의 사진을 찾았다. 오시연이 후보 선정에서조차 탈락했다면 완전히 김빠지는 게임이 될 뻔했다. 오시연과 경쟁하지 않는 ○○문학상 수상은 이미 반 이상의 의미를 잃은 시시한 일일 테니까. 그러나 후보 선정에서부터 오시연이 유리한 위치를 차지한다면 당선에서 유력한 것은 빤한 일이었다.

앨범 곳곳에서 오시연이 밝게, 혹은 수줍게 웃고 있었다.

3. 『표절』: 용민

원고를 읽으면서 머리털이 죄다 곤두섰다. 그녀가 두고 간 『유년의 자화상』은 내 몸속에 잠들어 있던 혈관 낱낱을 끄집어내고 있었다. 마치 날이 둔한 칼로 단단한 과일 속을 도려내는 듯이 내가 무참하게 난도질당하는 기분이었다.

나는 사십오 도 각도로 어긋난 머리를 절레절레 흔들었다. 그녀의 온전한 작품이 아니었다. 그녀가 또다시 나의 것을 훔쳐낸 것뿐이었다. 기형의 산물. 내 것도 그녀 것도 아닌 그 무엇. 나는 덜덜 떨리는 손으로 책상 맨 아래 서랍을 열었다. 예상대로 일기장은 없었다. 내 어린 시절의 고통과 상처의 기록인 그것. 내가 그것을 지금껏 보관하고 있었다는 걸 그녀는 어떻게 알았을까. 우연히 발견했을 수도 있었다. 한 문장, 한 장면, 한 챕터를 읽을 때마다 내 살점이 마구 뜯겨져 나갔다. 그녀 나름 고심한 끝에 선택한 단어와 문장이 겠지만 내 어린 시절의 상처는 감정의 과잉이 흘러넘쳐 구역질이 났다.

소설은 우리가 보육원에서 지냈던 어린 시절이 배경이었다. 교차 시점으로 소년과 소녀로 인칭을 바꾸고 있었지만 나는 알고 있었다. 소년과 소녀가 나와 그녀라는 것을. 그녀는 우리의 어린 시절을 제재로 성장소설을 써보고자 했던 것이다. 그녀는 자신의 이야기로만 부족하자 내 이야기를 첨부했다. 아니다. 내 이야기가 소설의 골자였고, 그녀 이야기는 곁가지에 불과했다. 그러나 어느 쪽에서 보더라도 소설은 제대로 버무려지지 않은 상태였다. 팩트를 조금씩 비트는 과정에서 인물은 개성이 너무 강해 캐릭터들이 제멋대로였다. 굳이 장점을 찾는다면 끊임없이 펑펑 터지는 흥미 본위의 스토리 라인이겠지만 그것도 특별한 것은 없었다. 소설은 내 일기, 그 이상도 그 이하도 아니었다. 보육원 어린 소년과 소녀를 화자로 내세운 성장소설에 어줍지 않은 사회 고발이 남발된 이야기로 초점이 흐려졌고, 주인공의 고통과 상처는 진정성이 결여된 채 도식화되어 있었다.

나 또한 내 어린 시절의 상처를 소설화시켜볼까 잠깐 고민한 적도 있었다. 그녀가 다섯번째 소설을 채근할 때였다. 그러나 그것을 소설화하기에 나는 아직 준비가 되지 않았다. 만약 내 유년의 기억으로 소설을 쓴다면 지금껏 써왔던 소설과는 전혀 다른 작품이어야 했기 때문이었다.

첫 장편 『표절』 이후 나는 트렌드와 인기를 염두에 두고 작품을 써왔다. 짧은 시간에 두각을 나타내야 했으므로 독자의 이목을 집중시키고자 말초적인 부분에 주력해야 했다. 한 달에 수십 권씩 쏟아져 나오는 신간 소설 속에서 살아남으려면 어쩔 수 없었다. 아니, 개인적으로도 그녀에게 점점 중독되어가는 내가 존재하기 위한 유일한 길이기도 했다.

출판사와 독자, 그리고 그녀의 비위까지 맞춰야 하는 나도 버거웠다. 트렌드에 휩쓸리면서 내가 문학을 통해 말하고자 하는 것이 부재되고 있음을 절실히 느낄 때가 한두 번이 아니었다. 거대 담론 속에 미시적이고 근원적 인간의 모습을 투영하고 싶다는 바람이 있었다. 내 이야기를 소설로 쓴다면 가능할 듯도 싶었지만 그때마다 머리를 절레절레 흔들었다. 문학 본령을 탐색하는 일이라고 자위해보았지만, 마지막 지켜야 할 내 모습이라는 것에 부딪치자 선불리 시작하기가 두려웠다.

나도 차마 쓰지 못한 내 이야기를 그녀는 아무 고통도 없이 세상에 내놓으려고 하다니. 내가 반대한다고 출간을 멈출 그녀가 아니었다. 어떡해야 하는 걸까. 이렇게 마구잡이 기형아가 된 채 세상을 돌아다니게 할 수는 없었다. 무엇보다도 내 스스로가 견딜 수 없는 일이었다.

그녀가 그랬다. 거의 최종본이라고. 이 원고가 최종본이라면 초고는 어느 정도였을지 짐작이 갔다. C출판사는 무슨 생각으로 이런 원고를 출간할 생각을 한 것인지 이해도, 납득도 할 수 없었다.

내 분노는 그녀를 넘어 출판사와 편집자에게 향하고 있었다. 지난 육 년간 해온 일에 깊은 회의가 느껴졌다. 육 년까지 이어지리란 생각은 하지 못했다. 『표절』의 후속작까지만 쓰리라 마음먹었던 것이, 다음 작품으로 이어졌고 그녀의 이름은 문단과 사람들 사이에 급속도로 알려지기 시작했다. 나는 그림자조차 철저히 어둠에 묻히는 동안, 그녀는 세상 한가운데로 나아갔다. 베스트셀러 제조기 작가 리영. 내가 만든 그녀였다. 처음부터 어긋나게 끼워진 단추였다고는 하지만 이렇게 어긋나다간 결국 파국이 멀지 않을 것 같다는 불길함이 들었다.

그녀는 나를 두 번 죽이는 셈이었다. 첫번째는 육체였고 이제는 정신에 날카로운 메스를 들이대고 있었다. 그녀는 내가 완전히 사라져도 눈 하나 깜짝하지 않을 여자였다. 어쩌면 나 스스로도 육 년 전, 죄를 범했던 그때 이미 죽었어도 상관없다는 마음으로 살아온 것일지도 모르지만.

나와 그녀는 어느 면에서 미래에 대한 욕망을 거세당한 사람들이었다. 그런데도 그녀는 미래를 꿈꿨고, 그 도구로 나를 사용하는 데 조금도 주저함이 없었다. 그녀가 지금 설계하고 있는 미래에도 내 자리는 아예 없을지도 몰랐다. 나는 단 한 순간도 그녀와 동떨어진 나 자신을 상상할 수조차 없는데 말이다. 죽음의 나락 한가운데서 내가 살아나고자 안간힘을 썼던 단 하나의 이유는 그녀였다.

그녀의 질주. 그녀가 스스로 멈출 수 없다면 내가 멈추게 해야 하는 걸까? 나는 내 욕망이 나를 꼬드기는 소리를 듣는다. 때맞추어 그녀는 나를 딜리트 하고 싶어 안달 났다는 빌미를 제공하고 있지 않은가. 내장 하나하나가 꼬이고 엉킬 것 같은 분노가 이내 잠잠해졌다. 흥미로운 상황이 전개될 거라는 예감이 나를 스치고 지나갔다.

땡땡땡! 땡땡땡! 나는 가사도우미를 불렀다. 이번 도우미를 부를 때는 꼭 두 번의 종을 쳐야 했다. 칠십을 넘긴 도우미는 귀가 어두운 대신 눈치가 빨랐다. 그녀가 미처 깨닫지 못한 점을 내가 간파한 것이다.

앞치마에 물 묻은 손을 닦으며 도우미 아줌마가 문을 열었다.

"부르셨어요?"

그녀를 향해 손짓했다. 가까이 오라는 신호다. 나를 처음 대하는 사람들은 내 모습에 불편해했고 내 말에 귀 기울이지 않았다. 내 어눌한 말투를 채 익히기도 전에 도우미는 갈렸고 길게 이야기할 만큼의 용건도 없었다. 나와 그녀의 관계에 대해 도우미들의 생각은 단순하고 명쾌했을 것이다. 돈 많은 그녀가 화상 장애인인 나를 돌봐주고 있다는 것. 화상 때문에 세상과 벽을 쌓은 내가 오로지 책과 컴퓨터를 벗 삼아 산다는 것. 그녀가 제법 유명한 소설가라는 것을 아는 도우미는 단 한 사람도 없다. 도우미들의 관심은 오직 높은 급료에 있을 뿐이었다.

도우미는 웃고 있었지만 내 기색을 살피고 있다는 것을 알 수 있었다. 내 기분이 별로라는 것을 알아챈 것이다.

"아줌마, 부탁할 일이 있습니다."

쇳소리가 나는 내 목소리. 입 외관과 함께 손상당한 목청 탓이었다. 도우미는 가만히 고개를 끄덕였다.

"친구를 찾고 싶습니다."

도우미는 그녀에게 부탁하면 되지 않느냐는 말은 하지 않았다.

"친구 이름이 김철호입니다. 그의 휴대폰과 직장 전화번호를 알고 있습니다. 그 번호가 아직 연락되는지 알아봐주시고 만약 연락이 되면 박용민이 찾고 있다고 전해주십시오."

내 말은 딱딱했고 경직되어 있었다. 그녀 외에는 누군가와 대화를 나눈 적이 별로 없는 탓이었다. 도우미는 이번에도 직접 전화해보라는 말을 하지 않았다. 내 휴대폰은 오직 그녀와 연락이 가능한 통신 기기일 뿐이었다. 그녀는 수시로 내 휴대폰의 통화 내역을 뽑아보는 사람이었다.

그것을 안 것은 삼 년 전이었다. 그녀의 아파트에서 이곳 별장으로 이사를 온 해였다. 두번째 장편소설이 스테디셀러로 자리매김할 즈음이었고 세번째 책의 출간을 앞두고 있을 즈음이었다. 이사 온 첫날 나는 철호에게 전화를 했다. 그녀의 아파트보다는 자유롭다고 생각해서 연락을 한 것뿐이었다. 철호의 휴대폰이 결번으로 나왔다. 철호가 매니저로 있는 나이트클럽에 전화를 했다. 거기서 그의 새 전화번호를 알려주었지만 받지 않아서 통화를 하지 못했다. 며칠 후 나를 찾아온 그녀는 그 일에 대해 몹시 불안정한 모습을 보였다. 그때 알았다. 그녀가 수시로 나를 감시하고 있다는 것을. 그날로 내 휴대폰은 통신사와 기기가 바뀌었다. 그녀의 감시를 받아가면서까지 철호와 연락하고 싶지 않았다. 나는 묻지 않았다. 묻지 않아도 알 수 있는 일이었다. 그녀가 염려하는 것에 대해서. 문학이나 문단에 아무런 영향력을 끼칠 수 없는 사람일지라도 두 사람 관계에 대해 알려진다는 것에 대한 꺼림칙함은 일종의 두려움이었던 것이다.

도우미는 고개를 끄덕였다. 의문을 갖지 않는 도우미가 미덥다. 만약 도우미가 그녀에게 이 사실을 알린다면? 그녀에게는 친구를 한번 보고 싶었다고 하면 그뿐이고, 그와의 접선을 신중히 계획하면 될 터였다. 철호와는 비교도 할 수 없는 위험인물과의 접선 시도가 나의 실행 계획이었다. 그녀가 그걸 알게 되었을 때의 표정이 사뭇 기대되기도 한다. 철호에게 연락을 취한 적이 처음이 아니므로 큰 의혹을 품지 않을 것이다. 굳이 철호에게 밝힐 리도 없거니와 뭘 안다고 해도 철호가 아무것도 할 수 없음은 나뿐만 아니라 그녀도 알고 있었다. 다만 그녀는 당장 도우미를 갈아치울 것이다 실행을 준비하기 위한 전초전으로 그쯤이면 데미지는 크지 않다.

내가 접선해왔던 인물인, 그는 지시했다. 필요하면 자기 쪽에서 연락을 할 것이니까 내 쪽에서 먼저 연락하는 것은 자제해달라고. 오피스텔로 나를 찾아왔던 그는 철호가 누구냐고 물었다. 철호의 외양이 나와 어울려 보이지 않아서 그랬는지도 모른다. 오랜 친구이자 생명의 은인이라고 말했다. 사고가 났을 때 철호가 나를 모른 척했다면 나는 죽었거나 장애인 시설에서 짐승만도 못하게 살았을 것이다. 그는 철호가 어떤 사람이냐고 되물어왔다. 그가 무슨 뜻으로 철호를 물어보는지 알아차렸다. 입이 무겁고 의리 있는 녀석입니다. 자신이 베푼 일에 대해서 생색을 내는 친구는 아니겠군. 그는 턱을 만지작거리며 말했다. 그는 화상 장애인이 된 사건의 전말에 대해 묻지 않았다. 그러나 나는 고해성사를 하는 기분으로 모든 것을 그에게 말했다. 느닷없는 불세례. 그녀가 나를 향해 쏘아댄 그것은 불이 아니라 내 인생의 파멸이었고 종말이었다고.

사고가 있었던 그날 우리는 광기에 휩싸였다. 어쩌면 이성에 의한 생각이라는 것을 할 수 없을 정도로 미쳐 있었는지도 몰랐다. 불꽃의 시간. 광기의 순간. 그 후에 만난 우리는 그 일에 대해 입을 다물었다. 때로 정말 그 일이 일어나긴 했었나 하고 의심할 만큼. 그러나 내 몸에 남겨진 상흔이 그날의 일을 생생하게 기록하고 있었다. 만약 내 몸에 증거가 남아 있지 않다면 그녀 또한 꿈이나 환각이었다고 우겼을지도 모를 일이었다. 그녀라면 그렇게 하고도 남을 여자였다.

온몸에 불이 붙은 나는 순간적으로 몸을 땅바닥에 굴렸다. 오직 손을 보호해야 한다는 자각만 또렷했다. 그리고 의식을 잃었다. 희미한 의식을 비집고 간헐적으로 들리던 컴퓨터 기계음. 눈을 뜨지 못했지만 어둠이 미세하게 소용돌이치는 게 느껴졌다. 가운데 점을 찍고 시계 반대 방향으로 돌리는 컴퍼스처럼 어둠의 입자들이 점을 향해 일제히 회전하고 있었다. 어둠의 입자들이 점을 향해 빨려 들어가면서 시야가 밝아졌다. 기이한 현상이었다.

야…… 새…… 끼…… 야…… 정…… 신…… 이…… 드…… 냐.

그때 들리던 말소리. 그 소리가 내 머릿속에 물결무늬 화석처럼 굳어졌다. 처얼호오! 분절된 기호들이 입 밖으로 흘러나왔다. 거추장스럽고 묵직한 느낌. 마치 입술에 큰 자물통이 매달린 것처럼 그랬다. 철호는 울음인지 웃음인지 헷갈리는 말로 자기를 알아보겠냐고 했다.

시야가 열리자 주위가 조금씩 선명해졌다. 흰 벽과 흰 커튼, 천장에 딱 붙은 창백한 형광등, 병원 로고가 새겨진 침대 커버, 내 몸의 어떤 곳과 이어진 투명하고 긴 관들. 긴 관에 연결된 기계에 손바닥 크기의 모니터가 보였다. 연두색 나선 두 개가 엇갈리며 물결을 이루는 그것은 내 몸 상태를 체크해주고 있었다. 부울. 짧지만 온 힘을 기울여 겨우 뱉은 단어였다. 철호는 나의 어눌한 말을 대번에 알아들었다. 그래 불이 났어. 네 몸에 불이 붙었다고. 이제는 괜찮으니까 절대 안정만 하면 된다며 나를 안심시켰다. 끄덕끄덕. 내가 머리를 조금, 아주 조금 흔들었을 때 얼음물이 와락 쏟아지는 느낌이 들었다. 토치에서 분사된 파란 불꽃. 그것이 닿는 순간 너무 차갑고 선뜩해서 소름이 끼쳤던 몸의 기억이 되살아났다. 물의 색깔을 닮은 푸른 불꽃은 빠르게 변신하는 카멜레온처럼 선홍색의 혓바닥으로 내 몸을 휘감았다. 특별히 뜨겁다거나 화끈거리는 느낌이 들지 않았다. 단지 숨을 쉴 수가 없었다. 나는 팔을 엇갈리게 하고는 두 손을 겨드랑이 속으로 넣었다. 그 와중에도 눈과 손만은 보호해야 한다는 생각이 나를 지배했다. 그러고는 잽싸게 몸을 웅크려 땅바닥에 내리굴렀다. 몸에 붙은 불을 꺼야 했다. 어디에도 물은 없었지

만, 불을 끄는 데는 물보다 흙이 빨랐다. 순간적인 판단이었다. 옷
이 타면서 살갗에 자잘한 흙이 박혀왔고 비로소 아픔이 느껴졌다.
가물거리는 의식 속에서도 도대체 그녀가 왜? 라는 의문만이 집요
하게 떠올랐다. 김 사장을 골로 보내기 위해 유형일을 없앤 일련의
행위를 알고 있는 내가 그녀에게 위험인물이었던 걸까. 완전 범죄
를 위한 증거 인멸. 그녀가 짠 각본에 첨부된 에필로그일까.

　의식 불명의 상태에서 사경을 헤맨 게 두 달이었다고 철호가 말
해주었다. 온몸에 화상을 입었다고 했다. 온몸을 칭칭 동여맨 붕대
는 철호의 말을 확인시키고 있었다. 후각 기능도 오십 퍼센트 이상
상실되었고 입술도 코끝과 붙어 뭉개졌다고 했다. 목숨이 붙어 있
는 게 다행일 지경이었다. 붕대를 풀어봐야 정확한 진단이 나오겠
지만, 화상이 심각한 부위나 조금 나은 부위나 엉망진창일 터였다.
왜냐하면 조금이라도 성한 살갗은 얇게 각을 떠서 화상 부위에 이
식을 했기 때문이라고 했다. 신체 중에 제 역할을 하는 곳은 손가락
으로 꼽을 정도였다. 비록 눈꺼풀과 귀와 입술은 손상을 입었지만
시력과 청력과 성대는 그런대로 괜찮았다. 또 성기능과 성기도 멀
쩡하다고 했다. 그 말을 전하는 철호는 얼마나 다행이냐고 했다. 그
러나 나는 속으로 피식, 웃음이 나왔다. 가장 친한 철호에게까지 말
할 수 없었던 비밀. 나에게 성기는 배뇨 기능 외에 소용없는 물건이
된 지 오래였다.

　군대에 다녀왔을 때 비뇨기과를 찾은 적이 있었다. 의학상 성기
능은 아무 이상이 없다고 했다. 정신적 충격을 받은 적이 있으십니

까? 의사가 조심스런 목소리로 물었다. 나는 허둥지둥 진료실을 나와야 했다.

다음으로 멀쩡한 신체 기관은 손이었다. 의사들도 가장 신기해하는 부분이었다. 팔뚝에도 화염 자국이 역력한데 손만 깨끗하니 그럴 만도 했다.

맨살이었다면 화상이 훨씬 덜했을 것이라고 했다. 불이 옷에 붙어 살 속을 파고드는 바람에 더 깊은 상처를 낸 것이다. 만약 그녀가 옷을 벗을 때 나도 같이 벗었다면 나는 죽었을 것이다. 갈대가 타면서 사방으로 퍼지는 불기운으로 온몸이 땀범벅이었다. 옷을 벗고 싶었던 것은 그녀뿐만 아니었다. 그러나 아무리 술에 취했지만 그녀의 속살을 똑바로 보지 못했다. 그래서였다. 열기로 땀투성이였지만 차마 나까지 옷을 훌훌 벗지 못한 이유가. 그나마 곧바로 땅바닥에 몸을 굴린 것이 최선의 응급 처치였다.

지갑 깊숙이 꽂혀 있던 철호의 명함이 나를 살렸다. 병원에 후송된 후 철호에게 연락이 왔다고 했다. 한달음에 달려온 철호는 내 보호자 역할을 감당했다. 철호는 계속 캐물었지만 나는 입을 굳게 다물고 일체 말을 하지 않았다. 그럴수록 철호의 추궁 강도는 심해졌다. 까딱하다간 방화범으로 몰리거나 정신과 치료를 받을지 모른다고 했다. 그 뒷수습을 하느라고 철호가 이리 뛰고 저리 뛰어 간신히 무마되었다.

철호의 말은 거의 욕으로 시작해서 욕으로 끝났다. 철호의 욕지거리를 듣고 있으면 내 마음이 편해졌다. 내 안에 잔뜩 끼어 있는 더러운 찌꺼기와 범죄의 흔적이 그나마 정화되는 느낌이었다.

차츰 정신이 들었을 때 내가 찾은 물건은 휴대폰이었다. 두 달의 시간이 흘렀다는 것도 비로소 인식이 되었고 숨이 가빠졌다. 내 소설은 어떻게 되었나? 그녀만 알고 있었던 일이었다. 당연히 당선은 취소되었겠지. 철호도 전혀 모르는 것일까? 여러 생각들이 내 머릿속에 와글댔다. 사고 현장에서 휴대폰은 없었다고 했다. 병원과 경찰관들이 가장 애먹었던 일이라고 했다. 철호의 명함이 경찰이 찾아낸 유일한 연락처였다.

소오서어얼? 내가 철호의 귀에 바짝 입을 대고 물었다. 내가 듣기에도 발음은 부정확하고 어눌했다. 솔이라고? 철호가 내 입술을 바라보며 되물어야 했다. 나는 답답한 마음을 누르며 고개를 저었다. 그럼 솔? 철호가 소리를 질렀다. 철호도 내 말을 알아듣지 못하는 것이 답답했는지 자기 가슴을 쳤다. 나는 기어이 숨을 쌕쌕거리고 말았고 그와 동시에 연두색 나선들이 어지럽게 엉키면서 위험 신호를 보냈다. 조용하던 기계도 삑삑거리며 경보음을 울렸다.

다급하게 달려온 간호사는 투명하고 가는 관을 살피며 기계 버튼 몇 개를 눌렀다. 안절부절못하는 철호에게 간호사는 절대 안정이라며 무서운 얼굴을 했다. 조직에 관계된 사람으로 보였던 철호였지만 스포츠형 머리칼을 쓸어 올리며 연신 고개만 주억거렸다.

의식과 무의식의 날이 그렇게 흘렀다. 그러는 사이 내 기력은 차츰 회복되어갔다. 겨우 휠체어를 탈 수 있게 되자 내가 서둘러 찾아간 곳은 병원 휴게실이었다. 그곳에 배치되어 있는 컴퓨터를 열어

보기 위해서였다. 몸이 회복되자 소설에 관한 일이 궁금해서 거의 미칠 지경이었다. 작가를 찾을 수 없어서 신문사가 곤란을 겪었다는 단신이라도 찾아 읽어야 했다.

인터넷 포털사이트 여기저기를 서핑하다가 나는 소리를 지르고 말았다. 병원 복도를 지나가는 사람들이 간호사실에 연락을 취할 정도로 큰 괴성이었다. 어떻게 이런 일이 벌어진 걸까? 나는 미친 듯이 머리를 휠체어에 박았고 침을 흘렸다. 믿을 수도 없거니와 믿기지도 않는 일이 내 눈앞에 펼쳐지고 있었다.

『표절』은 소설 베스트셀러 목록에 순위를 차지하고 있었다. 내가 화상을 당하기 전 당선 통보를 했던 ○○일보사에서 주관하여 위탁한 출판사에서 출간한 책 제목이었다. 내 머릿속이 하얗게 비어갔다. 당선자가 행방불명이었을 텐데 어떻게 책이 출간될 수 있었을까. 당선자인 내 연락이 없어서 다른 투고자의 작품이 되었다면 오히려 놀랄 일이 아니다. 비록 너무 어울리고 속이 상해노 말이다.

나는 떨리는 손으로 마우스를 움직여 관련 기사와 리뷰를 클릭했다. 맨 처음 뜬 사진. 그녀였다! 나는 내 눈을 의심하지 않을 수 없었다. 환한 미소를 짓는 그녀는 각각의 포즈를 취하고 있었다.

당선자의 이름은 '리영'으로 나와 있었지만 그녀가 분명했다. 나는 눈앞에서 벌어진 상황을 납득할 수 없었다. 그녀는 이것을 뺏기 위해서 나를 사지로 몰았던 걸까? 이 지경으로 진척된 상황을 도무지 납득할 수 없었다.

리영 씨의 『표절』은 이복 남매의 근친상간이라는 도발적인 상황을 배치함으로 소설을 이끌어가고 있다. 남성과 여성의 양극화된 심리를 작품 기저에 깔고, 인간 밑바닥에 내재된 도용에 관한 욕망을 빼어나게 형상화하고 있다. 남성 속의 여성성과 여성 속의 남성성은 소설에서 마성과도 그 맥이 상통한다. 누가 진정한 마성을 지닌 악마인지는 아무도 모른다. 심사위원들은 소설의 영역이 심리학적으로 확대된 증좌가 된 작품이라고 높이 평가했다. 이번 장편으로 등단의 영예까지 얻게 된 리영 씨는 대학에서 화학공학을 전공한 색다른 이력을 가지고 있다. 다음 작품에 대한 말을 아끼는 리영 씨의 행보가 자못 기대될 만큼 그의 등장은 예사롭지 않다.

관련 기사를 클릭하는 내 손이 뻣뻣하게 굳어졌다. 뒤에도 대형 신인 어쩌고 하는 기사 내용이 줄을 이었지만 더 이상 읽어볼 엄두가 나지 않았다.

소설 내용과 흡사한 일이 현실에서 그대로 재현된 것이다. 각성바지 누이동생의 예술적 영감과 재기를 도용해 조각가로 성공한 오빠는 결국 파국을 맞이한다는 것이 소설의 골자였다. 오빠를 향한 누이동생의 처절한 독백이 내 가슴에서 요동치고 있었다.

당신은 나를 두 번 유린했습니다. 당신과 태를 같이했던 누이인 내 몸을 점령했고 그것도 모자라 내 조각품을 표절하기에 이르렀습니다. 이제 당신은 나의 무엇을 가지려 합니까? 이제 내가 할 수 있는 것은 단 한 가지밖에 없습니다. 신과 반대편에 서는 일입니다. 당신을 박살내는 일이라면 나는 내 영혼을 악마에게라도 팔아버릴 각오가 되어 있습니다. 지금 맘껏 누리길 바랍니다. 그리고 기다리세요. 내가 당신을 찾아가는 그 순간을.

작품 속에서 오빠라는 인물은 자신의 누이를 끝끝내 부정했다. 작품 속 오빠와 같이 그녀도 나라는 사람을 끝끝내 부정할 심산인 걸까? 그녀의 계획된 의도. 모든 정황이 퍼즐처럼 맞춰지고 있었다. 내 휴대폰을 미리 달라고 했고 노트북도 차 안에 있었다. 완벽한 도용을 위한 치밀한 알리바이. 나는 그 작품과 당선 연락에 대해서 다른 사람에게 발설한 적도 없었다. 그러고 보니 그녀는 그것도 나에게 확인했다. 그 작품에 대해 누구한테 말한 적 있어? 라고.

누군가에게 말해보았자 아무도 믿어주지 않을 것이다. 나한테는 진실을 밝힐 어떤 증거도 남아 있지 않았다. 『표절』을 쓰는 과정에서 개작과 퇴고를 거듭한 원고도 노트북에 저장되어 있는 상황이었다. 나는 둔기로 머리를 몇 차례 얻어맞은 듯 한참 멍했다. 인터넷에 뜬 기사 글들이 낱낱이 해체되어 허공에서 분분히 날렸다. 그 허공에서 내 시선을 끄는 이름이 있었다. 네 명의 본심 심사위원 중한 명. 파란 하늘 아래 싱그러운 웃음을 터뜨렸던 사람. 하얀 봉투위에 활달한 필체로 쓰여 있던 그 사람의 이름이 또렷하게 기억났다. 지난 세월 속 그 이름을 동경했던 그녀가 동시에 떠올랐다. 내 고통을 말없이 지켜보며 상처를 핥아주던 그녀였다. 그런 그녀였기에 나를 김 사장으로부터 보호하고 그 자리에 대신 간다고 했을 때 순순히 받아들였다. 내심 불안하긴 했지만 그녀의 의도를 알았기에 말리지 않았다. 누군가가 진창에서 나가야 한다면 그녀가 먼저여야 한다는 생각에서였다. 그러나 그녀가 간 것은 또 하나의 진창이었다. 다른 공간에 살면서 같은 목표를 꿈꿔왔고 그것이 이루어지자마자 그녀는 나를 버렸다. 이제 그녀의 새로운 목표는 나를 딛고 올라서는 것이었을까? 세상을 향한 그녀만의 계산법은 무엇일까?

의문이 이어지자 호흡이 가빠지면서 신열이 나기 시작했다. 몸 상태는 악화되었고 다시 중환자실에 실려 가야 했다. 시간은 이상한 마력을 지녔다. 무의식의 세계에서도 끊임없이 흘러갔고 날카롭기만 하던 신경의 모서리를 마모시키는 효력도 있었다. 나는 급속도로 말을 잃었고 침묵과 무기력 속에 스스로를 유폐시켰다. 내가 정말 견딜 수 없는 것은 세상에서 견디지 못할 일은 없다는 것이다.

내가 받아야 할 더 이상의 병원 치료는 없다는 의사 진단이 내려졌다. 나는 갈 곳이 없었다. 화상 장애인이 된 나는 철호의 원룸으로 퇴원해야 했다. 적지 않게 나온 병원비도 철호가 지불했다.

철호는 감옥에 다녀온 대가로 보스가 운영하는 나이트클럽 지배인이 되어 있었다. 철호는 낮에 출근했고 아침에 퇴근했다. 철호는 미안해하지 말라고 했다. 자신도 나한테 신세 진 게 있다며 자기가 감옥에 있을 때 내가 면회 와주었던 일을 이야기했다. 빵에 있을 때

나 진짜 외로웠다. 그때 아무도 면회 같은 거 오지 않더라. 나 빵에 처넣은 씹새들도 지들한테 똥물 튈까 봐 몸 사리느라고 사식 한 번이 없더라. 쓰발, 개새끼들. 아무리 작당한 일이었지만 욕이 저절로 나오더라. 그때 니가 나 면회 와줬잖아. 딱 한 번만 오라니까 걸핏하면 찾아오고. 지금에서야 하는 말인데 빵에서 너만 기다렸다. 이젠 완전 가리한 거다. 필터만 남은 담배를 튕기는 철호의 눈시울이 붉어졌다.

철호는 공고 용접과에서 만난 급우였다. 교실 맨 뒤의 걸상에서 다리를 쫙 벌리고 껌을 질겅거리는 철호와 항상 책을 끼고 다니던 내가 친구가 된 것은 누가 봐도 이상한 일이었다. 우리는 비디오방에 뻔질나게 드나들면서 친하게 되었다. 어둑하고 쾌쾌한 비디오방에서 삼류 여배우의 은밀한 곳을 보면서 우리는 십 대의 막바지를 보냈다. 아무 거리낌 없이 자신의 속내를 보여주던 철호에게 나는 간신히 닫힌 입을 열 수 있었다.

철호는 고등학교 2학년 때 깐족거리는 실용영어 선생의 아귀를 돌려버리고 자퇴했다. 그 후 양아치로 돌아다니다가 조직에 들어갔다. 조직 보스의 죄를 덤터기 쓰는 바람에 철호는 전과자가 되었다. 경찰에 붙잡히기 전날 나를 찾아와 울던 철호였다. 삼류 신파 같은 인생. 면회 몇 번 가준 대가치고는 너무 컸다. 내 눈에 눈물이 고였다. 철호에 대한 고마움을 달리 표현할 길이 없었을 뿐 아니라 내 자신에 대한 연민에 의해 나온 눈물이기도 했다. 철호가 없었다면 스스로 목숨을 끊었을지도 몰랐다.

그는 묵묵히 내 말을 들었다. 이야기가 끝났을 때 얼굴 표정이 분간되지 않을 만큼 날은 어두워져 있었다. 그가 말했다. 그녀는 지금 자네를 간절히 원할걸. 그녀가 보고 싶다면 먼저 연락해. 어떻게요? 나는 울고 있었다. 내가 시키는 대로 하겠어? 그 순간 그는 아마데우스의 목을 죄고 있던 살리에리의 검은 환영과 다르지 않았다. 살리에리의 검은 유혹을 뿌리치기에 나는 힘이 없었고, 무엇보다 외로웠다.

나한테 한달음에 달려온 그녀는 그와 달리 철호에 대해 묻지 않았다. 나와 그녀의 미래를 위해, 아니 그녀 자신을 위해 나의 지난 시간은 완전히 포맷시키길 원했다. 그녀가 원하면 나는 어느새 그렇게 하고 있었다. 그녀가 지옥이라도 동행하자고 하면 나는 그렇게 했을 것이다. 괴물과 다르지 않은 몰골로 내가 할 수 있는 것은 아무것도 없었다.

그런데 이제 우리 사이에 보이지 않는 실금이 생기기 시작한 것이다. 언제부터인지 소소한 대화가 끊겼고 연민도 식었다. 두 사람의 감정이 변화하기에 육 년이란 세월은 충분한 시간이다. 두 사람을 연결하고 있었던 상처와 고통도 아물었고 잊혀갔다. 그때부터 나는 그의 마리오네트 인형이 되어가고 있었다. 그의 손에 매달린 줄이 내 마디마디를 조정했다. 나에게 글쓰기는 내 존재에 대한 증명이었다. 어쩌면 그 옛날 일기 쓰기와 조금도 다르지 않은 발버둥 같은 것이라고 해야 할 것이다. 생에 대한 미련이 없었으면서도 나 자신을 밝히고자 했던 그 시절처럼 나는 나를 알리고 싶었던 것이다. 그는 나의 그 점을 간파했던 걸까.

인정하고 싶지 않지만 나에게서 벗어나려는 그녀가 엿보였다. 『유년의 자화상』이 바로 그녀가 나에게 던지는 첫번째 도전장이었다. 비록 그 작품의 발상과 스토리는 내 일기였지만. 그 일기는 내 분신이다. 그럼에도 진정성을 운운했던 그녀의 뺨을 갈기고 싶었다. 나로부터 분리되려는 그녀. 그녀가 나를 한번 죽였다면 두번째 또한 불가능하지 않을 것이다.

화장실을 다녀왔을 때, 내 책상에 쪽지가 놓여 있었다.

김철호 씨 바뀐 연락처입니다. 휴대폰: 010-○○○○-○○○○. 직장 전화번호: 02-○○○-○○○○

도우미의 필체는 초등학교 저학년 아이 글씨처럼 크고 또박또박하다. 나는 번호를 머릿속에 입력시키고, 쪽지를 잘게 찢었다. 그녀에게 일러바치지 않은 도우미를 신뢰해도 되겠다는 확신이 섰다. 두번째 실행 단계에 돌입해도 된다는 신호였다. 그에게 간청할 참이었다. 이제 나를 나로 살게 해달라고. 창밖을 응시하는 내 시야가 점차 좁아졌다.

4. 『유년의 자화상』: 리영

용민은 요지부동이었다. 차라리 그가 어떤 식으로든 반응을 보인다면 속이 편할 것 같았다. ○○문학상 심사 기간까지 시간이 촉박했다. 나라도 원고와 씨름해야 할 판이었다. 몇 시간째 노트북 앞에 앉아 있었지만, 별 소득은 없었다. C출판사 에디터는 어색한 낯빛으로 말했다. 선생님이 다시 한 번 읽으면서 검토해보세요. 어디를 고치고 무엇을 늘려야 할지. 에디터는 말끝을 흐렸다. 아직 젖살이 빠지지 않은 것 같은 외모의 에디터는 이십 대 후반이었다. 리영 작가는 워낙 초고가 좋으니까, 교정만 보는 에디터로 붙였어요. 괜찮죠? 주간이 그랬다. 글쎄요. 나는 애매모호한 말을 하며 어느 쪽이 유리한지 계산기를 두드렸다. 교정만 보는 초짜배기 에디터. 예전 용민의 작품이었다면 훨씬 편했을 것이다. 그런데 달라진 상황에서 교정만 보는 에디터는 나에게 아무런 도움이 되지 않을 것은 뻔한 일이었다. 애송이 에디터는 난감한 표정으로 나를 대했다. 작품을 보는 안목은 있지만 어떻게 작가와 작품을 조율해야 할지 쩔쩔매는 기색이 역력했다. 그 에디터를 대하는 나도 곤혹스럽기는 마찬가지였다. 풀어야 할 난제. 그러나 쉽게 풀리지 않을 것 같아 미치겠다.

이번 소설이 제대로 나와줘야 오시연과의 싸움에서 그나마 승산이 있을 것이다. 오시연. 차마 내 입으로 말하긴 싫지만 좋은 작가다. 초기 중단편들은 신인의 패기와 재기가 넘쳤고, 장편은 장편대로 시대를 장악하는 메시지와 잘 읽히는 힘이 있다. 무엇보다 문장이 탁월하다. 최근에 출간한 에세이는 인생의 자잘한 무늬가 섬세하게 그려져 있어서 내심 질투가 났다. 오시연은 분명 나와는 색깔이 다른 작가였다. 선이 굵은 남성적 색채가 내 장점이라면 오시연의 장점은 여성 특유의 감수성이라고 할 수 있다. 인간의 내밀한 심리를 꿰뚫는 섬세한 문체는 도저히 따라잡을 수 없는 그녀만의 영역이었다.

내가 섭렵한 것은 오시연의 작품만이 아니었다. 나는 오시연이라는 여자에게서 나의 결락과 누락만을 찾았던 사람이었다. 그것도 아주 오래전부터. 오시연의 그저 그런 외모에서도 나는 공연히 주눅이 들었다. 오시연은 외모와 상관없이 내면에서 빛이 뿜어지는 여자였다. 누구보다도 민기태가 오시연의 그런 매력을 발견한 몇 명 안 되는 사람 중의 한 명이었다.

그런 오시연의 매력은 대학 다닐 때부터 드러났다. 내가 오시연을 인식했던 시기가 대학 때였으니까 그때라고 이야기할 뿐이지 오시연은 그 이전부터 그 모습이었을 것이다. 몇 시간만 함께 있다 헤어져도 다시 만나 이야기를 해보고 싶은 사람이 오시연이었다.

오시연에 대한 선명한 기억들. 딱 무릎 선까지 내려오는 타이트한 스커트 차림의 그녀는 어쩌다 입는 청바지도 썩 잘 어울리는 여자였다. 오시연은 어떤 옷을 입어도 자기를 연출하는 데 부족하지 않았다. 천진난만하면서도 진지했고 발랄하면서도 지적인 여자. 여대생 사이에 오시연의 옷차림을 두고 하는 말이 있었다. 동대문 시장의 싸구려 옷도 그녀가 걸치면 백화점 명품 마네킹의 코디로 변신한다고. 평범한 것 같지만 어디선가 귀티가 배어 나오는 그녀에 대해 질투가 난다고 하자, 민기태가 내 이마에 손가락을 튕겼다. 넌 네가 얼마나 이쁜지 너무 잘 알잖아. 시연이 것까지 탐내면 벌 받는다. 민기태가 미간을 살짝 찌푸렸다.

민기태의 말처럼 나는 알고 있다. 내가 예쁘다는 것을. 그리고 내 미모는 오시연같이 평범한 여자와 견줄 수 없다는 것도. 오시연은 보이시한 매력을 가진 여자였는지도 모른다. 귀밑에서 찰랑거리는 단발머리와 밋밋한 가슴, 작은 손과 발. 자세히 들여다보면 자잘한 주근깨도 있었다. 그런데도 십오륙 년 전 문리대에서 오시연의 인기는 단연 압도적이었다. 내가 가장 견딜 수 없었던 것은 민기태의 눈길도 늘 오시연에게 포커스가 맞춰져 있었다는 것이다. 왜 그랬던 걸까? 왜 모두들 오시연에게 시선이 모아졌던 걸까?

오시연이 가지고 있었던 것은 두 가지였다. 나로서는 도저히 넘볼 수도, 가질 수도 없었던 것. 첫번째는 태생이 다르다는 것이다. 사실 호적을 뒤져보지 않고는 오시연과 나의 태생이 다르다는 걸 아무도 알 수 없었기에 열등감 따위를 느낄 필요가 없었는지도 몰랐다. 그러나 그 대학의 모든 사람들이 다 몰랐어도 단 한 사람은 알고 있다는 것이 나는 죽을 만큼 싫었다.

그 사실을 알고 있었던 단 한 사람은 바로 민기태였다. 오시연의 태생을 몰랐다고 해도 내 태생은 알고 있었던 것이다. 하긴 오시연의 태생이야 딱 봐도 알 수 있는 일이다. 뭇사람들에게 빈축을 사지 않는 정당한 방법으로 축척한 부를 소유한 조부모들. 누구에게나 부러움을 살 만한 부모와 형제들의 학력과 직업 등등. 그런 가정에서 자라났다는 태가 나는 오시연은 영민하고 지혜로웠고 선하기까지 했다.

그에 비해 나의 태생은 보잘 것 없었다. 민기태가 알다시피 보육원 출신이라는 것이다. 초등학교 6학년 때 '은성유리'라는 중소기업 사주의 딸로 입양되어 왔어도 태생까지 바꿀 수는 없었다.

차라리 민기태가 그 사실을 몰랐다면 어땠을까. 아니, 민기태가 늘푸른 보육원의 그 아이가 나라는 사실을 끝내 기억하지 못하기만 했더라도 다행이었을 것이다. 적어도 오시연의 흉내는 낼 수 있었을 텐데. 오시연에게 향하는 민기태의 눈길에 노골적인 불만이라도 표시할 수 있었을 것이다. 오시연과 어울리면서 민기태의 기억 속에 보육원 시절의 나를 아웃시켜버리고 싶은 적이 한두 번이 아니었다.

　내 실수였다. 민기태에게 빨리 눈에 띄고 싶은 마음에 나를 드러내고 만 것이다. 민기태의 수업을 도강한 첫날이었다. 대학교 3학년 때였다. 언젠가 민기태가 나에게 이공계 학생으로 국문과 수업을 도강한 걸 보니 그때부터 작가 기질이 다분했었나 보다고 한 적이 있었다. 작가 기질, 작가적 역량. 내 열등감을 콕콕 찌르는 말들이었고 나한테 전혀 해당 사항이 없는 그 말은 민기태의 오해였다. 그러나 오해가 사실이어야 했으므로 나는 선생님 예리하신 건 알아줘야 한다니까요, 라며 웃어넘겼다.

　처음에는 몰랐다. 민기태가 우리 학교 국문과에 출강하고 있다는 것을. 민기태가 낸 책의 프로필을 보고 알았다. 민기태가 문학평론가인 줄은 중학교 3학년 때 국어 선생을 통해서였다. 그 선생은 민기태가 나온 대학의 후배였는데, 민기태를 자랑스러워했다. 그 선생의 입을 통해 민기태의 이름을 듣는 순간 나는 심장이 딱 멈추는 기분이었다. 글을 쓰는 사람에 대한 동경과 그것이 내 것이 될 수 있기를 바라는 소망을 품기 시작한 것은 그즈음이었다. 예전에 민기태 입으로도 자신이 무슨 글을 쓰는지 나한테 이야기한 적 있었지만, 그걸 이해하기에 나는 너무 어렸었다. 민기태가 하는 일을 이해하기에는 어린 나이였지만 민기태란 사람을 남자로 받아들이기에는 그렇게 어린 나이는 아니었던 걸까? 어린 내게 민기태는 남자였다기보다 일종의 환상이었을지도 모른다.

　민기태와의 첫 만남은 열두 살 때 크리스마스이브 날이었다. 벌써 이십사 년의 세월이 흘렀다. 아무리 세월이 흘러도 그날의 일은 내 머릿속에 선명하게 남아 있다. 그날 나를 스쳤던 바람 냄새와 공기의 느낌도 일일이 기억나는데 미간을 살짝 찌푸리는 민기태의 표정과 길고 가는 손가락으로 머리를 쓸어 넘기던 그의 제스처를 기억하는 것은 너무 당연했다.

『유년의 자화상』에서도 소녀가 화자가 된 챕터에 민기태를 만나는 장면은 상세하게 썼다. 소녀의 감성이 살아나면서, 문학에 대한 소망을 품기 시작했음을 알리는 챕터다. 애송이 에디터가 얼굴이 발갛게 상기되면서 한마디 했다. 저기요, 선생님 이 부분 너무 식상해요. 에디터를 째려볼까 하다가 관뒀다.

연말연시만 되면 보육원은 술렁거렸다. 그 시기에 방문하는 독지가와 후원자에게 우리를 잘 보여줘야만 하는 행사가 많았다. 키다리 아저씨인 K가 오는 날 아침, 원장의 소개말은 서상했나. 특별한 사람들이 방문할 거라고. 그 특별한 사람들은 돈이 많은 사람들이 아니며 정신적으로 풍요로운 사람들이라고 했다. 세상과 사람에 대해 아는 것이 아주 많은 사람들이라고도 했다. 소녀에게 꽂히는 말이 있었다. 바로 '정신적인 풍요로움'이라는 말이다. 눈에 보이거나 만져지지 않는 정신에도 풍요로움이 있는 걸까. 머리가 저절로 갸웃거려졌다.

보육원 아이들은 늘 배가 고팠다. 초코파이 하나를 두고도 맹렬하게 으르렁거릴 정도로. 그런 아이들 사이에서 도둑질은 반드시 거쳐야 하는 통과의례였다. 자기 몸보다 훨씬 커다란 패딩 잠바나 코트를 걸치고 나가 인근 가게를 털어 오는 일을 '원정 간다'라는 은어로 표현했다. 잠바 속에서 나온 물건은 별의별 것이 다 있었다. 귤이나 사탕에서부터 소형 라디오나 워크맨까지. 초등학교 고학년만 되면 잠바 주머니 밑단을 터서, 그곳으로 손을 밀어 넣어 물건을 쓱싹하는 일은 능수능란하게 해냈다. 아이들에게 그 정도 일은 완전 껌이었다. 그 뒤에는 폭력도 비일비재했으니까. 폭력에도 여러 가지의 종류가 있다. 각양각색의 폭력들. 꼭 물리적인 것만이 아닌 심리적인 것까지 원아들을 압박했다.

원아들의 허기는 단것을 향해 치닫곤 했다. 눈이 많이 온 겨울날 큰 양푼에 눈을 떠와서 1킬로그램 설탕을 다 쏟아붓고 달려들어 그걸 퍼먹은 적도 있을 만큼. 숟가락을 든 열댓 명의 아이들이 양푼에 몰려드는 광경이라니. 그건 단순히 불쌍함을 넘어 처참한 경쟁이었다. 분명 그 속에 소녀와 소년도 있었다. 배도 부르게 하지 못할 눈송이를 아귀다툼하며 퍼먹었던 그들은 극심한 스트레스를 받았던 것이다. 허기와 외로움의 스트레스. 그런 소녀에게 '정신적인 풍요로움'이란 말이 야릇하게 들렸다.

정신이 풍요롭다고 한 그 사람들은 다행히 '정신'만을 가져오진 않았다. '대한민국 작가협회'라는 글씨가 새겨진 라면 박스에는 책도 있었지만 먹을 것도 잔뜩 들어 있었다.

원아들의 어설픈 공연이 끝나자 그 사람들은 라면 박스를 옮겼다. 사람들 속에 K도 있었다.

"작가는 뭐 하는 사람인가요?"

소녀는 라면 박스를 옮기는 K에게 물었다. 그때 K의 나이는 스물 다섯이었다. 스물다섯 살의 K는 풋풋하고 신선했다. 뾰족한 턱과 날카로운 콧날과 사람의 마음을 꿰뚫어 보는 것같이 진지한 눈동자. 청바지에 옅은 살구색 남방을 입은 K의 옷차림도 소녀의 눈을 사로잡았다. 남자에게 살구색이 어울린다는 것도 처음 알았다.

K는 소녀의 가슴에 매달린 명찰을 보고 이름이 예쁘다고 해주었다. 중저음의 목소리. 처음 들어본 젊은 남자의 목소리는 소녀 가슴에 풍선 하나를 부풀게 했다. K의 입을 통해 소녀는 자신의 이름을 듣는 기분이 참 묘했다. 게다가 그때까지 소녀는 자기에 대해 칭찬해주는 말을 들어본 적이 없는 아이였다.

K는 보육원 마당 한가운데 우뚝 선 들메나무와 겹쳤다. 딱히 말로 표현할 수 없지만 그에게서는 가을날 낙엽 태우는 냄새가 났다. 소녀는 나중에야 알았다. 그것이 남자 로션 냄새와 쉬인 담배의 니코틴 냄새였다는 것을. 보육원에서는 그런 냄새를 풍기는 사람이 없었다.

"작가가 뭐 하는 사람이냐고요."

소녀가 다시 물었다.

"아, 참 작가가 뭐 하는 사람이냐고 물었지. 너 책 읽는 거 좋아하니?"

K는 눈을 찡긋해 보이며 소녀의 질문에 대답하지 않고 다른 말을 했었다. 그런데도 소녀는 짜증이 나지 않았다. K가 소녀의 얼굴

을 빤히 들여다보는 동안 손발이 오그라들었고 가슴 아래가 근질
근질해서 어디론가 숨고 싶은 기분만 들었다. 그런 자신의 모습을
그가 알아챌까 봐 소녀는 심장이 뛰고 있었고 가슴속 풍선이 점점
커지고 있었다.

"우리 원장 아버지는 정신이 풍요로운 사람이라고 하던데."

소녀는 작은 목소리로 중얼거렸다. 그 순간 K가 터뜨린 짧은 웃
음. 소녀는 숨이 멎는 줄 알았다. 그 사람의 입에선 깊은 산속 바
람 소리가 났다. 깊은 산의 바람 소리를 귀 기울여 들어본 적이 없
었지만 소녀는 깊은 산속 바람 소리는 딱 저 소리일 것이라고 생
각했다. 그 바람 속에는 자판기 커피 향이 배어 있었다. 소녀는 우
연히 맛본 달달한 자판기 커피에 반해 있을 때이기도 했다. 어린
이는 먹으면 안 된다고 했지만 그럴수록 쓰고 달콤한·맛에 안달이
났다.

소녀는 막연하게 K가 담배 연기를 뿜으면 정말 멋있을 거라는 생
각이 들었다. 소녀 예상대로 K는 애연가였다. 아무리 어렸지만 그
때 소녀의 느낌이 아주 틀리지는 않았던 것이다.

K는 작가가 어떤 일을 하는 사람인지 어린 소녀가 알아들을 수 있
게 설명해주었다. 이야기를 지어내는 일을 직업으로 가진 사람.

"『키다리 아저씨』 같은 이야기도요?"

앞뒤 몇 장이 뜯겨져 나간 『키다리 아저씨』를 읽었던 생각이 난 소
녀가 물었다. 그 이야기를 읽으면서 공연히 설레었던 기억과 함
께. 머리를 쓸어 올리며 고개를 끄덕이는 K의 눈동자가 깊어졌다.

"아저씨도…… 작가예요?"

소녀는 조심스럽게 물었다.

"아저씨! 야, 너 너무 심했다. 아저씨라니?"

펄쩍 뛰는 K의 얼굴이 익살맞아 보였다. 순정 만화의 주인공처럼. 소녀는 얼굴이 달아오름을 느꼈다. 소녀의 표정을 내려다본 K는 잠깐 생각하는 표정으로 시선을 던지더니 다시 신중한 모습으로 입을 열었다.

"아, 참. 나보고 작가냐고 물었지. 나는 말이다. 작가가 쓴 작품을 평하는 글을 쓰는 사람이야. 아, 너 독후감 알지. 그런 종류의 글을 쓰는 사람이란다. 아직은 풋내기야. 대학생이거든. 근데 네가 아저씨라고 하니까 얼마나 황당하겠냐?"

아! 대학생. 그 말을 듣는 순간 소녀의 가슴에 박하사탕 하나가 박혀 싸아, 하고 번졌다. 어린 소녀에게 대학생은 세상에서 가장 멋있는 사람이었다. 늘푸른 보육원 원아 중 대학생이 된 사람은 한 사람도 없었다. 대학생의 일상생활을 그린 드라마가 최고 인기였다. 그 드라마에서 귀에 쏙 들어온 단어가 있었는데, 바로 '낭만'이란 말이었다. 그 단어가 왜 그렇게 대학생과 잘 어울렸는지. 그러고 보니 K가 거기 출연하는 '낭만'적인 남자 주인공과 닮았던 것도 같았다. 그는 소녀와 눈높이를 맞추느라고 허리를 숙이고 물었다.

"이담에 무슨 일을 하고 싶으니? 꿈이 뭐야?"

K는 정말 식상한 질문을 했다. 보육원 여자애에게 꿈이 있을 턱이

없었다. 소녀는 입술을 잘근잘근 깨물면서 K를 바라보았다.

"아, 그래. 우선은, 우선은 말이다. 공부를 열심히 해야 한다. 학생이니까."

K도 소녀의 당혹한 표정을 보고 식상한 질문이라는 것을 깨달았는지 더듬거리며 말을 했다.

"공부를 열심히 하면 대학생이 될 수 있나요?"

소녀가 눈동자를 깜빡거리며 물었다.

"대학생?"

K가 웃었다. 그 웃음이 파랬다. 하늘 색깔의 물감처럼. 소녀가 가장 좋아하는 색이었다.

"아저씨도, 아니 오, 오빠도 대학생이잖아요."

소녀는 머리를 세차게 흔들면서 멋쩍은 표정으로 웃었다.

"오빠? 그래 오빠라고 불러. 아, 너 대학교에 가고 싶은 거로구나."

다시 웃음이 퍼진 K의 얼굴은 투명하게 파랬다. 싱그럽고 파릇파릇한 웃음. 역시 소녀가 좋아하는 파란 셀로판지로 본 세상처럼.

"네. 가고 싶어요."

양쪽 주먹을 꽉 쥐고 말했지만 소녀는 자신이 없었다. 대학생. 되고 싶었지만 원장 아버지에겐 그럴 능력이 없다는 것을 알고 있었다. 그 사람이 소녀의 머리를 쓰다듬어주고 뒤돌아서는 순간 소녀는 K를 불렀다. 소녀의 목소리가 조금 떨렸다.

"저기요. 이름이 뭐예요?"

"내 이름?"

소녀는 머리를 끄덕였다. 소녀의 얼굴이 발갛게 상기되었는지도 모른다. K의 이름 석 자가 소녀의 귓바퀴에 쟁쟁거렸다. 소녀는 눈을 굴리며 K의 이름을 가만히 되뇌었다. K가 코를 찡긋해 보였다. 그의 미간과 코의 잔주름은 그의 습관이 만든 흔적이다. K의 뒷모습을 좇으며 소녀는 그의 이름을 수없이 가슴에 새겼다. 소녀가 그의 등 뒤에 외쳤다. 그냥 키다리 아저씨라고 부르면 안 되나요? 저만치로 성큼성큼 걸어가던 그가 뒤를 돌아보며, 좋을 대로 해! 라며 다시 눈을 찡긋해 보였다.

"그럼 네가 그 늘푸른 보육……. 아니, 아니. 나를 키다리 아저씨라고 부른 그 꼬마 아이란 말이냐?"

십 년 만에 만난 민기태를 나는 한 번에 알아보았지만 그는 처음에 나를 알아보지 못했나. 하긴 스물두 살의 여대생에서는 꼬질꼬질한 보육원 계집애의 흔적조차 찾을 수 없을 테니까. 나는 하루라도 빨리 그와 가까워지려고 최대의 실수를 저질렀다. 내 입으로 나의 태생에 대한 힌트를 주고 만 것이다. 교수님, 저 기억 못 하시겠어요? 라는 말로 시작해서 말이다. 오시연이라는 여자를 만나기 전이었으므로 나는 그것이 걸림돌이 되리란 생각을 하지 못했다.

그 이후에 오시연과 비교하면서 내 기분은 딱 반반이었다. 민기태가 예전의 나를 기억해준 것에 대한 기쁨이 반이라면 나머지는 서글픔이었다. 내 출신에 대한 민기태의 선입견이 나는 싫었다.

맨 뒷자리에서 민기태의 수업을 도강하면서 나는 머리를 요리조리 굴렸다. 민기태를 다시 보게 된 것만으로도 기뻤지만 그와 닿을 수 있는 길이 없을까 하고. 결국 내 입으로 보육원 시절의 나를 끄집어내고 말았다. 그의 인생에서 보면 아주 낡은 서랍 속 허섭스레기에 지나지 않은 기억을 말이다. 그는 나를 무척 반겼다. 보육원 출신의 계집애가 대학생이 되었다는 사실 하나만으로도 그는 신기했을 것이다. 따로 연구실이 없었던 그는 나를 국문과 사무실로 데리고 갔다.

그날 오시연을 만났다. 스물다섯 살의 오시연은 국문과 대학원생으로 조교였다.

"시연아, 차 좀 줘. 반가운 사람을 만나서 말이야."

그 사람은 오시연을 스스럼없이 대했다. 그의 말을 받는 오시연 또한 친근감이 묻어났다. 나중에 알아보니 오시연은 우리 학교 대학소설문학상을 받아 이미 실력을 인정받고 있었다. 그런 오시연이니만큼 민기태와도 각별했다. 그 각별함 속에 흐르는 기류는 소설가 지망생과 평론가의 관계 이상이라는 것을 말해주고 있었다.

내 직관은 무섭게 발동되었다. 오시연과 내가 어떤 식으로든 계속 얽힐 거라는 것을 말이다. 그것은 틀리지 않았다. 어느 누가 이렇게 오랜 시간 동안 그녀와 내가 라이벌이 될지 알았겠는가. 민기태와 문학을 사이에 두고. 그 밑바닥에는 용민에 대한 깊은 열등감이 건물의 머릿돌처럼 묵직하게 자리하고 있었다. 내가 소설이라는 것을 끼적거린 것은 그때부터였다.

그 시절 민기태에게 묻고 싶은 것이 있었다. 오시연을 바라보는 시선과 나를 대하는 마음에는 분명 차이가 있었는데, 그 근본적인 이유가 무엇이었는지. 오시연이 가지고 있지만 나는 가지고 있지 않은 두 가지 때문은 아니었느냐고. 태생과 문학적 재능 말이다. 태생이야 어쩔 수 없다지만 문학만이라도 성취한다면 민기태의 시선과 관심을 소유할 수 있다고 믿었다. 그러나 문학은 나에게 거대한 벽이었다.

오시연이라고 문학에 늘 자신만만했던 것은 아니었다. 약관의 나이에 여러 대학 문학상을 휩쓴 오시연이 슬럼프에 빠졌던 시기가 있었다. 금방 기성 문단에 발을 들여놓을 거라고 생각했던 그녀는 몇 해에 걸쳐 등단에 고배를 마셔야 했다. 언니라고 부르면서 잘 따르던 나는 그녀를 위로하면서 속으로 쾌재를 불렀다. 오시연, 네 시대는 끝났어. 네 알량한 재주는 우물 안 개구리밖에는 안 되는 거였다고. 자연 민기태도 너에 대해서 관심이 식겠지. 그러면서노 나는 두려웠다. 오시연을 떠난 그의 시선이 내게 올 거라는 보장도 없었기 때문이었다. 머릿속에는 할 말이 무궁무진한데 막상 글을 쓰려고 하면 막혔다. 내 능력 밖의 일이었다. 그럴수록 문학에 대한 내 목마름은 더해만 갔다. 민기태와 오시연에 대한 열등감과 함께 말이다.

민기태는 글을 잘 쓰는, 아니 더 정확하게 말해서 소설을 잘 쓰는 사람에게 환상을 가진 평론가였다. 그의 어릴 적 꿈이 소설가였다고 한다. 소설가가 되기 위해 엄청난 양의 책을 읽다가 결국 소설을 평하는 감각에 먼저 눈을 뜨게 된 케이스의 평론가가 그였다. 그런 까닭에 민기태가 오시연이라는 여자에게 더 동경을 품었다고 나는 생각했다. 만약 오시연의 문학적 절정이 대학 시절에 끝났다면 어떻게 되었을까? 나도 문학과 무관하게 살았을까. 아닐 것이다. 용민이 작가가 되는 순간부터 문학에 대한 나의 미련은 다시 눈을 떴던 것이다.

"네가 곁에서 시연이 위로 좀 많이 해주렴."

민기태는 종종 내게 그런 부탁을 했다. 민기태가 직접 위로해주지 못했던 이유는 뻔했다. 유부남이라는 그의 위치가 오시연에게 향하는 마음을 막고 있었던 것이다. 민기태는 지독히도 스탠더드한 사람이었으니까.

대학 시절 열렬히 연애하던 민기태 아내는 결혼과 동시에 전형적인 사모님이 된 속물이었다. 민기태의 평론 원고료와 강의료가 한 달 생활비로 적당한지 계산기를 두들겨대는 아내로 인해 그는 소설가의 꿈을 다시 시도해보려는 생각은 하지 못한다는 말을 들은 적이 있었다.

"꿈을 포기한 측은한 사람이야."

오시연이 민기태를 그렇게 이야기했을 때 내가 느낀 것은 질투였다.

"언니도 참 웃긴다. 선생님을 언니가 왜 측은해해?"

내 목소리는 각이 서 있었다. 오시연이 '측은한 분'이라고만 했더라도 화는 내지 않았을 것이다. 측은한 사람이라니. 그 말이 갖는 뉘앙스를 견딜 수 없었다. 고개를 숙이며 발갛게 달아오른 오시연의 얼굴이 더 미웠다. 민기태와 오시연의 스스럼없었던 친근감은 어느 순간 어색하게 바뀌었다. 그 간극에 흐르던 기류. 이루어질 수 없는 남녀 간의 안타까운 감정이라고 나는 단언했다.

민기태와 오시연이 마음을 열었던 계기가 바로 문학이었고 그로 인해 남녀의 감정까지 발전했던 것이다. 차라리 다른 어떤 것이었다면 나는 노력했을 것이다. 그러나 문학은 뛰어넘을 수도 뚫고 지나갈 수도 없는 커다란 산이었다.

보육원 시절 스쳐 지나갔던 민기태는 어린 내게 환상에 지나지 않았다. 시간이 지나면 환상은 사라지기 마련이다. 환상이 아무도 소유할 수 없는 저 높은 곳에 존재했다면 나 역시 잊어버렸을 것이다. 그러나 그 환상이 열등감에 몸부림쳤던 나의 지난 시간들을 들쑤셨고 오시연을 통해 나를 자극했던 것이다. 게다가 오시연은 나 따위는 안중에도 없었다. 그게 더 약이 올랐다.

"네가 장편을 준비하는 줄은 정말 몰랐어. 넌 언제 그렇게 좋은 작품을 썼냐? 너인 줄 알고 선생님 칭찬이 대단하셨어. 진짜 좋겠다. 축하해."

내 등단 소식이 알려지자 오시연은 진심으로 기뻐했다. 습작 시절 내 작품을 오시연과 민기태에게 보인 적이 있었다. 오시연과 민기태는 고개를 절레절레 흔들었다. 그들이 내 소설을 혹평하는 이유도 똑같았다. 인물이 전형적이다, 구성도 평면적이다, 치기스럽다, 현학적이다 등등. 그런데도 그녀는 의심이나 시샘을 하지 않았다. 그래서 더 화가 났다. 나 따위는 자기와 게임도 되지 않는다는 태도가 맘에 들지 않았다. 물론 오시연도 나보다 삼 년 빠르게 계간지를 통해 등단해서 첫 작품집 출간을 앞둔 시점이긴 했지만.

"등단은 언니가 먼저 했어도 내 책이 더 빨리 나오게 생겼네."

그래서였을까. 오히려 내가 더 가시 돋친 말을 했다. 그녀는 환하게 웃으면서 우리를 격려하는 민기태 이름에 누가 되지 않도록 열심히 하자고 했다. 비틀어지지도 꼬이지도 않은 오시연의 여유로움에 나는 번번이 화가 났지만 대놓고 따질 문제는 아니었다.

오시연은 어느 순간에도 가진 자의 여유를 부릴 줄 아는 여자였다. 결국 늘 나만 애면글면하는 꼴이었다. 그런 그녀가 미워서 내가 그녀의 가장 아픈 부분에 면도칼을 들이밀었던 적이 있었다. 오시연이 등단한 직후니까 서른 살 정도였을 것이다.

"언니는 왜 연애도 안 해요? 소설 쓴다고 연애나 결혼을 하지 말란 법은 없잖아요."

"아직 그런 쪽에는 생각이 없어."

"따로 좋아하는 사람이 있는 건 아니고요? 혹시 말이에요. 언니."

내가 작심하고 덤벼들었다. 오시연은 내 말을 황급히 막았다.

"그래. 좋은 사람 있으면 소개시켜줘. 됐지?"

그녀의 허둥대는 모양새라니. 그와 비슷한 질문을 민기태에게도 한 적이 있었다. 선생님 결혼 생활이 행복하시냐고. 민기태는 쓴웃음을 지었다. 거짓말에 서툰 두 사람의 제스처에도 질투가 났다. 어쩌면 그렇게 닮은꼴인 척하는 건지. 내 눈에는 두 사람이 다 꼴사납

게 비칠 뿐이었다.

그때 더 확실히 알았다. 연애 쪽으로 젬병인 오시연이 민기태를 마음에 두고 있다는 것을. 나는 오시연과는 되고 싶지도 않았고 될 생각도 없었다. 그러나 어쩐 일인지 연애를 해도 금세 흥미가 떨어졌다. 나한테 목을 매는 사람에게는 금방 싫증이 났으니까. 도달할 수 없고 소유할 수 없는 것에 대해서만 끊임없이 갈증을 느끼는 게 내 천성이었다. 버림받은 보육원 계집아이가 내 태생이어서 그럴지도 몰랐다.

나는 노트북을 덮고 나갈 차비를 서둘렀다. 오늘은 ○○문학상을 주최하는 출판사 신인상 시상식이 있는 날이었다. 민기태와 오시연도 온다고 했다. 만장일치로 후보가 된 오시연을 보고 싶지는 않았다. 그러나 ○○문학상을 주최하는 출판사 행사에 빠질 수는 없는 일이었다.

나는 택시를 잡았다. 광화문 쪽에 있는 ⏌곳은 각종 시상식을 진행하는 센터였다. 센터 로비에 안내문이 붙어 있었다. 15층 행사장에 들어섰다. 시상식은 거의 막바지였다. 나는 간단한 다과가 준비된 테이블 근처에서 서성거렸다. 꽃다발을 한 아름 안은 신인들이 사진을 찍느라 분주했다. 아는 사람들이 눈인사를 해왔다. 누군가 내 어깨를 쳤다. 오시연이다. 특유의 미소를 짓는 모습에서 여유가 느껴졌다.

"난 떨어질 줄 알았는데. 다행이지 뭐야. 너와 내가 나란히 후보에 올라서 너무 기뻐."

또 그 돼먹지 않은 겸손에 버무린 여유라니. 그런 오시연의 표정 뒤에 오롯이 곤두선 그것. 너도 들었겠지. 나는 만장일치고, 너는 삼 대 이라는 걸. 아무리 발버둥 쳐도 너 따위는 감히 나를 이길 수 없어. 희색이 만연한 오시연은 나를 야유하고 있는 것처럼 느껴졌다. 오시연은 ○○문학상 후보에 대해 거리낌 없이 이야기했다. 혹자는 그렇게 자신의 감정을 감추지 않은 오시연을 투명하다고 말했다. 그 점도 마음에 들지 않았다. 어느새 우리 옆으로 다가온 민기태도 환하게 웃고 있었다.

"나도 기쁘네. 내 제자 두 명이 나란히 후보에 올라서 말이야."

민기태는 장난스럽게 손바닥을 입 가까이 대고 말했다. 난 둘 중 누굴 밀었게? 민기태가 심사위원이라는 것은 나도 이미 알고 있었던 것이다. 민기태의 짓궂은 눈은 오시연을 향했고 오시연은 활짝 웃었지만 나는 웃지 않았다. 아니, 웃을 수가 없었다. 그게 오시연과 나의 차이점일 것이다. 가진 자에게 겸손은 여유로운 인품으로 작용하지만 갖지 못한 자에게 겸손은 비굴함에 불과할 테니까.

오신연을 향한 내 전전긍긍함은 어디서 연유한 것일까? 오시연은 천부적인 재능을 부여받은 사람이고 나는 용민에게 의지해야 하는 사람이라서? 다른 사람이 볼 때는 다 마찬가지일 수도 있을 것이다. 그러나 그것은 엄연히 달랐다. 게다가 용민이, 내 글 쓰는 기계가 삐거덕거리는 중이었다. 문단 사람들은 작품은 점점 좋아지는데 슬럼프라고 위로할 것이다. 작품이나 문학과 별개로 작용하는 내 불안감을 알 턱이 없었다. 앞에서 주최 측 안내자가 마이크

를 들어 뒤풀이 장소를 말했다. 갈 거지? 민기태가 나에게 눈짓을
했다.

"선생님은. 우리가 여기 왜 왔는데요. 잘 보여야 하잖아요."

오시연이 농을 던졌다. 딴은 그러네. ○○문학상 후보에 나란히
오른 너희들은 꼭 가야지. 민기태는 호탕하게 웃었다. 나는 두 사람
을 뒤로하고 뒤풀이 장소로 빠른 걸음을 옮겼다. 술자리에 앉아서
이 사람 저 사람에게 알은체를 하고 있었지만, 마음은 편편치 않았
다. 소설을 다시 쓰겠다는 용민의 확답만 들었어도 이 자리가 이렇
게 불안하지는 않을 것이다.

"왜 이렇게 일찍 일어나? 날도 날이니만큼 진하게 달려봐야지."

술집에서 슬쩍 빠져나오려고 하자 민기태가 나를 붙잡았다.

"아버지 공판일이 다가와서요. 이래저래 마음이 심란하네요."

김 사장 공판은 일주일이나 남았지만 나는 그 핑계를 댔다. 용민
에게 가자고 할 참이었다. 사실은 용민을 대면할 생각을 하니 그 짐
이 더 편편치 않았다.

"아."

민기태의 대답이었다. 오시연은 눈을 내리깔고 딴청을 했다. 갑
자기 어색한 기류가 느껴졌다. 내가 김 사장의 입양 딸이라는 사실
이 비밀이 아니게 된 지 오래다. 어색해진 분위기야말로 나를 배려
하고 있는 주위의 시선임을 증명하는 것일지도 몰랐다. 쓸데없는
일에 신경을 써주는 척하는 무리들이었다. 뒷구멍으로는 사람 하
나 등신 만드는 것은 일도 아닌 족속들이면서.

"나도 일어나야겠네. 같이 갑시다."

어색한 분위기를 단번에 깬 사람은 말이 많은 선배 작가였다. 입담과 구랏발이 장난이 아닌 작가. 소문 이상의 것을 이끌어내는 사람이었지만 가끔 미루어 짐작한 일이 적중하곤 했다. 나는 그와 같이 택시를 탔다. 하필이면 같은 방향이었다.

"그거 알아."

아니나 다를까 그 선배는 소문의 낚싯줄을 휙, 던졌다. 나는 뭐요? 라는 눈빛으로 선배를 쳐다보았다.

"민기태 부부 파경설 말이야."

내 머릿속으로 섬광이 번쩍였다. 택시 안이 어두웠기 망정이지 환한 곳이었다면 내 얼굴 표정은 완전히 티가 났을 것이다.

"아, 네. 전혀 몰랐어요. 사생활인데요, 뭐."

나는 선배 작가의 말을 차단하면서 속으로 손가락을 튕겼다. 만장일치를 뒤집을 수 있을지 모른다는 생각이 내 머리를 강타했다. 머릿속으로 그려지는 일련의 그림들. 내 생각과 무관하게 선배 작가는 씹을 거리가 없어 아쉽다는 듯 쩝쩝거리면서 입을 닫았다.

나는 집에 오자마자 컴퓨터를 켰다. 개인 기록 파일에서 방명록. 'ㅁ'음 자에 민기태의 신상 정보가 떴다. 전화번호 목록에는 휴대폰, 연구실, 집 전화번호가 나란히 입력되어 있었다. 전자메일 주소와 학교 주소는 물론이거니와 민기태와 관계된 출판사 주소와 집 주소까지. 서랍을 열어 사진 몇 장을 골랐다. 앨범에서 찾아낸 오시연의 사진이었다. 민기태와 같이 다정한 포즈로 찍은 그것들. 단순히 스승과 제자라고 하기에는 석연치 않은 모습이었다. 그동안 오시연과 민기태에 대한 자료를 하나도 흘리지 않은 보람이 있었다. 나는 한글 파일을 열어 길지도 짧지도 않은 편지를 썼다. 출력된 편지와 사진 몇 장을 서류봉투에 넣기까지 채 한 시간도 걸리지 않았다. 심사위원들의 만장일치로 후보에 올랐다고 의기양양해하는 오시연의 얼굴 위로 편지글과 사진 몇 장이 겹쳤다.

오시연에게 전화를 했다. 오시연 목소리에 술기운이 느껴졌다. 전화기 속은 사람들이 떠드는 소리로 시끄러웠다. 오시연이 잠깐만, 이라고 속삭였다. 응 말해. 나는 오시연을 떠볼 심산이었다. 요새 선생님 가정에 별일 없으시지, 라는 내 물음에 오시연은 왜? 라고 반문했다. 오시연의 동그랗게 커진 눈동자가 선연했다. 어떤 기미도 느껴지지 않았다. 아니야. 언니 과음하지 말고 들어가, 라며 나는 전화를 끊었다.

5. 내가 죽이지 않았습니다. 죽이지 않았다고요: 용민

블라인드가 올라가고 막 노트북 부팅을 했을 때 전화벨이 울렸다. 그녀였다. 나는 얼른 대답을 하지 못하고 우물쭈물했다. 그녀에게 할 말이 많았는데, 막상 그녀의 목소리를 들으니까 어떤 생각도 떠오르지 않았다.

"오늘 두시에 김은성 공개 공판이 열리는 것 잊지 않았지? 서초동 법원으로 와. 차 보낼게."

전화기 속 그녀는 소설을 거론하지 않았다. 아, 오늘이 김은성 공판일이었지. 나는 손바닥으로 이마를 쳤다. 까맣게 잊고 있었던 일. 김은성은 살인 죄목에 대해서 항소를 재기했다. 김은성의 변호사가 승산이 있다고 했단다. 유형일 사망 시간으로 시신 사후 경직 상태와 김 사장의 현장 목격 시간이 근소한 차이가 있다는 점과 유형일 혈흔이 묻은 김 사장의 골프웨어는 그 당시 유행이 한참 지난 옷으로 김 사장이 착용하지 않았다는 점 등으로 검찰에 이의를 제기한 모양이었다.

"내가 오늘 증인석에 출두하기로 했다고 했잖아. 빠져나갈 구멍은 거의 없지만 그래도 또 모르지. 어쨌든 오늘 아니면 그 인간을 볼 수 없을지도 몰라. 너도 한 번은 봐야 할 거 아니야."

내 침묵에 망설임이 깔려 있다는 것을 모를 그녀가 아니었다. 세상 밖에 은둔하고 있는 나로서는 용기가 필요한 일이었다. 그녀가 한마디 덧붙였다. 그 인간이 어떻게 몰락하는지 너도 보고 싶을 거 아니야. 아니면 말고. 그녀가 전화를 끊으려는 찰나 나는 가겠다고 했다.

그녀가 운전사와 차를 보내왔다. 나는 야구 모자와 선글라스에 마스크를 착용했다. 운전사는 나를 차에 태웠다.

춘천시를 빠져나와 고속도로를 탔다. 그녀로부터 어떤 수의를 받았는지, 운전사는 나에게 말을 전혀 시키지 않았다. 나 역시 잔기침 소리 한 번 내지 않았다. 수십 개의 터널을 통과했다. 춘천과 서울을 잇는 고속도로가 생긴 탓인지 서울 가는 길은 예상했던 것보다 훨씬 빨랐다. 톨게이트를 지나자 어서 오십시오 서울입니다, 라는 이정표가 나를 맞았다. 나는 차 창문을 반쯤 열었다. 춘천의 신선하고 깨끗한 공기와는 비교할 수도 없는 매연 섞인 탁한 공기가 코를 자극했다. 오랜만에 느껴보는 치열한 공기였고 삶의 중심에 몰아치는 대기였다. 정작 인간들과 부대끼며 내가 들이마시며 진저리쳐야 할 공기일지도 몰랐다.

서초동 법원으로 가는 서울은 여전히 복잡하고 활기가 넘쳐났다. 나 하나쯤 세상에서 사라져도 눈 하나 깜짝하지 않을 만큼 분주하게 바쁜 서울 거리가 내 눈에는 그로테스크하게 비쳤다. 한 시간 반 남짓의 시간이 나에게는 유폐의 거리였다.

이윽고 서초동 법원 정문이었다. 706호실 안내판에 그 인간의 이름이 있었다. 피고 김은성. 운전자는 나를 휠체어에 태우고 엘리베이터에 올랐다. 안면을 가린 나는 첩보영화 속 인물 같았다. 안 보는 척하고 흘낏거리는 사람들의 시선이 느껴졌다. 도르르 몸을 말고 있는 굼벵이나 송충이 같은 기분. 어깨가 자꾸 옹송그려졌다. 올라가는 엘리베이터 층수가 더디었다. 엘리베이터 문이 열리자 긴 복도가 나타났다. 나는 비로소 어깨를 폈다. 운전사는 내 휠체어를 밀고 706호실 문을 열었다. 온통 나무 색인 법정은 싸늘하고 고압적인 분위기를 자아냈다. 순전히 기분 탓이겠지만.

시간이 되자 법정 절차가 진행되었고 판사의 입에서 피고인의 이름이 불려졌다. 김. 은. 성. 마음 저 밑바닥에서 급류가 하강하는 소리가 울렸다. 마스크 안에 결박당한 것 같은 입술이 타는 듯했다. 나도 모르게 마른침을 삼켰다.

수의복을 입은 김은성이 법정으로 들어서는 순간, 나는 햇빛 속에 무방비로 노출된 백내장 환자처럼 시야가 뿌옇다. 법원 피고석을 잘 볼 수 있는 자리에서 그의 일거수일투족을 놓치지 않고 지켜보리라 결심했는데, 어디론가 숨어버리고 싶은 충동에 사로잡혔다.

생각과는 달리 김 사장은 시종일관 얼굴을 빳빳이 치켜세웠다. 변호사가 승산이 있다고 언질을 준 탓일까. 파란색 수인복 차림의 그는 초췌했고 염색하지 않은 머리는 백발이었지만 꼿꼿했다. 그와 동시에 내 관자놀이에 파란 정맥이 곤두섰다.

내 기억과는 많이 다른 모습이었다. 이십삼사 년의 세월이 김 사장과 내 앞에 가로놓여 있으니 그럴 만도 했다. 나는 그가 체포되는 모습을 보지 못했다. 병원에 있었고 그의 소식을 찾아볼 염이 나지 않았을 시기이기도 했다.

은성의 몰락, 아니 김 사장의 전락한 모습을 확인하는 순간 마스크 속의 내 입술은 경련이 일었다. 오래전 일이었다고 끊임없이 자위하는데도 그에 대한 공포와 분노가 온몸을 관통하며 꿈틀대고 있었다.

김 사장이 아직 세상에 수인으로 존재할 수 있도록 한 것은 그녀였다. 죽여버리고 싶어. 죽여버릴 거야. 내가 그렇게 말할 때마다 그녀가 고개를 가로저었다. 그녀를 이해할 수 없었다. 언제가 한번은 그녀에게 화를 냈던 적이 있었다. 어쨌든 네 보호자라서 감싸는 거냐고. 어깃장이었지만 내가 생각해도 비열했다. 김 사장에 대한 내 분노가 그녀에게 이상한 행태로 튀었을 뿐이었다. 그녀가 나에게 물었다. 어떻게 죽일 건데? 그를 죽이느라고 우리 인생이 개 값이 되어도 상관없니? 바보 같은 생각 하지 마. 천천히, 그리고 오랫동안 그의 몰락을 지켜보는 것도 나쁘지 않을 테니 내 말만 따라. 내가 찾아낼 거야. 얼음장처럼 차가운 표정의 그녀가 피워내는 주황색 담배 불꽃이 어둠 속에서 반짝였다.

꽉 다문 입매와 위로 치켜 올라간 눈초리만으로도 충분히 사람을 질리게 할 수 있을 것 같은 외모의 검사는 무테안경의 모서리를 검지로 치켜 올렸다. 그의 질의는 바늘 하나 들어갈 틈조차 없이 매몰찼다. 턱을 치켜들고 정면을 주시하는 김 사장의 어깨가 단단해 보였다. 무죄 판결이 확실시되어 있는 피고를 보고 있는 착각이 들 만큼 김 사장은 당당했다. 육 년의 감방 생활도 그를 바꾸어놓지 못했던 걸까.

"피고는 리드 옥시드 성분이 인체에 치명적이라는 것을 알고 있었죠?"

검사의 심문은 단도직입적이었다. 정해진 시간에 많은 것을 추궁해야 하기 때문일 것이다.

"치명적이라는 것은 몰랐습니다. 유해한 것은 알고 있었지만, 미량이었기 때문에 큰 문제가 될 것은 없다고 생각했습니다만……."

"여기가 피고 변명하는 자린 줄 압니까? 피고는 네, 아니오, 로만 대답하세요."

검사가 김 사장의 말을 끊었다.

"…… 알고 있었습니다."

잠시 머뭇거리던 김 사장은 덜 익은 감을 씹은 표정으로 간신히 대답했다.

"인체에 치명적인 사실도 알고 있었고, 엄연히 불법인데도 첨가한 이유는 무엇입니까?"

"나도 그 점이 유감이라고 생각합니다."

김 사장의 태도는 시종일관 뻣뻣했다. 검사는 더 이상 김 사장을 질타하지 않고 준비해온 차트를 넘기며 리드 옥시드 성분에 대한 크리스털의 역사와 그것이 인체에 미치는 영향에 대해 간략한 브리핑을 했다.

그녀는 마침내 찾아내고 말았다. 차돌멩이같이 단단하고 오만한 김 사장의 아킬레스건을. 리드 옥시드 성분이 그것이었다. 크리스털의 정교한 모양이 제작되기 전 시뻘건 유리물에 첨가해왔던 약물이다. 유리의 광택을 맑게 할 뿐 아니라 투명도를 높이는 데 리드 옥시드만 한 물질이 없었다. 그래서 1980년대까지만 해도 유리와 크리스털 제품에 반드시 첨가시키는 성분이었다. 그것이 인체에 치명적인 위험 성분으로 알려진 것은 1990년대에 이르러서였다. 리드 옥시드는 몸속에 축적되면 간질 증세와 정신 질환을 일으킬 뿐 아니라 사망까지도 조래할 수 있는 산화납 성분이었던 것이다.

리드 옥시드 성분을 대신해서 티타늄과 지르코늄의 신소재가 개발되었다. 그 후 모든 크리스털 제품에는 두 개의 성분을 넣어 제작하는 것이 세계적으로 공식화되었다. 그와 함께 유리 검열 과정에서 리드 옥시드 성분 첨가는 불법이었다. 검열을 통과한 모든 유리 제품에는 안정성 검사필 마크가 붙었다. 그 마크는 리드 옥시드 대신 티타늄이나 인조 다이아몬드 성분인 지르코늄이 첨가되었으므로 인체에 안전하다는 인증이었다. 그녀가 화공학과를 선택한 데는 다 이유가 있다는 생각이 들었다.

유리업계에서 유망한 중견 기업이었던 은성의 모든 제품도 안정성 검사필 마크가 붙어 시중에 판매된 것은 말할 것도 없었다. 검사가 제시한 차트의 마지막은 안전성 마크가 붙어 백화점에 진열된 은성 크리스털 와인 잔이었다.

"존경하는 판사님, 무섭지 않으십니까? 소비자의 생명을 담보로 한 은성의 모습이 이렇게 아름답고 정교했다는 것이 말입니다."

판사를 쳐다보는 검사의 눈빛이 날카로웠다.

"은성유리는 대한민국에서 두 가지 악행을 저질렀습니다."

검사는 다시 김 사장 쪽으로 몸을 돌렸다.

"첫번째 악은 은성유리를 믿고 구매한 소비자에게 납이라는 독성을 제공한 것이고 두번째 악은 피고가 공무원과 정치인들에게 준 뇌물이 비자금이 되어 정치를 혼란에 빠뜨린 것입니다. 그것도 단지 피고 개인의 이익을 위해서 말입니다. 인정하십니까."

김 사장은 입을 다물고 눈을 감았다. 만약 김 사장이 구속되지 않았다면 은성유리는 탄탄한 중견기업으로 성장했을 것이다. 그녀와 나는 가장 적당한 때 은성의 덜미를 낚아챈 셈이었다.

"당신네 회사 제품을 구매한 소비자들의 삼 년 후, 오 년 후의 건강과 생명을 피고는 어떻게 책임질 것입니까? 피고가 사람입니까?"

검사는 다소 흥분된 억양으로 김 사장을 몰아세웠다. 변호사가 인신공격이라며 반격을 하자, 판사가 검사를 제지했다. 지켜보는 내 숨이 가빠졌다. 김 사장의 얼굴을 보는 것조차 점점 고통스러웠다.

냉정하고 차분했던 그녀도 리드 옥시드 성분을 이야기할 때는 목소리가 떨렸다. 카페의 작은 원목 원탁을 사이에 두고 앉은 우리는 모사를 꾸미는 사람들처럼 은밀했다. 그 인간을 무너뜨릴 수 있을 것 같아. 대신 우리가 힘을 모아야 해. 그녀의 입김이 내 귓불에 전해졌다. 네가 연루되는 건 싫어. 나는 분명한 목소리로 말했다. 걱정하지 마. 너 혼자 해. 나는 고개를 끄덕거렸다. 하지만 잊지 마! 그 인간을 무너뜨리는 첫번째 이유는 네 복수를 위해서야. 내가 너를 위해서 돕는 거라고. 그렇다면 두번째 이유는 그녀의 복수를 위해서란 말인가. 나는 아슴푸레하게 느낄 수 있었다. 김 사장을 죽이고 싶었던 사람이 나뿐만이 아니라는 것을.

"네가 사람을 하나 없애야 할 것 같아."

그 말을 듣는 순간, 환한 카페 안이 돌연 캄캄해졌다. 와글거리던 사람들의 소음도 묵음이 되었다. 오직 세상에 그녀와 나만 존재하는 기분이었다.

"사람을 없애라면?"

"죽여!"

그녀는 대수롭지 않게 대답했다.

"누구를? 김 사장?"

그녀를 재우치는 내 목소리가 컸고 심장은 빠르게 뛰었다. 수십 번 죽이고 싶었던 인간을 실제로 죽이는 순간을 수없이 생각해왔던 터였다.

"아니라고 했잖아. 그 인간은. 목소리가 너무 커."

그녀는 다른 곳으로 시선을 던지며 경고했다. 그 인간이 아닌 누구를 죽이라는 말인가. 나는 고개를 가로저었다.

피고석의 김 사장도 세차게 머리를 가로젓는다.

"내가 죽이지 않았습니다. 죽이지 않았다고요."

눈을 감고 있던 김 사장이 어느새 눈을 부릅뜨고 언성을 높이고 있었다. 김 사장이 항소한 부분에 대해 질의가 시작되자 김 사장은 얼굴을 붉히며 반박했다. 검사의 얼굴이 험악하게 일그러졌다.

"피고가 죽이지 않았다면 누가 죽였다는 겁니까? 피고가 리드 옥시드 성분을 넣는다는 것을 알고 있는 유일한 한 사람이 바로 유형일이잖아요. 그 사람이 피고한테 그 사실을 협박하니까 죽여버린 거 아닙니까? 벌써 육 년 전에 판결 난 일을 항소하는 이유가 뭡니까? 지금 여기가 애들 장난하는 자린 줄 압니까. 할 말 있으면 육 년 전 검찰 심문할 때 했어야 하는 거 아닙니까?"

검사의 힐난에도 김 사장의 기세는 꺾이지 않았다.

"리드 옥시드 성분을 넣으라고 지시한 것도 내가 맞습니다. 또 공무원과 정치인들한테 비자금을 대줄 테니 눈감아달라고 한 것도 시인합니다. 그러나 살인만은 하지 않았습니다. 그 사람은 정말 사고였습니다."

김 사장은 다소 기운이 빠진 듯 목소리를 낮추었지만 끝까지 자신의 주장을 굽히지 않았다. 방청객석이 일순 술렁거렸다. 유형일 가족 중 누군가는 김 사장을 향해 욕설을 퍼부었다. 판사가 망치를 두드리며 장내의 소란을 수습했다. 김 사장은 끝내 억울하다는 표정을 감추지 못했다. 나와 그녀만이 알고 있었다. 살인 누명을 뒤집어쓴 그의 억울한 심정을. 김 사장의 움켜쥔 주먹이 부르르 떨고 있는 것이 보였다. 김 사장 말대로 그는 유형일을 죽이지 않았으니 그럴 만도 했다. 그러나 김 사장이 저지른 과오에 비하면 그다지 억울할 것도 없었다.

"은성공장에 들어가면 알게 될 거야."

"은성공장에 들어가라면, 날 보고 취직을 하란 말이야?

"응."

"내가 없애야 할 사람이 거기 있어."

"리드 옥시드 성분에 대해 알고 있는 사람이야. 그걸 빌미로 내 목을 조이고 있는 사람이기도 해. 그 사람 때문에 우리 일이 무산될 수도 있어."

그녀의 입에서 살짝 단내가 났다. 핏발 선 그녀의 눈동자에 피곤이 서려 있었다.

"그 사람을 없애면, 김은성은?"

내가 그녀를 힐끗 쳐다보며 물었지만 그녀는 볼이 움푹하도록 담배를 빨아들일 뿐 아무 말도 하지 않았다. 나는 양 주먹을 뼈가 으스러지도록 움켜쥐었다. 나는 해야만 했다. 마치 그 일을 위해서 내가 존재하는 것인 양 느껴졌다.

일을 진행시키면서 나는 감정도 연민도 두려움도 없는 존재가 되었다. 사이보그. 딱 그거였다.

문제는 일을 치르고 나서였다. 그때 비로소 내 손으로 사람 한 명의 목숨을 없앴다는 두려움에 몸을 떨었다. 나는 순간순간을 감당하기 힘들었다. 매일 술을 먹고도 잠이 들지 않아 악몽을 꿨다. 코끝에서는 쇳내 같은 피 냄새가 떠나지 않았고, 사이렌 소리도 하루종일 귓가에 맴도는 나날을 보내야 했다. 그런 나에게 문자가 왔다. 메일 열어봐. 그녀였다. 메일을 클릭하자 내가 저지른 일이 기사화된 스크랩이 떴다.

10월 27일 일요일 은성유리 유형일(45세. 은성유리공장의 현 공장장) 사망. 금일 유리 주물 제작 컨베이어 벨트에 손과 팔이 딸려 들어간 유형일은 과다 출혈로 숨졌다. 은성유리에서 25년 근속이었던 유형일의 사망 원인은 기계 조작 미숙이거나 기계 불량에 의한 사고사로 추정된다. 사고의 자세한 경위는 경찰이 조사 중이다.

인터넷 포털사이트에 뜬 기사 전문이었다. 내 손으로 저지른 일이 세상을 떠돌아다니고 있었다. 명백한 범죄 행위였다. 그런데도 나는 경찰 조사 한 번 받지 않고 잠 속을 헤매고 있었다. 나와 그녀가 차근차근 계획한 일이었다. 내가 용접 일을 그만두고 은성유리에 취직했던 그날부터.

내가 은성에 들어갈 수 있었던 것은 그녀의 입김 덕이었다. 유형일은 나에게 각별했다. 단지 그녀가 사주의 딸이었고 유형일이 은성의 피고용주였기에 그랬을까. 아닐 거라는 판단이 섰다. 그녀도 그렇게 말했다. 유형일이 자기 목을 조이고 있다고.

용접공으로 불을 능란하게 다루어왔고 유리 주물 공정 역시 불이 빠질 수 없는 일이었다. 나는 빠른 시일 내에 유형일에게 인정받을 수 있었다. 유형일은 은성과 함께해온 사람이야. 그의 눈에 들면 공장 기기를 맘대로 다루게 해줄 거야. 그걸 이용해. 너와 공장장만 있는 시간을 만들어야 해. 아무도 몰라야 해. 그녀가 준 은성공장의 소스였다.

나는 보육원에서 있었던 그날을 떠올리지 않을 수 없었다. 그녀가 훔쳐 오라고 했던 워크맨. 그것을 움켜쥐는 순간 땀이 차올랐던 손. 그로 인해 나는 김 사장의 손에서 놓여날 수 있었다. 그녀의 계략이 나를 구했다. 이제 그녀는 나에게 사람의 목숨을 원하고 있었다. 안다. 결과적으로는 나를 위해서라는 것을. 두 번 모두. 아니, 그녀는 그렇게 말하지 않았다. 우리는 하나니까 누군가 누구를 위한다는 것은 말이 되지 않는다고. 그러나 이번에도 나는 기꺼이 내 손에 피를 묻혀야 했다. 표면석으로는 그녀가 시키는 일처럼 보이지만 결국은 나 자신을 위하는 일이라는 것. 그러나 그 배후에는 나의 죄책감이 깔려 있다는 것. 그러면서도 나는 그 일을 해내고 말리라는 것. 보육원의 그날과 한 치도 다르지 않았다. 두 번의 일로 우리가 얻게 된 대가는 상반되었다. 그녀는 풍성해지고 화려해지고 당당해진 데 비해 나는 비굴해지고 용렬해지고 작아졌으니까.

나는 유형일의 신임을 얻기 위해 최선을 다했다. 기꺼이 패딩코트를 입고 지하상가를 어슬렁거렸던 그날처럼. 나는 신입들 중 누구보다 늦게까지 남아 공장의 뒤치다꺼리를 했고 유형일 개인 심부름도 자처했다. 유형일은 신입 중 나에게 가장 먼저 유리 공정 일에 투입시켰다. 기계 만지는 일에 빨리 능숙해지고 싶다고 유형일에게 넌지시 부탁을 했다. 소주나 한잔 사라. 유형일이 내 어깨를 두드리며 허락했다. 공장의 다른 사람에게는 아무 말도 하지 마라. 너한테만 특혜 베푼다고 소문나면 내가 곤란해. 내가 부탁하고 싶은 말을 유형일이 먼저 했다. 유형일은 그녀의 안부를 물었다. 그의 눈빛이 몽롱했다. 은성의 비밀을 공유한 사람들의 마법과도 같은 몽롱함, 그 이상이었다. 그녀에게 물었다. 유형일이 네 목을 조르는 이유가 뭐야? 무슨 일 있었지? 내 얼굴을 물끄러미 바라보던 그녀의 눈동자와 입이 따로 놀았다. 붉게 충혈된 눈가에 스며든 물기와 맞지 않게 입이 웃고 있었다. 무슨 일이 있었을 거 같아? 네 상상에 맡길게. 불끈 쥔 내 주먹과 관자놀이에 정맥이 각을 세웠다. 뭐야, 도대체! 내가 악을 썼다. 우리 다 왔어. 이제, 세상 어떤 것에도 훼방 받지 않고 우리가 원했던 날들이 기다리고 있을 거야. 김은성이 아니더라도, 그녀와 내가 원하는 날들이 아니더라도, 나는 유형일을 죽이고 싶었다.

그녀가 말하던 우리가 원하는 삶은 어떤 것이었을까. 그녀의 주술 같은 말. 어쩌면 그녀의 말은 맞았는지도 모른다. 현재 그녀는 자신이 원하는 삶을 누리고 있으니까.

그녀에게 디데이가 정해졌다는 연락이 왔다. 내가 유형일에게 기계 개인 교습을 받기로 한 날이기도 했다. 결전의 날. 온몸의 피 돌기가 두 배는 빨라지고 심장이 튀어나올 듯 뛰었다. 어쩌면 이날을 위해 하루하루를 살아온 것 같다는 생각이 들 정도였다.

디데이인 10월 27일. 공장에 일찍 도착했다. 가장 적당한 기계를 눈여겨봐온 터였다. 은성공장은 유리 제품뿐 아니라 플라스틱 밀폐 용기도 만들고 있었다. 플라스틱 용기를 찍어내는 컨베이어 벨트가 맞춤하다는 판단이 섰다. 플라스틱을 녹이기 위해 붙여놓은 열판의 온도도 체크했다. 공장 CCTV는 며칠 전 깨졌다. 공장 동료의 섣부른 실수였다. 그 실수를 조장한 것은 말할 것도 없이 나였지만 아무도 눈치 차리지 못했다.

나는 면장갑을 착용했다. 지문을 남기는 실수는 없어야 했다. 일찍 나온 나를 보고 유형일은 씨익, 웃었다. 아니나 다를까 내 옷차림에 대해 놀렸다. 노땅이 입는 골프웨어 같다고. 그녀가 갖다 줬다고 얼버무렸다.

유형일은 기계를 가동시키며 나에게 버튼 작동과 조절 스위치 방법을 하나씩 설명했다. 유형일의 벗겨신 이마에 땀이 맺혔다. 미리를 연신 주억거리는 내 이마로도 식은땀이 배어 나왔다. 온도가 높은 기계 열기 탓만은 아니었다.

기계가 돌아가기 시작했다. 때맞추어 유형일의 휴대폰이 울렸다. 발신인을 확인한 유형일의 얼굴이 잠시 경직되었다. 유형일은 나에게 조용히 하라는 제스처로 입술에 검지를 치켜세우며 공장 구석으로 갔다. 나는 알고 있었다. 그가 누구인지. 전화기를 귀에 딱 붙이고 있는 유형일은 연신 머리를 조아렸다.

나는 기계에 붙어서 주물에서 찍은 플라스틱 뚜껑을 받아냈다.

내가 컨베이어 벨트 쪽으로 머리를 숙이자 유형일이 기계에 손이 딸려 들어갈 수 있다며 주의를 주었다. 나는 유형일을 기계 쪽으로 유인했다. 기계 가동이 원활하지 않다는 이유로. 기계 만지는 일에 베테랑인 유형일은 기계 앞으로 성큼 다가서서 기계 앞으로 허리를 굽혔다. 나는 마음속으로 이때다! 라고 크게 외쳤다. 나는 유형일의 등을 힘껏 밀었다. 유형일의 팔이 컨베이어 벨트 위를 짚었다. 반사적인 행동이었을 것이다. 유형일이 무슨 말을 할 사이도 없이 순식간에 벌어진 일이었다. 유형일의 찢어지는 외마디 비명이 넓은 공장 안에 울려 퍼졌다. 검은 혓바닥을 길게 내밀고 윙, 돌아가던 컨베이어 벨트는 유형일의 손을 삼켜버렸다. 살이 녹고 타는 소리에 이어 단백질 탄내가 진동했고 피가 사방으로 튀었다. 눈 깜짝할 사이였다. 곧이어 팔뚝의 뼈가 으스러지는 소리와 함께 살과 피가 엉겨 붙어 돌아 나왔다. 피와 살점은 찌그러지고 깨진 플라스틱 조각과 함께 벨트 위에 뱉어졌다. 유형일의 동공이 한껏 벌어지면서 얼굴은 핏기가 빠진 듯 하얗게 질렸다. 일…… 일…… 구…….
유형일의 입에서 흘러나온 마지막 말이었다. 사람의 몸속에 저토록 많은 양의 피가 들어 있었나 싶을 만큼 정말 어마어마한 피가 흘러나왔다. 피가 공장 바닥에 흥건히 흘러 작은 웅덩이를 만들었다. 피의 계곡이었다.

사람의 목을 따서 목욕탕 벽에 발목을 감아 거꾸로 매달아놓은 사이코패스 영화의 한 장면이 떠올랐다. 나는 이상하게 차분해졌다. 입고 있던 골프웨어와 신발에 유형일의 피를 꼼꼼히 묻히는 걸 잊지 않을 만큼. 그녀가 넘겨준 종이 쇼핑백에 들어 있던 옷과 신발이었다. 열세 살, 그때도 감쪽같이 성공했었다. 그녀의 계산된 의도와 나의 작의적인 행동이 교묘하게 맞물려서 아무도 알아차리지 못했다.

나는 입고 있던 옷을 벗어 쇼핑백 안에 쑤셔 넣고 본래 내 옷으로 갈아입었다. 내가 이렇게 차분한 사람인가, 할 만큼 신속하게 일처리를 하고 공장을 빠져나왔다. 경비실은 들어올 때와 마찬가지로 불이 꺼진 채였다. 일요일마다 교대로 서는 경비원에게 갑자기 휴무를 내린 사람은 김 사장이었다. 나와 그녀가 사전에 염려하고 검토해야 할 일들을 유형일과 김 사장이 알아서 바리케이드를 쳐준 셈이었다.

축구 골대가 있는 공장 마당에는 개미 새끼 한 마리도 보이지 않았다. 조금 전 일어났던 무시무시한 일도 완전히 삼켜버린 그곳에는 적막이 감돌았다. 사위가 너무 평화스럽고 조용해서 갑자기 소름이 끼쳤다.

공장 정문을 뒷걸음질 쳐서 나온 나는 한참 달렸다. 공장으로부터 최대한 멀어지려는 발버둥이었다. 그녀와 약속한 지하철 사물함에 옷이 든 쇼핑백을 구겨 넣고 거리로 나왔다. 사람들 사이에 섞여들었지만 비릿한 피비린내가 내 코와 혀에 달라붙어 떨어지지 않았다. 문득 올려다본 가을 하늘이 징그럽도록 높고 푸르렀다. 나는 그 순간 장편소설 투고 마감일이 얼마 남지 않았다는 것을 인식했다. 참으로 느닷없는 생각이었다. 가장 절박하고 극적인 순간에 그것과 전혀 상관없는 일이 불쑥 튀어 오르다니. 집에 돌아가서 하루 빨리 원고를 퇴고해야겠다는 생각이 간절했다. 그러나 생각만 간절할 뿐 발걸음이 집으로 향해지지 않았다.

거리를 배회하는 동안 어느새 밤이 되었다. 네온사인의 십자가가 눈에 띄었다. 그곳을 향해 무작정 걸음을 옮겼다. 귓전에서 경찰차의 경보 사이렌 소리가 이명처럼 울렸다. 공포가 엄습했다. 신에게로 가면 안전할 수 있을 것 같다는 마음이 들었다.

교회 문을 열자, 멀리 작은 전등이 켜진 강대상만 환했다. 중앙에 걸린 십자가가 두 팔로 나를 맞이하는 것 같았다. 그 순간 나는 그렇게 믿었다. 아니, 믿고 싶었다. 나는 의자들 사이에 있는 좁고 기다란 통로를 걸어갔다. 붉은색 카펫이 깔려 있었다. 강대상이 있는 높은 단으로 올라갔다. 세상 모든 사람의 죄를 용서함으로 인류를 구원했다는 예수. 그것을 위하여 제 목숨을 버렸다는 그는 신의 아들이었다. 예수라면 나 같은 사람에게도 손을 내밀어주지 않을까 하는 일말의 기대. 나는 강대상 위에 펼쳐진 성경을 보았다. 빨간색으로 밑줄 쳐진 까만 글씨들.

오직 각 사람이 시험을 받은 것은 자기 욕심에 끌려 미혹됨이니
욕심이 잉태한즉 죄를 낳고 죄가 장성한즉 사망을 낳느니라

나는 그 자리에서 고꾸라졌다. 한 마디 한 마디가 수백 개의 바늘이 되어 나를 찌르고 있었다. 시험과 욕심과 미혹이 잉태되어 죄를

낳고 죄가 결국은 사망에 이른다는 엄중한 경고. 그 구절은 마치 내 인생과 방금 저지른 죄악을 속속히 알고 있는 것 같았다.

열두 살, 그때부터 이어져온 나의 치욕스런 삶이 고스란히 되살아났다. 온몸이 떨렸다. 두 팔로 몸을 감싸 안았지만 떨림은 멈추지 않았다. 턱이 떨리고 이가 딱딱 부딪혔다. 신이 내린 메시지에 용서라는 말은 없었다. 예수가 내미는 따스한 손도 없었다. 예수가 세상 어떤 악인을 용서하고 구원할지는 몰라도 나만은 엄중히 단죄하고 있었다. 욕망에 의해 길들여진 몸이었지만 철저히 거세당한 채 살아온 나였다. 결국 내 욕심에 끌려 미혹되었고 그 죄가 사망을 낳은 것이다. 인간의 욕망과 신의 정죄를 한 몸에 부여받은 예수는 알고 있었던 걸까. 이 자리에 죄로 똘똘 뭉친 내가 올 줄을. 내 깊은 곳으로부터 오열이 터졌다. 눈물이 목을 적시고 가슴을 적시고 온몸을 적셨다. 죄는 결국 죄로 덮는 길밖에는 없는 걸까. 나는 예수조차도 용서하길 거부한 사람이었다.

교회를 빠져나오는 문은 넓고 환했다. 나는 한 번도 되돌아보지 않았다. 내 허물을 벗어두고 온 탓이었다. 눈물과 회환과 죄책감의 허물들. 신의 반대편, 그곳이 오직 악이 난무하고 신의 정죄만이 존재한다고 하더라도 내가 선택한 길이다. 그녀가 보고 싶었다. 그녀를 안고 싶었다, 견딜 수 없을 만큼. 그녀를 욕망하는 내가 무서웠다. 신의 반대편에서 불쑥 내민 끔찍한 유혹이었다. 늘푸른 보육원은 세상의 전부였고 그 안에 그녀도 포함되어 있었어. 세상과 이성에 눈을 뜨는 순간 네 앞에 서 있었던 최초의 여자는 그녀였잖니.

너희는 운명이었어. 신의 반대편은 내 귓속에 그렇게 속살거렸다.

검사 심문이 끝난 뒤 변호사의 심문이 시작되었다. 그녀가 문을 열고 들어섰다. 변호사는 유형일 사망 시간과 김은성이 나타난 시간의 간극에 대해 국과수 자료를 들이밀며 검사 측에 압박을 가하고 있었다. 변호사의 힘 있는 변론으로 나는 입안이 바짝바짝 타들어가고 있었다. 변호사는 늘푸른 보육원을 운운하면서 그녀를 증인석에 세워 김은성의 인간성까지 변론하려고 할 것이다. 그녀로서도 변호사가 적극적으로 권한 일이라 피할 수 없다고 했다.

"피고는 늘푸른 보육원의 오랜 후원자셨지요?"

변호사는 부드러운 표정으로 김 사장의 사회사업에 대한 이야기를 꺼냈다.

"네."

자신 있게 대답하는 김은성의 얼굴에 금세 화색이 돌았다.

"피고는 그 보육원에서 원아 한 명을 입양하신 바 있으시죠."

"네."

"판사님, 증인으로 김 사장의 양녀를 부르겠습니다."

그녀가 증인석에 나왔다. 증인 선서를 하는 그녀는 지친 표정이 역력했다. 그녀도 재판의 판도가 김은성에게 유리하게 돌아가는 것에 촉각을 곤두세운 탓이리라. 증인석에 나온 가족은 별 효력이 없다네. 내가 나가봤자 별 도움이 안 된대. 노력하는 모습만 보이면 될 거야. 심드렁하게 말했던 그녀 모습이 생각났다.

변호사가 그녀에게 의례적인 질문을 하고 그녀는 의례적으로 대답했다. 격렬한 감정을 누르고 있음이 내 눈에는 다 보였다. 김 사장 부부가 늘푸른 보육원의 성실한 후원자였으며, 그녀를 입양해서 친딸 이상으로 자신을 양육해왔던 시간과 정성과 사랑에 대해서 기계처럼 이야기했지만, 그녀의 몇 마디 말은 재판장 분위기를 바꾸기에 충분했다. 피고인이 항소한 부분에 대한 변호사의 반박 질의에 그녀의 증언은 큰 힘을 보태는 상황이었다. 이렇게 가다가는 김 사장의 형량이 줄어들지도 모른다는 불안감이 들 정도였다.

"증인은 유명한 소설가시죠."

"네 그렇습니다."

그녀가 고개를 숙이며 대답했다. 그녀를 바라보는 김 사장의 눈빛이 사뭇 애틋했다. 사랑스런 딸을 보는 아버지의 눈빛. 그 광경을 바라보던 내 속에서 욕지기가 치밀었다.

"개애새애끼이."

내 입에서 나와 마스크 밖으로 무심하게 흘러나온 말이었다. 옆 사람이 나를 쳐다보자 나는 재빨리 얼굴을 돌렸다.

"존경하는 판사님, 들어서 아시겠지만 증인은 피고의 양육과 따뜻한 보살핌이 없었다면 지금의 위치에 오르지 못했을 겁니다. 피고가 오늘날 은성유리를 이끌어오면서 어쩔 수 없이 해온 사업적 과오는 안타까운 일이었음을 인정합니다. 그러나 앞서도 심문한 바 있듯이 피고가 저질렀다는 살인은 피고의 자백도 받지 못한 상황인 데다 증거와 정황도 불충분합니다. 그리고 피고 개인이 베푼 입양은 훈훈한 미담이 아닐 수 없다는 것을 말씀드리고 싶었을 뿐입니다. 참고로 피고는 슬하에 자식이 없고 아내마저 충격으로 고인이 되었습니다. 죄는 미워하되 사람은 미워하지 말라는 옛말이 있습니다. 존경하는 판사님이 이런 피고의 개인적 선행을 감안하셔서 최대한 선처해주시기 바랍니다.”

변호사의 변론이 끝났고 판결은 유보되었다. 김은성과 변호사는 손을 마주 잡았다. 그녀도 마지못해 변호사에게 인사를 했다. 다음 비공개 공판 날이 선언되었다. 다음 공판에 김은성이 승소한다면 형량은 대폭 줄어들 것이다. 그것만은 어떻게든 막아야 했다. 나는 운전자가 밀어주는 휠체어를 타고 법정을 나왔다. 그녀는 미리 차에 타고 있었다. 입술을 깨물고 있던 그녀 얼굴도 흙빛이었다.

나는 아무 말도 없이 눈을 감았다. 김은성의 몰락을 보려고 왔는데, 그가 소생할 기미만 보고 가는 꼴이었다. 차는 서울을 빠져나와 다시 춘천으로 달렸다. 차 안에서 우리는 한 마디도 하지 않았다. 그녀와 나는 창문으로 시선을 둔 채로 각자 생각에 빠져 있었다.

“쉽게 빠져나오기는 힘들 거야. 국과수 자료도 정확하진 않아. 사후 경직에 대한 건데, 미세한 차이더라고. 걱정은 하지 마. 만약, 최악의 상황이 되더라도 네가 연루되는 일은 없을 거야. 유형일의 죽음은 두 가지 경우뿐이거든. 김은성이 살해했느냐, 아니면 사고사냐. 아, 언제까지 저 재수 없는 인간을 봐야 하는 걸까?”

그녀가 천전리 별장에 들어오자마자 집필실 의자에 털썩 앉으며 한 말이었다. 나는 철창에 갇힌 김 사장 앞의 그녀를 상상했다. 표독스러움을 감춘 그녀는 어디로 보나 늙은 아비를 걱정하는 딸 역할에 최선을 다할 것이다.

세상에 공개된 김 사장의 죄는 명백했다. 리드 옥시드 성분의 불법 첨가, 정치적 비자금 조달, 각종 탈세, 그리고 살인까지. 은성유리는 휘청거렸고 결국 동종업계로 넘어갔다. 벌금과 세금을 두들겨 맞았지만 호적상 딸로 입적해 있는 그녀에게 넘어온 상속은 수십억 원이었다. 게다가 김 사장의 부인도 세상을 떠난 터에 그 몫까지 그녀에게 고스란히 돌아왔다. 원래 심근경색을 앓고 있었던 부인이었다고는 하지만 그녀가 충격 요법을 썼을 수도 있었다. 단신의 실향민으로 이남에 넘어온 그들에게는 딱히 가까운 일가친척도 없었다. 육 년 전 이미 김 사장은 무기징역을 언도받았다. 그러나 김 사장은 유형일 살해에 대한 부분에서만은 자신의 무죄를 굽히지 않았다. 오늘 재판도 그런 그의 의지가 관철된 것이다.

지난 육 년간 그녀는 수감된 김 사장에게 입양 딸로서의 도리를 다했다. 그녀 말마따나 김 사장이 빠져나올 구멍이 없다고 확신했기 때문일 것이다.

"김 사장이 쇠락해가는 꼴을 직접 보니까 어때? 그동안 너한테 보여주지 못해 좀 안타까웠거든. 그런데, 저렇게 항소를 하면서 기를 쓰고 있으니, 내가 막을 방법도 없고……."

의자에 몸을 기대앉은 그녀는 담배에 불을 붙이며 말끝을 흐렸고 나는 아무 말도 하지 않았다.

그녀의 완벽한 시나리오에 걸린 김 사장은 조금도 그녀를 의심하지 않았다. 유형일의 혈흔이 묻은 옷은 성북동 김 사장의 자택 지하실에서 발견되었다. 영락없이 김 사장 골프웨어였으므로 누구도 의심할 수 없었다. 김은성의 부인도 변명 한 마디 하지 못했다. 은성과 관련된 리드 옥시드 자료가 공개된 직후였다.

단신에 지나지 않았던 유형일의 죽음이 재계와 정치계를 소리 없이 흔들었다. 검찰 수사 결과 10월 27일 유형일의 죽음을 최초로 목격한 사람은 김 사장이었다. 그가 경찰에 신고하지 않은 사실이 뒤늦게 밝혀졌고 그즈음 리드 옥시드 자료가 경찰에 투서됐다. 곧바로 유형일을 살해한 용의자로 김 사장은 체포 연행되었다.

김 사장이 유형일에게 전화를 함으로 덫에 걸리게 했던 루트도 그녀의 계략이었다. 나는 시시콜콜 묻지 않았다. 알고 싶지도 않았다. 우리의 관계는 늘 그랬던 것처럼. 속속히 알고 있는 것 같으면서도 침묵 속에서 진행되어온 일들.

그녀와 나의 침묵은 너무 길었다. 때로 침묵이 많은 말을 대신 할 때도 있지만 손을 뻗어도 잡을 수 없는 깊은 골이 되기도 한다. 나는 이제 알고 있다. 나를 아끼고 보호했던 그녀가 침묵 속으로 사라졌다는 것을. 단지 소설을 쓰는 기계로서 나를 이용한다는 것을.

담배를 손가락 사이에 낀 그녀가 책상으로 갔다.

"C출판사에 넘기기로 한 단편 원고는 끝냈지?"

그녀가 갑자기 생각난 듯 물었다. 나는 대답하지 않았다. 그녀는 내 노트북을 열어서 단편 파일을 열었다. 이제 그녀의 머릿속에 김은성은 저만치 물러나 있었다.

"다 썼구나. 내 메일로 넣어줘."

나는 고개를 끄덕였다.

"불편한 점은? 이번 도우미 아줌마 어때? 음식 솜씨도 좋고, 깔끔해서 좋지? 목소리가 큰 게 걸려. 글 쓰는 데 방해되는 건 아니지?"

그녀가 쓸데없이 말이 많은 이유는 두 가지다. 김 사장이 항소한 공판에서 판결이 유보되어 마음이 찜찜한 것이 첫번째라면 두번째는 저번에 던지다시피 두고 간 소설에 대한 내 반응이 궁금해서일 것이다.

"나한테 할 말이 그것밖에 없어?"

참다못해 내가 먼저 이야기를 꺼냈다.

"네가 나한테 할 말이 있을 거 같은데. 먼저 해."

그녀는 나와 대화하는 법에서 한 수 위였다. 불리한 상황에서 먼저 서두를 꺼내지 않는 것부터.

"너, 어떻게 그럴 수 있어."

"뭘?"

"그렇게 딱 잡아뗀다고 사실이 은폐되는 건 아니야."

"사실? 은폐? 뭘 새삼스럽게 그래. 너와 내가 하는 일은 늘 사실을 은폐하는 일이었잖아."

"그래도 이건 아니야. 내 일기장부터 제자리에 도로 갖다 둬."

"그야, 뭐 어려울 게 있나. 내 다섯번째 장편은 잘 수정하고 있는 거야?"

"안 한다고 했잖아."

"야! 박용민, 착각하지 마. 이번에는 네 소설이 아니야. 내가 쓴 내 소설이라고. 단지 너는 살짝 손만 봐주면 돼. 날 아주 망칠 생각이 아니라면 말이야."

"난 내 이야기를 그렇게 엉망으로 까발려서 세상에 돌아다니게 하는 데 동의할 수 없어."

그녀가 코웃음을 치고는 등을 돌렸다. 창 쪽을 바라보는 그녀의 등이 견고했다. 침묵이 길어졌다. 내가 다시 무슨 말인가 하려고 하자 그녀가 무겁게 입을 열었다.

"해줘. 이번에 네가 더 이상 쓰지 못한다고 해서 내가 했잖아. 넌 단지 고쳐주기만 하면 돼. C출판사 하자는 대로 하자. ○○문학상 심사는 평론가나 작가뿐 아니라 출판사가 영향력을 끼친다는 것은 알고 있지. 출판사에 밉보여서 좋을 건 없어. 넌 진정성만 불어넣으면 돼. 네가 겪은 일이니까 넌 할 수 있을 거 아니야. ○○문학상만 받으면 우리도 좀 쉬자. 착하지. 내 말 잘 듣잖아. 내 말 들어서 잘못된 거 하나도 없잖아. 어때? 그 인간 그 모양새 된 거 보는 기분이. 썩 나쁘지는 않았지. 너한테 꼭 보여주고 싶었어. 봐. 하나씩 끝나고 있잖니. 우리의 일들이."

그녀의 말은 부드러웠지만, 초조함이 묻어났다.

"내가 싫다고 하면 어쩔 거야. 네 말대로 내 소설도 아니잖아."

내가 그녀를 똑바로 응시하면서 한 말이었다.

"싫다고 하면 어쩔 거냐고? 글쎄. 네가 그럴 거라는 생각을 한 번도 해보지 않아서 잘 모르겠는걸. 지금 와서 네가 그런다고 달라질 건 없어. 내일 출판사에서 다시 한 번 미팅을 하기로 했어. 그대로 진행될 테니까 날 오라고 한 걸 테지."

그녀는 입꼬리를 살짝 치켜올렸다. 그녀의 하얀 치열이 반쯤 드러났다. 얼핏 보면 미소 짓는 것 같지만 그녀가 웃고 있는 표정이 아니라는 것은 누구보다도 내가 더 잘 알고 있었다. 회전의자를 손으로 휙 돌리는 그녀와 휠체어에 앉아 있는 나 사이의 거리는 채 일 미터도 되지 않았다. 그러나 그 사이에 흐르는 깊은 간극은 무엇으로도 메울 수 없을 것 같았다. 최대한 잡아 늘린 투명 고무줄을 맞잡은 그녀와 나. 예리한 칼날이 스치기만 해도 금방 툭, 끊어져서 둘 중 누군가는 저만치로 나동그라지고 말 것이다.

고무줄을 먼저 놓아버린 쪽은 그녀였다. 그녀는 몸을 돌려 집필실을 나가버렸으니까. 곧이어 현관문이 닫히는 소리가 났다. 그녀가 가버린 집에 적막감이 감돌았다. 나는 와인 한 잔을 홀짝였다. 알코올이 들어갔는데도 이상하게 정신이 점점 또렷해졌다. 그녀는 내 목을 눌러서라도 자기가 원하는 것을 얻은 여자다. 결국 나는 그녀 손에 사라지고 말 거야, 나는 혼잣말을 하며 쓴웃음을 지었다.

어젯밤 그에게 쪽지가 왔다. 도우미의 휴대폰을 빌려 그에게 전화를 했지만 그는 내 목소리를 듣자마자 끊어버렸다. 내가 살아 있고 숨 쉬고 있음을 알고 있는 유일한 통로인 그에게 접속을 시도했지만 나는 실패했던 것이다. 나는 그에게 문자를 보냈다. 당신이 내 이야기를 세상에 터뜨려달라고 간곡하게 부탁했다. 더 이상 그녀를 감당할 수 없다고. 그에게 별다른 반응이 없다가 돌연 날아온 쪽지였다. 그는 우회로를 제시했다. 그는 육 년 전, 자신을 설득했던 그 방법대로 하면 될 거라고 했다. 지시 내용은 간단명료했다. 당신이 나를 찾았던 그 행로로 그녀의 민낯을 알고 있는 『표절』의 편집자를 찾을 것. 어쨌든 당신 선택이다. 그가 보낸 메시지의 마지막은 늘 같았다. 내 선택이라고? 그러나 내게 선택의 여지는 없었다. 그가 제시하는 것은 너무 강렬하고 매혹적이어서 나는 어느새 마리오네트 인형처럼 고개를 까딱거리고 있었으니까. 나는 결국 그가 시키는 대로 움직일 것이다. 육 년 전에도 그는 그렇게 말했다. 아, 물론 자네 선택이야, 라고.

그녀가 그 자리에 올라서기까지 절대적인 아군만 있었던 것은 아니었다. 아군 안에 숨겨진 복병.『표절』의 편집자. 역시 그는 예리했다. 나는 유리창과 침실로 통하는 출입문을 제외한 모든 벽을 차지한 서가로 시선을 옮겼다. 그러고는 들쭉날쭉 꽂혀 있는 책을 일별했다. 어디쯤 꽂혀 있을까. 휠체어를 굴리면서 책꽂이 칸칸을 더듬었다. 침실 출입문 옆 책꽂이 세번째 칸에 눈이 멈췄다. 첫 장편 『표절』. 딱 세 권이 나란히 꽂혀 있었다. 책의 누르스름한 속지는 시간을 고스란히 끌어안고 있었다. 미묘한 흥분이 나를 부드럽게 감쌌다. 책장을 넘겼다. 맨 뒷장일까? 아니면 맨 앞장? 손가락 끝이 감전이라도 된 듯 따끔거렸다. 책 속표지에 그녀의 복병이 있었다! 지은이, 펴낸이, 펴낸 곳과 함께. 나는 검지로 그녀의 복병을 조심스럽게 매만졌다. 그녀가 간과했던 많은 것들 중 하나. 내가 매일 얼굴을 대하는 사람과 지인과의 접촉만 철저히 배제시키는 것에만 신경을 곤두세웠던 그녀였다. 내 쪽에서 그녀와 관계된 누군가에게 접근할 수 있다는 확률은 제로로 해놓고.

나는 책을 펼친 채로 무릎에 놓고 휠체어를 밀었다. 파란 모니터가 켜진 노트북이 있는 책상 앞. 나는 심호흡을 했다. 내가 철호의 연락처를 알아낸 사실을 도우미가 그녀에게 끝내 발설하지 않는다면, 이 일도 도우미가 입을 다물 가능성이 농후했다. 앞으로 일이 어떻게 전개될지는 알 수 없지만.

인터넷을 더블 클릭했다. 정보의 바다. 그곳은 소설을 쓰기 위한 자료만 유영하는 곳이 아니었다. 세상과 소통할 수 있는 통로이기도 했다. 방금 본 그녀의 복병을 검색창에 쳤다. 『표절』의 책임 편집을 맡았던 사람. 탁탁탁. 자판 치는 소리가 내 심장에 깊은 흔적을 남겼다. 마치 거대한 공룡이 태고의 발자국을 남기는 것처럼.

탁탁탁탁. 정보는 또 다른 정보를 불렀다. 막 어스름이 지기 시작한 집필실에 울리는 자판 소리는 경쾌하고 도발적이었다. 타이핑하는 내 손가락들이 자판 위를 빠르게 질주했다. 포털사이드에서 검색한 정보들은 미처 예상치 못했던 또 다른 정보들을 끌어당겼다. 좁혀지고 은밀해지는 개개인의 단서들. 희미한 자취로 시작한 복병이 서서히 그 모습을 드러냈다. 나는 놓칠 수 없는 몇 가지를 메모하면서 머릿속에 빠르게 입력했다.

블라인드가 천천히 내려오고 있었다. 서쪽 하늘에 번지기 시작한 석양이 인조 나무 블라인드 사이로 주황빛 햇살을 번뜩이며 사라졌다.

복병을 추정할 수 있는 단서들이 윤곽을 드러냈다. 두번째 해보는 일이라서 시행착오가 적었다. 더 빨리 더 정확하게 복병의 행로를 추적할 수 있었다. 복병은 한 번 이직한 후 다시 D출판사로 돌아와 있었다. D출판사는 『표절』을 낸 곳이었다. 개인 휴대폰 번호는 끝내 알아낼 수 없었다. 그러니까 복병의 현재 위상은 D출판사 편집팀장이다. 표절을 책임 편집한 정혜규 씨죠? 그 정도 인사말로 서두를 꺼내면 될 것이다. 당신이 알고 있는 그녀가 사실 그녀가 아니라고 말했던 육 년 전, 그때보다는 훨씬 수월할 것이다.

나는 종을 쳤다. 두 번을 연속해서. 도우미 아줌마가 문을 열었다.

"전화 걸 곳이 있어서 그러는데, 아줌마 휴대폰 좀 빌려주세요."

도우미는 종종 내가 휴대폰을 빌린다는 사실을 그녀에게 말하지 않았다. 도우미를 신뢰해도 된다는 확신이 섰다. 도우미는 휴대폰을 선선히 내밀었다. 내 휴대폰에 출판사 발신 전화번호가 찍힌다면, 무슨 일을 시작도 하기도 전에 그녀에게 발각 날 것이다. 도우미는 이번에도 역시 토를 달지 않았다.

"정 팀장, 외근입니다. 누구라고 전해드릴까요?"

"아, 아닙니다. 혹시 정혜규 팀장 메일 주소를 알 수 없을까요? 원고에 대해서 의논할 일이 있어서요."

상대편은 잠깐 뜸을 들인다.

"개인 메일은 그렇고요. 정 팀장이 사용하고 있는 회사 메일을 가르쳐드리겠습니다."

전화기 너머 정혜규의 메일 주소가 들렸다. 나는 자꾸 되물었다. 상대편 목소리에 살짝 짜증이 배어나는 것이 느껴졌다. 알아낸 것이다. 복병과 통할 수 있는 방법을. 도우미의 휴대폰이 축축했다. 손바닥에 땀이 흥건했다. 언제든지 빌려 쓰세요. 아무 염려 하지 말고요. 휴대폰을 받으며 도우미가 한 말이었다. 고맙습니다. 아시죠? 그 사람한테는 아무 말도 하지 마세요. 도우미가 웃으며 문을 닫았다.

나는 정혜규에게 보낼 메일을 작성했다. 정혜규 팀장님께, 라는 제목을 달고. 여러 번 내용을 수정하고 덧붙이고 삭제하면서 길지도 짧지도 않은 편지를 썼다. 그럼 연락 기다리겠습니다, 라는 말을 쓰고는 전송 버튼을 눌렀을 때 블라인드가 서서히 내려와 창을 가렸다. 쪽지 함을 열었다. 그에게 간단하게 상황을 전했다. 정혜규에게 메일 보냈습니다, 라고. 해가 점점 짧아지고 있었다. 가을이 오고 있다는 신호였다. 이제 와서 무리수가 아닐까. 너무 오랜 시간이 흘렀다. 내 자리를 찾기에는. 그는 끝내 자신의 모습을 드러내지 않은 채 나를 세상에 밝힌 셈인 걸까? 그의 의노를 간파하기 어려웠다. 그는 정말 어떤 사람일까? 방 안은 어느새 깊은 어둠에 잠기고 있었다.

6. 지나가는 개가 웃을 일: 리영

M출판사 편집실로 들어섰을 때였다. 종로에 위치한 M출판사는 15층짜리 건물에서 10층과 11층의 두 층을 통째로 쓰고 있었다. 직원이 환하게 웃으면서 맞았다.

"선생님 오셨어요? 사장님 기다리고 계십니다."

직원이 편집실 맞은편 유리문을 열었다. 어서 오세요. 사장이 몸을 일으켰다. 사장 옆에 있던 사람도 빙긋 웃으며 목례했다. 한쪽에는 긴 탁자와 여러 개의 의자들이 있고, 문 바로 앞에 간단한 응접세트가 있었다. 회의실 겸 손님맞이 방인 것 같았다. 리영입니다. 내 말에 사장이 손을 내밀었다. 큰 체구에 비해 손이 작은 사람이었다. 사장의 옷차림에 눈길이 갔다. 타이트한 브이넥 니트에 회색 머플러를 목에 늘어뜨린 사장은 호남형이었다. 담배 니코틴으로 누렇게 된 이를 드러낸 사장이 웃었다. 결코 만만할 것 같지 않은 사내였다. 젊었을 때 다른 업계에서 마케팅 담당을 했다는 월급 사장. 그런 탓에 출판계에서는 M출판사 사장을 은근히 경원시한다는 말이 돌았다. 그러나 그의 뛰어난 마케팅 능력으로 M출판사가 급성장한 것은 누구도 부정하지 못할 것이다.

"감사합니다. 저희 출판사와 인연을 맺는다고 해주셔서요."

주간이라며 명함을 준 여자가 입을 열었다.

C출판사와는 기어코 틀어지고 말았다. 애송이 편집자가 못하겠다고 했단다. C출판사가 나를 부른 이유는 책 출간을 보류하자는 것이었다. 나는 화를 냈다. 리영 작가 책을 보류한다는 게 말이 되냐고. 평소 안면이 있는 편집부 직원이 농담 겸 던진 말이 나를 더욱 불쾌하게 했다. 리영 작가 글발 떨어졌나 봐. 이번엔 영 아니던데, 뭘. 나는 그 자리에서 C출판사를 나와버렸다. 더 앉아 있다가는 내 속이 드러날 것 같은 불안감이 엄습했다. 그러고는 곧비로 M출판사로 전화를 걸었다. 단도직입적으로 물었다. 나 리영이다, 원고가 있는데, 출간해주겠느냐고. 전화 받은 사람이 잠깐 당황하는 기색이 전화선을 타고 느껴졌다. 바로 사장과 통화를 했고 오늘 미팅이 이루어진 것이다.

계약서 작성을 하면서 으레 오고 가는 인사가 이어졌다. 나는 솔직하게 내 심정을 토로했다. 사실 나도 이번 초고가 맘에 들지 않는다. 작가가 매번 좋은 작품을 생산해낼 수는 없다. 태작도 있고, 범작도 있다. 이번이 그런 경우다. 그런데 C출판사는 그걸 참작하지 않았다. 그런 이유로 C출판사와 계약을 파기했다. 알다시피 나는 ○○문학상 후보에도 올라 있고 수상자로도 유력하다. 이번 책만 잘 나오면 거의 확실하지 않을까 싶다. 물론 내가 수상자가 되면 출판사나 나나 윈윈이다. 내 책이 팔린다는 것은 기정사실이니까. 사장이 사람 좋은 표정을 지으며 연신 벙글거렸다. 자기네 입장에서는 나를 최고로 대우한다는 뉘앙스를 계속 암시하면서. 사장이 의미심장한 미소를 띠며 자기네 쪽 카드를 내밀었다.

"작가님은 아무 걱정 하지 마십시오. 저희가 작가님을 위해서 유능한 에디터를 섭외했으니까요. 이따 꼭 만나고 가십시오. 작가님도 반가우실 겁니다."

사장은 C출판사에서 애송이 편집자를 붙이는 바람에 사단이 난 것을 알고 있다는 투로 말했다. 내가 자리에서 일어나자, 주간도 따라 나왔다. 유리문을 닫으며 내가 주간을 향해 물었다.

"나한테 반가운 사람이 누구죠?"

"이쪽으로 가시죠."

주간이 나를 편집실로 안내했다.

"선생님 안녕하셨어요. 저 왔어요."

귀에 익숙한 목소리가 나를 맞았다. 저 사람이 누군가. 분명 정혜규, 그녀다. 나는 잠시 현기증이 일었다. 곧이어 가슴이 철렁, 내려 앉았다. 나는 손을 들어 눈을 비비고 싶은 행동을 최대한 자제했다. 저 여자가 여길 어떻게? 사장이 말한 반가운 사람이 저 여자였던 것이다. 정말 반갑지 않은 사람이다.

"아, 네. 혜, 혜규 씨. 오래 가, 간만이네요. 그동안 자, 잘 지냈죠?"

"선생님 말까지 더듬으시네. 우리 선생님 혜규 씨가 되게 반가우신가 보다."

주간의 농담도 신경에 거슬렸다.

정혜규는 내가 작가가 된 후 가장 두려워했던 인물이었다. 도대체 왜 그러세요? 작가님이 쓰신 소설이잖아요, 그 말을 내게 수시로 했었던 사람. 그 말을 들을 때마다 나는 머리털이 죄다 곤두섰고 명치 아래에 쇠꼬챙이가 꽂힌 것 같은 통증을 느껴야 했다. 내가 그녀를 두려워했던 세세한 이유에 대해서 용민에게 한 번도 이야기한 적이 없다. 하긴 용민에게뿐만 아니라 누구한텐들 마음 털어놓고 그 이야기를 할 수 있었을까. 아니 어쩌면 용민에게만은 솔직히 할 수 있는 이야기일 수도 있었지만 별로 하고 싶지 않았는지도 모른다. 솔직히 말하면 나를 맘껏 조소하고 싶은 그의 밑바닥 얼굴을 보고 싶지 않았다. 그는 속으로 분명 통쾌해할 것이다. 정혜규는 바로 나의 첫 장편소설 『표절』이 출간된 출판사의 편집자였다.

"선생님 이번 소설, 정혜규 팀장이 맡게 되었어요."

시쳇말로 헐, 이었다. 선생님을 위해서 우리 출판사가 특별히 스카우트해 왔다고 주간이 다시 한 번 생색을 냈다.

얼굴에 희색이 만연한 정혜규는 정말 내가 반가운 것 같았다. 그녀로서는 내가 반갑지 않을 리가 없었다. 내 첫 소설이 자신의 손으로 만들어졌고 그 책에 이어 나는 꽤 잘나가는 소설가로 자리매김하고 있었으니까 말이다. 정혜규와 달리 나는 등줄기에 식은땀이 배어 나왔다. 육 년 전 그녀와 보냈던 사십여 일의 순간순간이 하나씩 되살아났던 탓이었다.

장편은 당선이 발표됨과 동시에 곧바로 출간되지 않는다는 사실은 생각지도 못한 복병이었다. 몇 년에 걸쳐 소설을 투고해왔고 신춘문예로 작가 타이틀을 딴 그는 알고 있었던 걸까? 오랫동안 문단에 발을 들이밀고 싶었던 나도 몰랐던 일이었다. 단편소설은 투고할 때 매체에 따라 주민등록번호와 프로필을 첨부하도록 되어 있지만 장편은 어느 보험회사 광고 문구처럼 작가 개인에 대해 묻지도 따지지도 않는다는 것은 알고 있었으니까. 지금 생각하면 세상을 속였던 일만은 참 짜릿짜릿했다. 그때야 마음이 조마조마했지만 은근한 재미가 있었던 것만은 사실이다.

나는 그의 휴대폰으로 전화를 걸었고 상대방이 그의 이름으로 나를 호명했을 때 나는 그것이 필명이라고 당당하게 말했다. 여자보다는 남자를 선호할 것 같아서 남자 이름으로 투고했다고 말이다. 숨 한 번 쉬지 않고 거짓말이 술술 나왔다. 거짓말을 육화하려고 몇 가지 법칙을 세운 덕분이었다. 거짓말을 할 때는 상대의 눈동자를 똑바로 응시할 것. 내 거짓말에 완전히 속아 넘어가는 상대방의 모든 것을 천천히 음미할 것.

아우토반의 질주는 시작되었고 이제 아무도 그 질주를 멈추게 할 수는 없었다. 그 질주가 멈추는 순간 나뿐만 아니라 질주를 지켜보던 모든 이들도 크나큰 혼란을 겪을 테니까. 내 것이 아닌 것을 빼앗아 내 것으로 만드는 성취감은 세상 무엇과도 바꿀 수 없는 또 다른 쾌감이었다. 『표절』에 나온 문구이기도 하다.

열심히 노력해서 얻은 결과에는 그것을 얻기 위해 감내하고 희생했던 것에 대한 보상 심리가 작용하기 마련이다. 그러나 노력하지 않고 얻은 행운이 온전한 내 것이 되는 경험은 벼락이라도 맞아 감전되는 듯 짜릿했다. 극과 극을 달리는 느낌. 세상을 다 얻어 온전한 기쁨을 만끽하는 것과 죽음에 이르는 고통을 맛보는 것만이 존재했다. 중간은 없었다.

그러나 문제는 거기서 끝나지 않았다. 당선된 소설이라고 해도 출판사 편집회의를 거쳐 에디터와 함께 출간되기에 적합한 상품으로 수정 작업해야 하는 것이었다. 사람을 만나서 거짓말을 하는 것과는 비교도 할 수 없는 작업이었다. 지금은 용민이 있으니까 그런 걱정은 할 필요도 없지만, 그때는 정말 암담했다.

당선 보도가 인터넷 사이트에 뜨자 여기저기서 인터뷰 요청이 쇄도했다. 나는 모든 질문에 자연스럽게 대응할 시나리오를 짜야 했다. 나는 내가 작성한 시나리오를 수없이 반복하며 외웠다. 작은 에피소드나 표정까지도 빈틈이 없어야 했으니까. 아주 작은 실수도 당황하는 순간 사소하지 않은 것이 될 수 있다는 두려움은 잠시도 떨쳐버릴 수 없는 강박관념이었다.

호적만 들춰봐도 알 수 있는 과거는 숨기지 말 것. 내가 지켜야 할 철칙 1순위였다. 보육원 출신이라는 점. 이것이야말로 작가로서 역경이나 경험 면에서 호재로 작용할 테니까 부각시킬 것. 어릴 적 후견인의 집에 입양되어 제대로 된 양질의 교육과 환경 속에서 성장했다는 것. 하지만 김 사장의 이름은 철저히 숨길 것. 당시 상황으로 김 사장은 내게 불리하게 작용할 요소였다. 김 사장이 검거된 후 한 달도 채 되지 않았을 즈음에 알려진 당선이었기 때문이다. 세상 사람들의 미움과 분노가 쏠려 있는 김 사장이 내게 유리한 조건이 될 수 없을 터였다. 충격으로 병원에 입원해 있던 김 사장의 부인도 내 안위를 걱정하며 입도 벙긋하지 말라고 했다. 김 사장은 위선자였지만 그 부인은 내게 할 만큼 했다. 물론 나도 수양딸로서 절대 부족하지 않았다고 자신할 수 있었다. 일주일이 멀다 하고 검찰에서 은성의 비리가 터졌고 김 사장은 면회조차 할 수 없는 중죄인이었던 시기였다. 나는 그 점이 오히려 편했다. 오직 거짓 작가 행세에만 온 힘을 쏟을 수 있었으니까.

그러나 문제는 그게 다가 아니었다. 정혜규와 『표절』 수정 작업을 거치면서 생각지도 않은 난관에 진땀을 빼야 했다. 작품 속에 나오는 캐릭터, 배경, 스토리의 매우 작은 부분까지 재확인해야 하는 과정을 거칠 때마다 정혜규는 눈을 동그랗게 뜨고 내게 말했다. 작가님 도대체 왜 그러세요? 작가님이 쓰신 소설이잖아요. 정혜규와 함께 편집회의에 참석할 때마다 보이지 않았지만 숨조차 쉴 수 없는 가스실에 갇힌 것 같은 기분이었다. 출간 날짜가 임박해오면서 차츰 숨 막히는 상황을 버틸 내성이 생기기 시작했다. '내성'이라기보다는 '타협'이라고 해야 할 것이다. 진행되는 상황을 가슴 눌림 없이 그냥 받아들이는 쪽으로 초점을 맞추었으니까. 어찌 보면 내가 정혜규한테 길들여지는 현상이었다고 할 수도 있었다. 정혜규와 나는 출간 날짜를 맞추기 위해 서로를 건드리지 않기로 한 무언의 협상이 그 증거였다.

모를 일이다. 정혜규가 술자리에서 적이 의심스러웠던 부분들을 안주 삼았는지도 말이다. 그 작가 좀 이상했어. 자기가 쓴 소설을 잘 파악하지 못하고 있더라고. 꼭 가면을 쓰고 울고 웃는 사람처럼 말이야. 그럴 때면 누군가 술기운을 빌어 목청을 높여주었으면 하고 간절히 바랐다. 초짜배기 작가가 다 그렇지 뭐. 요즘 글 제대로 쓰는 작가가 몇 되는 줄 알아? 우리 고충이 어제오늘 일인가. 자기네들이야 작가입네 하고 책과 이름이나 남지. 술이나 마셔. 정혜규의 의심은 출판 편집인들의 후일담 레퍼토리로 오고 가다 말았으면 하고 간절히 바랐다. 결국 내 바람은 이루어진 셈이다. 지금까지 누군가 내게 정면으로 당신 이름으로 나온 그 소설들이 정말 당신이 집필한 것 맞습니까? 라고 물은 사람은 없었으니까.

『표절』은 무사히 출간되었고 성공을 했다. 그런데 그것이 끝이 아니었다. 차기작. 그 괴물이 나를 괴롭혔다. 『표절』을 능가할 수는 없더라도 그와 버금가는 작품이 나와줘야 했다.

선생님의 다음 작품 기대하겠습니다, 라든가 리영 작가의 후속작에 대한 행보를 지켜보겠다 등등. 인터뷰 마지막 질문이나 리뷰의 말미 문구는 늘 차기작에 대한 멘트였다. 그 멘트가 내 목을 조르기 시작했다. 왜 나는 그 생각을 하지 못했던 걸까.

차기작에 대한 염려. 그것은 어느 작가에게나 당연한 걱정이었다. 하지만 내 두려움은 더 근원적인 것이었다. 애초에 『표절』이라는 장편소설을 쓸 문학적 깜냥이 없는 사람이 그 명예만을 거머쥔 것이었으니까. 아무리 민기태가 나를 이끌어준다고 해도 차기작 초고까지 만들어줄 수는 없는 일이었다.

내 운명의 다음 괘는 무엇이었을까? 질주의 시동을 걸어준 것이 내 직감이었다면 언제 갑자기 운명이 급브레이크를 밟을지 아무도 알 수 없는 일이었다. 그런데 용민이 제 발로 나타났다. 용민이 죽지 않고 살아서 나에게 먼저 연락을 한 것이다. 그의 마음을 움직이게 한 원동력은 뭐였을까? 나를 향한 끊임없는 욕망이 아니었을까?

만약 그가 죽었다면? 나 또한 두려웠을 것이다. 하지만 결코 근원적인 죄의식에 대한 두려움은 아니었다. 세상 모든 사람들이 죄의식 때문에 괴로워한다고 해도 나는 아니다. 내 두려움은, 내가 가진 것을 잃을 수도 있다는 것에 대한 강박관념이었다. 간신히 움켜쥔 그것을 지속시켜야 하는데 어느 순간 물거품이 되게 할 수는 없었다.

세상과 부모로부터 버림받아 열패감과 반항심으로 똘똘 뭉친 보육원 출신. 내 열등감의 근원이었다. 그곳에서 빠져나오지 않았다면 보육원이라는 꼬리표가 나를 평생 쫓아다녔을 것이다. 그것은 주민번호 뒷자리가 1과 2로 구분되는 남녀의 성별처럼 태어나는 동시에 배정받은 규정과도 같은 것이었다. 보육원 아이들이 자조적으로 내뱉었던 말이 있었다. 세상에서 인간을 분류하는 종류는 딱 세 가지라고. 남자와 여자, 그리고 보육원 출신이 있다고. 보육원 출신이 성장하면 옆에는 여백의 괄호가 만들어졌다. 괄호에 들어가는 단어는 인간쓰레기를 일컫는 말이 대부분이었다. 소년원 출신, 전과자, 사기꾼, 매음녀 등의 인생 낙오자로 전락했거나 잘해봤자 도시 빈민층이 고작이었을 것이다. 그것은 자조의 우스갯소리가 아닌 우리의 미래였고 현실이었다.

용민도 내가 그런 삶을 살기 바란 것은 아니었을 것이다. 정말 내가 그렇게 되길 바랐다면 나에게 연락하기 전 경찰서나 신문사에 달려갔거나, 하다못해 인터넷에 악성 루머라도 퍼뜨렸을 것이다.

어쨌거나 용민의 메일은 그 당시 나에게는 실로 충격이었다. 당시 독자로부터 팬 차원의 메일을 많이 받았다. 그런데 용민이 보낸 메일은 내 눈에 딱 들어왔다. 보낸 이의 이름이 '표절'인 때문이었다. 가슴이 서늘했다. 어떤 예감이 나를 관통하고 지나갔다. 꼭 불길한 조짐만은 아니었다. 결과적으로 볼 때 그의 연락이 불길한 것과는 거리가 멀었으니까. 아니 어쩌면 오히려 행운이라고 해야 할지도 몰랐다. 새로운 운명의 전조가 느껴졌다는 표현이 낮을 것이다. 마우스를 클릭하는 내 손이 떨렸고 이유 없이 심장이 뛰었다.

리영 작가님께
작가님 안녕하세요.
저는 작가님의 작품인 『표절』을 감명 깊게 읽은 독자입니다. 다른 사람, 그것도 이복 여동생의 창작물을 가로채 자신의 예술적 권력에 이용한 현수의 밑바닥 욕망이 비단 현수라는 인물에만 해당되는 것일까 라는 생각을 반추하게 하는 소설이었습니다. 인간은 누

구나 다른 사람이 가진 것을 탐내고 훔치고 싶은 욕망이 있는 존
재겠지요. 더군다나 그것이 자신에게 꼭 필요한 무엇이라고 생각
하면 말입니다.

이번 첫 소설로 등단의 기쁨까지 누리셨다니, 다시 한 번 축하드
립니다. 독자로서 리영 작가의 다음 작품에 거는 기대 또한 큽니
다.

출판사를 통해 작가님께 메일을 보내게 된 이유는 두 가지에서였
습니다. 혹여 나중에라도 이번 소설 『표절』에 대한 증보판을 계획
하신다면 그 소설에 긴요하게 쓰일 미술에 관한 자료가 필요하실
것이라고 생각합니다. 그런데 우연히 제가 그 자료를 소장하고 있
답니다. 그 자료를 소장하게 된 저간의 사정은 생략하겠습니다.
두번째 이유는 작가는 늘 소설 소재와 재료 찾기에 고심한다는 말
을 귀동냥으로 들었습니다. 나름 밑바닥 생활을 해왔다고 자타가
인정하는 제 삶이 작가님이 다음 작품을 쓰시는 데 큰 도움이 되
리란 생각이 들었습니다. 작가님이 거절하신다고 해도 저는 괜찮
습니다. 답장 기다리겠습니다.

표절 드림

어떤 열렬한 독자로부터 메일이 갈 것이라고 출판사로부터 미리
연락을 받긴 했다. 재미있는 독자로군요, 출판사 관계자에게 대수
롭지 않게 말했는데 메일 내용을 보는 순간 기분이 이상했다. 불현
듯 용민이 떠올랐다. 그 순간 왜 갑자기 용민이 생각났는지 모르겠

다. 나중에 생각해보면 너무 당연한 것이었지만. 그러니까 그땐 순전히 어떤 느낌만으로 그가 연상되었던 것이다. 용민은 어떻게 되었을까? 죽었을까? 살았을까? 죽었다면 무서운 일이다. 살아 있다면 더 무서운 일일까? 사실 용민의 생사보다 그것으로 인해 나에게 미칠 수 있는 영향에 대해 신경이 곤두섰다. 용민은 살아 있어야 했다. 전적으로 나를 위해서. 살아 있으면서 영원히 죽은 목숨이어야 했다. 그것도 순전히 나를 위해서 말이다.

그동안 나도 용민을 찾기 위해 신문과 인터넷을 뒤졌다. 용민의 사고가 세상에 알려진다면 누구보다 내가 알아야 했다. 사실 용민을 찾는 일이 싫고 두려웠다. 그러나 사람들이 나의 차기작을 운운할 때 비로소 깨달았다. 그가 있음으로 내가 작가 리영으로 살아갈 수 있다는 것을. 그러나 용민의 사고에 대해 세상은 시치미를 떼고 있었다.

나는 표절이라는 사람에게 답장을 쓰지 못했다. 내 답장이 없자 용민도 초조했을 것이다. 나한테 바로 우편물을 보낸 걸 보면 미루어 짐작할 수 있는 일이었다.

주스 한 박스 분량의 상자였다. 발신인은 '표절', 바로 그였다. 심상치 않았다. 집에 들어서자마자 노란 테이프로 봉인된 상자를 뜯었다. 세상에 맙소사!『표절』을 쓰기 전에 준비하느라고 찾은 자료와 심리학 참고 서적이 그 안에 고스란히 들어 있었다. 노트북에 들어 있던 그것이 자료의 전부가 아니었던 것이다. 나는 드디어 올 것이 왔구나 하는 생각으로 몸을 떨었다. 새로운 운명의 벽 앞에 마주

하고 있다는 묘한 기분. 집 안의 가구와 물건들이 그대로 정지된 채 나를 노려보고 있었다. 처음으로 느끼는 수치감으로 내 얼굴은 달아올랐다. 그것이 바로 죄의식의 밑바닥 얼굴이었을까? 그 이전이나 그 이후 나에게 수치심이나 죄의식 따위는 없다고 자신했었다. 그러나 그 순간만큼은 내 몸의 미세한 구멍을 뚫고 조금씩 새어 나오는 축축한 물기를 느꼈다. 주체할 수 없이 흐르는 눈물. 눈물 속에 섞인 연민. 누구를 향한 것인지조차 가늠할 길 없었지만 난 그 자리에서 무너졌다. 팽팽한 긴장과 오기로 꼿꼿했던 내 몸이 일순간에 해체되고 있었다. 이제 그만 브레이크를 밟아야 하는 걸까. 조마조마한 마음으로 달려온 길보다 앞으로 전개될 길이 훨씬 매혹적일 텐데. 난 멈추고 싶지 않았다.

상자 맨 밑바닥에 깔려 있던 종이 한 장. 비스듬히 누운 그의 낯익은 필체였다.

이제 짐작이 가니. 그래 나야. 나 살아 있었어. 내가 살아 있다는 게 너에게 불행일까. 아니면 행운일까. 나도 모르겠다. 그 해답은 네가 알고 있으리라 생각한다. 왜냐고? 네 선택에 따라 내가 너에게 불행이 되기도 하고 행운이 되기도 할 테니까. 아, 미안. 네가 이 편지를 보는 순간 그런 생각을 할 여유가 없다는 걸 깜박했구나. 아무튼 나를 확인하는 게 무엇보다도 우선이겠지. 아래 주소로 찾아오기 바란다.

나는 울음을 그쳤다. 그리고 스스로에게 주문을 걸었다. 질주는 계속되고 행운의 여신은 내 편에 서 있다고. 내 앞에 무한대로 뻗은 길이 보였다. 나는 외쳤다. 멈추지 마! 가속 페달을 꾹 밟고 있다는 걸 한시도 잊지 마. 거기서 발을 뗀다면 대형 사고야.

그렇게 달려온 길이었다. 그런데 오늘 출판사에서 정혜규를 보는 순간, 나는 전력 질주하던 자동차 타이어가 갑자기 멈추는 마찰음을 들었던 것이다. 끼이익. 타이어 타는 냄새가 와락 끼쳤다. 소름 끼치는 불길함의 전조가 내 얼굴을 쓰다듬는 느낌의 냄새. 나를 반가워하는 정혜규의 웃음 저 너머로 나의 이면을 알고 있다는 의미심장한 눈빛이 보였다. 정혜규가 출판사에서 무심하게 내뱉는 말 한 마디마다 내 신경이 곤두설 생각만으로도 머리가 다 지끈거릴 지경이었다.

"작가님 요즘 잘나가시던데요. 작가님 작품은 영감에 많이 좌우되나 봐요. 영감에 의존하는 시와는 달리 소설은 치밀하게 계산된 문학 장르라고 생각해왔는데 예외는 있기 마련인가 봐요."

"듣기 좋은 말인데요. 칭찬으로 들어도 되죠? 그런데 왜 그런 생각을 했죠?"

냉정을 되찾은 내가 물었다. 이왕 이렇게 된 마당에 당황하는 모습을 보일 수는 없었다.

"작품들이 늘 작가님과는 별개로 느껴져서요."

늘 들어온 말이었지만 정혜규에게 듣는 기분은 썩 유쾌하지는 않았다.

“나와 별개라서 좋다는 말인가요? 아니면 별로라는 말인가요?”

“작가님 작품은 당연히 좋지요. 제가 얼마나 작가님 소설을 좋아하는데요.”

사심 없는 말투를 던지는 정혜규. 그녀는 나에게 아무런 감정이 없는 것일지도 몰랐다. 내 쪽에서 느끼는 자격지심이었을 수도 있었다.

“이번에 출판하려던 작가님 최종 원고 봤어요.”

“아, 벌써요. 여러모로 잘됐네요.”

순간적으로 머리가 핑 휘둘렀다. 또다시 그녀와 신경전을 해야 하는 걸까. 끔찍했다.

“정말 잘된 일이라고 생각하시는 건가요?”

정혜규가 미간을 좁히며 내게 되물어왔다. 이건 무슨 시추에이션인가. 그녀의 속을 알 수가 없었다. 나는 생긋 웃어 보였다. 어색한 웃음이었으리라. 정혜규는 어깨를 들썩해 보이고는 말을 이었다.

“작품이 방향성을 상실했던데요. 여태까지 작가님 작품과는 전혀 달랐어요. 물론 좋지 않은 쪽으로요. 작가의 자의식이 사라졌다고 해야 할까.”

정혜규는 역시 날카로웠다. 불길한 내 예감이 적중되는 순간이었다. 내가 넘어야 할 새로운 벽이 나타난 것이다. 자기 일기를 토대로 썼다는 것뿐 아니라 원고 자체도 마뜩치 않아 했던 용민의 생각이 여지없이 맞아떨어진 셈이었다. 이번에도 항상 그가 맞았고 나는 틀렸다. 인정하긴 싫지만 사실이었다. 정혜규는 오늘 당장 편집회의가 있다고 언질을 주었다. 나로서는 금시초문이었다.

"편집회의를 오늘 한다고요?"

내 목소리에 날이 섰다.

"주간님이 말씀하지 않으셨나요? 저하고 편집장님과 편집위원 두 분이 참여하는 회의예요."

편집위원 두 사람은 나도 잘 아는 평론가다.

"주간은요?"

"주간님은 오늘 외근이 있으셔서 부득이 참석하지 못하세요."

처음 사장을 만났던 방으로 들어섰다. 곧이어 편집위원 두 사람이 문을 열고 들어왔다. 두 사람은 번갈아가며 나에게 알은체를 했다. 나도 간단하게 안부 인사를 건넸다.

회의는 곧 시작했고 전체적으로 다시 집필하는 것으로 편집회의 중론이 모아졌다. 아무도 대놓고 작품이 별로라는 말은 하지 않지만 썩 마땅치 않아 하는 분위기였다. 나는 진밥을 빼며 부정도 긍정도 하지 못했다. 이런 상황에서 다른 작가들은 어떤 태도를 보일까. 아니, 다른 작가까지 갈 것도 없었다. 용민이 이 자리에 있었다면 적어도 나처럼 갈팡질팡하는 모습은 보이지 않았을 것이다.

"선생님 어떠세요. 회의한 대로 진행시킬 수 있으시겠어요?"

피곤으로 다크서클이 눈 밑까지 내려온 편집장이 조심스럽게 내 의견을 타진했다. 나보다 적어도 십 년은 위로 보이는 편집장은 아까부터 작품 외적인 것으로 분위기를 맞추려고 전전긍긍하는 태도가 엿보였다. 오랜 관록으로 얻은 처세일 것이다.

"웬만하면 맞춰가는 방향으로 할게요."

"리영 작가 위신이 있지. 무조건 맞추기만 한다고 되는 일이 아니야."

오십 초반의 편집위원이 고개를 절레절레 흔들었다.

"그건 선생님 말이 맞네요. 방향이 아니다 싶으면 작가가 대차게 밀고 나가야지요."

다른 편집위원도 한마디 거들었다. 여태까지는 다 뜯어고쳐야 한다고 성토를 해놓고는 딴소리들이었다. 나는 허를 찔린 기분으로 잠자코 있었다. 『표절』 이후의 작품들은 잡음 없이 순탄하게 넘어왔다. 에디터와 용민의 의견이 잘 소통할 수 있게 하는 가교 역할이 내 임무였으니까. 책을 많이 낸 베테랑일수록 출판사와 에디터 의견에 토를 달지 않는다고 입을 모았던 무리들이었다. 책 한두 권 낸 신예일수록 개작과 편집에 쓸데없는 작가 자존심을 세운다고 수없이 들은 터였다. 그래서 나는 늘 대가의 자세로 출판사와 에디터를 상대해왔다. 작품 어때요? 내가 물으면 에디터들은 하나같이 말했다. 선생님, 좋아요, 라고 서두를 꺼냈다. 그러고는 따라오는 후렴구들. 그런데요, 선생님. 그러면 나는 생긋 웃어 보이며 말했다. 알아요, 알아. 고칠 게 많지. 나는 팔짱을 끼거나 다리를 꼬고 앉아 에디터의 말을 듣지 않았다. 준비해 간 노트와 펜으로 받아 적었다. 그들의 말을 토씨 하나도 놓치지 않겠다는 듯이.

내가 에디터의 말에 순순히 응하는 딱 한 가지 이유는 용민에게 잘 전달하기 위함이었다. 그런 내 태도가 대가의 모습으로 비쳐졌다면 일석이조의 효과가 나타난 것일 터였다. 그런데 지금은 그런 내 태도를 은근히 비난하는 분위기였다. 결국 대가의 기준은 작가의 태도가 아닌 작품성이 관건이었던 것이다. 지금껏 용민이 쓴 작품은 초고라고 할지라도 완전히 갈아엎을 만큼 태작은 아니었던 것이다.

"어쨌든 선생님, 잘해보도록 하죠. 정 팀장도 워낙 실력이 있는 에디터니까 많이 도와줄 거예요."

편집장이 중간에서 사태를 무마시키는 걸로 편집회의가 마무리되었다.

"작가님은 여전하시네요."

회의실을 나오는데 정혜규가 또 태클을 걸었다. 뭐가 여전하다는 걸까?

"뭐가요?"

"육 년 전 생각이 나서요. 작가님은 그때도 제가 이렇다면 이렇게 좋아오시고 저렇다면 저렇게 하라고 하셨거든요. 작가님이 쓴 소설이잖아요. 작가님 의견이 어떻게 그렇게 없으세요?"

"작가로서 주관이 없다는 건가요?"

"일테면 그렇다는 거죠."

"혜규 씨도 여전하네요. 작가를 좌지우지하는 거 말이에요."

나는 정색을 하며 정혜규의 야코를 눌렀다. 엘리베이터를 타는 나에게 정혜규는 깍듯이 머리를 숙여 인사를 하고는 편집실로 들어갔다. 요사스러운 것 같으니라고. 나는 욕을 삼켰다. 담배가 피우고 싶었지만, 한시도 이곳에 있기가 싫었다. 막 엘리베이터 닫힘 버튼을 누르는데, 주간이 스카프를 두르며 황급히 나왔다. 외근을 가는 모양이었다. 나는 재빨리 열림 버튼을 눌렀다.

"사실은요. 우리가 정 팀장을 섭외하기 전에 정 팀장이 자발적으로 왔어요. 선생님이 우리 출판사와 계약한다고 했더니, 자기가 그 소설 맡으면 안 되느냐고 하더라고요. 내가 정 팀장과 좀 알고 지내는 사이였거든요."

주간이 눈을 끔벅했다. 나는 네, 라고 짧게 대답했지만 기분이 거의 바닥을 치는 중이었다. 자발적이라니? 나는 공연히 헛기침을 했다. 그래서였나. 사장이 싱글벙글하는 이유가 말이다. 베스트셀러 제조기 작가와 유능한 에디터가 제 발로 걸어왔으니 그럴 만도 했다.

지금은 정혜규가 문제가 아니었다. 용민을 설득하는 것이 관건이었다. 그 순간 법정에서 김 사장을 바라보던 그의 동공 속 타오르던 불이 떠올랐다. 자신의 인생을 망가뜨렸다는 원망과 분노의 이글거림. 용민은 아직도 그 인간에 대해 결코 담담해질 수 없는 걸까?

한동안 용민을 바라보는 내 눈빛도 그랬을 수 있겠다는 생각이 들었다. 버림받은 것은 우리가 아니라 나라는 사실을 인식한 후부터. 용민의 인생을 망치는 것만이 철저히 나를 버린 어미에게 복수하는 것이라고 생각했으니까. 용민의 잘못이 아니었지만 나는 그를 원망하고 싶었다. 누군가에게 원망하고 책임 전가를 하지 않는다면 미쳐버릴 것 같았던 나날들. 용민은 느끼지 못하는 걸까? 내 안에 들어 있는 자신을 향한 불을. 결국 그 불이 그를 태우고 말았지만.

내가 용민을 법원에 데리고 간 것은 꼭 그의 눈앞에서 김 사장의 몰락을 확인해주고 싶어서만은 아니었다. 용민이 그 인간을 바라보는 눈빛을 내가 확인하고 싶은 까닭이었다. 김 사장을 바라보는 용민의 눈빛이 이제 그만 담담해지길 기대했다. 내가 용민을 보는 눈빛에 아무런 감정이 없는 것처럼 말이다.

김 사장을 왜 그토록 수렁에 빠뜨리려고 했는지 용민은 내게 묻지 않았다. 하지만 그 역시 궁금해하리란 걸 나도 알고 있었다. 그것을 이용해야겠다는 생각이 편집회의 하는 동안 전광석화처럼 빠르게 나를 강타했다. 그 일에 대해 용민에게 다 이야기할 참이었다. 그에게 요구할 것이 있는 이때가 적기일 것이다. 내가 그를 보호함으로 겪어야 했던 일과 그로 인해 계획하고 주도했던 일련의 과정을 상세하게 알려준다면 내 요구가 관철될 수 있을까. 지금으로선 미지수다.

그와 동시에 원한이란 오래 묵은 앙금 같은 것이 아니라 되갚는 순간 화르륵, 타올라 재가 되어버린다는 것을 용민에게 가르쳐주고 싶었다. 영혼의 속살이 깊이 베이기라도 한 것처럼 처참한 낯빛을 하고 있는 용민의 몰골이라니. 사실 그 순간 짜증이 확 밀려오기도 했다. 왜 용민은 꼭 자신을 피해자 자리에 놓고 스스로를 불쌍히 여기지 못해 안달난 사람처럼 구는 것인지 이해할 수 없었다. 최악

의 상황에 처한 용민으로 인해 만신창이가 된 건 바로 나일 수도 있
는데. 이제 나는 고통이 무엇인지 아픔이 무엇인지에 대한 감각이
사라진 지 오래였다. 나한테 상처를 줬다면 되갚아주면 그뿐이고
내가 가지고 싶다면 성취하면 그뿐이었다.

　용민은 나를 위해 자신의 능력을 희생하는 것이라는 생각을 가
지고 있었다. 웃기는 일이었다. 그는 단지 나를 여자로서 욕망할 뿐
이다. 내가 용민에게 얻은 대가인 글은 결국 그가 나에게 주는 화대
그 이상도 그 이하도 아니다. 내가 자기에게 저지른 잘못에 대해 한
마디도 질책하지 않은 채 나를 세상에 빛나게 해준 것이 사랑의 증
거라고, 그의 침묵은 소리치고 있었다.

　하지만 다 부질없는 짓에 불과하다는 것은 나도 용민도 알고 있
었다. 사랑! 지나가는 개가 웃을 일이었다. 그와 나는 남녀 간의 욕
망을 운운해도 되는 사이가 아니지 않은가. 보육원에 버려진 날부
터, 아니 태어나는 그 순간부터. 남녀 간의 욕망이나 사랑 따위를
운운하기 전에 우리는 같은 어미의 자궁에서 태를 같이한 동기간
이 아니던가.

　메일을 열었다. 그의 얼굴을 직접 대하면서 이런 구질구질한 이
야기를 주절거리고 싶지 않아서다. 김 사장을 몰락시키기 위해 내
가 한 일을 담담히 적어나갔다.

　나는 어떻게든 김 사장의 약점이나 은성의 하자를 물고 늘어져
야 했다. 어떤 기업이든 속속히 따져보면 오점 없이 이뤄질 수 없
다. 그게 겉으로 드러나느냐, 아니면 철저히 감추느냐의 문제다. 삽

시간에 중견 기업으로 성장한 은성도 분명 구린 구석이 있을 거라
는 생각을 했다. 내가 화공학과를 선택한 이유도 거기에 있었다.

김 사장에게 신임을 얻으려고 나는 기를 썼다. 속으로야 칼을 갈
고 있었지만 칼이 벼리어지는 동안은 김 사장 눈 밖에 나는 일은 하
지 않으려고 신경을 곤두세웠다.

엄연히 호적에 오른 딸이었지만 나는 부잣집 딸 행세 따위는 애
초부터 하지 않았다. 김 사장은 나를 신뢰하기 시작했다. 적어도 겉
으로는 그랬다. 내가 부잣집 딸처럼 굴지 않았던 그 이유뿐이었을
까? 보기보다 내 입이 무겁다는 걸 김 사장이 알았던 것이다. 김 사
장이 나를 신뢰한 이유로 그게 더 컸으리란 공산이다.

나는 은성의 핵심이 부평에 있는 공장이라는 걸 어렵지 않게 간
파할 수 있었다. 열세 살에 입양되어 십 년을 넘어 그 집 딸로 자라
나면서 그런 걸 알아내는 건 그다지 어려운 일이 아니었다. 딸이라
고? 그 부분에 이르면 나는 내 몸을 훑고 지나갔던 김 사장의 손길
에 진저리가 쳐졌다. 담담해하자고 끊임없이 나 스스로를 단련시
키지만 몸의 기억까지 없어지는 것은 아니었다.

성북동으로 온 지 한 달이 채 되지 않았을 때 김 사장은 본색을
드러냈다. 부인이 며칠 집을 비운 사이에 김 사장이 내 방에 들어왔
다. 김 사장의 작은 눈은 어둠 속에서도 빛이 났다. 너도 알지. 네가
개 대신이라는 거. 내 귓불에 질척한 침을 바르며 김 사장이 말했
다. 그는 채 여물지도 않은 여자의 그곳을 함부로 다뤘다. 어린 내
몸은 피가 났다가 아물었고 다시 피가 났다. 어린 나는 찢어지고 작

아지고 마모되어갔다. 짐승의 시간이었다. 용민을 대신해서 그의
자리에 있는 대가가 그런 일일 줄은 꿈에도 생각하지 못했다. 울음
도 나오지 않았다. 민첩하고 날렵하게 나를 유린했던 김 사장은 날
이 밝으면 자애로운 아버지 가면을 썼다. 소름이 끼쳤다. 그 인간에
게 유린당한 것은 육체만이 아니었다. 어미의 저주받은 신념이 칼
이 되어 내 영혼을 가리가리 찢었다. 그 집을 뛰쳐나올까도 수십 번
수백 번 생각했다. 김 사장의 집을 나서는 순간 보육원 계집아이가
거쳐야 하는 인생이 펼쳐질 것이라는 것은 뻔했다. 나를 향해 겨누
고 있던 칼날을 거꾸로 잡고 세상에 던지면서 사람이길, 여자이길
포기했다. 용민은 김 사장에게 일을 당할 때면 일기 쓰는 일로 우회
했지만 나는 나를 던졌다.

내가 만약 거기서 견디어내지 않았다면 나 한 사람의 인생뿐 아니
라 너의 인생도 진창에 굴러떨어졌을 거야! 내가 그 집에 가지 않
았다면 김 사장은 계속 너를 괴롭혔겠지. 김 사장도 그랬어. 너 대
신이었다고…….

대신이라고? 그 말을 또 한 사람이 있었다. 계집애가 남자애 대
신 액을 막아줘야 한다고 들었어요. 원장실 앞에서 들었던 그 말이
다시금 되새김질되었다. 나는 울지 않으려고 어금니를 깨물었다.
용민이 겪었던 치욕을 나도 똑같이 겪었던 것이다. 같은 치욕을
치르면서 나보다 가진 것이 많았던 용민은 피해 의식에서 헤어날

줄 몰랐다. 나는 그런 그의 나약함에 침을 뱉고 싶었다.

내가 고등학교에 입학하면서 김 사장은 더 이상 나를 상대하지 않았다. 그러나 나는 이미 망가져버렸고 사람으로서 가질 수 있는 모든 감정이 메말라버린 상태였다. 그 이후로 김 사장은 그 일에 대해 한 번도 내색하지 않았다. 나도 그 일에 대해 입을 닫았다. 그 때문이었다. 김 사장이 나를 멀리하고 싶었으면서도 완전히 멀리할 수는 없었던 이유가. 그것이 타인에게는 입양 딸인 나를 신뢰하는 것으로 비쳤을 것이다. 김 사장과 나 역시도 '신뢰'라는 허울 속에 그 진짜 이유를 철저히 숨겨오기도 했지만.

어쨌든 은성의 핵심을 안 후 나는 대학 졸업과 동시에 김 사장에게 공장에서 일을 해보겠노라고 했다. 김 사장은 의외라는 표정이었다. 나는 사장님과 사모님 은혜로 잘 지내왔다는 인사로 말문을 열었다. 나는 그 두 사람에게 아버지나 어머니라는 호칭을 쓰지 않았다. 김 사장의 부인은 소금 서운해했지만 내가 끝까지 고수했었다. 그런 낯간지러운 호칭을 붙임으로 인해서 내 마음이 약해질지 모른다는 생각 때문이었다. 김 사장은 내가 뭘 어떻게 하겠다는 거냐는 시큰둥한 표정으로 나를 바라보았다. 냉혈한 같은 인간. 눈을 홉뜨며 사람을 깔아뭉개는 듯한 김 사장의 표정은 사람을 오싹하게 하는 구석이 있었다. 나는 다소곳이 눈을 내리깔고 사장님 하시는 일에 작은 도움이라도 드리고 싶다, 내가 화공학과를 선택한 것도 그런 이유였다, 이제 대학도 졸업했으니 공장 밑바닥 일부터 배우는 게 내 처지에 맞다고 주저리주저리 읊어댔다. 김 사장의 입가에 간특한 미소가 맴돌았다. 잠시 나를 기특해하는 표정을 짓기도 했다. 인생의 밑바닥에서 자수성가한 김 사장이 일의 바닥부터 배우려는 사람에게 높은 점수를 준다는 것을 나는 알고 있었다. 게다가 그 인간은 내가 정말 아무렇지 않았을까? 분명 껄끄러웠을 것이다. 하긴 모르는 일이다. 그 늙은 너구리가 다른 곳에서 색다른 재미를 보고 있었을지도. 부인도 그 인간의 성적 악취미를 아주 몰랐던 것은 아니었다. 나한테 몇 번 넌지시 운을 띄웠던 걸 보면 말이다. 나는 시침을 뗐다. 부인은 그걸 수차례 확인한 후에야 나를 정식 입양했다. 고등학교 3학년에 올라갔을 즈음이었다. 날 바로 입양하지 않은 부인도 보통이 아니었다. 하긴 그 수에 말려가지 않는 내가 더 보통이 아닐지도 모른다. 보통 이하면 인생에서 이미 게임 오버의 낙오자로 굴러떨어지는 수밖에 없을 테니까.

은성공장에서 공장장 유형일이 핵심이라는 것을 알게 되었다. 김 사장이 초창기 은성유리를 세울 때 함께 해온 인물이었다. 처음에 유형일은 명목상 사주의 딸인 나를 멀리했다. 그에게 접근하기가 쉽지 않았지만 나는 알아내고 말았다. 은성의 유리 제품이 왜 더 광택이 나고 단단한지에 대해서.

너는 내가 화공학도였기에 그것을 알아냈다고 생각했지. 천만의 말씀이야. 여자로서 내가 가진 무기를 사용해서 알아냈던 것이었어. 나한테 눈이 뒤집힌 유형일이 그걸 빌미로 나중에 내 목을 조였던 게 문제였지……

절호의 기회였다. 나는 김 사장에게 리드 옥시드 성분에 대해 알게 되었다고 했다. 협박은 아니었다. 아버지 회사에 대한 비밀을 공유하게 된 딸이자 동지로서의 모습을 보여주었을 뿐이다. 그러면서도 염려스런 말투로 은근히 겁을 주었다. 유형일이 그 말을 나한테 했다면 다른 사람에게도 할 수 있는 일 아니겠냐고. 예상했던 대로 김 사장의 눈이 가늘어졌다. 의심이 깊어지면 나오는 김 사장의 습관이었다. 이십 년 넘게 사주와 공장장으로 지내온 그들의 신뢰에 차츰 금이 가기 시작했다. 몇 번의 큰돈이 유형일 통장에 들어갔다. 돈이 생기자 유형일이 가당치 않은 욕심을 내기 시작했다. 나와 살림을 차리자고 했다. 그렇게 하지 않으면 자기와의 관계를 김 사장에게 폭로하겠다고 으름장을 놓기 시작했다. 내가 유형일과 그런 관계였다는 게 김 사장에게 알려지면 죽도 밥도 되지 않을 상황이었다.

디데이로 정해진 10월 27일. 나는 두 사람의 만남을 배후에서 조종했다. 김 사장이 유형일에게 전화를 걸었다. 그 이후로 김 사장은 은성유리와 함께 서서히 무너졌다. 세우기는 힘들어도 파멸되는 것은 순식간이었다. 마치 거대한 유리가 어린이가 던진 돌팔매질에 산산조각 나듯. 은성 산화납 성분에 대한 비밀을 알고 있었던 유형일이 김 사장에게 무리한 요구를 하면서 협박을 했고 김 사장은 사고를 위장해 그를 죽였다는 것이 검찰 측 주장이었다. 김 사장 행보에 대한 정황도 딱딱 들어맞았다. 사망하기 직전 유형일의 휴대폰에 찍힌 김 사장의 번호와 김 사장이 직접 차를 몰고 공장에 가는 것을 목격한 사람도 나왔다. 게다가 결정적인 증거물이 확보되었다. 유형일의 혈흔이 묻은 김 사장 옷과 유형일 이름으로 경찰에 투서한 리드 옥시드 성분의 자료들.

김 사장의 딸로 되어 있는 나도 검찰에 출두된 것은 말할 것도 없었다. 그것도 여러 번. 내 입에서 나온 말이야 뻔했다. 무슨 일인지 모르지만 유형일이 김 사장을 협박했고 유형일에게 큰 액수의 돈을 보냈다고. 그러나 보육원 출신인 나를 입양해서 이만큼 키워준 선량한 사람이 김 사장인 만큼 선처를 부탁한다고.

모든 일이 자로 잰 듯 선명했다. 어떤 기교나 은폐도 없이 너무 단선적이고 확실한 게 이상하리만큼. 마침 각계 재계의 거물들이 정부 고위층과 결탁하여 사업 확장 편법에 혈안이 되고 있다는 비판의 목소리가 재야와 시민 단체에서 나돌았다. 정부와 여당에서는 그 파문이 확산되기 이전에 희생양이 필요했다. 여러 가지로 구멍이 숭숭 뚫린 판결이었지만 정치는 알면서도 눈감아주고 모르면서도 죄다 뒤집어쓰는 메커니즘이었다. 세상 판도가 더 이상 김 사장 편이 아니었다. 행운의 여신은 절묘하게도 내 편이었다. 나는 경탄해 마지않았다. 내 직관에게 경배라도 해야 할 판이었다.

나는 메일 마지막에 다시 한 번 다짐했다. 너는 고작 한 번의 일을 치렀지만 내가 한 일이 결코 네가 했던 일 못지않았다는 것을 알아두라고. 그런 의미에서 나는 너에게 그 어떤 일도 요구할 수 있다는 것도 잊지 않길 바란다고.

용민에게 쓴 메일에 전송 버튼을 누르면서 정혜규의 얼굴을 지웠다. 나는 이제 예전의 리영이 아니다. 내 뒤에 용민이 건재한데 미리 걱정할 필요는 없었다. 정혜규를 기선 제압할 말을 곱씹어보았다. 다시 집필하는 고통은 내 쪽에서 감당할 테니까 편집이나 차질 없이 진행하라고.

용민이 내 메일을 받고 더 이상 토를 달지 않게 집필해줄 것이라고 나는 믿었다. 소설의 모티프가 자기의 일기장에서 나왔다는 것에 용민은 분개했다. 누구에게도 보여주고 싶지 않은 치부. 그걸 드러내길 회피하는 그의 밑바닥 얼굴. 나 또한 용민 앞에서 완전히 내 치부를 드러냈다. 어차피 우리의 관계는 기브 앤 테이크다.

통각의 끝을 맛본 사람이 두려워하는 게 있다. 통각에서 오는 묘한 쾌감을 자기가 즐기고 있다는 것이다. 그것도 자해를 통한 통각은 다른 어떤 쾌감보다 극치이며 강한 중독성을 유발시킨다. 그쯤 되면 이미 통증의 주체는 괴물과 다르지 않다. 어차피 그와 나는 괴물이 된 지 오래가 아니던가. 우리가 괴물임을 드러내는 것만이 소설의 진정성 문제를 해결할 수 있는 유일한 길일 것이다.

7. 그녀는 노련했고 나는 노회하다: 용민

갈색 톤의 체크무늬 남방과 카키색 면바지가 침대 발치에 개켜 있었다. 도우미 아줌마가 준비해놓고 나간 모양이었다. 잠결에 문이 열리고 닫히는 소리를 들은 것 같았다. 다소 하이톤 목소리에 비해 행동거지의 소음은 일반 사람보다 반음 정도 낮은 편이었다. 뒤꿈치를 들고 다니다시피 하는 도우미로 인해 집 안에 나 혼자 있다는 착각이 들 때가 많았다. 너무 고즈넉한 적막은 집중을 도와주기보다 방해하곤 했다. 때때로 유리컵을 박살내고 싶은 충동이 걷잡을 수 없이 내 안에 소용돌이친 적이 한두 번이 아니었다. 지난 육 년은 너무 무료하고 적적하기만 한 나날들이었다. 작은 소요나 변화도 없이. 차라리 예고 없이 날아오는 비보나 느닷없는 파란을 맞이하고 싶을 만큼. 격정은 내가 쓰는 작품의 캐릭터에만 오롯이 살아 있을 뿐이었다. 그러나 그 캐릭터들만으로 나의 욕망을 채우는 것에는 한계가 있기 마련이었다. 아무리 격렬하고 치열한 삶과 인간도 책 안에 감금된 수인에 불과했으니까.

내가 쓴 작품으로 그녀가 명실상부한 소설가가 되리란 건 예상 밖의 일이었다. 철호의 오피스텔에서 그녀에게 연락할 것을 종용한 것은 그였다. 그녀와 재회했을 때, 나는 후속작을 쓰지 않을 수 없었다. 무엇보다도 내 안에서 또 다른 이야기가 흘러넘쳤다. 그가 나에게 던진 미끼는 그것이었다. 쓰지 않고는 견딜 수 없는 내 안의 무엇. 그는 그것을 알고 있었던 것이다. 그런데 그 후속작이 등단작 못지않게 독자에게 인기가 있었던 것은 이변이었다. 성취된 욕망은 또 다른 욕망을 욕망하는 기폭제였다. 그녀는 너무 당연한 것처럼 나에게 다음 작품을 원했다. 평단에 주목을 받기 시작한 그녀가 뒷걸음질 칠 수 없다는 게 이유였다.

감금당한 욕망일수록 더 뜨거운 것일까. 그녀와 그녀 상황에 의해 철저히 은닉된 나는 폭발 직전의 욕망에 길들여지고 있었다. 쓰지 않고는 그 욕망을 주체할 길이 없었다.

나는 남방과 면바지를 천천히 갈아입었다. 아직 날이 밝지 않았고 블라인드는 창 맨 아래까지 입을 다문 채였다.

나는 침실 문을 열고 집필실로 향했다. 어둑한 집필실은 괴괴했다. 내 욕망 찌꺼기들의 괴로운 숨소리가 희미하게 느껴졌다. 나는 어둠 속에서 그것들의 머리와 가슴과 손등을 쓰다듬었다. 쉬쉬. 조금만 더 참아. 너희의 결박을 풀어줄 수 있는 날들이 다가오고 있어. 이것은 사는 게 아니야. 너희나 나나. 알아. 너희의 고통이 나의 고통이라는 것을. 난 그것들을 달랬다. 내 외모만큼이나 비틀어지고 엉겨 붙은 기형의 내 새끼들.

불을 켰다. 욕망 찌꺼기들이 후다닥 몸을 숨기는 게 느껴졌다. 어둠의 자식들. 밝은 곳에 나가기를 지극히 꺼리는 존재들. 책장 뒤편과 넓은 책상 구석으로 머리를 처박은 그것들의 등이 너무 왜소하고 강파라서 마음이 안타까워지는 순간이다.

나는 책상으로 다가가 습관처럼 노트북을 열었다. 포털사이트에 내 메일 아이디와 패스워드를 치는 손가락에 잠깐 경련이 일었다. 오류가 떴다. 수만 번 입력해서 이제 눈을 감고도 입력할 수 있는 아이디와 패스워드를 잘못 기입하다니. 있을 수 없는 일이었다. 긴장한 탓이었다. 두번째 반란을 시도해보려는 내 속의 또 다른 내가 스스로를 인정할 수 없는 것일까. 나는 눈을 감고 심호흡을 해보았다. 그리고 다시 내 메일 주소를 입력했다. 탁탁탁탁. 내 메일이 떴다. 정혜규에게 메일을 보낸 지 열흘이 넘었다. 수신 확인란에 읽음으로 표지된 것은 일주일째였다. 조금씩 지쳐가는 중이다. 내 시도가 무산된 것일까. 새 편지함에 열네 통이 와 있었다. 스팸 메일과 광고 메일을 하나씩 삭제해나갔다. 맨 밑에 두 개의 메일이 내 시선을 붙들었다. 하나는 그녀가 보낸 것이고 다른 하나는 내가 그렇게 기다리던 정혜규의 답신이었다.

　　RE: 정혜규입니다.

나는 마우스 왼쪽 버튼 위에 집게손가락을 올린 채 여섯 개의 글자를 뚫어져라 바라보았다. 육 년 전, 그도 나에게 답장 메일을 보냈다. 나를 타진하기 위한 일련의 확인들. 정혜규도 똑같은 루트로 나에게 다가오고 있었다. 정혜규가 그녀에게 적이 의심을 가졌던 부분을 살짝 상기시키는 것을 미끼로 던졌을 뿐이었다. 정혜규가 의아해했던 빌미들. 정혜규가 약간의 관심만 기울인다면 발화가 되기는 충분한 정보들이었다. 확률은 반반이다. 정혜규가 열어보지도 않고 내 메일을 삭제하는 것과 한 번의 클릭으로 메일을 열어보는 것. 정혜규가 내 메일을 읽는 쪽으로 그 확률이 좁혀졌다. 좁혀진 확률은 다시 반반으로 나뉘었다. 정혜규가 반응을 보이느냐, 보이지 않느냐는 것. 순전히 정혜규의 선택에 맡길 수밖에 없는 일이었다. 수신 확인란에 '읽음'으로 처리된 일주일 동안 나는 메일을 다시 보낼까 하고 망설였다. 육 년 전 그는 일고의 재고도 없이 답장을 보냈지만 정혜규는 그 섬이 달랐다. 딥징이 오지 않은 상태에서 내가 만약 두번째 메일을 보낸다면 여지없이 삭제될 확률이 높았다. 그런데 이제 답장이 왔다. 반응을 보인 쪽으로 확률이 기운 것이다. 정혜규입니다. 제목만으로는 어떤 판단이나 기미는 유보할 수밖에 없다. 마우스 왼쪽 버튼을 톡톡거리던 검지 끝에 살짝 힘이 실렸다. 진한 글씨체가 흐리게 바뀌면서 글씨가 떴다.

박용민 선생님께

안녕하세요. 정혜규입니다. 선생님이 보내주신 메일은 잘 받았습니다. 선생님께 바로 답장을 드리지 못한 것에 대한 변명부터 해야겠군요. 제가 출판사 일로 무척 바쁘기도 했지만 제 개인 신상에 일이 있었습니다. 그리고 다른 이유는 망설인 탓이 큽니다. 저의 망설임에 대해서는 이미 선생님이 주신 메일에 언급하신 바 있으시지요. 맞습니다. 어떤 특정인이 언론과 지면에 자주 등장하면 매도성 잡음이 많다는 것 말입니다. 그래서 선생님이 저에게 보낸 메일도 그런 매도성 잡음의 일종으로 치부될 수 있다는 염려에 대한 말씀. 저도 그 비슷한 이유로 선생님께 답장하는 것을 차일피일 미루었습니다. 저야말로 작가와 그 작가가 쓴 작품에 대한 잡다한 에피소드와 루머가 사실 여부를 떠나 난무한다는 것을, 우리나라 문단 최일선에서 몸으로 겪는 사람이기 때문입니다.

그런데, 선생님 메일이 내 개인 신상과 맞물려 변화를 가져왔습니다. 자세한 내용은 지극히 사적인 것이므로 거두절미해서 말씀드리겠습니다. M출판사에서 스카우트 제의를 받았습니다. 솔직히 말해서 자청하기도 했습니다. 선생님이 아직 모르시는 것 같아서 말씀드리는데, M출판사는 이번에 리영 작가의 다섯번째 책을 컨택 중인 출판사입니다. C출판사와 리영 씨 간에 불미스러운 일이 있어서 결렬된 걸로 알고 있습니다. 리영 작가의 다섯번째 소설의 초고를 읽었습니다. 선생님이 저에게 주신 정보가 허위가 아니었다는 것을 알게 되었고 새삼 놀랐습니다.

저는 지금 이 순간, 리영의 이름을 달고 출간된 일련의 작품들이 정말 그 작가의 작품일까요? 라고 의문을 제시하신 선생님의 말씀을 되새겨봅니다. 그러나 제가 정작 가장 궁금한 것은 바로 선생님입니다. 리영 작가의 탐색을 종용하시는 선생님은 누구신가요? 리영 작가의 모든 작품을 꿰뚫는 선생님의 혜안은 독자 이상이었거든요. 게다가 아직 출간이 되지 않은 다섯번째 초고의 문제점까지 정확히 짚어내고 계셨습니다. 선생님이 알고 싶습니다. 답신 기다리겠습니다.

정혜규 드림

나는 정혜규의 메일을 한 글자도 놓치지 않고 읽기를 반복했다. 선생님은 누구신가요? 선생님이 알고 싶습니다. 정혜규의 물음이 생생한 육성이 되어 내 귓전을 맴돌았다. 정혜규의 말대로 나는 누구인가? 리영 작가의 또 다른 자아일 뿐인가?

정혜규 메일 아래에 그녀에게서 온 메일을 있었다. 나는 그녀에게 온 메일도 열어서 읽었다. 신시한 어투로 써 내려간 메일 내용은 김 사장과 유형일로 인해 그녀가 겪었던 시간들이었다. 미루어 짐작한 일련의 사건들. 이제 나에게 아무런 감정의 동요가 느껴지지 않는 일이었다. 그래서 지금 케케묵은 그 일을 꺼내는 이유가 무엇일까? 너만 희생한다고 생각하지 마. 나도 충분히 내 인생을 저당잡히고 희생당한 사람이야. 그런 의미에서 너는 아직 나에게 빚이 있다는 것을 명심해. 결국 그것이다. 『유년의 자화상』을 다시 집필하라는 노골적인 압력.

나는 차분하게 하루를 보냈다. 오래간만에 읽고 싶었던 책을 읽으며 와인으로 목을 축이고 있을 때, 그녀가 왔다. 마침 도우미가 하루 일과를 끝내고 현관을 막 나서는 시간과 맞물렸다. 나 왔어. 그녀는 그렇게 말하고 내 침실에 들어섰다. 나는 아무 말도 하지 않고 그녀를 맞았다. 나는 그녀가 나에게 보낸 메일에 대해 일체 말하지 않았다. 그녀는 노련했고 나는 노회하다. 쇠락한 포주와 늙은 창녀의 관계 같은 우리 사이. 매번 다른 방식으로 나를 조정하는 그녀가 밉지도 싫지도 않다. 그녀는 내가 마시던 와인을 병째 들고 몇 모금 들이켜며 옷을 벗었다.

우리는 오래된 부부처럼 서로를 안았다. 습관이 되어버린 섹스였지만 매번 다른 느낌의 그녀였다. 그녀의 머릿결에서 풍기는 향과 목덜미의 부드러움. 한 손으로 움켜쥐면 넘쳐나는 젖가슴. 오뚝 불거진 유두와 젖 꽃판의 미세한 돌기들. 나의 손바닥과 혓바닥에서 톡톡 감지되는 그녀의 몸. 죽어 있던 나의 세포들은 그녀로 인해서 생생하게 살아나고 있었다. 습관은 일종의 안락과 맞물려 있었다. 예정된 쾌감들이 순차적으로 밀려왔다. 그녀의 몸 안에 들어가는 순간 내 머릿속에 새 떼들이 일제히 날아올랐다. 내 몸도 새들과 함께 비상하기에 이르렀다.

"에이취!"

재채기가 터졌다. 재채기는 한 번으로 그치지 않았다. 에이취, 에이취. 연거푸 터지는 재채기는 일종의 신호다. 내가 절정에 이르렀다는.

비누 거품 같은 그녀의 몸을 만지면 나는 재채기를 터뜨리곤 했다. 문지르면 문지를수록 더 풍성하게 일어나는 거품 같은 그녀의 몸이 내 손끝에 닿을 때마다 소스라치면 터지는 재채기. 그럴 때마다 그녀의 몸은 내가 일으킨 자잘한 거품 속에서 매끈거리는 비누 같았다. 내 손아귀에서 한사코 빠져나가려고 하는 미끄러운 그녀 속으로 나는 깊이 자맥질했다. 하얀 비누 거품 속에 빨려 들어가듯이.

침대에 앉은 나에게 그녀는 무릎을 꿇고 앉았다. 블라인드가 쳐진 어둠 속에서도 그녀의 실루엣은 하얗게 빛났다. 대리석 조각 같은 그녀의 몸은 아름다웠다. 내게 다가온 그녀는 내 손을 잡았다.

"내 메일 읽었니?"

그게 뭐 어떻다고? 나는 그녀에게 반문하고 싶었다.

"네가 꼭 해줘야겠어. 나는 죽어도 못하겠어."

"……!"

그녀가 처음으로 내 앞에서 백기를 들었다. 그녀가 내게 보낸 메일의 마지막 문장이 떠올랐다. 나는 그 어떤 일도 니한테 요구할 수 있는 사람이라는 걸 너도 인정하지?

"너한테는 조금 성가신 일이겠지만 나한테는 인생이 달린 문제야. 그러니까 네가 해줄 거라고 믿어."

육 년 전 그녀가 생각났다. 철호의 원룸으로 찾아왔던 그녀도 휠체어에 앉은 나에게 무릎걸음으로 다가왔다. 그러고는 지금처럼 내 손을 잡았다. 내가 그녀를 내려다보고 그녀는 나를 올려다보던 자세. 그녀의 눈망울이 진지하고 깊었다. 나의 뭔가를 원하는 그녀의 눈은 늘 그랬다.

처음 내 모습을 본 그녀도 침착하지 않았다. 거의 미친 사람처럼 비명을 질러댔다. 화장실로 뛰어간 그녀는 변기통을 붙잡고 한참 헛구역질을 해댔다. 내 몰골에 대한 그녀의 반응이었다. 스스로를 진정시킨 그녀는 다시 내 앞으로 다가왔다.

"맹세코 처음부터 그럴 의도는 아니었어. 그래, 일종의 광기였어. 머리가 획 돌았나 봐."

그녀의 말은 거의 횡설수설에 가까웠다. 그녀는 어떤 직감이 자기를 꼬드겼다고 했다. 그걸 어떻게 해석해야 하는 걸까. 악마성과 다르지 않은 그녀의 직감. 나는 가까스로 입을 뗐다. 내가 죽어도 상관없다고 생각했니? 정말 날 죽이려고 했냐고? 높낮이 없는 내 목소리는 약간의 쇳소리를 내고 있었지만 지극히 차분했다. 그녀는 그 자리에서 무릎을 꿇었다. 그러고는 엉금엉금 기는 자세로 다가와 내 손을 잡았다. 내 말을 제대로 알아듣지 못한 것 같았다. 그녀는 내 손을 만지작거리며 탄성을 질렀다. 어떻게 손만 멀쩡할 수 있느냐고. 조금 전까지 소리를 지르던 그녀가 아니었다. 날 정말 죽이려고 했냐니까? 나는 다시 물었지만 이미 분노는 없었다. 그녀를 보는 순간 내 마음은 평온해지고 있었다. 그녀의 체온이 손을 타고 올라와 가슴에 깊은 파장을 일으켰다.

"아니 내가 어떻게 너를 죽일 수 있었겠니. 네가 죽으면 나도 없는 거잖아. 너와 나는 절대 분리될 수 없는 운명이잖아. 그건 무엇보다도 네가 잘 알고 있잖아."

그녀는 몇 번이고 머리를 좌우로 흔들었다. 내가 그녀에게 던진 미끼. 애초부터 그런 자료는 나에게 없었다. 그녀가 가져간 내 노트북 파일에 든 것이 전부였다. 급조하여 만든 자료는 내가 보기에도 꽤 그럴싸했다. 그녀가 여지없이 걸려들 정도로. 그러나 그 순간 어떤 계산도 내 머릿속엔 없었다. 내가 손을 뻗치면 만질 수 있는 가까운 곳에 그녀가 있다는 사실이 믿기지 않았다. 자기가 쓴 것도 아닌 작품을 제 것인 양 하는 동안 얼마나 마음고생을 했을까. 왜 한 번도 말하지 않았던 걸까. 내가 열망했던 그것을 그녀도 가지고 싶었다고 말이다. 그렇게 말했다면 나는 그녀에게 선선히 내주었을지도 몰랐다. 적어도 그때는 그랬다. 그녀를 욕망하는 내 마음이.

입양된 그녀와 보육원에 남아 있었던 나는 자주 만날 수 없었다. 편지로 소식을 주고받다가 메일과 쪽지와 메신저가 우리를 연결해주었다. 중학교 다닐 때 거리에서 만나 고작 아이스크림을 먹고 헤어졌을 뿐이었다. 고등학교 때도 일 년에 한 번 정도 만났지만 별 이야기 없었다. 의례적인 인사나 주고받았나. 그녀는 만날 때마다 달라져갔다. 성숙해져갔고 기분 좋은 냄새가 났다. 보육원의 찌든 때가 묻은 나와는 다른 부류 사람인 것 같아 위축되고 초라하게 느껴졌다. 메일이나 메신저에서는 이모티콘으로 친근감을 표현하다가도 직접 얼굴을 대면하면 어색했다.

남성이 거세된 나에게 여자는 느낄 수 없는 존재였다. 그럼에도 불구하고 그녀는 나에게 여자였다. 보육원에서 매일 보던 그때와 또 다른 여자아이 말이다.

그녀가 대학을 가고 내가 군대를 갔을 때는 잠시 소식이 끊어졌다가 다시 만난 것은 내가 용접공으로 취직했을 즈음이었다. 내가 신춘문예에 당선했을 때도 소식만 전했을 뿐이었다. 네가? 소설을 썼다고? 너 같은 사람도 소설을 쓰는구나. 의외네. 그녀는 그렇게 말했을 뿐이었다. 그녀가 소설에 욕심을 내는 줄은 꿈에도 몰랐다. 그녀가 욕망하는 소설이 비록 알맹이가 아닌 아우라에 불과할지라도. 지금도 그녀는 그 아우라만을 취하고 있지 않은가.

좋, 으, 니? 나 자신도 모르게 흘러나온 말이었다. 나는 음절을 하나씩 느리게 발음했다. 그녀에게 그렇게 묻는 내 흐릿한 왼쪽 눈에 눈물이 고여왔다. 그녀가 내 말을 입속으로 천천히 되뇌고 있었다. 좋. 으. 니.

"행, 복, 하, 냐, 고?

내가 다시 물었다. 음절과 음절 사이에 긴 쉼표를 넣으며. 궁금했다. 작가로 인정받는 그녀가 누리고 있는 그것은 어떤 기분일까? 내가 그렇게 원하던 그것. 그녀의 입을 통해서 나도 느끼고 싶었다.

"좋으냐고? 행복하냐고?"

그녀는 나의 말을 알아듣고 반복해서 되뇌었다. 어느새 그녀의 눈도 빨개졌다. 아랫입술을 깨무는 그녀가 눈물을 참고 있다는 것을 알 수 있었다. 그녀가 내 손에 얼굴을 묻었다. 손등이 축축해졌다. 한참 그렇게 있던 그녀가 눈물이 얼룩진 얼굴로 고개를 들었다.

"우리가 좋을 때가 있었니? 행복할 때가 있었냐고. 너 잊은 건 아니겠지. 전라도 사투리를 심하게 쓰던 그 보모가 그랬잖아. 우리 둘이 나란히 사과 박스 안에 버려졌다고. 세상에 어느 부모가 자기 자식을 버리면서 사과 박스에 넣을 수 있는 거니. 그것도 둘을 다. 하긴 만약 한 아이를 선택했다면 내가 아니라 너였겠지. 우리 둘이 최악인 상황에 있을 때도 세상은 항상 너를 선택했으니까. 어쨌든 똑똑히 기억해. 세상으로부터 철저히 버림받은 태생을 가지고 태어난 사람이 우리라는 것을. 그러니까 내 말은 우리가 행복 따위를 운운하는 게 우습다는 거야."

그녀의 말이 송곳이 되어 내 심장을 찔러왔다. 나는 눈을 감았다.

"왜 날 찾은 거야? 차라리 그 자료를 신문사나 출판사에 보내버리지. 날 파멸시키는 방법으로는 그게 더 빨랐을 텐데. 왜 나한테 먼저 연락을 한 거야?"

그녀는 내 어깨를 두 주먹으로 때리며 소리를 질렀다. 나는 그녀의 감정이 가라앉을 때까지 기다렸다. 그녀 앞에서 나는 허물어진 외모와 어눌하고 더듬거리는 말투가 부끄럽지 않았다. 내가 그녀에게 부끄러운 게 없다면 그녀 또한 내 앞에서 죄의식 따위를 느낄 필요가 없었다. 유형일을 죽이고 김 사장을 감옥에 넣은 순간 나와 그녀는 부끄러움이나 죄의식을 저버린 사람들이었다. 세상 사람 모두가 우리에게 손가락질을 한다고 해도 두 사람만은 서로를 비난할 수 없었다. 그녀의 흐느낌이 잦아들자 내가 입을 열었다.

"너는 나야, 나는 너고. 우린 처음부터 한 몸이었잖아. 그래서 너한테 먼저 연락을 한 거야. 그 작품으로 네가 원하는 걸 얻었다면 그걸로, 나는 만족해."

느리고 어눌한 내 말이 끝나자마자, 그녀가 나를 와락 끌어안았다. 내가 채 말을 끝내기도 전이었다. 그녀는 내 얼굴에 수없이 입맞춤을 했다. 그녀의 눈물과 침이 내 눈물과 침 속에 섞였다.

"보고 싶었어. 너무 많이."

"바보. 등신. 쪼다."

그녀는 나를 더 깊이 끌어안았다. 그 순간이었다. 영원히 회복하지 못할 줄 알았던 여자에 대한 욕망이 버르적거리는 걸 느꼈다. 기쁘기보다 부끄럽고 참담했다. 여자로 느끼면 안 되는 그녀가 아니던가. 내 살과 뼈와 피를 나눈 내 누이가 아니던가.

그녀는 서둘러 내 짐을 챙겼다. 원룸 주인이 누구냐고 묻지 않았다. 나를 돌봐준 사람에 대해서도 궁금해하지 않았다. 다행이었다. 나를 움직인 배후도 그녀는 궁금해하지 않을 테니까. 그녀는 마치 과거는 모조리 잊고 현재와 미래에 집중하려고 안간힘을 쓰는 사람 같았다. 나는 그저 잠자코 있었다. 철호에게 간단한 메모만을 남겼다. 그녀가 찾아와서 따라간다고. 그동안 고마웠다고. 철호는 그런 나를 서운해하거나 굳이 찾을 녀석이 아니었다.

나는 원래 그렇게 되는 것이 당연했던 것처럼 지옥이었던 마음이 편안해지기까지 했다. 그녀는 나를 차에 태웠다. 그녀가 차를 출발시키자 나는 스르르 눈이 감겼고 잠이 몰려왔다. 죽음과도 같은 깜깜하고 아득한 잠. 넌 다시 할 수 있어. 내가 너고 너는 나라며. 그러니까 우리는 해낼 수 있을 거야. 차 안에서 그녀가 내 귓속에 속살거린 말이었다.

"넌 할 수 있을 거야. 우린 해내야 해."

침대에 엎드린 그녀는 고양이 울음소리를 내며 그날의 말을 고스란히 반복하고 있었다. 내 가슴을 어루만지는 그녀의 손이 보드랍고 뜨거웠다.

"우리가?"

나른한 기분이었지만 나는 코웃음 치며 물었다.

"네 일기장 도로 가져왔어. 그 일기를 읽어보고 다시 써. 내가 쓴 내 이야기 부분을 네가 차용해도 나는 상관없어. 물론 네 문체와 상상력이 약간 가미되겠지만. 어때? 우리의 공동 작품이 탄생하는 거야. 멋지잖아. 내 말 들어서 잘못된 건 하나도 없어. 이번에도 눈 딱 감고 내 말만 들어. 응?"

그녀는 뻔뻔함을 넘어 깊은 착각에서 헤어날 줄 모르는 사람이었다. 육 년 동안 껍데기 작가 행세가 그녀를 이 지경으로 만든 걸까? 몸을 일으킨 그녀의 가슴골 사이로 땀방울이 맺혀 있었다. 자기가 한 말에 도취된 그녀는 잠깐 몸을 떨었다. 사과 크기만 한 그녀의 젖이 살짝 출렁거렸다. 내 눈이 그녀의 그곳에 머물렀다. 나는 대응할 어떤 말도 찾을 수 없었다.

"사실 나 C출판사와 쫑 냈어. 애송이 편집자가 못하겠다나. 유능한 편집자를 새로 붙여줘서 그냥저냥 책을 만들어도 큰 무리는 없을 텐데. 까탈을 부리잖아. 그래서 계약 파기하고 관뒀어. 그래서 그 소설, M출판사랑 하기로 계약했어. 그런데 거기서 골치 아픈 사람을 만났어. 뭐, 날 위해서 유능한 편집자를 스카우트했다는 거야. 문제는 그 편집자가 앞으로 나를 피곤하게 할 것 같아. 더럽게 기분

나쁜 년이야. 아. 신경질 나! 하필 그년이랑 또 얽힐 게 뭐람.”

톡톡, 내뱉는 그녀의 말투. 내 뇌리에 섬광이 스치고 지나갔다. 정혜규. 선명하게 각인된 이름. 선생님 메일이 내 개인 신상과 맞물려 변화를 가져왔습니다, 라고 했던. 그렇다면 정혜규를 그녀에게 보낸 사람은 바로 나였던 것이다. 그녀를 조종하는 보이지 않는 끈 하나를 내가 쥐고 있다는 기분이 들었다. 내 뒤에서 나를 조종했던 그도 이런 기분이었을까? 꼬물거리는 인간들을 내려다보며 느긋하게 다음을 계산하는 신의 마음과 같은 것. 내 심장 한가운데로 꽝꽝 얼어붙은 고드름 끝이 겨울 찬연한 햇살에 녹아 똑똑 떨어지는 느낌이었다. 너무 선명해서 잠시 몸서리가 쳐졌다.

“혹시 그 사람 아니야?”

짐짓 무심한 척했지만 내 온 촉각은 무섭게 꿈틀대고 있었다.

“누구?”

“『표절』 편집자.”

이미 육 년 전부터 나는 알고 있었다. 내가 투고했던 『표절』보다 책으로 출간된 작품이 훨씬 완성도가 높아졌다는 것을. 그것은 결코 그녀의 능력이 아니었다. 분명 그 책이 나오는 과정에 유능한 에디터가 있었을 것이다. 그가 그녀의 복병으로 정혜규를 지목한 것도 그 때문일 것이다. 정혜규라면 그녀의 질주를 막을 수 있을 거라는 확신이 들었다. 결국 내가 바라는 것은 무엇일까? 아니, 그가 바라는 것은 무엇일까? 세상 앞에 발가벗겨진 그녀를 원하는 걸까? 아니면 그녀의 지금 위치가 바로 나였다는 것을 밝히고 싶은 걸까?

만약 나를 조율하는 끈이 없었다면 나는 영원히 그녀의 하수인으로 살았을까? 나는 머리를 내저었다. 더 이상 그녀와 내가 망가질 수는 없었다. 아니다. 그녀는 제외해야 한다. 나를 향해 저벅저벅 걸어오는 실체 없는 위기감이 두려운 것이다. 나의 완전한 소멸. 그것을 받아들일 수 없는 탓이었다. 단지 그는 내게 적기임을 상기시켰을 뿐이었다. 이것은 나를 보호하기 위한 명백한 정당방위다. 내 말에 그녀의 눈이 커졌다.

"맞아. 『표절』 편집자! 어떻게 알았어?"

"편집자랑 무슨 상관이야. 이미 최종본은 나왔다며?"

나는 한발 물러서는 태도로 말을 던졌다. 그녀가 반색을 하며 상체를 내 쪽으로 기울였다. 그녀의 젖꼭지가 내 가슴에 닿았다.

"그건 C출판사에서지. 그때도 인쇄에 들어간 것은 아니었어. 바보들 같으니라고. C출판사에 그대로 출간되어도 기본은 나갈 텐데. 하긴 작품성을 인정받지 못하면 ○○분학상 수상에 치명타가 될 수도 있겠지. 어쨌든 날짜가 촉박해. 수상자가 내정되는 11월 중순까지는 석 달도 채 남지 않았잖아. 수상자가 내정되기 전에 책이 출간되어야 해."

그녀는 말을 빠르게 내쏘고 있었다.

"그래서?"

"그래서라니? 빨리 써야지. 출판사도 그걸 원해. M출판사 측에서 볼 때는 내가 호재일 거 아니야. 수상자로 결정되는 순간에 책이 팔려 나갈 테니까. 아니, 내가 원해. 내가 원한다고. 너는 내가 원하면 다 들어줬잖아."

머리를 흔드는 그녀의 눈빛이 어느 때보다 간절했다.

"시간이 너무 촉박해."

"시간? 촉박하지. 나도 알아. 그러나 최대한 빨리 초고가 나오면 책이 출간되는 동시에 심사가 열리는 시기와는 맞출 수 있을 거야. 그 정도만 되면, 수상에 결정적인 역할을 하는 심사위원단들이 그 책을 검토할 수는 있거든. 아, 짜증 나. 오시연은 만장일치인데, 나는 삼 대 이였다잖아. 이번 소설이 판도를 뒤집을 수 있는 열쇠가 될 거야."

그녀가 몸 달아 하는 이유는 바로 그것이었다. 오시연에게 결코 지고 싶지 않은 것. 오시연에 대한 그녀의 끊임없는 열등감의 근원에는 민기태가 도사리고 있을 것이다. 지레짐작으로 알고 있는 터였다.

"문제는 그것만이 아니야."

내 말에 그녀의 홍채가 또렷해졌다. 무슨 문제? 라고 묻는 표정이었다. 쇼윈도의 마네킹 같았다.

"내 이야기를 하고 싶지가 않아. 아직 마음의 준비가 되지 않았어. 그 이야기는 다른 소설과 달라."

"다 지난 일이야. 내가 어린 시절을 보육원에서 보냈다는 것을 아는 사람들만이 직접 체험에 상상력이 합쳐졌다고 생각하겠지. 너한테 영향을 미치는 것은 아무것도 없다고."

그녀는 이해할 수 없다는 표정으로 소리를 높였다. 그녀는 영혼을 팔라고 꼬드기는 메피스토펠레스와 다르지 않았다. 그녀는 너무 당당히 요구하고 있었다. 나에게 피가 철철 나더라도 살점들을 뼈로부터 발라내라고. 나는 할 말을 잃었다. 그녀에게 무슨 말을 할 수 있을까. 그녀는 내 기분과 감정 따위는 아랑곳없었다. 오직 나에게서 소설이 나와야 한다는 생각뿐이었다. 동전을 넣으면 덜커덩 튕겨져 나오는 자판기 음료같이. 그녀는 자신이 발가벗었다는 것도 잊은 채, 가방에서 작은 노트를 가지고 왔다. 노트에는 M출판사 편집회의에서 나온 내용이 일목요연하게 정리되어 있었다. 문제점들이 내 생각과 거의 일치했다. 더 읽을 것도 들을 것도 없었다. 그녀를 통하지 않고 정혜규를 만나고 싶다는 생각이 불쑥 올라왔다. 정혜규를 만날 수 있을까. 정혜규라면 내 지금의 고통을 이해해줄 거라는 생각이 들었다. 작가의 자전적 상처와 고통을 꿰뚫는 편집자와 진지하게 소설을 토론하는 나를 그려보았다. 부질없는 상상이 실현되는 날이 과연 나에게 올까? 이런 부질없는 욕심과 깊은 회의는 슬럼프와 같이 왔었다. 네번째 장편을 탈고했을 즈음이었다. 『표절』이 당선되고 사 년을 줄기차게 달려온 시기였다. 신춘문예를 준비한 시기부터 따지자면 거의 칠 년 만에 찾아온 슬럼프이기도 했다.

애초에 나에게 글을 쓴다는 행위는 무엇이었을까. 내 존재에 대한 증명이었을 것이다. 그렇게라도 하지 않았다면 그 시절을 어떻게 버틸 수 있었을까. 열두 살, 그때 나에게 일어났던 일로 나는 스스로를 유폐시켜야 했다. 세상이 깜깜했고 암울했고 스스로가 부끄러웠다. 그런 절망적인 상태에서도 나는 그 일이 있기 전이나 마찬가지로 먹고 마시고 자고 학교를 다녔다. 방장이 원정을 보내면 꼭두각시처럼 그 일을 했다. 아무에게도 털어놓을 수 없었던 나는 임금님 귀는 당나귀 귀였고 그 임금이 당나귀 짓을 하고 있다고 외친 곳이 백지였다. 고통과 지옥의 순간을 기록하지 않고는 견딜 수 없는 탓이었다.

차마 꺼내보기조차 싫은 내 아픈 기록들을 그녀는 자기 맘대로 도용해서 무자비하게 재단하고 휘저어놓았던 것이다. 그녀 또한 그런 고통 속에서 지낸 시간들이 있는데 말이다. 참 이해 불가한 사람이다.

사람에게는 누구나 열어보고 싶지 않은 기억의 창고가 있다. 하도 오래 열어보지 않아서 건드리는 순간 삐걱거리며 아귀가 맞지 않는 서랍처럼. 서랍 속 내용물을 상상하는 것에 그치지 않고 이제 그 서랍을 억지로 열어 내용물을 끄집어내야만 하는가. 그녀는 지금 나에게 그것을 요구하고 있다. 그녀 자신의 상처를 들이밀면서까지. 나와 그녀의 질기고 아픈 고통에 종지부를 찍고 싶다. 김 사장과 은성의 몰락으로도 상쇄되지 않고 이어지는 고통의 줄다리기. 열두 살, 그때였다. 나를 집요하게 좇는 눈길이 있었다. 끈적거리는 눈빛. 어린 내가 한 번도 느껴보지 못한 짐승의 촉수.

그녀는 알몸에 팬티를 입으면서 갑자기 생각난 듯 손가락을 튕겼다. 그녀는 집필실로 뛰어가 내 책상에 있던 『유년의 자화상』 원고를 가지고 왔다. 침대로 냉큼 올라온 그녀가 원고를 넘기며 내 눈앞에 바짝 들이밀었다. 종이 넘기는 소리가 경쾌했다.

"아, 여기 있네. 이 챕터 말이야. 여기 나오는 소년이 느끼는 감정이 좀더 드라이했으면 좋겠다고 하더라. 좀 질척하대."

그녀는 그 부분을 소리 내어 읽고 있었다. 기억하고 싶지 않지만 일련의 일들이 내 머리통에 드릴을 박는 듯 뚫고 들어왔다.

후원자 방문의 날이었다. 보육원 원아들에게는 비상이 걸린 날이기도 했다. 후원자들에게 잘 보이기 위해 보육원을 반짝거리도록 쓸고 닦아야 했기 때문이었다. 소년이 맡은 구역은 남자 화장실이었다. 여기저기 깨진 타일 바닥과 오줌 더께가 누렇게 낀 변기에 솔질을 하기 위해 손을 넣어야 했다. 잘 지워지지 않는 때조차도 방장에게는 트집거리였다. 각 방 맏형 격인 방장의 권력은 원장이나 보모 선생들도 어떻게 해볼 수 없는 보육원 악습이었다. 원아들에게도 원장과 보모의 백 번의 말보다는 방장의 눈짓이 훨씬 더 힘이 있었다. 그것은 형제 많은 집 맏이가 행사하는 힘이 부모의 말보다 더 위력을 발휘하는 것과 같은 이치였다.

많은 아이들을 다루는 데 매질은 즉효였고 방장의 남용된 권력이기도 했다. 그런 사실을 원장과 보모가 모르는 게 아니었다. 모르는 척할 뿐이었다. 어차피 원장이나 보모가 미칠 수 없는 영역이었으므로.

방장의 매가 두려웠던 소년은 옷이 젖도록 화장실 청소에 여념이 없었다. 옷이 젖자 몸이 떨렸다. 요의를 느낀 소년이 트레이닝복을 내리고 있을 때였다. 머리가 M자로 벗겨진 신사가 화장실에 들어섰다. 대추씨같이 다부진 인상의 사내였다. 돈푼이나 있어 보이는 차림새였다. 보육원 후원자가 분명했다.

막 오줌발을 갈기기 시작한 소년은 엉거주춤한 자세일 수밖에 없었다. 고무줄이 늘어날 대로 늘어난 트레이닝 바지는 엉덩이 중간에 걸린 채였다. 소년은 한 손으로 자기의 고추를 잡고 다른 한 손으로는 엉덩이를 가렸다. 아무리 같은 남자였지만 수치심을 느낀 탓이었다. 그 사태를 빨리 모면해보고자 사타구니에 힘을 실었지만 오줌발은 쉬 끊이지 않았다. 사내는 소년 옆에 와서 지퍼를 내렸다. 사내에게서 남자 화장품 냄새가 와락 끼쳤다. 사내의 음충한 눈빛이 소년을 빤히 훑었다. 기분 나쁜 눈길이었다. 소년은 얼굴이 벌겋게 달아올랐다.

"허, 고놈 실하게 생겼군."

소년의 착각이었을까. 사내의 목젖에서 침 넘어가는 소리를 들었던 것이. 그 말을 채 마치기도 전에 사내의 손이 소년의 트레이닝 바지 뒤를 파고들었다. 체구보다 큰 손이었다. 찬피동물의 그것처럼 매끈한 손이 소년의 엉덩이를 움켜쥔 것은 순식간의 일이었다. 소년이 채 피할 사이도 없었다. 비명을 질러야 하는 걸까. 그러나 차마 비명조차 지르지 못할 수치심이 소년의 입술과 혀를 붙들었다.

어느새 그 사내의 손이 소년의 바지 앞섶으로 옮겨오고 있었다. 느릿느릿하다가도 먹잇감을 발견하면 재빨라지는 뱀의 행동과 다르지 않았다. 그의 손이 소년의 고추를 건드렸다. 어렸을 적 어른들이 귀엽다고 만지는 것과는 느낌이 달랐다. 온몸이 전기에 감전되기라도 한 듯 머리털이 죄다 곤두섰다. 머릿속은 하얗게 비어가고 어지럼증이 밀려왔다.

"아저씨……."

소년이 신음을 내뱉었다. 소년도 그 사내에게 냅다 발길질을 하고 화장실을 빠져나가야 한다는 생각이 없었던 것은 아니었다. 아무도 가르쳐준 적이 없었지만 소년의 뇌리에 섬광이 번쩍였다. '몹쓸 짓'이라는 적신호. 그러나 몸이 말을 듣지 않았다. 이유는 단 하나였다. 그 사내가 후원자라는 것이다.

소년의 머릿속에 후원자를 만났을 때의 행동 규범이 나열되었다. 첫째, 항상 극존칭의 경어를 써야 한다. 둘째, 후원자의 질문에 큰 소리로 또박또박 대답해야 한다. 셋째, 감사의 마음을 표현하는 걸 잊지 말아야 한다. 넷째, 후원자가 요구하는 것은 무슨 일이든 한다. 마지막 네번째에 소년의 발이 묶이고 말았다.

희번덕거리던 사내의 눈동자는 초점을 잃고 몽롱해져갔다.

"자, 잘못했습니다. 용서해주세요."

소년은 두 손을 모았다.

"너 이뻐서 그러는 거야. 조용히 해! 금방 끝날 거야."

사내는 소년을 구석으로 몰아갔다. 소년은 신발을 땅에 붙이고 힘을 썼지만 사내의 완력을 당해낼 수가 없었다. 어느새 트레이닝 바지가 벗겨졌다. 사내도 재빨리 바지춤을 내리고 있었다. 지옥

행. 마귀. 괴물. 흡혈귀. 썹새끼……. 소년의 입속에서 맴돌던 단
어였다. 그때였다. 소녀가 소년의 이름을 부르는 소리가 들렸다.
곧이어 들린 발자국 소리. 동시에 사내의 입이 씰기죽거리며 욕설
이 튀어나왔다.

"화장실 청소 끝났으면 빨리 식당으로 집합하래."

소녀가 화장실 입구에서 얼굴을 내밀었다. 역광을 받아 이목구비
가 흐릿하지만 해맑은 소녀의 얼굴이 거기에 있었다. 남자 화장실
을 기웃거린다는 게 못내 부끄러운지 해죽이 웃고 있던 소녀.

잽싸게 변기 쪽으로 몸을 돌린 사내는 두어 번 마른기침을 했다.
흐음, 크음! 이라고. 그 소리가 너무 징그럽고 소름끼쳤다. 소년은
차마 소녀 쪽으로 얼굴을 돌리지 못했다. 만약 세상 모든 사람들
이 이 일을 안다고 해도 소녀만은 유일하게 몰랐으면 하는 바람이
산산조각 나는 기분이었다. 소년은 땀으로 번질거리는 사내의 목
덜미를 힐끗 쳐다보고는 화장실 밖으로 튀어 나갔다.

그러나 그것은 끝이 아니었다. 사내의 방문이 이어졌다. 원장은
입이 귀에 걸렸다. 사내가 올 때마다 두둑한 후원금이 들어왔기
때문이었다. 사내의 방문은 소년에게 공포였다. 소년을 향한 사내
의 행위는 장소를 불문했다. 어느 날은 원장과 보모 선생을 물러
나게 하고 원장실 소파에서 일을 치르기도 했다.

"넌 그분께 감사드려야 한다. 너만 특별히 예뻐하시지 않니. 슬하
에 자식이 없어서 더 그런 것 같더라. 우리 보육원에 내는 후원금
도 만만치 않고."

원장이 소년에게 한 말이었다. 속도 모르는 원아들은 소년을 질투
했다.

"흥! 넌 곧 그 부잣집으로 입양되겠구나. 자식, 곱상한 얼굴 덕 좀
보는구나."

사내는 원장 앞에서 사람 좋아 보이는 모습으로 껄껄거렸다. 소년
은 사내를 향해 그 어떤 반항도 할 수 없었다. 사내가 다녀간 날은
이를 갈며 일기를 쓰는 일 외에는. 밑바닥을 헤매는 소년이 스스
로의 존재를 증명하는 유일한 일이었다. 사내의 파렴치한 일을 낱
낱이 기록하는 순간 소년은 비로소 숨을 쉴 수 있었고 살아 있음
을 느낄 수 있었다. 세상 모든 사람이 안다고 해도 끝까지 몰랐으
면 했던 딱 한 사람이 소녀였다. 그런데 보육원에서 그 사실을 알
고 있는 유일한 딱 한 사람이 소녀가 되고 말았다.

그녀는 브래지어의 훅을 끼워달라고 내게 등을 돌리며 물었다.

"넌 어때? 정말 질척해. 난 네 일기를 그대로 옮겼을 뿐인데. 암
튼 정혜규 그년이 문제라니까. 다른 사람은 별말 없던데."

그녀가 쓴 소설에서도 소년이 두려워하는 딱 한 사람이 소녀였
듯이 인생에서 늘 딱 한 사람이 문제일까. 그녀가 두려워하는 딱 한
사람이 정혜규인 것처럼 말이다.

"민기태는?"

"선생님이 뭘?"

"그 사람은 너 의심 안 해?"

"질문이 뭐 그래. 뭘 기대하는 건데?"

그녀의 목소리에 가시가 돋았다. 그녀는 너 진짜 웃긴다, 라며 코웃음을 치고는 속옷만 입은 채로 양주병과 잔을 가져다 홀짝거렸다. 그녀의 알몸은 술기운이 적당히 올라 분홍빛이 돌았다. 내 욕망은 다시금 툭 치면 곧 터져버릴 듯 부풀어 올랐다. 키다리 아저씨 민기태는 그녀의 스승이다. 『표절』의 진가를 알아봐준 사람. 네 명의 심사위원들 중 가장 강력하게 그 작품을 밀었다는 것을 그녀의 입을 통해 들었다. 그러나 끝내 그녀는 그가 바로 키다리 아저씨라는 말을 하지 않았다. 나도 끝내 말하지 않았다. 예전에 그 사람을 먼발치에서 본 적이 있었다고. 민기태와 함께 있던 그녀의 얼굴이 발갛게 된 채 반짝반짝 빛을 내고 있었다는 말도 하지 못했다. 그래서 내가 본심 심사위원들 속에 그 사람 이름을 발견했을 때 어둠 속에서 희미한 빛을 보았다는 말도 할 수 없었다.

작가협회 한 사람으로 왔던 민기태가 돌아간 후 그녀와 두 번 정도 편지가 오고 갔다. 그녀가 민기태의 겉모습에서 문학에 대한 환상을 키웠던 것이라면 나는 민기태가 가지고 온 책 속에서 문학을 배운 셈이었다.

민기태 작품 평과 내 작품은 필연의 관계였다. 작품 면면히 도사리고 있는 나의 마성을 미학의 극치로 해석했고 그녀를 문단에 주목을 받게 해준 사람이었으니까.

"아직 안 보여드렸어."

"왜?"

"네가 원고 보고 불만이 많았잖아. 그렇다면 선생님도 못마땅해하실 테니까."

내 앞에서는 안하무인으로 당당했지만 그녀는 머리 회전이 빠른 여자였다.

"해낼 수 있지. 우린 해낼 거야. 난 ○○문학상 꼭 타고 싶어. 우리를 위해 늘 애써주신 선생님한테도 그 상으로 보답해야 하지 않겠어? 우리 해내자. 꼭. 응? 오늘 우리 무리해서 달려볼까. 좋지?"

혀가 꼬인 그녀가 눈을 찡긋했다. 내 몸이 다시금 뜨거워진 것을 간파한 그녀가 속옷을 벗고 나를 타고 앉았다. 그녀의 부드러운 허벅지 살이 내 엉덩이에 스쳤다. 내가 왜 모르겠는가. 그녀가 민기태를 끊임없이 갈망하고 있다는 것을. 민기태를 입에 올리는 그녀의 몸이 달아 있다는 것도.

그녀의 엉덩이와 허리가 유연하게 파도쳤다. 나는 그녀의 허리를 감쌌다. 그녀의 젖가슴이 내 얼굴을 덮였다. 밀린 입술 시이로 발기된 그녀의 젖꼭지를 지그시 물었다. 그녀 입에서 희미하게 술 냄새가 풍겼다. 이 순간만은 아무 생각도 하기 싫었다. 내 욕망이 이끄는 대로 나를 내맡길밖에. 내 머리를 감싸는 그녀의 손이 떨렸다. 절정에 이른 그녀가 신음처럼 뱉은 말. 취기가 그녀를 휘두르고 있었다. 그녀가 작은 소리를 읊조렸다. 아, 선생님. 순간 내 가슴 한가운데가 썩, 베어지고 있었다. 뚝뚝, 떨어지는 피. 통증이 내 살을 가르고 뼈를 가르고 심장을 뚫었다. 그녀는 잠시 주춤했지만 곧 이성을 찾았다. 자신의 절정이 나의 절정과 다르지 않음을 알고 있는 그녀다. 그녀가 몸을 살그머니 뺐다. 사정 직전인 내 몸을 철저하게 사리는 그녀. 그녀는 내 욕망에도 제지를 가했다. 나는 어떤 말도 듣지 못한 사람처럼 침대 옆에 붙은 탁자 서랍을 열었다. 처음 사정한 콘돔은 쓰레기통 속에 처박혀 있었다. 두번째 사정. 그녀는 어느 순간에도 그것을 잊지 않았다. 나도 마찬가지였다. 우리 두 사람에게는 피임 이상의 의미였다. 금기의 재앙을 막기 위한 고무막. 고무막 안에 갇힌 나의 씨앗들. 수컷의 슬픈 흔적들. 원죄에 대한 두려움이자 금기의 쾌락을 즐긴 증거들.

나는 손을 더듬어 '특별한' 고무막을 꺼냈다. 내가 그녀의 복병과 연락을 시도하는 것과 크게 다르지 않은 나만의 행위일지도 몰랐다. 그녀에게 영원히 뿌리내리고 싶다는 열망으로 괴로운 날이면 만든 고무막이 내 손에 들려 나왔다. 그녀의 입과 몸을 통해 민기태를 확인하는 순간 나의 본능은, 나의 발악은 이미 제어하기 힘든 상태로 치닫고 있었다.

다른 수컷에 대한 질투는 수컷의 본능이다. 그리고 그 질투는 자신의 흔적을 암컷 몸에 뿌리내리고자 하는 영역 싸움으로 완성된다. 고무막의 미세한 구멍을 뚫고 새어 나온 나의 뿌리들은 그녀의 자궁 속으로 돌진할 것이다.

바늘 끝으로 뚫은 콘돔 몇 개가 아직도 탁자 서랍 안에 숨을 죽이고 있었다. 그것들이 히죽거리는 웃음소리가 내 귀에 들렸다.

또 한 번 절정을 치닫는 그녀는 머리가 뒤로 젖히더니, 비누 거품을 만들어내고 있었다.

“에이취, 에이취!”

내가 내뿜은 침의 입자들이 허공으로 하얗게 분사되었다. 그 순간 내가 방사한 씨앗 입자들도 그녀의 몸 안에 서서히 분사되고 있을 것이다.

8. 문단의 악성 루머: 리영

뒤늦게 알고 참석한 작가협회 뒤풀이에서 민기태의 소문이 문단
에 파다하다는 것을 알았다. 아니, 오시연을 둘러싼 악성 루머라고
하는 편이 더 맞았다. 어쨌든 그 두 사람이 사람들 입에 오르내렸
다. 내가 보낸 우편물이 이렇게 빨리 반응을 나타낼 줄은 몰랐다.

식사 때까지는 모두 점잔을 빼는 분위기여서 누구 하나 입도 뻥
긋하지 않았다. 예상대로 오시연은 나타나지 않았다. 민기태 역시
불참했다. 당사자가 없는 마당이니, 사실은 더 부풀려질 것이다.

맥줏집으로 자리를 옮겨 2차가 시작되자 사람들 입이 근질근질
해서 곧 터질 듯해 보였다. 볼일이 있는 몇몇 작가들은 음식점에서
한차례 돌아갔고 맥줏집 문이 열릴 때마다, 사람들의 이목이 집중
되고 있음이 느껴졌다. 자기네들이 실컷 흉을 보고 싶은 대상이 나

타나면 어쩌나 하는 염려와 나타났을 때 그들을 관찰하고 싶은 기대가 엉켜 있었다. 2차에 후발로 참석하는 작가들이 속속 모여들었지만 민기태와 오시연은 끝내 나타나지 않았다. ○○문학상 후보에 오른 작가 중 오시연만 불참한 것이다. ○○문학상이라는 게 원래 작품만으로 거머쥘 수 없는 상이었다. 한 작가의 문학적 성과와 더불어 교류와 로비도 크게 작용한다는 것쯤은 문단의 공공연한 비밀이다.

그런 점에서 등단한 지 육 년 차밖에 되지 않은 내가 후보에 올랐다는 사실에 작가들 간에 설왕설래가 있었다는 말은 익히 들어왔던 터였다. 그에 비한다면 등단 구 년째 접어드는 오시연에게 단연 내가 밀린다는 게 꺼림칙하다 못해 불쾌했다. 그런 이유 때문에라도 나는 모든 모임에 적극적이어야만 했다. 그렇다고 오시연이 작가 모임에 소홀할 수 있는 처지는 아니었다. 어찌 되었든 간에 수상자 결정이 임박해오는 이때 작가 모임에 빠진다는 것은 결코 플러스가 될 수는 없는 문제였으니까.

"오늘 오시연 작가가 안 보이네. 음식점에서 갔나."

내가 짐짓 모르는 척 불씨를 던졌다. 술이 거나하게 들어간 후배 작가 눈이 반짝였다. 포문을 열리길 기다렸다는 눈빛이었다. 후배 작가는 등단한 지 얼마 되지 않아 우리 세 사람의 관계에 대해 전혀 모를 것이다. 하긴 선배 작가가 아닌 다음에야 우리 세 명이 등단 전부터 아는 사이였다는 걸 모르는 게 당연했다. 오시연과 내가 같은 학교 출신이라는 사실은 많이 알고 있긴 했지만 과도 달랐고 나이 차이도 나니까 사람들이 신경 쓰지 않는 부분이었다. 그러니까 내가 오시연을 경계의 대상으로 삼는지 어쩐지 전혀 모르는 사람에게 넌지시 던져본 것이다.

"선배 모르세요?"

눈을 가늘게 뜨고 목소리를 죽이는 후배는 마치 무슨 모의라도 하는 사람처럼 은밀했다.

"글쎄. 나는 모르는데. 내가 요즘 정신이 없어서. 출판사와 머리 복잡한 일이 있었거든."

나는 C출판사와의 일을 떠올리며 미간을 찌푸렸다. 거기다 천전리 별장에서 용민과 신경전을 하느라고 며칠째 정신이 없는 것이 사실이기 때문이다. 내가 쓰고 싶지 않다면 어떡할 거야. 섹스가 끝나고 피운 담배 필터를 재떨이에 누르고 있을 때 느닷없는 펀치가 날아왔다. 다시 원점이었다. 정말 용민이 그 말을 했나 의심스러워서 나는 그의 입만 바라보고 있었다. 처음에 나는 내 귀를 의심했다. 그래서 다시 물었다. 지금 뭐라고 했냐고. 용민은 어눌하지만 완강한 목소리로 못을 박았다. 다시 쓰고 싶지 않다고. 정말이야. 이제 더 이상 어떤 글도 쓰고 싶지 않아. 너 미쳤구나. 쓰고 싶지 않다니! 그걸 말이라고 해? 써! 넌 써야만 해! 나는 샤워도 하지 않은 채 허둥지둥 옷을 꿰입고 나왔다. 용민에게 터져 나오는 말은 나에게 시한폭탄과 다르지 않았다.

"오 작가님이랑 친하시잖아요."

"쓰지 않겠다니. 미쳤어. 미쳤다고!"

"네?"

나는 아차, 했다. 금방 후배와 오시연 이야기를 하고 있었던 걸 깜박하다니. 용민과의 신경전에 잠시 빠져 있었던 모양이었다.

"아니야. 내가 딴생각을 좀 하느라고. 금방 뭐라고 했어?"

"오시연 작가랑 친하지 않느냐고 물었잖아요."

"아, 그래. 친하다면 친하고 아니라면 아닐 수 있는 사이지 뭐. 그 선배와 같은 대학을 나와서 그렇게 생각할 수도 있겠네."

나는 짐짓 아무렇지 않은 양 말을 했다.

"아, 난 선배와 오 작가님이 되게 친한 줄 알았어요."

후배는 맥주를 홀짝거리며 뜸을 들였다. 소설가란 족속은 이상한 습관이 있다. 상대방을 실컷 몸 달게 하는 화법이 그것이다. 독자의 흥미를 끌기 위해 변죽을 울리다가 마지막에 반전이 있어야 한다는 강박관념 때문인지 대화에서도 꼭 그런 수법을 사용하곤 했다. 그럴 때마다 공연히 비위가 서슬렀다. 그래서일까. 무심결에 전혀 소설가답지 않은 말들이 불쑥불쑥 튀어나올 때가 있었다. 허울만 소설가라는 뼛속 깊은 열등감의 민낯이었다. 초창기 때보다 확실히 느슨해진 까닭일 수도 있었다. 그럴 때마다 그 자리를 재치로 모면하곤 했다. 앗! 나의 실수였어요, 라든가, 아니면 우리 같은 소설가 부류가 그렇다는 말을 하고 싶은 거라니까, 라는 식으로.

"빨리 불어라. 맞고 불래, 그냥 불래?"

장난삼아 나는 후배의 손등을 찰싹, 때리며 재촉했다. 내 각본이었지만 타인의 입을 통해 듣는 재미도 쏠쏠할 터였다.

"급하시긴. 참, 선배는 정말 선배 소설이랑 너무 다른 거 알아요?"

"사람과 소설이 꼭 일치해야만 하냐? 그런 시답지 않은 이야기 그만하고 빨리 말해라."

사람들한테 하도 들은 말이라서 이제 나는 발끈하지도 않았다. 민기태도 그랬다. 너무 달라서 가끔 수상하다니까. 소설과 네 분위기가 말이야, 라고. 나는 재빨리 그게 내 매력이고 장점이라는 말씀을 하고 싶으신 거죠, 라고 농으로 받아쳐버린 적이 있었다.

"오늘 오전에 D출판사에서 난리가 났대요."

"무슨 난리? 오 작가 이야기 하다가 뜬금없기는."

"거기서 오 작가님이 된통 당했대요."

"출판사 사장한테?"

나는 한 번 에둘렀다.

"아니요."

"그럼?"

"민기태 선생님 사모님한테요."

짐작하고도 남은 일이었지만 민기태의 부인에게 '나이스'를 외치고 싶은 심정이었다. 나와 후배 두 사람의 말은 어느새 테이블의 안줏거리가 되고 있음이 느껴졌다. 옆에서 계속 귀를 세우며 듣고 있던 시인이 그 장면을 직접 목격한 사람의 말을 전했다. 돌아가는 분위기로 보아 사람들이 거의 다 알고 있는 듯했다. 일은 생각보다 더 큰 파장을 불러올 것 같았다. 사람들의 의견을 종합해본바 민기태의 파경 이유가 오시연이라고 철석같이 믿는 분위기였다. 내가 쏜 화살이 제대로 과녁에 들어맞았다.

민기태의 아내가 오 선배의 뺨을 서너 차례 갈겼다고 했다. 그 말을 듣는 순간 나는 하마터면 박수를 칠 뻔했다. 너무 통쾌하고 후련했다. 내가 그 모습을 봤어야 하는데, 정말 안타까웠다. 만장일치로 후보에 올라 득의에 차 있던 오시연의 얼굴이 오버랩 되는 순간이었다.

민기태의 부인은 듣던 대로 즉물적인 여자였던 것이다. 오시연을 만나 조용히 따져도 될 일을 출판사까지 찾아와서 난동을 부렸으니, 민기태가 왜 머리를 내저었는지 알 만했다.

머리가 흐트러지고 눈물을 흘리는 오시연에게 민기태의 아내가 물었단다. 그 말을 듣고 나는 빵, 하고 터져버렸다. 너, 우리 그이랑 잤어, 안 잤어! 그것만 말해!

문단에 회자될 몇 안 되는 사건이 될 가능성이 농후하다. 민기태도 한동안 문단에 얼굴을 내밀 수 없게 되겠지만 오래가지 않을 것이다. 글쟁이는 어차피 인간 밑바닥에 대해 이러쿵저러쿵하는 일이 직업인 사람들이라서 그 정도 일쯤이야 시간이 지나면 대수롭지 않게 묻힐 터였다. 추문에 오른 오시연이 ○○문학상 당선에서 제외된다면 소기의 목적은 달성되는 셈이니까.

사람들 의견은 금방 양쪽으로 나뉘었다. 새치름한 오시연이 뒷구멍에서 그렇게 호박씨를 까는 줄 몰랐다는 편도 많았지만 사랑에는 국경도 없다는데 그깟 일로 그런 망신을 당한 것은 조금 불쌍하다는 측도 많았다.

사모님 오해십니다. 전 선생님과 그런 관계가 아닌 거, 사모님이 더 잘 아시잖아요. 오시연의 궁색한 변명이었단다. 삼류 드라마에서조차 식상해서 더 이상 나오지 않을 것 같은 장면. 그러고 보면 삶은 식상 그 자체다. 나는 피식, 웃음이 터졌다. 그런데 그 말을 하는 오시연의 태도가 꿋꿋하고 진실해 보였다고 오시연 긍정파가 목소리를 높였다. 그렇게 오래 만난 사람들인데 감정 교류가 없었겠느냐는 게 그들 주장이었다. 그들은 그걸 이해 못해주는 민기태 부인을 비난했다. 글쟁이들은 남의 일을 쓸데없이 분석하여 미루어 짐작하길 좋아하는 족속들이다.

"그나저나 오시연한테 ○○문학상은 물 건너간 거네."

평소 오시연에게 열등의식을 가지고 있었던 작가가 다소 큰 목소리로 이목을 집중시켰다. 그는 ○○문학상 후보에 오르지 못한 작가다. 이쯤에서 내가 나서줘야 그림이 맞춰질 것이다.

"그거랑 이 일과 무슨 상관이겠어. ○○문학상 결격 조건에 사생활 문란 조항이 있는 것도 아닌데."

내가 오시연을 두둔함으로 나를 색안경 쓰고 보는 이는 없을 것이다.

"사생활 문란 조항이야 없지. 하지만 심사위원 공정 심사 부분에서는 자유로울 수 없지 않겠어?"

눈썹을 살짝 치켜 올리며 좌중을 둘러보는 그 작가는 내 가려운 적소를 알아서 긁어주었다. 여기저기 혀 차는 소리와 함께 그거 말

되네, 라고 구시렁거리는 소리가 들려왔다. 오시연을 후보로 올린 민기태 평론가가 후보 작가와 그렇고 그런 사이였다면 뒷배를 봐 준 게 기정사실화되는 것은 누가 생각해도 뻔한 일이었다. 문단에 쫙, 하고 깔린 이번 추문은 사실 여부를 떠나 공정성 문제로 확대되어 ○○문학상 주최 측에서 오시연을 당선자에서 배제할 것은 자명했다. 그 순간 후보로 오른 작가들 표정이 밝아 보이는 것은 술집 조명 탓만은 아니었다. 경쟁자 한 명이 떨어져 나갔으니, 홀가분한 것은 당연했다. 한쪽에서는 민기태를 걱정하는 의견이 나왔다. 평론가 경력에는 독이 될 수 있는 스캔들 아니냐고. 그때 민기태와 어깨를 나란히 하는 평론가가 소주잔을 탁 내려놓으면서 한마디 거들었다.

"민기태는 끄떡없을 거야. 늘 위기를 호기로 바꾸는 사람이잖아. 이번 스캔들도 그 사람 이력에 도움이 될걸. 두고 봐. 옛날에도 그랬잖아. 뭐 사실 그 작자가 평을 살해서 그 자리까지 갔나. 작가를 기가 막히게 잘 잡잖아. 하긴 그것도 능력이라면 능력이지. 오늘도 여기 계시네. 리영 작가님!"

혀가 꼬여 말이 새 나오는 그가 나한테 와서 술잔을 부딪쳤다. 여자 작가들이 여성 비하 발언이라고 발끈하며 몇 마디 쏘아붙였지만 그 평론가는 아랑곳하지 않고 비틀거리며 술집을 나갔다. 내가 등단했을 즈음이 민기태에게는 위기였다고 했다. 신진 작가들 작품을 너무 호평해서 선배 평론가와 출판사로부터 쓴소리를 들었고, 그것이 발단이 되어 민기태는 작가에게 아부하는 평론가로 낙인이 찍혔던 것이다. 오시연도 그 일에 대해 나에게 언질을 주지 않았지만 나중에 들어 안 일이었다. 그때 내가 혜성같이 등장하지 않았다면 민기태는 문단에서 사라졌을지도 모를 만큼 위태로운 지경이었다고 뒷말이 무성했다.

지금도 기억이 또렷하다. 민기태의 믿을 수 없다는 표정 뒤에 숨겨진 안도감을. 신문사, 출판사, 심사위원과 수인사를 나눴던 날이었다. 민기태의 깊은 눈동자는 뻥 뚫린 동굴처럼 벌어졌다. 상기된 얼굴과 한 톤 높았던 목소리는 아직도 생생하다. 거기 모였던 사람들의 반응도 인상 깊었다. 그 평론가 말대로 민기태는 위기를 호기로 바꾸는 사람이었다. 나를 잘 활용하면 자신이 그 세계에서 다시 한 번 일어날 수 있음을 간파했던 것이다.

"너였니? 너였단 말이니? 이번 수상작『표절』의 작가가 말이야. 아니 어떻게 이런 일이. 왜 나한테 한 번도 말하지 않았니. 장편을 준비하고 있었다고 말이야."

나에게도 두서없는 말을 마구 쏟아내고는 거기 모인 사람들에게도 나와 자신을 묶어 어필하려는 모습이 엿보였다.

"이 친구, 내 제자랍니다. 그러나 이 작품만은 내가 봐준 거 하나도 없다니까요. 순전히 저 친구 혼자 힘으로 해낸 일이에요. 하긴 제가 그동안 작품은 숱하게 봐줬지만요. 허, 저 녀석이 여기다 투고한 줄도 몰랐어요. 어쨌든 작품 좋지 않았습니까? 모두들 그렇게 생각하셨잖아요."

평소 말이 많지 않던 민기태는 그날 꽤 수다스러웠다. 자신이 그동안 음으로 양으로 나를 키워왔다는 것을 생색내려고 안간힘 쓰는 사람 같았다. 민기태의 말에 모두 웃었다. 어색하고 딱딱할 수 있는 분위기가 단박에 화기애애해졌다. 우리는 서로를 필요로 했다. 작가로서 명찰을 단 나는 민기태와 사제 지간이라는 것은 커다란 득이었고 민기태는 스타의 조짐이 보이는 나를 대형 작가로 키우는 평론가가 될 수 있을 테니까. 내 모교이자 민기태가 전임으로 몸담고 있는 학교 측에도 민기태는 빠르게 손을 썼다. 총장에게 나를 인사 시켰고 학교 정문에 현수막을 내걸게 했을 뿐 아니라 모든 인터뷰 기사에 학교와 자신의 이름을 언급하게 했다. 민기태는 문단과 학교에 자기 낯을 내기 위한 일은 다 했다. 우리는 서로에게 윈윈이 되었다. 나와 자신을 한 묶음으로 엮어 뭔가를 내세우는 민기태의 눈빛에서 어쩌면 오시연을 이길 수 있을지 모른다는 착각에 빠지기도 했다.

오시연도 덩달아 진심으로 기뻐했다. 두 사람은 문학인이 모이는 자리와 출판사 술자리에 나를 빠뜨리지 않고 불렀다. 민기태는 리영 작가를 알아보고 키운 스승이자 평론가로 자리를 굳혀갔고 차츰 거물이 되어갔다. 그의 평 한 줄에 작가의 급이 매겨졌다. 민기태 앞에서 초짜배기 작가들은 머리를 조아렸고 비굴한 모습을 보이기 시작했다. 나 또한 민기태가 가진 위상을 등에 업고 가야 하는 처지였다.

나는 슬며시 술자리를 빠져나왔다. 밖은 벌써 어두웠다. 나는 택시를 기다리며, 민기태에게 전화를 걸었다. 혹시 그가 전화를 받지 않을 수도 있겠다 싶었는데 그의 목소리가 들렸다. 만나자고 했더니 그는 조금의 망설임도 없이 그러자고 했다. 민기태와 그의 아내, 그리고 오시연에 대해 이러쿵저러쿵 떠들던 일의 배후 조종자가 나라는 걸 다 알고 있는 것처럼 민기태의 목소리는 냉랭하게 들렸다.

"나도 너한테 할 이야기가 있어."

민기태는 분명 그렇게 말했다. 할 이야기라면 그 루머에 대해서일 것이다. 택시를 타고 집에 도착하자 거실 시계는 자정을 가리키고 있었다. 나는 샤워를 끝내자마자 침대에 누웠지만 한참을 뒤척이다 새벽녘에야 잠이 들었다. 설핏 잠이 깨었을 때 이미 날이 밝아 있었다. 시간을 확인하기 위해서 휴대폰을 열었을 때 민기태에게 문자 메시지가 날아와 있었다. 약속 시간을 두 시간만 앞당기자는 내용이었다. 나는 아침도 먹지 않은 채 준비를 서둘렀다. 다른 날로 미루면 안 될 것 같다는 생각이 들어서였다.

서두른 탓인지 약속 장소에 민기태보다 먼저 도착했다. 나는 통유리창이 있는 곳에 자리를 잡았다. 주문한 커피가 내 앞에 놓였을 때 카페 통유리를 통해 횡단보도를 막 건너오는 민기태가 보였다. 감색 면바지에 다크 브라운 슈트 차림이었다. 보이진 않았지만 체크무늬의 남방을 받쳐 입었을 것이다. 민기태는 예전이나 지금이나 옷을 참 잘 갖춰 입는 사람이었다. 굳이 꾸민 것 같지 않으면서도 멋이 나는 사람. 단색의 모직 목도리가 슈트 앞에 나부꼈다. 그의 옷차림에서 가을이 묻어났다. 나는 창밖을 바라보며 에스프레소의 쓴맛을 천천히 음미하고 있었다.

"어쨌든 독해. 그 쓴 걸 어떻게 마셔?"

민기태의 목소리가 내 머리 위에서 들렸다. 내가 올려다보자 그가 서 있었다. 코를 찡긋하며 몸서리를 치는 얼굴에 잡힌 잔주름. 습관과 세월이 만든 몸의 무늬였다. 신상에 아무 일도 없다는 표정이었다. 나는 그 무늬를 만지고 싶은 충동에 잠시 손가락을 꼼지락거렸다. 그 순간 명치끝으로 아릿한 통증이 지나갔다. 빈속에 흘려넣은 에스프레소 탓만은 아니었다.

나는 반쯤 몸을 일으키며 머리를 숙였다. 이 사람 앞에서만 순전해지고 싶었다. 가능하다면 대학생이었던 그 앞에 순진무구한 열한 살짜리 여자아이의 그 시절로 돌아가고 싶었다. 어떤 일도 겪지 않은 그 시간으로. 그저 외롭고 배고프다는 게 가장 큰 슬픔이었던 그때. 비록 버짐이 까칠하게 피고 깡말라 볼품이 없는 보육원 계집아이에 지나지 않았지만. 적어도 나에게는 가장 순수한 시절이었다.

그 이후 삶은 가혹했다. 보지 말고 겪지 말아야 할 일들과 깊이 생각하지 말고 계획하지도 말아야 할 일들이 너무 많이 한꺼번에 일어났다. 올드 걸. 난 진즉 폭삭 늙어버린 소녀로 여기까지 왔다.

지금은 행복한 걸까? 쓴웃음이 나온다. 내 인생은 늘 그랬다. 무엇인가를 성취해서 손에 쥐는 순간 다른 한 손에는 피를 묻혔다.

내가 지나온 모든 세월. 민기태에게 숨김없이 털어놓고 싶은 적도 있었다. 아니다. 세상 모든 사람들이 나의 시간들을 다 안다고 해도 민기태 한 사람만은 눈 감고 귀를 막아주었으면 하는 이율배반적인 마음을 어떻게 설명해야 하는 걸까.

"이번 작품, 왜 그래. 도무지 맘에 안 들어. 여태까지 네 작품이랑 너무 달라. 그것도 좋지 않은 쪽으로 말이야."

민기태가 자리에 앉자마자 담배 한 대를 빼 물면서 느닷없이 꺼 낸 말이었다. 출판사에서 원고를 민기태에게 보냈다는 통보는 받 지 못했다. 그 원고를 그가 읽지 않길 나는 바랐다. 게다가 그가 할 이야기가 있다고 해서 어제 들었던 일에 대한 것인 줄 알고 사뭇 기 대하는 마음이 없지 않았다. 그런 일에 의기소침해할 민기태도 아 니었지만 말이다. 세상 어떤 일에도 의연하고 중심을 지킬 사람. 어 떤 위기의 상황이 오더라도 흥분을 자제할 수 있는 사람. 그리고 그 심연에는 예리한 비판 의식과 함께 냉소적인 자의식이 강하게 자 리 잡고 있었다.

"작가가 말하고자 하는 주제가 보이질 않아. 성장소설이야? 사회 고발이야? 어느 쪽에 포커스를 맞춘 거야? 뭘 말하려고 소설을 썼 는지 도무지 감이 안 잡혀. 문체도 소설 분위기와는 전혀 어울리지 않아. 애써 장점을 찾자면 재기발랄한 면이 있지만 결국 그것도 횡 설수설이야. 이제 리영도 글발 떨어졌다는 소릴 듣고 싶은 거야?"

민기태의 매몰찬 비평이 쏟아졌다. 나도 담배를 피우고 싶은 마 음이 간절했지만 가까스로 참았다. 민기태는 잠시 숨을 골랐다. 민 기태의 말이 담배 연기 속에 흩어졌다. 그 작품을 민기태에게 누가 전달한 걸까? 그 생각만이 나를 집요하게 잡고 늘어졌다.

"M출판사 누군가요?"

"누구라니?"

필터만 남은 담배가 민기태의 손가락 사이에서 타고 있었다.

"말씀해주세요. 내 허락도 없이 선생님한테 원고를 준 사람이 누군가요?"

"지금 그게 중요해?"

민기태의 입매가 올라갔다. 냉소적일 때 짓는 민기태의 표정. 비아냥거리고 싶은 속내가 느껴지는 순간이었다.

"네. 저한테는 그게 중요해요."

내 입술이 바르르 떨렸다. 수만 마리의 벌레가 꼬물거리며 내 몸을 기어 다니는 것 같았다. 불온하고 꺼림칙한 이 느낌들. 나는 이마로 쏟아진 머리를 쓸어 넘기며 잠시 숨을 골랐다. 침착하자.

"정혜규 씨야. 너도 알잖아."

예상했던 바였다. 나는 피식, 비웃음을 지어 보였다. 민기태 보란 듯이. 일개 편집자 따위에게 내가 겁먹을 것 같아요? 당신네가 도대체 뭔데, 나를 갖고 놀아. 감히 작가를. 징작 하고 싶은 말이었다. 나는 테이블 밑에서 손으로 내 무르팍을 움켜쥐었다.

정혜규의 저의가 무엇일까? 지금에 와서 왜? 정혜규에 의해 자꾸 벼랑 끝으로 내몰리는 기분이었다. 내가 이제 육 년 전 애송이가 아니라는 것은, 나도 알고 정혜규도 아는 사실이었다.

편집자는 모든 작가를 균등하게 대우하지 않았다. 출판사에서 자기네가 관리하는 작가들을 암암리 급을 매기는 것처럼. 이름값 하는 출판사일수록 그 양상은 더욱 심한 게 현실이었다. 그 메커니즘에 존속된 편집자들의 머릿속에서도 초짜배기와 대가의 순위는

정해져 있었다. 수명이 긴 작가와 단명할 작가. 책 한두 권만으로
일약 베스트셀러가 된 작가와 한두 권의 책으로 그 생명이 끝날 작
가. 가마솥에 우려낸 진한 내용물처럼 시간이 갈수록 작품이 뜨거
워지는 작가와 근근이 작품을 써서 작가입네 하며 명분만 내세우
는 작가. 자존감 하나로 꼿꼿이 버티는 작가와 출판사와 편집자 재
단에 슬쩍 기대 가려는 작가 등등. 그러나 편집자 직업상 어느 작가
에게도 홀대는 금기였다. 데뷔작이 대표작인 동시에 마지막 작품
으로 단명할 작가라고 낙인이 찍힌 작가도 평론가와 출판사를 잘
만나 단번에 베스트셀러 작가가 될지는 아무도 예측하지 못하기
때문이었다.

어떻게 보면 문단도 연예계 판도와 크게 다르지 않다. 대중이 선
호하는 외모와 재능과 작품이 만나 스타로 키우는 매니지먼트의
알력 다툼 같은 기류가 문단에도 알게 모르게 흐르고 있었다. 독자
구미에 맞는 젊고 패기 있는 작가를 키우거나 이미 기득 독자층을
확보한 작가의 네임밸류를 이용해서 출간을 기획하는 것은 어제오
늘의 관행이 아니었다. 나 또한 그런 기류에 부합하는 작가라는 것
을 굳이 부정하고 싶지 않았다. 만약 내가 있어야 할 이 자리에 화
상 장애인 용민이가 존재했다면 진즉 퇴보해 시나브로 사라졌을
가능성이 높았다.

이미 두터운 독자층을 보유한 작가는 작품성과 별개로 마케팅
과 영화 미디어를 만나 새로운 자본이 되기도 했다. 그때 작가와 책
과 출판사는 산업 자본은 슬쩍 감추고 상징 자본의 가면을 덮어쓰

는 것일지도 몰랐다. 문학 평론가는 그 사이에서 뚜쟁이 노릇을 하는 자일 뿐이었다. 작가가 없었다면 존재하지 않았을 자들이면서도 작가와 작품과 출판사 위에 군림하는 자들이 평론가군이었다. 내 책이 계속 히트를 치지 않았다면 민기태는 소리 없이 제명되었을 수도 있었다. 민기태의 주례사 비평과 호평 남발의 발목을 평론가 몇몇이 끈질기게 붙들고 늘어졌다. 내 작품의 진가를 알아봐준 대가로 민기태는 중견 평론가로 명성을 유지했을 뿐 아니라 학교에서도 입지가 견고해져 부교수에서 정식 교수로 발탁되어 학과장까지 맡았으니까.

창밖을 응시하던 민기태가 담배 연기를 위로 뿜어내며 입을 열었다.

"사실 너한테 말하고 싶었던 게 있어. 아주 오래전부터."

민기태가 내 얼굴을 빤히 쳐다보았다. 나도 모르게 마른침을 삼키며 그림이 붙어 있는 벽 쪽으로 시선을 던졌다. 이글이글 타오르는 그림은 고흐의 모작으로 보였다. 검푸른 하늘이 이글거리고, 노란 밀밭도 이글거리고 있었다. 밀밭 위를 나르는 검은 까마귀 떼. 익히 알고 있었던 그림인데 제목이 떠오르지 않았다. 암울한 그림. 고흐의 인생 같은.

"네 소설에 네가 없어."

나도 모르게 인상을 썼다.

"늘 하시던 말씀이잖아요. 지금 새삼스럽게 그 말을 하는 의미가 뭔가요? 정혜규가 뭐라고 하던가요?"

벽을 응시하던 시선을 민기태에게로 돌린 후 그의 눈을 집요하게 응시했다. 거짓을 이야기할 때는 상대를 똑바로 쳐다볼 것. 목소리에 힘을 싣지 말 것. 육 년 전 세웠던 철칙을 새삼 떠올렸다. 그제야 생각났다. 그림 제목이. 〈까마귀 나는 밀밭〉. 고흐의 서툰 모작일 뿐이었다.

"왜 자꾸 정혜규를 거론하는 거니? 내 솔직한 느낌을 말하는 거야. 듣기 싫은 이야기지만 들어둬!"

민기태의 관자놀이에 파란 정맥이 도드라졌다.

"하세요."

작은 커피 잔 밑바닥에서 에스프레소 까만 진액을 찻숟갈로 긁는 척했다. 민기태의 얼굴을 대하는 게 싫어서였다. 민기태는 새 담배에 불을 붙였다. 그의 입에서 흰 연기가 가느다랗게 새 나왔다. 얼굴에 복잡 미묘한 감정이 스쳤다.

"솔직하게 말해서 여태까지는 참 탄탄대로였어. 그러나 앞으로도 그럴까? 아무도 알 수 없는 일이야. 아무리 잘 쓰는 작가도 굴곡은 있기 마련이니까. 게다가 네 작품들은 사실 네가 쓴 것 같질 않아. 너와 다른 정체성을 가진 사람의 글을 읽는다는 느낌이 든 게 한두 번이 아니야. 너의 습작기 작품을 생각해보곤 해. 아, 지금에 와서 습작기 작품을 운운한다는 게 우습긴 해. 그러나 그 당시 네가 썼던 몇 개의 단편에서 너의 가능성은 제로였었어. 물론 네 습작기 작품이 생각나지도 않지만 그때 느낌이 그랬다는 거야. 그런데 묘해. 서툴고 독창성이 없었던 그 습작 작품에는 네가 있었거든. 사실

『표절』과 그 습작기 작품은 도저히 연결시킬 수 없을 만큼 차이가 현저했었어.”

민기태는 연타로 어퍼컷에 훅을 날렸다. 나는 잠시 어리둥절한 표정으로 민기태를 바라보았다. 갑자기 태클을 거는 이유를 잘 모르겠다. 민기태에게 뿜어져 나오는 냉기로 내 몸은 차갑게 얼어붙고 있었다. 여차하면 그 차가움에 몸이 잘려 나갈 수도 있을 것 같은 위기감이 느껴졌다. 처음이었다. 정면으로 이런 말을 듣기는. 왜 갑자기 민기태는 이런 말을 하는 걸까? 나는 손톱을 잡아 뜯었다. 초조하면 무심결에 나오는 내 버릇이었다.

“그런 이야기, 정혜규에게도 했나요? 이런 말씀을 함부로 하시는 이유가 뭔가요? 지금 제 작가적 기량을 의심하시는 건가요?”

앞뒤가 맞지 않는 말들이 마구잡이로 튀어나왔다. 내가 이성을 잃고 날것의 감정을 드러낸다는 게 짜증이 났지만 내 혀는 더 이상 내 맘대로 움직여주지 않았다. 더듬고 있는 내 혀만큼이나 내 표정도 당황하고 있을 것이다. 눈 밑이 바르르 떨리는 게 느껴졌다.

“이유가 뭐냐고? 내가 너한테 묻고 싶은 말이야. 너야말로 도대체 어떤 이유를 부여하기 위해서 소설을 쓰니? 왜 소설을 쓰느냔 말이다. 소설은 방향이 있는데 널 보면 목적도 방향도 없는 작가 같아. 정혜규에게 했냐고? 그런 말을 왜 일개 편집자에게 하겠니. 너야말로 왜 그렇게 흥분하는 거니. 난 진심으로 하는 말이야. 이번 소설은 접어라. 나도 그 소설에 좋은 평을 할 수 없어. 아무리 내 구역에 있는 너지만 평론가로서 최소한 양심은 지켜야 할 것 같아.”

민기태가 내뱉는 말마다 점점 난코스였다. 눈물이 질금 배어 나왔다. 민기태의 얼굴이 흐려졌다. 눈을 부릅떴다. 흔들리는 나 자신을 가까스로 부여잡으려고 구두 속 발가락을 잔뜩 오므리며 힘을 주었다. 열 개의 발가락이 갈퀴가 되어 땅바닥을 뚫어버릴 듯했다. 안간힘 쓰는 모습만은 보일 수 없었다. 어떤 경우라도. 흥, 언제부터 선생님이 그렇게 정직한 평론가였다고요. 내 입에서는 그 말이 터져 나오기 일보 직전이었다. 나는 내 입을 가까스로 막고 있었다.

"그래요. 인정해요. 거칠고 투박했어요. 그러나 가능성이 많은 소설이라고 생각해요. 이번 소설, 저도 만족한 것은 아니에요. 하지만 출판사와 저와의 계약 관계도 있고 해서 접을 수가 없어요. 더군다나 ○○문학상 심사가 걸려 있는 시기잖아요. 포기할 수 없어요. 선생님도 도와주세요. 제가 부족한 게 있으면, 출판사가 채워주라고. 아, 정혜규한테도 따끔하게 한마디 해주시고요. 저를 적극적으로 도우라고요."

간신히 평정을 찾았지만 본연의 나를 감추기에는 역부족이었다. 입안에 침이 말랐다. 민기태가 짧게 바람 빠지는 소리를 냈다. 허, 혹은 흥, 이라는.

"너 작가 맞아? ○○문학상 유력한 수상자 후보로 오른 리영 작가 입에서 지금 그게 나올 말이야? 너 지금 엉망인 작품을 써놓고 슬쩍 업혀 가려는 발상을 하고 있어. 제 정신이야? 작가는 말이야. 적어도 글을 쓰는 사람은 말이야. 다 팔아넘겨도, 설사 몸을 파는 일이 있어도 작가 정신만은 팔아먹지 말아야 해."

민기태는 교묘하게 사람을 제압하고 있었다. 작가 정신을 들먹이며, 작가 집단이 무슨 특권층이라도 되는 듯한 말투였다. 진저리가 났다. 예민한 척, 예술가인 척, 잰 척하는 것들의 가식에 넌덜머리가 났다. 그래서 그 명찰을 얻은 사람은 뭔가 달라야 한다는 특권의식. 너 작가 맞아, 라는 말에 나는 침을 뱉고 싶었다. 어쨌든 민기태는 나를 작가임을 전제로 화를 내고 있었다. 그의 화를 받아낼 정도의 여유가 생겼다. 다섯번째 소설이 이 사태를 빚고 만 셈이었고 애초에 내가 지나친 욕심을 내서 불거진 사태였다. 계속되는 난항. 행운의 여신이 이제 나를 떠나려 하는가. 언제가 민기태에게 내 직감에 대해 언급한 적이 있었다. 민기태는 글 쓰는 사람들이 흔히 말하는 영감이냐고 했다. 나는 고개를 크게 끄덕거렸다. 그 영감이라는 것이 다른 사람과는 달리 내게는 좀더 선험적인 것이라서 종종 나 스스로도 감당하기가 어렵다고 한 적이 있었다.

글 쓰는 사람들이 모이면 하는 말이 있었나. 글은 어쩔 수 없이 작가의 누드이며 자화상이라고. 아무리 감추려고 해도 작가의 내면이 드러나는 게 작품이라고. 그런데 나는 예외라고들 떠들었다. 술이 취했을 때 민기태에게 나는 그들이 말하는 영감과 전혀 다른 육감 하나를 사육하고 있다고 자조적으로 내뱉었던 적도 있었다.

나에게는 육감이 되어버린 용민. 그는 마성과 수성을 가진 짐승과 다르지 않았다. 그는 지금까지 내게 잘 길들여져왔다. 그 순한 짐승이 발톱을 곤두세우고 반역을 꾀하고 있었다. 그와 시기를 맞물려 정혜규까지 나를 압박한다. 설 자리가 좁아지고 있었다. 오시연을 끌어내리려고 민기태를 루머의 주인공으로 삼았지만 민기태만이라도 내 편에 붙들어둬야 할 시점이었다.

"선생님이 오늘 하신 말씀들, 새겨듣겠어요. 근데 다른 사람이 제게 그랬다면 저, 고소했을지도 몰라요. 명예 훼손감이잖아요."

내가 볼멘소리로 말하자 민기태는 담배를 재떨이에 눌러 끄고 마른세수를 했다.

"경고하는 거야. 정신 똑바로 차리라고. 누군가가 나를 끌어내리려고 하는 일 때문에 심사가 좀 꼬여 있어서 그래."

나는 속으로 뜨끔했지만 애써 태연한 척했다.

"들었어요."

민기태가 내 얼굴을 잠시 쳐다보더니 창 쪽으로 얼굴을 향했다. 그의 속내가 도무지 읽히지 않았다.

"기분이 어땠어?"

다리를 꼬고 앉은 민기태의 말에 이상한 뉘앙스가 풍겼다. 무슨 기분을 말하는 건가? 나는 일부러 민기태의 옆얼굴을 똑바로 응시했다.

"속상했어요. 선생님이나 시연 언니나 다 제게는 소중한 분들이잖아요."

"실망했겠네."

"내가 선생님한테 뭘 실망해야 하는 거죠? 스승으로요? 아니면 문학 평론가로서요? 아니면……."

나는 입술을 깨물었다. 민기태는 앞머리를 쓸어 넘기며 내 쪽으로 얼굴을 돌렸다.

"아니면?"

민기태는 내 말꼬리를 잡았다. 그 순간 갑자기 코끝이 찡해지면서 눈물이 핑 돌았다. 발가락에 힘이 풀렸다. 곧이어 내 볼을 타고 내리는 눈물. 위기를 넘긴 안도의 눈물이었다.

"오해야. 집사람도 오해한 거고, 나와 시연이도 오해였고."

민기태의 말에 신경이 곤두섰다. 혹시 내가 그의 부인에게 불씨를 던진 낌새를 알아차릴지 모른다는 두려움이 나를 에워쌌다.

군이 변명을 하자면 말이야, 라고 시작한 민기태의 변명들. 민기태는 솔직하게 스스로를 털어놓았다. 어느 순간, 그 어느 순간이 민기태가 우리 학교에 출강했을 때였고 오시연이 국문과 조교로 있을 때다. 그때 분명 오시연에 대해 감정이 있었다고 민기태는 말했다. 그가 선택한 결혼에 대해 회의가 들 때와 맞물렸을 것이다. 그가 미처 말하지 못한 부분까지 나는 미루어 짐작할 수 있었다. 그 당시 오시연의 작가적 역량을 알아보지 못했다면 평론가도 아니었을 것이다. 그 정도로 오시연의 글은 빛났다. 그 때문에 오시연은 내면까지 잘 우려진 차 맛 같은 작가였다. 문학을 열망만 했던 나도 인정한 사실이다. 민기태는 그런 오시연에게 애틋한 감정을 느꼈다고 했다. 그러나 그때 오시연은 민기태에게 그런 마음이 아니었다. 오시연에게는 문학이 전부였을 시절이었다.

몇 년이 지난 후 오시연이 민기태에게 애틋한 감정이 생기자 그는 오시연이 여자로 보이기보다는 그녀의 작품에 더 빠져 있었다.

두 사람의 감정은 이상하게 어긋나기만 했었다. 민기태가 오시연에게 한 발자국 다가가면 오시연은 전혀 다른 곳에 마음을 두었고, 오시연이 민기태 주위에 맴돌고 싶은 마음이 생기면 민기태는 먼 곳으로 달아나는 사이였던 것이다.

민기태는 그 이야기를 하면서 남아 있던 담배 한 갑을 다 피웠다.

"아내와의 파경? 소문이 어떤지는 모르지만 시연이 때문이 아니야. 그동안 죽 지켜본 너도 알잖아. 내가 결혼 생활에 만족하지 못했다는 걸. 아내가 왜 갑자기 그런 돌발적인 행동을 했을까? 누군가 공연한 말을 아내에게 했을지도 모른다는 심증이 드네."

나는 헛기침을 했다.

"그런 유치한 짓을 누가 하겠어요?"

"모르지. 그 유치한 짓 뒤에 얻을 이익이 있다면."

민기태가 허공에 담배 연기를 뿜었다. 나는 나도 모르게 민기태의 담뱃갑에서 담배를 뽑고 있었다. 민기태는 내 손에 들린 담배에 불을 붙여주었다. 그의 표정은 여전히 너무 투명해서 아무것도 보이질 않았다.

"언니는 만나보셨어요? 선생님이 사과는 해야 하잖아요."

나는 슬쩍 말을 돌렸다. 담배를 끼고 있던 손가락이 미세하게 떨려서 피우던 담배를 재떨이에 눌러 꺼야 했다.

"전화만 했어. 괜찮다고 하더군. 생각보다 담담하고 차분하더라고. 원래 그런 사람이기도 했지만 너무 예외였어. 여성 작가로 스캔들 한 번 없이 나이 먹나 했더니 오히려 그런 일로 이슈가 된 게 그다지 나쁘지만 않다며 농담하는 여유까지 부리더라고. 미안해하는 나를 위로하는 말이겠지. 너도 알잖아. 시연이가 어떤 사람이라는 거. 더 나이 먹기 전에 좋은 사람 만났으면 좋겠어. 내 진심이야."

민기태는 담담하게 웃었다. 조금 전까지 나에게 신랄하게 퍼부었던 말들을 다 잊은 사람 같았다. 오시연을 진심으로 생각하는 민기태. 그런 민기태에게 마음을 쓰는 오시연. 잘들 놀고 있네. 나는 질투가 났다. 이번에 오시연을 ○○문학상 당선자로 민 후에는 어김없이 오시연에게 문학사에 길이 남을 어쩌고저쩌고 하는 평을 썼을 민기태였다. 민기태는 안 걸까? 내 글발의 유효 기간이 끝났다는 것을. 아니, 정확하게 말하면 용민에게 더 이상 뽑아 먹을 게 없다는 것을 간파한 것일까. 돌연 민기태가 무서워졌다.

"문제가 거기서 끝난 줄 아세요?"

"거기서 안 끝나면?"

알면서 모르는 척하는 걸까? 아니면 징말 몰라서 묻는 걸까?

"관두죠."

나도 공정 심사 위배를 운운해서 민기태의 폐부 깊숙이 칼을 찌를까 하다가 관두기로 했다. 굳이 루머의 주인공인 두 사람의 앞날까지 언질을 주어 공연한 의심을 살 필요는 없을 테니까. 지금 현재로서는 ○○문학상 당선자로 유력한 오시연이 탈락되는 것만이 내 소기의 목적이었다.

우리는 나란히 카페를 나왔다.

"참, 공판은 어떻게 되었어?"

민기태가 김은성을 묻고 있었다. 소설을 읽었기 때문일 것이다. 소설에 나온 후원자가 김은성이라는 것은 누구나 알 수 있었다.

"아직 판결이 나지 않았어요. 다음 공판 날만 결정이 났어요."

"음. 작품과 그 양반을 연결시키는 건 좀 그렇다만 네가 어려운 결정을 했더구나. 시간이 지나면 형량이 조금씩 줄어들었을 텐데. 그 소설이 발표되면 힘들지도 모르겠던데. 너의 어린 시절을 섣불리 위로하지는 않겠다. 그냥 내가 궁금한 것은 네가 의도한 거냐는 거지."

민기태의 말을 듣는 순간 내 머릿속에서 스파크가 터졌다. 용민을 사주할 수 있는 절호의 방법. 김은성에 대한 분노라면 용민이 마음을 돌릴 수도 있을 것이다.

"그래요. 누구한테 위로 받으려고 소설을 쓴 것은 아니에요. 물론 고발도 아니고요. 두 가지 모두가 진실일 거예요. 이번 작품에 나타난 그 사람과 나를 키워준 그 사람, 모두. 전 어떤 상황이든 받아들일 준비가 되어 있어요. 그 사람이 지은 죄가 있다면 마땅히 치러야 한다는 생각이에요."

"그래, 법의 심판을 받아야겠지. 그런데, 그 소년은 누구지?"

민기태의 눈매가 예리해졌다.

"아, 소년이요! 근데요, 선생님 지금 경고감인데요. 작가가 쓴 작품을 자꾸 그 작가와 결부시키는 거 말이에요. 그건 절대 하면 안 되는 거잖아요."

민기태가 두 손을 들어 항복 제스처를 취했다.

"아, 미안. 하지만 지금 내 발언은 평론가로서 작가에게 물어본 게 아니야. 스승이 제자의 인생에 대해 궁금해하는 거라도 지탄받아야 하는 건가?"

"알았어요. 넘어가드리죠."

"그 소년 말이야. 실제 존재하는 사람 같다는 생각이 들었어. 내가 너무 오버하고 있나."

턱을 만지는 민기태는 집요하게 소년을 물었다. 민기태의 눈이 점점 더 날카로워졌다.

"언젠가 때가 되면 선생님한테 말씀드릴 날이 오겠지요."

"그래. 좋아. 그 언젠가가 조금 빠르게 왔으면 좋겠다. 그리고 내가 아까 했던 말, 너무 예민하게 받아들이지는 말아. 이제 너한테 대놓고 쓴소리할 사람이 없을 것 같아서 내가 총대를 멘 것이라고 생각해."

입술을 조금 내민 민기태는 허밍의 음을 냈다. 나는 고개를 끄덕거렸다. 민기태의 말처럼 나에게 누군가가 정면으로 도전하지 않으면 별문제가 없을 것이다.

"이젠 제가 선생님을 좋아해도 되는 건가요? 모든 게 정리되었잖아요."

나도 전혀 생각지 못한 말이 불쑥 튀어나왔다. 내 입에서 그 말이 그렇게 갑자기 튀어나오리라고는 전혀 상상도 못한 일이다. 민기태는 발걸음을 잠시 멈추더니 이내 아무렇지 않은 척 내 뒤를 쫓아왔다.

"네가 언제는 나 안 좋아했냐. 새삼스럽게 뭘 그래."

내 어깨까지 두드리면서 짐짓 농으로 상황을 넘기려 하는 민기태의 눈이 짓궂었다.

"남자로요."

나는 정색을 했다. 내가 미처 생각하기도 전에 직감은 항상 먼저 움직였다. 그 순간 우뚝 멈추어 서서 내 얼굴을 바라보던 민기태의 눈빛. 나는 읽으려고 했다. 그러나 민기태가 무엇을 생각하는지 도저히 읽히지가 않았다. 참 우습다. 민기태에게 오시연과의 모든 이야기를 듣는 순간 손에 움켜쥐고 있던 모래알들이 손가락 사이로 스르르 빠져나가는 느낌이 들었다. 모든 걸 다 놓아버리고 싶은 심정. 딱 그랬다. 민기태를 향한 마음에 더 이상 아무 감정과 동요가 일지 않았다.

그때 저 앞을 달려가는 어떤 이의 뒤통수가 보였다. 남자도 여자도 아닌 그것이 고개를 돌려 내 쪽을 향해 기분 나쁘게 웃었다. 환영이라는 생각에 머리를 세차게 흔들었지만 그것의 모습이 내 앞에서 사라지지 않고 소리쳤다. 내가 시키는 대로만 해! 그것은 나를 조종하고 사육했던 내 직감의 촉수였다. 시키는 대로 하라니? 이건 또 뭘까? 불확실한 미래에 대한 불안과 예측 불허의 의구심이 갈고리가 되어 나를 콕콕 건드리고 있었다.

"뭐가 불안하다는 거야?"

민기태가 나에게 물었다.

"내가 그랬어요?"

"응."

"아니에요. 그냥 하는 말이었어요."

나와 민기태 사이에 어떤 일이 일어날 것 같은 직감이 들었다. 아직 나도 알 수 없는 일이었지만. 행운의 여신이 제발 나를 저버리지 않기를. 내 운명은 늘 돌발적이고 예측 불허해서 흥미진진하다. 나는 또다시 그 궤적을 따라가는 수밖에 없다.

9. 답장이 온 것은 삼 일이 지나서였다: 용민

나는 정혜규가 보낸 메일을 수차례 거듭 읽었다. 리영 작가의 탐색을 종용하는 선생님은 누구신가요? 정혜규는 나에게 단도직입적으로 묻고 있었다. 나란 사람의 정체성에 대해서. 그가 나에게 선택하라고 한 것이 이것이었나. 그녀에게 벗어나서 세상에 나 혼자 힘으로 나갈 수 있는 마지막 통로라고. 이제 내 이름과 작품이 복원되는 일만 남았다고. 나는 그에게 묻고 싶다. 그게 왜 지금이어야 하느냐고. 내가 그렇게 물어도 그는 침묵으로 답할 것이 분명했다.

내 이름을 달고 세상에 나갈 나의 새끼들. 그 생각만 하면 난데없이 재채기가 터졌다. 그녀 안에 들어갔을 때와 같은 현상. 만약 그의 사주로부터 내가 완전히 떨어져 나간다고 해도 마지막 끈은 있었다. 그녀 안에 뿌리내린 내 씨앗들. 그는 내 씨앗의 근본이 되어

주어야 한다. 결코 나쁘지 않은 거래다. 본시 거래라는 것은 누구도 손해를 봐서는 안 되는 법. 그녀와 이런 식으로 결별하기도 싫었지만, 계속 이대로 그녀의 그림자로 살 수는 없다. 비록 그녀와 나의 파멸을 부르는 일이라고 할지라도.

어차피 정해진 수순이다. 우리들의 끝은. 그 끝을 조금 앞당기는 것이 그리 나쁘지만은 않을 것이다. 나는 정혜규 메일에 답장을 클릭한다.

박용민

1976년생. 늘푸른 보육원에서 유년기와 성장기를 보냄. 28세 △△일보 신춘문예 단편소설 부문 당선. 30세 ○○일보 장편소설『표절』당선. 같은 해 사고로 전신에 화상을 입어 장애인이 됨.

간단명료한 메일 내용은 지극히 사무적이다. 육 년 선 그에게 보냈던 메일과 한 글자도 다르지 않다. 이 정도면 충분하다. 문학판에 종사하는 사람이라면 누구라도 눈길을 끌 만한 두 가지 사실을 정혜규 역시 지나칠 리 없을 테니까. 2003년 △△일보 신춘문예 당선은 기사만 검색해도 찾을 수 있을 것이다. 내 이름과 작품을 실은 신춘문예 소설 당선집도 쉽게 구해서 읽어볼 수 있다. 나라는 인간을 거기까지 탐색했다면, 정혜규는 머리를 갸웃거릴 것이다. 그게 뭐? 문예지나 신춘문예로 등단한 작가가 어디 한두 명인가. 하지만 두번째는 절대 간과할 수 없는 결정적인 미끼다. 이 인간 돌았군.

자기가 『표절』 당선자라고? 그렇다면 지금의 리영 작가는? 그 또한 그런 절차를 밟아 나를 찾아왔다. 『표절』의 책임편집을 맡았던 정혜규는 그 또한 충분히 알아볼 능력이 있을 것이다. 신문사에 전화를 걸어 당시 투고한 사람의 이름을 확인하는 절차만 거치면 되는 일이다. 만약 그 루트가 실패하더라도 정혜규는 내 쪽에 표를 던질 것이다. 글을 보는 편집자의 직관은 믿어볼 만하다. 어느 정도 글을 아는 사람이라면 내 등단작이 장편 『표절』을 쓸 만한 깜냥의 단편이라는 것을 알아볼 거라고 확신한다. 더군다나 정혜규는 나를 몹시 궁금해했다. 자신의 궁금증을 풀기 위해서라도 내 메일 내용을 확인하는 데 소홀히 하지 않을 것이다.

정혜규에게 메일을 전송하고 초조감 속에서 이틀이 지나갔다. 정혜규로부터 답장이 온 것은 삼 일이 지나서였다. 그녀의 두번째 메일은 단 한 줄이었다.

선생님이 계신 곳의 주소를 알려주시면, 제가 찾아뵙겠습니다.

자네 있는 곳이 어딘가. 내가 찾아가겠네. 그도 그렇게 답장이 왔었다. 나는 그에게 주소를 보내는 대신에 철호를 보냈다. 철호가 그를 데리고 왔다. 철호는 아무것도 묻지 않았지만 중요한 일이라는 것을 눈치채고 자리를 비켜주었다. 나는 이번에는 떨리는 손으로 이곳 주소를 적어 보냈다. 곧바로 답장 메일이 떴다. 마치 컴퓨터 앞에서 볼펜 따위를 똑딱거리며 기다렸다가 바로 보낸 것 같은 속도였다. 그럼 내일 찾아뵙겠습니다. 역시 단 한 줄이다. 정혜규는 그 밑에 자기의 휴대폰 번호를 적어서 보냈다.

내일이라면 토요일이다. 나는 도우미를 불렀다.

"내일은 하루 쉬십시오. 손님이 오기로 했거든요."

"네."

"아시죠? 그 사람에게는 아무 말씀 마세요."

도우미 아줌마는 빙긋 웃는 걸로 대답을 대신했다. 도우미는 다른 날보다 늦게까지 주방에서 덜그럭댔다. 내일 식사 준비까지 하는 모양이었다.

나는 집필실과 침실을 하릴없이 배회했다. 책도 눈에 들어오지 않았고, 『유년의 자화상』 원고도 열어보지 못했다. 그녀에게는 쓰지 못하겠다고 못을 박았지만, 내 스스로 정리하고 싶은 마음은 있었다. 언젠가는 소설을 통해 해보고 싶은 이야기. 내 이야기이기 때문에 꺼내기가 누렵지만, 결국 작가는 자기가 실아온 삶을 배제할 수는 없는 법이다. 다만 시기가 좋지 않았다. 나와 그녀의 문제 해결이 급했다. 정혜규가 나와 그녀의 질긴 관계를 청산해주는 기폭제가 되어주길. 그 후에는 그가 나서주지 않을까. 나는 그렇게 믿고 있었다. 출판사의 일개 편집자가 문단의 권력층으로 자리매김하고 있는 리영 작가의 질주를 멈추게 할 수는 없을 테니까 말이다.

도우미가 돌아간 집 안은 적막감이 감돌았다. 침대에 누웠지만 잠이 오지 않았다. 나는 블라인드를 걷고 창문을 열었다. 가을 공기가 서늘했다. 날씨가 흐린 탓에 시야가 뿌옇다. 하늘에는 어둠이 베어 먹다가 뱉어놓은 살덩이 같은 달이 떠 있었다. 이지러진 달의 한쪽이 핏기 없이 누렜다. 검은 혈흔을 타고 번지는 하늘의 타액이 달을 집어삼키고 있었다. 먹빛 달도 나처럼 쉽게 잠이 들지 못해 몸을 뒤척이고 있는 것 같았다. 갑자기 선뜩한 마음이 들었다. 나도 어둠속 달처럼 시커멓게 멍들어가는 것은 아닐까. 나도 모르는 어둠이 나를 썩 베어 무는 기분이 들었다. 나는 창문을 닫고 주방에 가서 와인을 가져와서 도우미가 준비해준 크리스털 잔에 따랐다. 핏빛 와인에 망상과 공상들이 어른거렸다. 와인 잔 밖으로 튀어나온 망상과 공상들은 성을 쌓고 부수기를 반복했다. 그 성의 맨 꼭대기에 꽂을 깃발이 과연 무엇인지 나 자신도 알 수 없었다.

새벽녘 설핏 잠이 들었는가 싶었다. 열시가 넘어 눈을 떴다. 꿈자리가 어수선했다. 그녀와 정혜규가 동시에 내 팔을 잡아당기는 꿈. 양쪽 팔죽지가 뻐근했다. 기분 탓이었다.

정혜규가 약속한 시간에 맞춰 현관문을 두드렸다. 문 열렸습니다. 들어오세요. 쇳소리가 나는 말로 소리쳤다. 아주 오래전에 무감각하게 된 굳은살과 근육이 푸르르, 경련을 일으켰다. 심하지 않은 감기에 강도가 센 항생제가 투여된 몸처럼. 혹은 피곤으로 나른한 정신에 짙은 카페인이 주입되어 뻑뻑한 눈꺼풀처럼. 나는 그런 상태를 온몸으로 느끼며 현관을 향해 휠체어를 밀었다. 현관문이 열렸다.

"그럼 실례하겠습니다."

탁하지만 비음이 섞인 목소리가 귀에 먼저 박혔다. 나는 고개를 숙이고 손을 들어 얼굴의 반을 가렸다. 내 모습에 대한 상대의 혐오를 염려하는 무의식적이고 관성적인 행동이었다.

정혜규는 살집은 없지만 뼈대가 굵고 단단해 보이는 여자였다. 이목구비가 큼직큼직했지만 어딘가 불균형적이었다. 여자로 볼 때 결코 예쁜 얼굴은 아니었다. 그러나 다소 큰 입매에 날카로운 콧날에서 차가움이 묻어 나와 선뜻 말을 붙이기 어려워 보이는 인상이었지만 묘한 매력을 발산했다.

진하게 아이라인을 그린 눈가에 흐릿하게 자리한 다크서클. 피곤을 달고 사는 편집자의 노곤함이 그대로 나타났다. 서울에서 결코 가깝다고 할 수 없는 거리의 이곳. 정혜규가 여기까지 한달음에 달려온 이유가 무엇일까? 출판사 일로 늘 피곤에 절어 있는 정혜규가 휴무인 토요일 하루를 버려가면서까지.

정혜규의 동공이 설핏 커지고 있는 순간을 놓치지 않았다. 일그러지고 눌어붙은 내 외양에 낭혹을 표시하는 정혜규의 절제된 반응일 것이다. 보일 듯 말 듯 벌어진 입술 사이로 작은 신음이 한숨처럼 새 나왔다.

"박용민, 작가십니까?"

정혜규는 내 이름과 작가라는 말 사이에 틈새를 넣었다. 내 이름 뒤에 붙은 보통명사, 작가. 생경한 단어다. 팔 년 전 신춘문예에 당선되었을 때 한두 번 듣다가 만 이름이었다. 그녀의 이름 앞뒤에서 찰거머리처럼 들러붙어 다니던 그 단어가 내 이름 뒤에서는 낯설고 어색하게 들렸다. 그러나 결코 싫지 않은 단어다. 원래 내 이름이어야 했고, 그 단어가 내 정체성을 드러내는 명칭이었을지도 모르는데. 나는 왜 어디론가 숨고 싶은 마음뿐일까.

내가 바로 『표절』의 작가라고 선뜻 대답이 나오지 않았다. 입술이 달싹거렸다. 그 말 뒤에 감춰진 이면이 더 많은 까닭이었다. 리영 작가의 모든 작품들이 사실은 다 내 창작물이었다는 엄청난 진실.

정혜규는 아직 신발을 벗지 않은 채였다. 내 대답을 기다리며 두 손을 가지런히 앞으로 모은 그녀는 덩치 큰 중학생 같았다. 청바지에 감빛 슈트 차림이라서 그렇게 보였는지도 모른다.

"우선 안으로 들어오십시오."

깍듯한 경어를 쓰는 내 혀가 말렸다. 내 성대에서 나온 것 같지 않은 소리가 작은 거실을 떠돌아다녔다. 정혜규는 살짝 고개를 끄덕이며 구두를 벗고 실내로 들어섰다. 소파가 없는 거실. 앉을 만한 곳이 없다. 정혜규의 눈이 잠시 사위를 살폈다. 현관 맞은편에 위치한 집필실. 문이 열린 그곳에서 정혜규의 시선이 멈추었다. 정혜규가 선 곳에서 보일 서가의 책들. 정혜규의 피곤한 동공이 반짝 빛났다. 나는 휠체어를 밀어 집필실로 향했다. 정혜규가 말없이 나를 따랐다. 엉거주춤한 자세로 서 있는 정혜규에게 나는 책상 앞 의자를 권했다. 내 의자가 아니다. 원고 체크를 하기 위해 주로 앉았던 그녀의 의자였다.

"편하게 앉으십시오. 저는 주방에서 차를 좀 내오겠습니다."

내 말에 정혜규가 앉으려다 말고, 다시 몸을 일으켰다.

"아, 작가님. 제가 하겠습니다. 주방이 저쪽이었죠?"

"수고롭겠지만 그렇게 해주시겠습니까. 차는 식탁에 준비되어 있을 겁니다. 물만 끓이시면 됩니다."

정혜규가 나가자 곧 물이 끓는 소리와 찻잔 부딪히는 소리가 났다. 블라인드가 올라간 통창으로 들어온 가을볕이 방바닥에 그림자와 빛의 빗금을 치고 있었다. 한층 깊어가는 가을볕은 청신하고 눈부셨다. 초록 일색이었던 야산에 간간히 스미는 갈색 이파리들. 나는 가을 색으로 몸 색깔을 바꾸는 풍경에 잠시 넋을 빼앗겼다. 어느새 가을인가.

정혜규가 찻잔을 받친 쟁반을 들고 와서 둥근 탁자에 놓았다. 녹차 두 잔과 물 두 잔이다. 정혜규는 의자를 바투 끌어다가 둥근 탁자 앞에 앉았다. 찻잔 바닥에 프린트된 꽃무늬가 맑은 찻물에 둥실 떠올랐다.

정혜규는 먼저 물 잔을 들어 입술을 축였다. 그녀의 입술에 거스러미가 습자지처럼 일어나 있었다.

"운전을 하고 왔더니, 목이 말라서요. 작가님도 물이 필요하시겠지요?"

내가 할 말이 많다는 걸 직감했다는 뜻일까. 아니면, 여기까지 온 자신에게 어떤 이야기라도 숨기지 말고 다 털어놓으라는 일종의 압력일까.

"나를 찾아온 목적이 무엇입니까?"

두 손을 모아 깍지를 끼고 내가 먼저 물었다. 어쩌면 내가 선수를 칠 말이 아닐지도 모른다. 하지만 나는 궁금했다. 정혜규가 선택한 지금의 행보가. 그가 나를 찾아왔을 때도 나는 궁금했다. 아니, 의심스러웠다. 그의 저의가. 철호의 집에서 휠체어에 앉은 나를 본 그의 표정은 냉혹했다. 상대방에게 그 무엇도 들키지 않으려는 낯빛에 내가 더 몸둘 바를 몰라 했으니까. 내가 시키는 대로 하겠나? 그는 나에게 존칭을 생략하고 하대를 했다. 내 연배를 알고 그렇게 했던 것 같았다. 그러나 왠지 모르게 그가 나에게 하대를 하는 순간, 내 모든 것을 조율하는 끈이 그의 손아귀로 넘어가 있다는 생각이 들었었다. 너는 내 아래라는 선을 긋는 말의 힘이었던 걸까. 끄덕끄덕. 내 머리는 끈을 잡고 있는 그의 손가락 하나하나에 따라 움직였다. 다른 길은 없었다. 며칠 후 그녀에게 보낼 자료가 도착했다. 글쟁이로서 잃어버린 자네의 명예는 다시 복원될 날이 있을 거야. 그때가 언제죠? 지금은 아니야. 다 때가 있을 테니까, 기다리게. 혹시 내 추한 몰골 때문인가요? 그는 대답하지 않았다.

"작가님이 저를 부르신 게 아닌가요?"

정혜규는 주춤거리지 않고 바로 맞받아쳤다. 딴은 그녀 말이 옳다. 내가 불러놓고 여기까지 온 목적을 운운하는 것 자체가 이율배반이었다.

"선생님이 누가 부른다고 여기를 달려올 만큼 그렇게 한가한 분이신가요?"

누가 들으면 따지는 듯한 어투였을 것이다.

"선생님이란 호칭, 듣기 거북합니다. 그냥 이름으로 부르세요. 그게 편합니다."

정혜규는 잇바디를 드러내며 활짝 웃었다. 나이를 가늠해보았다. 나와 그녀 연배 정도일 것이다. 내가 손사래를 쳤다.

"그럼 팀장님이라고 하겠습니다."

정혜규가 어깨를 들썩해 보였다.

"작가님, 편하신 대로요."

정혜규 얼굴에 다시금 웃음이 번졌다. 정혜규는 현관에 들어섰을 때보다 편안해진 표정이었다. 사람을 대해본 경험이 많은 직업을 가진 사람의 전형적인 모습이 느껴졌다. 그녀를 통해 전해 들은 정혜규와 지금 내 앞에 앉은 정혜규와는 전혀 매치가 되지 않았다. 사회생활을 활발하게 해온 정혜규 앞에서 공연히 주눅이 들었다. 알 수 없는 열등의식이 내 얼굴을 스멀스멀 기어 다녔다.

"오길 잘했다는 생각이 드는데요."

정혜규는 책장에 꽂힌 책들과 책상을 일별하다가 내 눈치를 살폈다. 그러고는 경치도 정말 좋고요, 라는 말을 하면서 얼버무렸다.

"여기까지 오신 걸 보면, 나에 대한 정보를 확인하신 거겠지요."

본론을 꺼낼 시점이었다. 정혜규의 눈이 나를 응시했다. 내 안의 심연을 꿰뚫고 있는 시선이었다.

"물론입니다. 육 년 전『표절』의 투고 작가가 작가님의 이름과 일치한다는 것까지요."

갑자기 앞이 캄캄해지고 숨이 막혀왔다. 충분히 예상했던 일이지만 정작 정혜규의 입을 통해 확인되는 진실이 믿어지지 않았다. 은폐된 진실은 거짓보다 불온하다. 몸소 체험한 사실이다.

"어떻게 된 일입니까? 『표절』의 작가는 누구죠? 아까 작가님이 그러셨죠. 여길 찾아온 목적이 무엇이냐고요. 진실이 알고 싶습니다. 그게 제 목적입니다. 이제 제가 묻겠습니다. 저를 부르신 작가님의 목적은 무엇입니까?"

정혜규의 말 한 마디 한 마디가 나를 압박해왔다. 가슴이 터질 것 같았다. 정혜규 등 뒤에 있는 통유리. 역광을 받은 그녀의 윤곽이 뚜렷하지 않았다. 그녀의 표정이 읽히지 않았다. 반대로 정혜규 쪽에서는 나의 모든 모습이 탐색되고 있을 터였다. 눈 밑에 파르르, 떨리고 있는 근육 경련과 헤벌어졌지만 앙다문 치열까지. 정혜규가 묻고 있었다. 정작 나 자신도 궁금해하는 그것을. 이제 와서 이런 식으로 폭로를 의도하는 그의 저의는 무엇일까? 육 년은 긴 세월이었다. 희망과 절망, 환상과 좌절이 번차례로 교차되길 수만 번 했던 시간들. 내 소설이 그녀의 이름으로 남겨진다고 해도 할 수 없다는 쪽으로 체념하기도 했다. 내 삶과는 상관없이 내 머릿속에 흘러넘치는 이야기 속에서만 살아왔던 나다. 소설 속 인물들의 가열찬 욕망과 생의 치열한 목적을 그려왔음에도 정작 내 삶의 목적은 꿈조차 꿀 수 없었던 사람이 바로 나다. 내 몸만큼이나 기형적이고 왜곡된 자화상을 정혜규가 내 눈앞에 들이밀고 있었다.

"진실 아닙니까?"

내가 대답이 없자, 정혜규가 조심스럽게 말했다. 나는 그래도 입을 열지 못했다.

"리영 작가는 누굽니까?"

정혜규가 다시 재우쳤다. 내 팔을 사정없이 잡아당겼던 꿈속의 정혜규가 떠올랐다. 팔 한쪽이 몹시 아파왔다.

"우리는 이란성 쌍둥이 남매입니다."

가을 햇살을 등에 업은 정혜규의 어깨가 일순 축 늘어지는 게 보였다. 그리고 잠시 시간을 두고 흐, 하는 신음이 터졌다. 작은 소리가 아니었다. 그도 그랬다. 시종일관 덤덤한 낯빛을 하고 있던 그의 입에서도 미세한 신음이 새 나왔다. 그 순간 나는 울음을 터뜨렸다. 걷잡을 수 없었다. 그리고 말해버렸다. 내 마음속 깊이 똬리를 틀고 있던 금기를. 나에게 그녀는 누이이기 이전에 여자였습니다. 울먹임 속에 내뱉었던 말이었다. 나를 향해 고개를 끄덕거리던 그 사람에게서 나는 구원을 읽었다. 신에게조차 거절당했던 나였다. 너무 괴로워하지 말게. 금기는 깨기 위해 존재하는 것이니까. 그녀가 여자로 느껴진다면 자네의 여자로 만들어. 자네의 재능을 잠시 빌려주는 대가라고 생각해. 무언의 지시. *그*의 *끄덕거림*이 내 가슴에 그렇게 박혔다. 돌아서는 그의 실루엣이 흐렸다. 그의 말처럼. 우린 만난 적 없는 사람들이야. 그 후 그와 나는 간간히 쪽지를 주고받았다. 극히 간단하고 사무적인 언어로만.

"보육원에서 성장했다는 걸로 알고 있습니다만."

정혜규의 조심스런 반응이 이어졌다.

"맞습니다."

"그럼……."

정혜규가 내 말을 기다렸다. 어디서부터 어떻게 이야기해야 하는 걸까. 나를 이렇게 만든 그녀의 범죄 사실도 이야기해야 하는 걸까. 잠깐 순간에도 내 머릿속은 과부하로 터져 나갈 것 같았다.

"내가 사고로 이렇게 되자, 리영이 나 대신 신문사로 전화를 걸었습니다. 나를 찾을 수 없었던 리영은 어쩔 수 없이 자기가 썼다고 한 거죠."

정혜규의 입이 벌어지면서 의자 팔걸이에 기대고 있던 팔이 아래로 툭 떨어졌다.

"어떻게 그런 일이. 그럼, 그다음……."

정혜규는 묻지 않았지만 그녀가 궁금해하는 것들을 나는 알고 있었다. 『표절』 이후의 작품들에 대해서다. 이미 그녀의 머릿속에 답은 나와 있을 것이다. 내 입을 통해 확인 사살만 남아 있을 뿐이었다.

"팀장님이 생각하시는 대롭니다."

내 시선은 정혜규를 비껴 허공 어딘가에 붙박였다. 그는 나에게 왜 이 여자를 불러들이도록 한 걸까. 어디까지 까발려야 하는 걸까. 생면부지의 여자에게 말이다. 자신은 이 일을 처리할 수는 없었던 걸까. 나와 그녀의 짐승의 시간까지 말해야 하는 걸까. 죄의식이 가슴을 짓눌러왔다. 숨이 가빴다. 내가 느끼기에도 치열 사이로 숨소리가 몹시 쌕쌕거리고 있었다. 여기서 멈추고 싶다.

"괜찮으세요?"

정혜규가 황급히 몸을 일으켜 나에게 다가왔다. 그녀는 물컵을 들어 내 입에 물을 흘려 넣었다. 벌어진 입으로 물이 흘러넘쳤다.

정혜규의 수트 앞섶이 젖었다. 폭로된 진실은 되돌릴 수 없다. 내가 손을 내젓자 정혜규가 의자에 가서 앉았다.

"여태껏 그렇게 사시다가 왜 이런 결심을 하시게 된 겁니까?"

나는 잠시 멈칫했다.

"두려웠습니다. 후속작 한 편만 대필해주면 끝날 줄 알았습니다. 그러나 한 번의 성공이 두번째 성공을 몰고 왔지요. 용아가, 아니 리영이 이렇게 뜰 거라는 생각은 하지 못했습니다. 리영은 작가로서 욕망이 자꾸 커지기만 했습니다. 마치 그 모든 성과를 자기가 이룬 것 같은 착각을 하더군요. 리영만 망가지는 게 아니라 내 정체성도 희미해져가고 있었습니다. 이번 작품이 그 모든 것에 대해 발화가 된 소설일지도 모릅니다."

"『유년의 자화상』 말씀이지요?"

"네. 그 작품을 누가 썼는지 아십니까?"

"하!"

"네. 바로 리영이 썼습니다. ○○문학상을 타야겠다는 일념 하나가 그런 무모한 작품을 만든 것입니다."

정혜규는 머리를 끄덕거렸다. 나는 두서도 없는 말을 천천히 했다. 이제 그만해야겠다는 생각이 들었다고. 그리고 내 정체성이 희미해지면서부터 더 이상 쓸 수 없다는 생각이 들었다고. 정혜규는 숨소리조차 내지 않고 내 이야기를 들었다. 정혜규는 이 엄청난 진실을 폭로하는 대상으로 왜 자신을 선택했느냐고 묻지 않았다.

"제가 어떻게 하길 바라세요?"

내 말이 끝나자, 정혜규가 찻잔을 들었다. 이미 식은 차를 한꺼번에 다 마셔버린 그녀의 목소리가 무겁게 들렸다.

"모르겠습니다."

나는 숨을 몰아쉬며 고개를 떨어뜨렸다. 지난 육 년 시간을 까발린 내 속은 텅 빈 항아리 같았다.

"작가님의 말을 누가 믿어줄까요? 아마 거의 없을 겁니다. 그런 의미에서 진실을 밝혀줄 사람은 없다는 생각이 듭니다. 죄송하지만 저도 할 수 없습니다. 단 한 사람만이 할 수 있는 일일 겁니다. 바로 리영 씨 자신입니다. 리영 씨가 자신의 허상을 깨고 진실 앞에 선다면 가능할 것입니다. 리영 씨가 양심선언을 하도록 종용하는 일을 하는 정도만 제가 할 일이 아닌가 싶네요."

정혜규는 그녀를 더 이상 작가라고 호칭하지 않았다. 나는 깍지 낀 손가락으로 뒷머리를 받쳤고 눈을 감았다.

"실망하셨나요?"

현관을 나서는 정혜규가 내게 던진 말이었다. 흐흐. 이빨 사이에서 배어 나온 내 웃음소리였다. 정혜규는 잠시 공허한 눈빛으로 내 등 뒤에 있는 집필실에 시선을 두었다. 내 웃음소리를 그녀는 어떻게 받아들인 걸까. 그녀의 텅 빈 눈빛처럼 공허하게 받아들였을 수도 있었다. 인생의 절반도 살지 않고, 이미 제 속을 다 발라내어 빈 껍데기로 살고 있는 한 남자의 생애는 공허하기 이를 데 없으니까.

"만약에, 만약에 말입니다. 리영 씨가 양심선언을 한다면, 작가님은 세상에 나설 용기는 있으십니까? 작품과 함께 말입니다."

정혜규의 비음 목소리가 사뭇 비장했다. 내 이름에 대한 복원. 그가 계획한 것이 결국 이것이었나. 그에게 떨어지는 이익은? 모르겠다. 단지 혼란스러울 뿐이었다. 모르겠습니다. 나는 두려울 뿐입니다. 내 안에 제 몸피의 절반이나 줄인 짐승 하나가 나지막이 울부짖고 있었다.

"또 연락드리겠습니다. 작가님도 제게 연락 주십시오. 그럼 작가님 건강 챙기십시오."

정혜규는 현관문을 열어둔 채, 층계를 내려갔다. 또각거리는 구두 소리가 내 심장에 콕콕 박혔다. 곧이어 자동차 시동이 켜지는 신호음이 들리고 엔진이 부르릉거리는 소리가 들렸다. 나는 거실 창으로 정혜규 차의 뒤꽁무니가 채마밭을 지나 고샅길로 멀어지는 것을 망연히 지켜보다가 컴퓨터를 켰다. 정혜규 다녀갔습니다. 그에게 쪽지 전송을 눌렀다.

10. 내 머린 튜브가 아니야!: 리영

M출판사로부터 독촉 전화를 받았다. 정혜규가 직접 한 전화도 아니었다. 썩 유쾌하지는 않았다. 그런데 통화 끝에 날아온 경고성 멘트. 선생님도 아시잖아요. ○○문학상 심사가 얼마 남지 않았다는 걸요. 내 혈관 하나하나가 툭툭 끊어졌다. 한마디 쏘아붙일까 하다가 관뒀다. 내가 담판지어야 할 대상은 따로 있다.

"도대체 어쩌자는 거야?"

전화를 걸자마자 용민에게 소리부터 꽥 질렀다. 도저히 이성적일 수가 없었다. 전화기 안에 침묵이 흘렀다.

"내 말 듣고 있니?"

"응. 듣고 있어."

용민의 말소리가 짜증날 정도로 차분했다. 용민은 거듭 쓸 수 없다는 말만 반복했다. 넌 몰라. 쓰는 사람의 고통을. 내 머린 튜브가 아니야. 그리고 만약 튜브라고 해도 다 짜냈어. 더 이상 짜낼 수가 없다고. 미안해. 용민이 나에게 하는 말들이다. 귀가 먹먹하고 가슴이 눌렸다. 가늘고 힘이 없는 용민의 목소리가 내 목줄을 꽉 움켜쥐고 있다는 생각이 들었다. 용민이 이렇게 내 머리와 골수를 부수는 위력을 가졌다는 게 납득되지 않았다. 귓바퀴에 닿는 휴대폰 액정 부분이 뜨거웠고 휴대폰을 움켜쥔 손아귀에 땀이 차올랐다.

"네가 못하겠다면 하는 수 없지. 나라도 해보는 수밖에."

전화를 끊으면서, 내가 소리친 말이었다. 그의 일기장을 집으로 가져와서 노트북 앞에 앉을 때만 해도 자신이 있었다. 옆에서 육 년을 지켜봐온 일이다. 한 번쯤이야 어떻게 안 되겠는가 하는 호기가 발동했다. 그러나 글은 생각만큼 나와주지 않았고, 여러 사람들의 입에 오르내려 상황만 악화되고 있었다. 그가 이렇게까지 철옹성으로 나를 곤란하게 하리란 생각은 하지 못했나.

작가가 어느 위치에 이르렀을 때, 문단의 주례사 비평만 있으면 작품성과는 무관하게 저절로 굴러가는 게 아니냐고, 마니아 독자를 거느린, 그러나 돈은 안 되는 소설을 쓰는 어느 작가가 말한 적이 있었다.

곤궁한 예술가를 자처하는 작가가 부린 술주정으로 치부해버리기에는 그 작가의 말이 너무 진지했다. 얼굴이 화끈거렸다. 나는 대거리를 하지 않았다. 맞기도 하고 틀리기도 한 말. 하지만 곤궁한 작가가 간과한 사실이 있었다. 일정 단계에 이르기 전에는 모두 동일 선상에서 출발했다는 것이다. 경쟁에서 도태된 자의 넋두리는 자기 연민과 비관으로 누군가의 탓을 하고 싶은 보상 심리가 작용하기 마련이었다.

그의 말처럼 내가 아직도 소유한 것이 있다면, 내 이름을 추앙하는 두터운 독자층과 문단의 평판이었다. 내 이름으로 출간된 책이라면 무조건 사 보는 독자와 내 이름만 믿고 계약하자는 출판사가 줄을 잇는다. 내가 쓴 글이라면 잡문이나 소설 초고만 넘겨줘도 자기네들이 편집과 마케팅을 도맡아서 베스트셀러를 만들어주겠다는 말을 노골적으로 던지는 출판사도 있었다. 그러나 내 뒤에 용민이 건재한 덕에 작가로서 자존감을 지켜올 수 있었던 것이다. 이제 그 물살에 살짝 몸을 얹어도 무방하지 않을까. 나는 해머로 두들겨 맞아 산산조각이 난 생각의 파편을 하나씩 주워 모았다.

입은 옷 그대로 차에 올랐다. 용민의 얼굴을 대면하고 다시 한 번 저울질을 해봐야겠다는 생각이었다. ○○문학상이 문제가 아니었다. 여기서 무너진다면 정말 대형 사고다. 차라리 육 년 전 그때라면 쉬웠다. 장편소설 한 권 출간한 작가로 사람들 머릿속에 흔적도 없이 사라졌을 테니까.

영화사와 계약된 것만도 두 편이다. 한 편은 내년에 크랭크인 될 예정이다. 이제는 무너지려고 해도 무너질 수 없는 상황이다. 나보고 어쩌라고. 나는 핸들을 주먹으로 마구 두드리며 운전했다. 한 시간 반 남짓 걸리는 거리를 한 시간 만에 달렸다. 과속에 신호 위반을 하면서 숨도 쉬지 않고 내처 달려 별장에 도착했다.

현관문을 열자마자 음식 냄새가 와락 끼쳤다. 위장이 쓰리고 입안이 텁텁했다. 커피와 줄담배로 오전을 보낸 탓이었다. 막 집필실을 나와 주방 쪽으로 휠체어를 밀던 용민과 눈이 마주쳤다. 부스스한 파마머리를 검은 고무줄로 질끈 동여매고 트레이닝복 차림의 내 모습을 보고, 용민도 다소 놀란 표정을 지었다. 주방 입구에서 얼굴을 내민 도우미도 눈을 둥그렇게 떴다.

점심 전이면 같이 밥 먹자. 용민이 주방으로 가면서 내게 툭 내뱉은 말이었다. 지금 밥이 문제야, 라고 소리치고 싶은 걸 간신히 참았다.

식탁에 마주 앉은 우리는 마주 앉아 말없이 밥을 먹었다. 숟가락이 그릇에 부딪히는 소리와 음식 씹는 소리만 간간이 울렸다. 도우미는 앞치마를 식탁 의자에 걸어두고 현관을 나섰다. 내가 요청했다. 오늘은 그만 가보라고. 저녁은 우리끼리 알아서 하겠다고.

밥알이 입속에서 모래알처럼 굴렀다. 노무시 식욕이 나지 않았다. 그런 나와 달리 그는 턱받이에 음식을 흘리면서도 밥 한 그릇과 된장을 푼 아욱국 한 대접을 말끔히 비웠다. 자기는 튜브가 아니라고. 튜브라고 하더라도 더 이상 짜낼 물감이 없다고 한 그의 말이 입속에서 흩어진 밥알 같았다. 그렇다면 지금 그의 입속으로 들어가는 음식물은 도대체 무엇인가? 내 이름을 달고 나간 책의 인세로 그는 안락한 생활을 유지하는 것이다. 나는 그에게 튜브의 물감을, 그것도 최상의 물감을 육 년간 대온 사람이다.

"와인 할래?"

내 제안에 그가 나를 물끄러미 쳐다보았다. 나는 식탁에 수저를 놓고 일어나서 와인 잔을 꺼냈다. 나는 그의 잔에 와인을 가득 따라 주었다. 그의 흰자위가 유난히 번들거렸다. 툭 튀어나온 안구의 그것은 두리번거리며 붉은 와인을 훑었다. 언젠가는 이런 날이 올 줄 알았다. 크리스털 잔을 준비했던 것도 그 때문이었다. 와인의 독소를 우려내는 작용을 하는 크리스털 잔. 우리 관계와 크게 다를 바 없었다. 그의 글 독이 녹아나와 치명적인 맛과 향과 색깔의 작가가 된 사람이 나였으니까. 그의 입술과 잇바디에 검붉은 보랏빛이 번졌다. 술기운이 그의 몸에 서서히 퍼지길 기다렸다.

그가 습관처럼 내 몸을 탐했다. 보랏빛 와인 자국이 내 몸에 어지럽게 찍혔다. 절정. 내 안에 미끄러지듯 들어오는 고무막의 그것. 나는 느꼈다. 그가 내 안에 사정하고 있음을. 나는 그의 몸을 더욱 밀착시켰다. 그의 손이 어둠 속에서 잠시 멈칫한다. 내가 살아남을 수 있는 마지막 통로를 향해 나는 힘껏 저어갈 것이다.

"해줘. 부탁이야."

용민의 숨소리가 어두운 방 안에 방금 잡아 올린 생선처럼 파닥였다.

"아까 전화로 끝난 이야기잖아."

"그럼 난 어떡해?"

"그냥 네 본래 모습대로 살아."

"내 본래 모습이라고? 하하하."

내 웃음소리가 높았다. 나는 웃음을 멈추고 용민을 바라보았다.

비대한 그의 몸은 자신의 욕구를 채운 포식자와 다르지 않았다.

"너한테 할 말이 있어."

"무슨 말?"

"나, 정혜규 만났어."

나는 침대에서 몸을 벌떡 일으켰다. 잠깐 어지러웠다. 희미한 어둠 속에서 모든 사물들이 굴절되어 보였다. 구토증이 왈칵 치밀었다.

"뭐라고? 너 지금 뭐라고 그랬니? 네가 정혜규를 만났다고?"

손발이 마구 떨리고 명치끝이 뻣뻣하게 곤두섰다. 나는 베개를 던지며 소리쳤다.

"네가 왜 정혜규를 만났는데? 무슨 이유로? 네까짓 게 뭔데 정혜규를 만나!"

용민을 향해 정신없이 베개를 휘둘렀지만 고스란히 받아내고 있을 뿐이었다.

"진정해."

용민은 침대에 원래 놓여 있던 정물처럼 꼼작하지 않았다.

"내가 지금 진정하게 생겼니? 정혜규 그년을 만나서 무슨 작당을 한 거야. 어서 말하지 못해!"

움켜진 두 주먹이 허공에서 부르르 떨렸다. 앙다문 입술도 비틀렸다. 머릿속이 하얗게 바래지고 있었다. 언젠가 작가들과 여행한 노르웨이에서 본 백야의 하늘을 보는 기분이었다. 아무것도 생각나지 않았다. 용민을 죽이고 싶다는 생각이 불현듯 솟구쳤다. 용민

속에 꿈틀거리는 그 어떤 것이 자꾸 커져간다면, 나로서도 달리 생각할 여지는 없었다. 주먹 쥔 내 손이 갈고리처럼 펴졌다. 용민의 목으로 가까이 가려고 하자 그의 두 팔이 내 손목을 잡았다.

"죽어! 차라리 죽어버려!"

나는 울부짖었다.

"분이 풀릴 때까지 날 때려."

용민이 내 손목을 놓아주었다. 나는 그의 뺨을 두어 차례 갈겼다. 그의 볼이 젖어 있었다.

"너 우니?"

"너도 울고 있잖아."

"아니. 난 안 울어. 난 안 쓰러져. 어디까지 이야기한 거야? 너랑 나랑 이 짓거리 하는 것까지 이야기하진 않았겠지. 그렇지. 맞지? 그 이야기까지는 차마 할 수 없었겠지. 치사하고 비열한 자식! 넌 쓰레기야!"

그에게 어떤 욕을 해도 분이 풀리지 않았다. 나는 내 몸 안에 소용돌이치는 급류 소리를 들었다. 그 급류에 휩쓸려가는 내 자신이 보였다. 허우적거리며 살려달라고 외치는 내 외침은 폭포수 물살에 묻혔다. 진정하자고! 진정해! 나는 끊임없이 나 자신을 추스르려고 안간힘을 썼다. 침대에서 내려와 옷을 꿰입는 손이 제어할 수 없을 정도로 떨렸다. 그에게 불을 쏘고 시동을 걸었던 그때보다 더했다.

개자식! 넌 끝장이야! 내가 현관문을 쾅, 닫으면서, 이를 악물고

뇌까린 말이었다. 운전석에 올라타자마자 담배를 꺼냈다. 성급하게 빨아들인 담배 연기로 기침이 터졌다. 끊임없이 흐르는 눈물. 손등으로 닦아내다가 엉엉, 소리 내어 울었다. 나는 다시 담배를 깊이 빨았다. 담배가 주황 빛으로 제 몸을 사를 때까지. 왜 아직까지 조용한 걸까? 정혜규가 알았다면 이토록 조용할 리가 없지 않을까? 심연 깊숙이 가라앉았던 마음이 열리면서 실눈이 떠졌다.

고속도로의 어둠은 내게 이상한 안정감을 가져다주었다. 검은 도로를 달리며 나는 생각을 정리했다. 막힌 길에서 취할 수 있는 방법은 두 가지다. 자멸과 반동. 막힌 곳이 수천 길 낭떠러지든, 암벽이든 그것을 향해 전속력으로 돌진해서 나를 던져버리면 그만이었다. 찬란한 끝이지만 미래는 없다. 두번째는 몸을 틀어 왔던 길을 죄인의 얼굴로 되돌아가는 일이었다. 질시와 빈축의 끈끈한 시선을 온몸에 받으며. 구차한 삶을 연명하는 미래가 남을 것이다. 그 두 가지를 합칠 수는 없을까? 나를 질시하고 조롱하는 그곳을 향해 전속력으로 돌진하는 방법.

집에 돌아오자마자, 나는 잠 속에 빠졌다. 깊고 단 잠. 다시 깨어나고 싶지 않을 만큼 잠의 나락은 내 의식을 마구 끌어당겼고 그 나락에 나를 온전히 맡겼다.

오전 햇살이 확 퍼져, 내가 누워 있는 침대를 깊숙이 점령했다. 푹 잔 탓일까. 나는 상쾌한 기분으로 양팔을 벌려 기지개를 폈다. 나른한 낮잠을 맘껏 즐긴 고양이처럼. 오늘 나는 한 마리 고양이가 될 참이다. 공격할 대상을 끈질기게 노려보다가 재빨리 덮치는 민첩한 고양이.

샤워를 마친 나는 토스토기계에 식빵 한 조각을 넣고 커피를 내렸다. 은은히 번지는 블루마운틴 커피 향. 살짝 구운 햄과 계란 프라이 한 개. 느긋하게 아침 식사를 했다.

나는 화장대 거울 앞에 앉았다. 다른 어느 때보다 화장에 정성을 기울였다. 내 얼굴 위로 용민의 얼굴이 겹쳤다. 그가 화상을 당하기 전이었다면? 두려웠을 것이다. 가지런한 눈썹 아래 크고 맑은 눈동자. 나에게 없는 그늘이 그에게는 있었다. 생각의 깊이가 느껴지는 그의 눈. 날선 콧날과 고집스러워 보이는 입매는 누가 보아도 예술가 모습이었다. 나는 그와 닮았고 그는 나와 닮았다. 하지만 현재 그는 일그러지고 비대해진, 살덩이에 불과했다. 스스로도 지독히 거울을 싫어할 만큼. 쌍둥이 누이의 글을 대필해주고 살았던 과거를 가진 은둔 작가. 그에게 쏟아질 문단과 미디어의 문구들. 처음에는 잠시 초점이 쏠릴지도 모른다. 그러나 곧 인터넷을 헤매는 누리꾼들에게 매일 단신으로 뜨는 가십거리 정도로 끝날 것이다. 더군다나 그의 말처럼 다 짜낸 튜브의 얇은 알루미늄은 쭈글쭈글 비틀어지고 있었으니까.

어깨와 머리 위로 향수의 작은 입자들이 분사되었다. 은은한 향이 나를 감쌌다. 겨자 빛 시폰 블라우스에 검정색 타이트스커트를 입었다. 블라우스에 어울릴 만한 스카프를 두르고, 고동색의 얇고 따뜻한 울 카디건을 걸쳤다. 웨이브 머리카락을 그러모아 손수건으로 묶었다. 귀밑과 목덜미로 몇 가닥의 머리카락이 자연스럽게 흘렀다. 거울 앞에 선 사람은 용민에게 글을 구걸하는 내가 아니었다. 도시적인 마성의 소설을 쓰는 리영 작가였다.

나는 지갑에서 명함을 찾아서 M출판사 사장에게 전화를 걸었다. 내가 만나야 할 사람은 정혜규가 아니다. 정혜규가 원고 독촉을 하면서 다른 사람을 시켰듯이. 네, 리영 작가님. 사장의 휴대폰에 내 전화번호가 입력되어 있는지, 사장은 바로 내 이름을 부르며 반겼다. 주류업계에 마케팅의 귀재였다고 하는 월급 사장. 문학판에서는 열외인 사람. 술장사했던 사람이 책이 가당키나 하냐고, 따돌림을 받는 사람. 그러나 최근 몇 년 사이 출판업계에서 급부상하는 인물이었다. 내가 아는 사장의 프로필이다. 상황 판단을 계산기로 두들겨서 결론을 끌어내는 데 결코 많은 시간을 끌지 않을 인물이었다. 그의 경쾌한 목소리는 말하고 있었다. 아직 정혜규가 입을 열지 않았음을.

"직접 찾아뵙고 말씀드릴 일이 있습니나만, 사장님 시긴은 어떠신지요? 제가 한 시간쯤 있다가 가도 괜찮으시겠습니까."

"아, 네. 저야 영광이지요. 다른 스케줄이 있더라도 작가님이 오신다는데, 취소시켜야지요. 하하하! 이번 소설 건 때문에 그러신 건가요?"

호탕한 웃음소리가 휴대폰 밖으로 울렸다.

"가서 말씀드리겠습니다. 그럼 이따 뵙겠습니다."

전화를 끊고 아파트를 나와 택시를 탔다. 종로로 가주세요. 내 말에 껌을 질겅거리던 택시 기사가 종로 어디요? 라고 되물었다. 조계사 근처까지 가면 일러드릴게요. 나는 양손을 가슴에 살그머니 얹었다. 호흡 조절 중이다. 택시 기사가 내 쪽을 힐끗 쳐다보았다.

"손님, 안색이 좋지 않으신데요."

딱딱. 택시 기사의 껌 씹는 소리가 귀에 거슬렸다.

"아저씨. 죄송한데요. 껌 좀 뱉고 운전하셨으면 좋겠는데요. 신경이 거슬려서요."

"아, 그러셨어요. 죄송합니다."

택시 기사는 껌을 뱉으면서 억양을 묘하게 꺾었다. 자신도 나같이 까칠한 손님은 썩 유쾌하지 않다는 뜻인 것 같았다. 아무려나 택시 기사가 날씨가 어떠네, 종로통은 출퇴근 시간과 상관없이 막히네, 라는 공연한 말은 하지 않을 것이다.

나는 출판사 있는 15층 빌딩 앞에서 내렸다. M출판사는 문학에 관련된 책을 낸 연력이 짧다. 이전에 어린이 교양서와 자기계발서를 간행함으로 자본을 모은 출판사다. 출판사가 문학 서적만 간행함으로 현상 유지를 할 수 없는 것은 어제오늘 일이 아니었다. 어린이 기획 도서와 학습지, 인생의 성공을 부추기는 자기계발서 판매 자본으로 문학에 투자하는 출판사가 많았다. 문학 서적 출간을 출판의 본령으로 삼기에 현실은 여의치 않은 탓이었다.

그런 터에 독자층을 넓게 확보하고 있는 몇몇 인기 작가를 출판사는 선호했다. 그렇게 이름을 알리고 있을 시기에 알 만한 문학상이라도 받으면, 그 작가의 명성은 한층 높아졌다. 나 또한 그런 작가군에 속하고 있음은 말할 나위도 없었다.

엘리베이터가 10층에서 멈추었다. 사장실에 가기 위해 두꺼운 유리문이 활짝 열린 편집실을 지나쳤다. 칸칸이 쳐진 연두색 파티션 너머 사람들 머리가 보였다. 서서 전화를 받는 사람, 컴퓨터에 머리를 처박고 있는 사람. 각자의 모습으로 일에 빠져 있었다. 외근을 나간 몇몇 직원의 자리가 비어 있는 곳도 눈에 띄었다. 출판사 편집실 풍경은 어디나 다 비슷했다. 원고 더미가 쌓인 책상과 컴퓨터와 파티션에 총천연색으로 붙은 포스트잇이 보였다. 야근으로 머리를 감지 못해 모자를 푹 눌러쓰고 건물 옥상에서 담배를 뻐끔거리는가 하면, 쓸데없이 시비를 거는 독자와 한바탕 실랑이를 벌이거나 원고 청탁과 독촉으로 통화하는 소리가 들렸다.

얼마 전 텔레비전에서 출판사 편집인이 나오는 드라마가 방영되었다. 그곳에서 나오는 여자 편집자들은 높은 구두에 미니스커트를 입고 방금 세팅한 머리를 찰랑거리며 잘 손질된 손가락으로 빨간 사인펜을 까딱거렸다. 신싸를 흉내 낸 기찌의 모습이 멍청하게 비쳤다. 한번은 천전리 별장에서 용민과 함께 그 드라마를 본 적이 있다. 아무리 드라마라고 해도 저건 아니다. 너무 리얼리티가 결여되어 있잖아. 내가 지나가는 말로 한마디 했다. 나하고 너처럼. 용민은 웃지 않고 말했다. 드라마에 눈을 고정시키고 있던 그의 옆얼굴이 차갑게 굳어 있었다. 일순 내 등허리로 서늘한 기운이 지나갔다.

사장실 문 앞이었다. 나는 가짜였습니다. 작가를 연기했을 뿐입니다. 사장 앞에서 내가 해야 할 말이었다. 입이 바짝 타들어갔다. 리영 작가는 박제였습니다. 똑똑똑. 노크 소리와 함께 내 속에서 울리는 말들이 웅웅거렸다.

만면에 미소를 띠고 사장이 나를 맞았다.

"어떻게? 출간할 책은 잘 진행되고 있으신가요?"

소파에 앉자마자 사장이 먼저 말문을 열었다.

"사장님께 긴히 드릴 말씀이 있습니다."

"제게 긴히 할 말이라면……."

사장이 의아한 표정으로 나를 건너다보았다. 나는 찻잔에 깊숙이 빠져 있던 티백 녹차의 실을 살그머니 뺐다 담그길 반복했다. 무슨 말부터 해야 하나. 갑자기 말문이 막혔다. 의례적인 말이나 몇마디 나누고 이곳을 벗어나고 싶다는 생각이 내 혀뿌리를 붙들고 놓아주지 않았다.

"그 작품을 더 이상 할 수가 없게 되었습니다. 제 선에서는 도저히 완성을 할 수 없습니다. 저는 그만한 역량이 없는 사람입니다."

"그게 지금 무슨 말씀입니까? 작가님이 쓰신 작품인데, 왜 완성을 못하시겠다는 겁니까?"

허리를 숙인 사장은 벌린 무릎에 두 손을 얹고 신중한 목소리로 물었다.

"그리고 그뿐만이 아닙니다. 여태까지 내 이름을 달고 나온 소설은…… 제가 쓴 것이 아닙니다."

나는 분명한 어조로 말했다. 혹시라도 사장이 잘못 알아들었다는 착각을 하지 않도록.

"아니, 지금 그게 무슨 말씀이신가요? 리영 작가가 쓰지 않았다면, 도대체 그 많은 소설을 누가 썼단 말입니까? 분명히 리영 작가 이름을 달고 나온 책 아닙니까? 믿을 수 없습니다.”

사장의 말이 갑자기 빨라졌다. 사장의 머릿속에서 마구 엉키는 실타래가 보였다. 나는 잠시 침묵했다. 사장이 머릿속을 정리할 시간을 주기 위해. 사장은 자기 앞에 놓인 컵의 물을 단숨에 들이켰다.

“사장님이 믿고 안 믿고 간에 지금 말씀드린 일은 진실입니다.”

담담한 내 말투에 사장은 질린 표정이었다.

“왜 이런 엄청난 사실을 나한테 털어놓는 거죠? 당신의 저의가 무엇입니까?”

사장은 검지로 미간을 두들겨댔다. 그의 머리가 빠르게 회전하고 있음이 감지되었다.

“일종의 양심선언입니다.”

“이 사실을 누가 또 알고 있습니까?”

사장은 당신의 그 작품들을 도대체 누가 썼냐는 어리석은 질문은 하지 않았다. 사장에게 중요한 것은 오직 그 양심선언이 하필이면 왜 이 시점이냐는 것일 뿐이었다.

그동안 내 책을 주로 출간해온 출판사는 D와 C였다. D는 등단 장편 『표절』이 나온 출판사였다. M은 내가 C와 결렬하면서 처음 손을 잡은 출판사다. M출판사 사장이 나에게 거는 기대치는 정혜규를 영입한 것만 봐도 알 수 있었다.

“정혜규 팀장이 알고 있습니다. 정 팀장이 열심히 해준다면, 판도는 틀려질 수도 있겠지요.”

나는 조금도 망설이지 않고 움켜쥐고 있던 카드를 선선히 내보였
다. 사장의 얼굴에 안도하는 빛이 빠르게 지나고 있음을 나는 놓치
지 않았다. 이쯤이면 되었다. 지체하지 않고 곧바로 몸을 일으켰다.
"그럼 저는 이만 가보겠습니다. 사장님의 현명한 판단을 기다리
고 있겠습니다."
"빠른 시일 내에 연락드리겠습니다."
사장의 얼굴에 의미심장한 미소가 설핏 비치다가 사라졌다. 사
장의 계산기 두드리는 소리가 들렸다. 내 안에 장전된 폭죽들이 일
제히 터지는 순간이었다.

11. 이야기에 영혼을 빼앗겼다: 용민

욕실에서 물 받는 소리가 들렸다. 가사도우미는 내 옷을 챙겨 욕실에 걸어두었다. 나는 휠체어를 밀고 욕실로 들어섰다. 뜨거운 김이 욕실을 가득 메웠다. 천천히 웃옷을 벗었다. 뱀의 허물이 눌어붙어 있는 것 같은 몸이 드러났다. 내 몸을 외면했다. 욕실에도 거울이 없는 탓에 나의 상체를 정면에서 볼 수는 없지만 익히 알고 있는 나의 몸이었다.

바지를 벗는 것은 늘 곤욕이었다. 휠체어를 고정시키고 두 팔뚝에 힘을 실었다. 엉덩이를 들어야 하기 때문이었다. 혼자 해보려고 안간힘을 썼지만 역시 실패다. 팔십 킬로그램이 넘는 몸무게 탓이었다. 휠체어에서 보낸 육 년 동안 날렵한 몸은 간데없어진 지 오래다. 뱃살과 옆구리 살은 으깬 두부같이 흘러넘쳤다.

벨을 눌렀다. 욕실 문 앞에 대기하고 있던 도우미가 욕실로 달려왔다. 나는 다시 한 번 두 팔로 양쪽 손잡이를 잡고 엉덩이를 들었다. 엉거주춤한 자세의 아줌마가 바지를 내려주었다. 샤워할 때마다 치르는 일이었지만, 이 순간이 정말 싫었다. 매번 갈리는 가사도우미한테 시켜야 하는 일. 나는 나가보라는 손짓을 했다.

"우리 아들도 그랬어요."

커다란 수건으로 벗은 아랫도리를 가리다 말고 아줌마를 올려다보았다.

"화상이요."

"……!"

그 때문이었다. 그녀에게 월급을 받으면서도 항상 내 편이 되어주었던 이유가.

"온몸이 그랬어요. 전기 배관 일을 했거든요. 비 오는 날 일을 하다가 그만 감전이 되었지요. 수술을 했는데 일 년 죽도록 고생만 하다가 그만……."

귀가 어둡지만 말이 없고 조용한 성격의 아줌마가 서슴없이 자기 이야기를 했다. 가사도우미를 주기적으로 교체해온 그녀도 음식 솜씨도 좋고 정갈한 이번 아줌마가 마음에 들었는지 그 기간을 늦추고 있었다. 조금 더 있게 할까 봐. 그녀가 말했다. 그동안 정이 들어 편해질 만하면 다른 사람으로 바뀌는 것을 싫어했던 나로서는 반대할 이유가 없었다.

"손이, 선생님 손이 우리 아들 손과 많이 닮았어요."

나는 내 손을 들여다보았다. 거친 손. 용접 일로 잔뼈가 굵은 손이었다. 누구 앞에 내놓기 부끄러웠던 적도 있었다. 지난 육 년간 책장 넘기는 일과 컴퓨터 자판만 두들겨왔었지만 손은 나의 과거를 고스란히 담고 있었다.

"내 손이 어떤데요?"

의식하지 않고 나온 말이었다. 처음이다. 가사도우미와 내 개인 신상에 관한 이야기를 하는 것은. 아줌마의 작은 눈이 웃고 있었다. 괄호를 엎어놓은 것 같은 눈. 슬픔이 농익어 초연해진 눈. 자식을 가슴에 묻고 살아야 했던 세상 어머니의 눈이다. 내 어머니도 저런 모습이었을까. 자식을 버리고 평생 그리워했을 나의 어머니 혹은 엄마. 내게는 생경한 단어일 뿐이었다. 머릿속에 떠올리는 순간 내 스스로가 화들짝 놀라고 말았다.

부모를 찾으려고 했던 적이 있었다. 공고를 졸업하고 보육원을 나오면서였다. 원아들을 고등학교까지 마치게 하는 게 늘푸른 보육원에서 할 수 있는 최대치였다. 보육원을 떠나면서 원장에게 부모에 대해 물었다. 아무 단서가 없었다는 것을 알고 있었고, 성과 얼굴도 모르는 부모의 욕밖에 들을 것이 없다고 각오했지만 확인하고 싶었다. 그런데 원장의 대답은 뜻밖이었다. 두 차례 원장을 찾아왔었다고 했다. 초등학교 4학년 때와 중학교에 막 입학했을 즈음이었다고 했다. 첫번째 찾아왔을 때는 생활고로 힘든 모습이었고, 두번째는 병색까지 완연했단다. 자기 입으로도 이게 마지막일 거라고 했단다. 끝까지 비밀로 해달라고 신신당부했단다. 원장은 이미 이 세상 사람이 아닐 거라는 말을 덧붙였다.

나는 끝끝내 묻지 않았다. 내가 가장 알고 싶었지만 가장 묻어버리고 싶은 사실을. 그녀와 내가 정말 쌍둥이 남매인지에 대해서 말이다. 그러나 내 마음을 알지 못하는 원장이 말해준 사실은 적잖이 충격이었다. 그것은 사실이라기보다 부모라는 사람의 진실이고 진심이라는 점에서 더 진저리가 쳐졌다. 그 이야기를 직접 들은 나는 그녀가 그 사실을 알게 될까 봐 마음을 졸였다. 처음 찾아왔을 때는 형편이 나아지면 나만 꼭 데리고 갈 것이라고 했단다. 그게 무슨 말일까. 나는 그 말의 이면을 탐색하기 전에 마음속으로 어머니라는 의미를 먼저 버렸다. 그녀를 버리고 나만 키우려 했다는 말이 고맙기보다는 정나미가 떨어졌다. 어머니라는 사람이 어떻게 그런 생각을 할 수 있을까. 두번째 찾아왔을 때 원장이 그녀의 입양을 알리자 어미는 무척 속상해했다고 한다. 그런 부잣집에는 내가 갔어야 했는데. 결국 그녀가 내 앞길을 막은 것이라고 눈물을 흘렸다고 했다.

우리를 버린 어미가 이미 이 세상 사람이 아닐 거라는 원장의 말을 듣는 순간 나는 편안해졌다. 그녀만을 버리려고 했다는 엄마라는 사람과 완전히 끈이 떨어졌다는 게 홀가분하다는 생각까지 들었다. 그녀와 내가 한 핏줄이라는 것 자체가 나에게는 금기였으니까. 그런데 느닷없이 불쑥 올라온 '어머니'란 단어에 단단하게 닫혔던 마음의 빗장이 헐거워지고 있었다.

"힘든 일을 많이 한 손이죠. 거친 일을 한 사람은 아무리 시간이 지나도 그 흔적이 손에 다 남는 거거든요."

아줌마의 대답이 돌아왔다.

"우리 아들도 살이 올라서 행동하는 게 둔했지요. 내가 목욕을 시켰거든요."

내 스스로의 모습을 혐오하는 마음을 아줌마는 읽고 있었다. 아줌마의 눈가에 물기가 어렸다.

"이런 주책! 우리 아들과 약속했는데, 울지 않겠다고."

아줌마는 눈물을 훔치고 내가 샤워하는 것을 도왔다. 아줌마의 손길이 불쾌하거나 부담스럽지 않았다. 오히려 편안한 기분이었다. 힘겨운 샤워가 끝났다. 아줌마는 옷 입는 것도 마저 도와주었다. 나는 와인을 부탁했다. 아줌마가 크리스털 와인 잔과 와인 병을 탁자에 놓고 나갔다.

입으로 들어가는 동안 흘리는 것이 반이었다. 뒤집혀진 입술과 드러난 치열 사이에서 와인뿐 아니라 음식물도 흘러넘쳤다. 쏟아진 만큼 다시 채웠다. 언제부터였을까. 일정량의 와인을 마시지 않으면 손이 떨리고 마음이 진정되지 않았던 것이.

턱받이를 하면서 마셔야 하는 와인. 이렇게까지 하면서 꼭 마셔야 하나 생각하고 끊으려고 해본 적도 있었다. 그러나 글을 쓰기 전 마시는 와인은 나에게 두뇌 촉진제와 다르지 않았다.

노트북에서 새 문서를 열었다. 유년의 자화상, 이라고 글자를 쳤다. 나에게 갖은 폭언과 폭행을 하고 돌아간 그녀는 그 이후 아무 연락이 없었다. 정혜규도 잠잠했다. 나는 지금 무엇을 기대하는 걸까? 그녀에게 막무가내 쓸 수 없다고 한 것은 거짓이었다. 그녀를 위해서는 쓰고 싶지 않다는 표현이 더 정확할 것이다. 내 허락과 동의도 없이 내 일기장을 훔친 것에 화가 났다. 그리고 자기 맘대로 마구잡이 이야기를 만들어놓고도 나에게는 사과조차 하지 않았다. 이제 더 이상 그런 그녀의 타이핑 도구가 될 수는 없었다.

나는 자판을 치던 손을 멈추고 맨 아래 칸 서랍을 열었다. 잡동사니 밑에 깔린 노트 한 권. 그녀가 넣어놓고 간 내 일기장. 비행기 프라모델 사진이 눈에 들어왔다. 노트 표지. 이십사 년 전 그 또래 아이들한테 인기가 있었던 프라모델이었다. 떨리는 손으로 노트를 펼쳤다. 누런 갈피마다 열두 살 가을에서 열세 살 이른 봄까지의 내가 거기에 있었다. 단정한 글씨체와 맞춤법과 띄어쓰기 하나 허투루 쓰지 않으려고 애썼던 흔적들. 질 나쁜 지우개가 스친 부분 위에는 연필심 자국이 회색으로 번져 있었다. 간혹 우글쭈글한 종이가 만져졌다. 눈물 자국이다. 눈에 글씨가 들어오지 않았다. 아니, 차마 글씨의 내용을 확인할 용기가 없다. 내가 쓴 소설엔 진정성이 결여되어 있대. 정혜규도 지적하더라고. 지난번 C출판사 편집자도 그 부분에서 손을 놨을 거라나. 잘난 척하긴. 넌 네 이야기니까 할 수 있잖아. 진정성이 엿보이게 써봐! 그녀가 말한 진정성. 그 진정성이 노트 안에서 아우성쳐대고 있었다.

그녀는 모르고 있는 걸까. 진정성은 거짓과 반대되는 개념이라는 것을. 그리고 그녀가 처음 소설이라고 끼적거린 그것이 왜 진정성이 결락되어 있는지 말이다. 적어도 그녀가 어린 시절 나의 아픔과 상처를 제대로 이해했다면, 내 일기장을 훔쳐서 그런 식으로 휘저어놓지는 말았어야 했다. 또 나에게 다시 집필하라는 명령 따위는 하지 말았어야 했다. 거짓투성이인 그녀가 나에게 진정성을 운운하지는 말았어야 했다. 나도 하지 말았어야 하는 것이 있다. 지금 후회해도 소용없는 일이겠지만. 선택하게, 라고 제안했던 그의 유혹을 과감히 뿌리쳤어야 했다. 자네 이름은 없이 작품을 남기고 싶다면 내가 그렇게 만들어줄 걸세. 그러나 일회성으로라도 자네 이름을 남기고 싶다면 난 손을 떼겠어. 나는 주저 없이 전자를 택했다. 그 선택이 리영 작가의 대필 기계로서의 삶이라는 걸 알았다고 해도 내 선택은 변하지 않았을 것이다.

네번째 소설부터 힘이 들었고 작품성도 현저히 떨어지고 있었다는 것을 그녀는 알지 못했다. 그때부터 자신이 없다는 생각이 들었다. 네번째 장편소설이 출간되어 베스트셀러 자리에 오르자 그녀는 나를 채근하기 시작했다. 다음 소설 빨리 구상해야지. 최단기간에 최대의 작품을 뽑아내는 작가로 부상하는 이때 기록 갱신이리도 해볼까? 우리. 그녀는 '우리'라는 말을 잊지 않았다. 그럴 때 그녀는 나를 소설 쓰는 기계 그 이상도 그 이하도 아닌 것처럼 취급했다. 작품 쓰는 일을 무슨 엿가락 뽑는 일쯤으로 아는 그녀. 그녀에게 소설은 어둡고 불운한 과거를 지우는 지우개였고 자신을 빛나게 하는 순전한 이기심의 도구일 뿐이었다.

그동안 내가 집필한 것은 단지 네 권의 장편만이 아니다. 그 중간에 산문집 한 권과 중단편집 한 권이 출간되어 좋은 반응을 얻은 바 있었다. 첫 장편인 『표절』을 포함한 세 권의 장편은 D출판사에서 출간되었고, 장편 한 권과 중단편집은 C출판사에서 나왔다. 산문집은 교양과 인문 서적을 전문으로 하는 출판사에서 기획해서 석 달 넘게 에세이 부문 베스트셀러에 오르기도 했다. 사실 나는 단편에 약한 편이었다. 그러나 그녀 말로는 소설집이 있어야 문단에서 확실한 인정을 받는다며 무작정 단편 청탁을 받아왔다. 그중에 나의 신춘문예 등단 작품이 실리지 않았음은 말할 나위도 없었다. 내가 쓴 단편으로 이루어진 첫 소설집임에도 불구하고 정작 내 이름을 달고 세상에 수인사를 했던 첫 단편이 실리지 못한 기분을 그녀는 전혀 이해하지 않았다.

그 처절한 기분은 나를 착각에 사로잡히게 했지만 하나의 해프닝으로 끝나고 말았다. 중단편 작품집 차례를 훑어보다가 내가 그녀에게 물었다.

"작품 하나가 빠졌잖아."

"무슨 작품? 여덟 편 맞잖아. 그게 계간지와 월간지에 실렸던 작품 다잖아."

"아니. 내 신춘문예 작품 말이야."

"너 미쳤구나!"

그녀가 꽥 소리를 질렀다. 그녀의 얼굴은 험악하게 일그러졌다. 그때까지도 나는 착각에서 벗어나지 못하고 있었다.

"내가 뭘?"

의아해서 반문하기까지 했다.

"야! 너 정신 똑바로 차려! 그 작품은 사 년 전, 이미 세상에서 사라진 박용민이라는 애송이 문청의 첫 작품이자 마지막 작품이야. 아무도 기억 못 해. 지금 네 앞에 있는 책은 세 편의 장편을 히트시킨 리영 작가의 중단편집이라고. 이 작품집으로 리영은 장편뿐 아니라 중단편소설도 꽤 잘 쓰는 작가의 명성을 얻은 거라고.”

그녀는 웃었다. 배를 움켜쥐며, 아주 큰 소리로. 그 웃음에는 조소가 깔려 있었다. 그녀의 호들갑스런 웃음은 내 착각을 해프닝으로 만드는 데 매우 적절했다. 어쩌면 그때부터였는지도 몰랐다. 내가 슬럼프에 점차 빠져 태작을 쓰게 된 기점이.

네번째 장편 집필을 끝내자 나는 손 하나 까닥할 기력조차 남아 있지 않았다. 완전히 소진 상태였다. 더 이상 어떤 영감도, 구상도, 이미지도 떠오르지 않았다. 한 발만 내딛으면 벼랑, 저 끝으로 굴러 떨어지고 말 위기감이 몰려왔다. 실로 끝이었다. 끝!

내 지친 심신을 위로해줄 사람은 오직 그녀뿐이었다. 내게 그녀는 세상을 이어주는 유일한 봉보였고 내 안에 아우성치는 짐승의 욕망을 품어주는 안식처였으니까. 적어도 그때까지 나에게 그녀는 그런 존재였다. 그녀는 글쓰기에 태만해져가는 나를 멀리했다. 내게는 참을 수 없는 가혹 행위였다. 아무리 원하고 애걸해도 차갑고 냉정하게 발길을 끊었다. 나는 아무도 찾아오지 않는 천전리 별장에서 적막감과 외로움에 지쳐갔다. 그때 알았다. 내게 그녀는 세상을 이어주는 통로가 아니라 나의 모든 것이며 전체라는 것을. 그에게 처음으로 긴 쪽지를 보냈다. 난 그녀 없이 살 수 없다고. 내 이름이 복원되지 않아도 상관없다고. 그녀만 내 옆에 영원히 있다면 나는 기꺼이 그녀의 개가 되겠다고. 그에게선 아무 응답이 없었다.

나는 무작정 그녀에게 전화했다. 쓸게. 충직한 개처럼 쓸게. 너만을 위해. 그녀는 그날 밤 달려와주었다. 그리고 나에게 그녀는 기꺼이 개가 되어주었다. 나의 수컷 본능은 그녀로 인해 넘치게 채워졌다.

그러나 그 며칠뿐. 내 머릿속은 다시 텅 비어갔다. 최선의 선택이 남았다. 그것은 내게 최악일 수도 있었다. 책상 서랍 깊숙이 간직해온 나의 일기. 몇 번씩 머리를 절레절레 흔들었지만 다음 패는 그것밖에는 없었다. 내 인생에서 딜리트하고 싶은 것들 중 최초의 것. 쓰지 않았다면 미쳐버릴 것 같은 발악의 기록들. 그러나 그 일기를 차마 꺼내보지 못했다. 어쩌면 그 일기야말로 내가 글을 쓰게 된 동기였고 마성의 글에 대한 원천이었는지도 몰랐지만 그걸 팔아먹기는 죽어도 싫었다.

내가 짐승이 아니라 인간임을 증명하고 자각하기 위한 그 일은 뼈마디 속에 숨죽이고 있던 세포들이 기지개를 켜는 일과 다르지 않았다. 맨 밑바닥에 도사리고 있던 수치심은 짐승만도 못한 한 인간을 고발하는 힘으로 작용했다. 일기를 쓰지 않는 시간들은 책 속에 갇혀갔다. 그것이 나에게는 현실을 잊을 수 있는 최선이었다. 책의 이야기 속에선 내가 겪은 참담한 일을 다 이해한다고 끄덕여주었다. 나는 책 제목, 글쓴이, 등장인물의 이름 따위에는 관심이 없었다. 오직 활자로 이루어진 이야기에만 영혼을 빼앗겼다. 언어와 글자는 마치 주술로 작용하는 것 같았다. 그래서였을까. 이야기만 쓸 수 있다면 내 이름을 드러내는 공명심은 헌신짝처럼 버릴 수 있다고 생각했던 것이.

이야기 속 주인공은 십수 년 감옥에 갇혀 있다가도 탈출에 성공했다. 그리고 어마어마한 보물을 발견하여 자신을 감옥에 보낸 사람들을 찾아가 복수하기에 이르렀다. 탐정 입장에서 범인을 추적할 때는 전적으로 탐정 편에 서서 손에 땀이 났고 범인 입장에서 탐정을 속일 때는 야릇한 쾌감이 느껴졌다. 책에서는 예술과 창녀와 고아의 인생이 동급으로 승화되었다. 전당포 노파를 살해한 남자의 발밑에 꿇어 엎드린 창녀의 모습에서는 종교에서도 찾을 수 없는 구원의 메시지가 투영되었다. 매일 밤 이야기를 해줌으로 생명을 연장시킨 세에라자드처럼 나에게 책과 일기쓰기는 고통을 유보시켜주는 아라비안나이트였다.

내 손에 들린 일기장. 이제 이것은 유보된 고통일 수 없었다. 정면으로 마주해야 할 나 스스로의 나신이었나. 작가란 막판에 이르러서는 스스로를 파먹는 존재일까. 탐욕스럽게 남의 살을 파먹다 끝끝내 제 팔다리를 먹어치워야 했던 에리직톤처럼.

나도 그때에 이른 것일까. 끊임없는 회의와 갈등의 뒤척임으로 고뇌는 깊어갔지만 결단은 쉽지 않았다. 그녀에게는 그 일을 거론했던 것이 발단이었다. 그녀가 눈을 반짝였다. 보육원 이야기? 응. 성장소설로? 쓸 수 있겠어? 그녀는 내심 반가워하는 낯빛을 숨기고 조심스럽게 나를 타진했다. 아니. 아무래도 힘들 것 같아. 내가 머리를 흔들었다. 애석한 표정을 짓는 그녀가 내 일기장을 가져갔을 줄은 생각도 하지 못한 일이었다.

그녀의 서툰 소설은 무작위로 떠오르는 흐릿한 이미지와 껍데기로만 이뤄져 있었다. 암흑 같은 현실에서 철저히 유린당한 소년의 심정은 어디에도 없었다. 핵심을 비껴가며 곁가지로 맴돌았던 소설은 지나치게 작위적이었고 억지스러웠다.

나는 마음을 가라앉히고 누렇게 바랜 일기를 읽어나가면서 그때의 나를 만났다. 그리고 그 빌어먹을 놈의 진정성과 마주했다. 이제 그토록 미워했고 분노했던 그 대상조차 거세시킨 시점에서 말이다. 페이지를 넘길수록 갈증이 났다. 시원한 맥주 한 잔이 간절할 뿐이었다. 화상으로 전신 불구가 되었을 때 의사는 나와 철호 앞에 선언했다. 흡연과 알코올은 금지입니다. 원래 담배를 피우지 않는 터라 금연은 상관없었다. 그러나 술에 대한 유혹은 견디기 힘들었다. 의사의 말을 듣는 순간 벌써 술이 당겼을 정도였다. 철호는 내 기분을 먼저 알아차렸다.

"선생님 한 잔도 안 됩니까?"

"그럼요. 한 잔이 두 잔 되고 1차가 2차가 된다는 것은 술을 마셔본 사람이라면 다 아는 일 아닙니까?"

"네, 네. 명심하겠습니다."

철호는 쉽게 수긍했다. 저럴 녀석이 아닌데 이상했다. 용접과 선생이 용접 일이 평생 밥벌이로는 적합하다고 훈계했을 때, 씨펄, 좆까는 소리 하고 자빠졌네, 사람이 밥만 먹고 사나, 식충이도 아니고, 라며 큰 소리로 빈정거리던 녀석이었다.

아니나 다를까 내가 퇴원하던 날, 철호는 맥주를 사 가지고 왔다.

"마셔라."

"의사가 안 된다고 했잖아."

"새끼. 소심하긴. 의사가 그랬잖아. 한 잔이 두 잔만 되지 않으면 되고, 1차가 2차만 되지 않으면 마셔도 된다고. 그 의사 보기보단 돌팔이는 아닌 것 같아. 술 한 잔씩 하라는 말도 그럴싸하게 일러주고 말이야."

철호와 함께 지내면서 나는 맥주 한 캔씩 마시곤 했다. 철호의 감시 아래 두 캔은 절대 금물이었지만.

벨을 눌렀다. 나는 도우미 아줌마에게 맥주를 부탁했다. 이제 그녀에게는 아무 말 하지 말라는 이야기는 하지 않아도 된다.

"우리 아들도 속에 천불이 올라온다고 할 때면 한 잔씩 했어요."

한 번도 얼굴을 본 적이 없지만 나는 우리 어머니도 저런 분이었으면 좋겠다는 생각을 하며 쓴웃음을 지었다. 비록 그녀를 버리고 나만을 자식으로 인정하려 했던 왜곡된 모성을 지닌 여인이었지만 말이다.

캔을 땄다. 압축된 알코올이 올라오는 소리만으로도 갈증이 반쯤은 해소되고 있었다. 그녀가 내게 유일하게 허용하는 알코올은 와인이다. 와인은 혈액 순환에 도움이 된대. 그러나 그 외의 알코올은 철저하게 금지시켰던 그녀였다. 나는 캔에 남아 있는 마지막 한 방울까지도 입에 털어 넣었다. 한 캔을 더 먹고 싶지만 참았다. 철호 생각이 났다. 그의 전화번호가 머릿속에 맴돌았다. 철호에게 연락하는 일을 꺼릴 게 없다는 생각이 들었다. 나는 아줌마에게 휴대폰을 빌려 전화를 걸었다. 벨이 끊어질 찰나 상대방의 목소리가 들렸다. 철호다. 나는 얼른 말이 나오지 않았다.

"여보세요. 누구십니까?"

"나야."

"누구시죠?"

"자식. 괘씸해서 내 목소리도 잊은 거야?"

"……"

말이 없었다. 전화가 끊어진 것인가 해서 나는 여보세요, 라고 그쪽을 확인했다.

"용민이 자식, 너 맞구나. 이 새끼 결국 연락을 하는구나."

철호는 여전했다.

"미안해."

"시끄러. 너와 나 사이에 미안은 무슨 얼어 죽을 놈의 미안이야. 서로 잘 지냈으면 되는 거지. 아, 참. 누나였나, 아님 여동생? 잘 지내지?"

철호는 그녀의 안부를 물었다. 그녀가 꽤 유명해진 것도 알고 있었다. 신문에 난 그녀를 나에게 보여준 사람이 철호였다. 애 맞지, 개지? 고등학교 다닐 적 모습 그대로다. 철호는 그녀와 『표절』에 대한 전면 광고가 난 신문을 내 코앞에 들이밀었다. 나는 외면했지만 철호는 눈치 차리지 못했다. 철호는 머리를 갸우뚱거리며 내가 착각했나, 맞는데, 네가 나한테 몇 번 사진 보여줬잖아, 라고 말했다.

오래간만에 그녀를 만나고 오면서 우연히 얻게 된 증명사진 한 장. 내 낡은 지갑 속에 꽂혀 있던 그것. 거침없고 활달한 철호로 인해 나는 말문이 트였고 그녀의 사진을 보여주며 농담을 주고받기도 했다. 야 새끼야. 되게 이쁘다. 이 엉아 소개 좀 시켜줘라. 철호가 그렇게 말할 때마다 나는 머리를 가로저었다. 돈 많은 후견인 집에 들어갔다고. 아마 그 집에 입양될 거라고. 너 같은 놈이 감히 넘볼 만한 아이가 아니라고. 새끼 말하는 본새 하고는. 철호는 이 사이로 가래침을 찍, 뱉고는 입맛을 다셨다. 야 새끼야. 네 말대로 내가 넘볼 애는 아니었네. 진짜 뽀대 나는데. 이거 상금도 크더라, 라며 철호도 고등학교 때 나한테 퉁바리맞았던 일을 기억하면서 신문을 들여다보았다.

전화기 너머 설레발을 치는 철호는 변함이 없었다. 그녀와 함께 살면 호강하겠다면서 쌩까지 말고 얼굴이나 한번 보자고 했다.

"사실 출판사를 통해 걔 연락처를 알아낼까도 했어. 하지만 걔 체면도 있고 해서 관뒀다."

육 년 전 그렇게 가는 게 어디 있느냐고 한마디 할 법도 한데 철호는 어제 만났다 헤어진 사람처럼 임의롭게 대했다.

"너한테 할 말이 많다. 자주 연락 못 해도 이해해라."

"그래, 자식아. 바쁜 세상에 어떻게 꼭꼭 연락을 하고 살겠냐. 가끔 죽었는지 살았는지 소식이나 알고 살면 되지."

"내 주소, 문자로 보낼게."

"주소? 너 사는 곳? 내가 한번 갈까?"

"아니. 아직은 오지 마. 내가 다시 연락할게."

"오케바리! 짜식 몸은 괜찮으냐? 더 심해지진 않고?"

변함없이 나를 걱정하는 철호의 마음 씀에 눈물이 왈칵 치솟았다. 제일 먼저 물어보고 싶은 말은 가장 나중에 물어봐주는 녀석이었다.

"응."

"그래, 그럴 줄 알았어. 피붙이가 옆에 있는데 오죽 잘 챙기겠냐. 건강하면 됐다."

내가 어떤 모습으로 있더라도 그 모습 자체로 인정해줄 친구였다. 절정에 이르렀을 때 그녀가 부르던 사람. 그 사람이 민기태라는 것은 그녀도 알고 나도 아는 사실이다. 그녀가 나와 한 몸처럼 지내면서도 민기태를 열망하듯, 나도 세상과 소통할 수 있는 친구 하나쯤은 있어도 되지 않을까. 평등한 것 같으면서도 불평등 관계에 있는 나와 그녀. 그런 의미에서 민기태와 철호는 평등한 대상인 것 같으면서도 불평등한 대상이다. 그녀에게 민기태는 남자였지만 나에게 철호는 친구였으니까.

나도 이제 이렇게는 못 살겠어. 연락할 사람한테는 할 거고 만날 사람이 있으면 보고 살 거야. 너 때문에 내가 숨어 살 이유는 없어. 나는 혼잣말을 했다. 아무도 들어주지 않는 허공을 향해서.

나는 노트북 앞으로 다가갔다. 나는 '유년의 자화상'이라고 친 글자를 딜리트 시키고 노트북을 덮었다. 노트 한 권을 꺼냈다. 첫 장을 펼쳐 제목을 썼다. '그 남자의 소설'. 그녀와 내가 주인공으로 나오는 이야기. 서로를 죽이지 못해 으르릉거리는 이야기. 내 몸의 피 돌기가 갑자기 빨라졌다. 내 안의 마성이 다시금 기지개를 폈다. 나는 소설의 인물과 구성을 그리기 시작했다. 그녀는 모른다. 내가 소설을 쓰기 전에 하는 준비 작업에 대해서. 한글 파일 위에 소설이 완성되기 전까지 얼마나 많은 백지가 폐지가 되는지 말이다.

책상에 아무렇게 던져놓은 휴대폰이 푸르르 몸을 떨었다. 그녀인 줄 알았지만 받지 않았다. 연속적으로 울리던 전화벨이 뚝 멈췄다. 그다음은 문자 메시지 알림음이 내 신경을 자극했다. 나는 창문으로 시선을 던졌다. 초록으로 무성했던 나뭇잎들이 갈색으로 변하고 있었다. 가을이다. 에어컨을 꺼도 되는 계절. 그러나 아직도 에어컨 소음은 공기 중에 떠돌았다. 계절이 바뀜에 따라 바깥의 기온은 내려갔지만 내장 속 침윤된 열기가 몸 밖으로 발산되는 탓이었다. 끝내 휴대폰을 열어보지 않았다. 그녀가 보낸 문자 메시지 내용은 빤했다. 나에게 다시 쓰기를 명령하다가 애원하다가 협박하는 수순일 것이다.

내 발밑으로 어느새 구겨진 종이가 수없이 쌓여갔다.

12. 우리 모두 좋은 방향으로 해봐요: 리영

지하 카페. 내가 원한 장소였다. 난간이 없어 가파른 층계로 발을 내딛는데 몸이 휘청했다. 콜타르로 울퉁불퉁하고 장식된 벽을 손으로 짚었다. 거친 벽면이 손바닥에 쓸렸다. 밝은 조명과 넓은 창으로 실내가 환한 커피 전문점을 말한 사람은 정혜규였다. 아니요. 거긴 싫어요. 내가 정혜규의 말을 잘랐다. 정혜규는 내가 정한 장소에 순순히 응했다. 우리 할 이야기가 많지요. 정혜규의 말이 귓전에서 떠나지 않았다.

층계가 끝나는 지점에서 고동색 나무 문이 내 앞을 가로막았다. 나무 술통을 연상시키는 문 윗부분은 유리다. 유리 안은 컴컴한 실내를 담고 있었다. 문이 묵직했다. 술집을 겸하는 찻집이었다. 지하 특유의 찬 기운이 고여 있다가 내 옷 속으로 스몄다. 두 팔을 얽어 몸을 감쌌다. 앞치마를 두른 청년이 주방 쪽으로 들어가려다가 문소리에 내 쪽으로 시선을 던졌다. 어서 오십시오. 심드렁한 인사. 지금 시간에 오는 손님이 반가울 턱이 없다. 카페는 한적했다. 내가 첫 손님인 모양이었다.

정혜규가 말한 커피 전문점에서 그녀를 대할 자신이 없었다. 미세한 표정 정도는 어둠이 커버할 수 있는 밀실 같은 장소를 택한 것이다. 그러나 이곳은 또 너무 조용했다. 서로의 숨소리를 들킬 정도로. 의식적으로 어깨를 폈다. 당당하자.

눅눅한 갈색 소파는 지나치게 푹신했다. 몸이 깊숙한 의자 밑으로 꺼져버릴 정도였다. 주문한 커피를 한 모금 마셨을 때 문이 열리는 소리가 났다. 정혜규는 내가 있는 탁자로 성큼성큼 걸어왔다. 다른 때보다 키가 더 커 보였다. 그녀가 새삼 도발적으로 보이는 이유가 뭘까? 어서 와요. 내가 생긋 웃었다.

"일찍 오셨나 봐요."

정혜규는 웃지 않았다.

"아니요. 나도 조금 전에 왔어요."

나도 웃음을 거두었다.

"원고는 어떡하시기로 했어요?"

커피를 주문한 정혜규가 대뜸 물어온 말이었다. 잠시 혼돈스럽다. 혹시 용민이 나에게 거짓말을 했던 걸까?

"써야지요. 다시 쓰라면서요?"

나는 짐짓 모른 체 정혜규의 말을 받아쳤다.

"하, 그분은 더 못 쓰겠다고 하시던데……."

정혜규의 얼굴 면면히 흐르는 냉소. 그에 맞춰 그녀의 입술이 비스듬히 말려 올라갔다. 비웃음이다. 둥근 볼같이 생긴 커피 잔을 두 손으로 둥글게 말고 있던 내 손아귀에 힘이 들어갔다. 도드라지는 파란 정맥. 커피 잔을 박살내고 싶은 충동을 자제했다. 나는 꼿꼿이 세운 몸을 소파 등받이에 깊숙이 들이밀고 팔짱을 꼈다. 조도가 낮은 등이 내 모습을 가려주기 바라는 마음이었다.

"그래요. 맞아요. 걘 안 쓰겠대요. 만약 걔가 끝까지 안 쓴다면 어떻게 되는 거지요?"

정혜규가 내 말에 대답을 하는 대신 커피 잔을 들었다. 큰 커피 잔 고리에 낀 정혜규의 길고 가는 손가락이 위태해 보였다. 예민한 손이다. 피아노를 쳤으면 어울렸을 손가락들.

"왜 가만히 있는 거죠? 걔가 정혜규 씨한테 그 엄청난 비밀을 털어놓았을 때는 어떤 기대가 있었을 텐데, 걔의 비밀을 묵살하는 이유가 뭐죠?"

정혜규가 나를 추궁하기 전에 내가 먼저 그녀를 몰아붙였다. 나를 건너다보는 정혜규의 눈빛은 별 동요가 없었다.

"혜규 씨, 당신이 결정해야 할 일 아냐? 칼자루를 쥔 사람은 당신이니까."

"두 분은 내가 어떻게 하길 바라십니까?"

나와 그녀가 서로에게 던지는 질문들은 화살이 되어 허공의 과녁에 소리 없이 박히고 있었다.

"리영 씨가 먼저 결정하셨잖아요. 발 빠르게. 그것도 허울 좋게 양심선언이라는 미명 아래. 대처 능력이 뛰어나시더군요."

분명 비웃는 말투다. 정혜규의 입술이 다시 말려 올라갔다. 고른 치열이 나를 향해 곤두서는 느낌이었다.

"난 내가 할 수 있는 최선을 선택했을 뿐이에요."

내가 듣기에도 자조적으로 들렸다. 정혜규에게는 궁지에 몰린 짐승의 가르릉거리는 신음 소리처럼 들렸을지도 모른다. 정혜규 얼굴에 경멸이 섞인 웃음이 번졌다.

"마치 피해자처럼 말씀하시네요."

"우리 그만하죠. 피곤해지려고 해요."

내가 손사래를 치며 담배를 꺼내 문 뒤 정혜규에게도 권했다.

"전 됐습니다."

그녀가 딱딱하게 거절했다. 내가 담배에 불을 붙이는 동안 정혜규는 남은 커피를 두 모금쯤 마셨다.

"사장님은 뭐라고 하시던가요?"

변죽만 울리면서 시간을 보내고 싶지 않았다. 내가 담배 연기를 위로 뿜으며 물었다. 정혜규의 이마에 굵은 주름살이 잡혔다. 두 손을 모으고 있던 그녀는 손바닥을 좍 펴고 한 번 부딪혔다.

"좋아요. 나도 시시비비를 가리려고 여기 온 것은 아니니까."

내 예상이 빗나가지 않았다. 벼랑 끝에 던진 막판 승부수가 내 팔을 들어준 것이다. 사장이 출간 날짜에 맞춰 차질 없이 진행시키라고 했단다. 사장은 정혜규에게 모든 사실을 들었을 것이다. 용민의 외모에서부터 말투까지. 한순간 이슈화시킬 수는 있는 인물이지만 출판사는 언론사가 아니다. 그를 이슈화할 이유도 없었고 그럴 만한 경제적 힘도 부족했다. 더군다나 지속적인 면에서 볼 때 모험을 감수해야 하는 것은 두말할 필요도 없다. M출판사가 나를 제치고 그를 표면화시킨다면 이익을 보는 곳은 D와 C일 것이다. 그 두 출판사에서 출간한 책들이 리영 작가의 쌍둥이 남동생이 썼다고 알려지면 그곳의 판매 부수만 올리는 어처구니없는 결과만 초래할 것이다. 진실을 폭로한 M출판사가 계약한 것은 가짜 작가 행세를 해온 리영의 서툰 처녀작이라고 할 때, 그 책에 관심을 가질 독자는 없다. 진실 폭로의 결과로 리영만 문단에서 제명당할 것이고 M출판사가 얻는 이익은 제로다. 앞으로 용민이 여태까지 나온 작품에 버금간다거나 능가할 가능성의 작품을 써낼지도 미지수다. 왜냐하면 그는 이미 나와 정혜규에게도 절필 선언을 한 사람이었다. 그는 여전히 리영 작가 뒤에 철저히 은닉되어져야 하는 인물일 뿐이었다.

M출판사 사장은 현재 상황에서 독자층을 확보하고 있는 내가 여러모로 유리하다는 판단을 한 것이다. 진짜와 가짜를 가려내는 일은 중요하지 않다. 지난 육 년은 진짜와 가짜를 가려내는 일의 손익분기점을 훌쩍 넘어버린 시간이다.

사장은 나보다 한 발 앞서 제안을 했을지도 몰랐다. 정혜규에게 용민을 잘 구슬려보라는 언질을 했던 것 같았다. 정혜규는 그렇게 말하지 않았지만 낌새가 그랬다.

"그에게 손써볼 방법이 아주 없는 건 아니지만……."

나는 말끝을 흐렸다. 정혜규의 홍채가 선명해졌다.

"손써볼 방법이라뇨?"

정혜규의 몸이 무심결에 내 쪽으로 쏠리는 게 느껴졌다.

"만약, 그를 설득하는 걸 실패하면 어쩌죠?"

내가 한 발을 뺐다. M출판사에서 나를 놓치지 않을 것이라는 것은 자명했다.

"리영 씨가 해내셔야죠."

그녀의 입을 통해 듣는 내 호칭에 신경이 곤두섰다. 승냥이 같은 년. 내가 그럴 깜냥이 없다는 걸 모르는 사람처럼 심드렁하게 내뱉는 정혜규에게 침이라도 뱉고 싶은 심정이었다.

"혜규 씨가 팔 걷어붙이고 도와준다면 해보죠. 아, 참. 그때 만나고, 서로 연락 자주 해요. 개랑 말이에요."

정혜규의 눈동자가 심하게 일렁거리며 고개를 흔들었다.

"혜규 씨 무책임하네. 개가 보통 용기를 낸 게 아닐 텐데. 무슨 답변을 해줘야 하는 게 아닌가. 사실 개 건강도 썩 좋지 못해요. 혜규 씨도 봐서 알겠지만. 지금까지 내가 보호해주지 않았다면, 여태 살지도 못했을 거예요."

용민이 어디까지 이야기했나를 알아보려고 한 말이었다. 그는 내가 자기를 그렇게 만들었다는 말은 하지 않은 것 같았다. 정혜규의 얼굴에 허탈한 웃음이 스쳤다. 통쾌함이 통증처럼 나를 훑었다. 내가 던진 출사표를 음미하는 일만 남았다. 정혜규가 아랫니로 윗

입술을 지그시 빨았다. 내가 먼저 자리를 털고 일어났다. 껄끄러운 협상이 끝난 자리에 더 있고 싶지 않았다.

"시간이 촉박하네. ○○문학상 심사가 얼마 남지 않았잖아. ○○ 문학상 수상자로 내가 결정되면 M출판사는 재미 좀 보겠네요. 혜 규 씨도 인센티브 좀 있으려나. 우리 모두 좋은 방향으로 해봐요."

나는 정혜규를 남겨두고 카페를 나왔다. 가파른 층계를 반쯤 오 르자, 하오의 가을볕이 콜타르 벽을 빛과 그림자로 갈랐다. 빛과 그 림자. 나는 빛 가운데 서 있어야 하고 그는 그늘 속에 침잠해야 했 다. 그가 빛을 향해 발을 뗐다. 자신의 그림자를 이끌고. 그러나 그 가 끌고 온 어둠을 아무도 반기지 않았다. 그는 원래 자기가 있던 어둠으로 돌아가야 한다. 그의 운명이다.

나는 카페를 나와 백화점 지하 매장에 들렀다. 와인을 고르는 내 손이 미세하게 떨렸다. 늘 사던 와인이었지만 오늘은 그 의미가 특 별한 탓일까. 와인병 라벨에 새겨진 글자들이 흐릿했다.

용민의 육체를 와인에 서서히 길들여오게 한 것은 나였다. 하루 라도 와인을 먹지 않는 날이 없다고 도우미도 그랬다. 이제 내 선택 만이 남았다. 그는 선언했다. 쓸 수 없다고. 그뿐이 아니다. 타인에 게 알리기까지 했다. 그의 내면에 번진 어떤 동요는 내 몰락과 다르 지 않다. 우리는 결국 극에 다다른 걸까. 와인을 계산하면서 나는 스 스로를 날카롭게 벼렸다. 연민과 감상으로 약해지지 않기 위해서.

천전리에 들어서자 사위는 어둠이 내리고 있었다. 별장은 고즈 넉했다. 발끝에서 낙엽이 바스락거렸다. 현관에 들어서서 집필실

문을 열었다. 책을 읽던 그가 나를 돌아다보았다.

"도대체 왜 그래?"

용민은 아무 말이 없었다.

"전화도 안 받고, 문자도 씹고. 지금 사람 미치는 거 보고 싶어서 그래?"

내가 재우쳤다.

"무슨 대답이 더 필요해. 우리 이제 그만하자."

그제야 용민은 반응을 보이며 손바닥을 들어 마른세수를 했다. 그의 피부에서 살비듬이 떨어지는 것 같았다. 언제부터인가 그의 살은 얇은 미농지를 겹겹이 겹친 것처럼 부스스 일어나곤 했다.

"애초에 시작도 하지 말았어야지. 누구 엿 먹이려고 작정한 것도 아니고."

"시작이라고? 그 시작을 내가 했니?"

"목소리 낮춰! 아줌마 있잖아. 이따 이야기하자."

나는 집필실 문을 부서져라 닫았다. 나에게 복병은 민기태도, 오시연도, 정혜규도 아니다. 내가 사육해온 내 반쪽 박용민이었다.

나는 주방으로 가서 와인 냉장고에 와인을 쟁여 넣었다. 도마질을 하던 도우미가 불안한 얼굴로 주춤했다. 나는 별일 아니라며 어색하게 웃었다. 나는 식사 준비 마치고 일찍 퇴근하라는 말을 덧붙였다. 도우미는 고개를 끄덕거리고 칼질을 재게 놀렸다.

저녁을 먹으면서 용민에게 내밀 카드를 골랐다. 어느 것이 가장 적당한지. 내가 모르고 있는 줄 아는 사실. 그것을 들이댈 참이었다.

"대체 무슨 의도야."

내 말에 용민은 묵묵히 숟가락을 입에 가져갈 뿐이었다.

"내 몸에 사정하는 의도 말이야."

나는 정색을 했다. 일그러진 용민의 얼굴이 굳어졌다. 이내 용민은 고개를 숙였다. 귓불까지 벌겋게 달아오른 그의 표정은 민망함이나 미안함이 아니었다. 폭발 직전의 분노를 삭이는 것으로 비쳤다.

"비열한 새끼. 뭐 하자는 시추에이션이야. 우리 사이에 새끼를 만들어 어쩌자는 건데? 진짜 웃겨!"

"어쩌자는 건 없어. 내 발밑에 뻥 뚫린 허당이 싫었을 뿐이야."

어눌했지만 용민은 끝까지 자기 의사 표현을 했다.

"좋아. 생기면 낳아줄게. 어때? 이젠 해볼 만한 협상인가?"

용민이 고개를 번쩍 들었다. 흐릿한 동공으로 섬광이 스쳤다.

"협상?"

"그래. 모든 인간관계는 협상이야. 넌 세상에 진실을 밝히려고 정혜규를 만났다고 생각하겠지만 아니야. 너도 협상을 해보려고 했던 거야. 그러나 너는 널 세상에 드러낼 용기가 없었던 사람이야. 이제 너는 나를 통하지 않으면 아무것도 이뤄낼 수가 없어. 명심해. 아무것도 달라지거나 바뀐 게 없어. 내가 너를 은폐했던 과거나, 네가 진실을 외부에 알린 현재나."

용민의 말린 입술이 벌어졌다. 냉소.

"그래서 네 협상 요지가 뭐야? 만약에 아이가 생기면 낳아주겠다는 조건을 내세워 나를 다시 쓰게 하겠다?"

용민의 말에 나는 머리를 크게 가로저었다.

"아니. 넌 못 쓰겠다며? 일기를 넘겨줘. 정혜규한테."

용민은 숟가락을 툭, 떨어뜨렸다.

"그래. 이제 알겠지. 네가 터트린 진실의 결과를. M출판사가 선택한 사람은 네가 아니라 나였어. 그게 뭘 의미하는 줄은 알겠지. 세상이 너의 등장을 썩 반기지 않는다는 거야. 너보다는 내가 상품 가치가 있다는 거겠지. 정혜규가 알아서 할 거야. 유능한 편집자니까. 그 여자는 해낼 거야. 넌 단지 일기만 넘기면 돼. 네 씨를 받은 아이를 낳아준다는 조건으로 그 정도는 해야지."

"만약 내가 그 일기를 넘기지 않는다면?"

주먹을 움켜쥐는 용민의 안구가 쏟아질 듯 희번덕거렸다.

"내가 그 소설을 왜 그토록 출간하고 싶어 하는 줄 알아? ○○문학상? 그 때문만은 아니야. 김은성, 그 인간을 완전히 박살내기 위해서야. 너도 지난번 공판을 지켜봤잖아. 그 인간이 감옥 밖으로 나오려고 기를 쓰고 있어. 지금은 무기징역이지만 다음 재판에 이긴다면 형량이 줄어들 가능성이 많아. 그건 나도 너도 바라지 않는 일이겠지. 그 소설이 발표되면 김은성이 어떻게 될 거 같아. 완전히 아웃이야. 나만을 위해서만은 아니잖니. 그런 의미에서라도 그 작품은 반드시 출간되어야 해. 나도 너한테 부탁하는 게, 이번이 마지막이야."

마지막. 나는 기어이 나와 용민의 끝을 예고하는 말을 하고 말았다. 결국 막바지에 다다른 것일까.

이번 다섯번째 장편소설이 절필을 선언한 용민에게도 나름 의미가 있는 작품일 것이다. 한계 상황에 다다른 작가는 결국 자신을 파는 수밖에 없다. 내가 왜 그 소설에 집착하는 걸까. 그에게도 말했듯이 ○○문학상 때문만은 아니다. 냄새나고 구역질나는 우리의 과거로부터 완전히 결별하고 싶다. 나도 싫다. 우리의 과거가 세상에 그런 모습으로 발가벗겨진다는 것이. 나도 그 치욕과 공포를 알고 있었기 때문이다. 일기 속에서 용민이 죽도록 미워하는 김은성을 나 또한 죽도록 미워했다. 그 소설은 그의 성장기 기록인 동시에 나의 성장기 기록이기도 했으니까.

그러나 우리는 그것을 세상에 내놓아야 하는 시점에 있다. 그를 팔아서 우리가 얻는 것은 김은성의 완전한 몰락이다. 김은성이 살아서 햇빛을 보는 일은 없어야 한다. 다섯번째 소설이 그 일을 해줄 것이다.

용민의 서재 책상 맨 아래 서랍에 있었던 일기장. 언젠가 무엇을 찾다가 본 적이 있었다. 일기장을 보는 순간 나는 도망치고 싶었다. 그 시절로부터 이렇게 멀리 와버렸는데도 내가 초연할 수 없는 이유가 무엇일까. 나는 허겁지겁 그 노트를 넣고 서랍을 닫아버렸다. 그로부터 이십삼 년의 세월이 훌쩍 흘러버렸다. 용민에게 일어났던 그 일을 일기를 읽고 알았던 것은 아니었다. 단지 확인을 위해서였다. 일기를 읽기 전부터 나는 어렴풋하게 짐작하고 있었다. 용민에게 일어난 그 지독한 일을. 서툴렀지만 그 일에 관해 소설로 썼던 부분이 내 머릿속에 차트를 넘기듯 재생되고 있다.

보육원에서 성교육 프로그램의 슬라이드를 본 날이었다. 초등학교 5학년이었고 겨울방학 중이었다. 깜깜한 식당에 슬라이드만 하얗게 환했다. 이어서 화장실 구석에서 보았던 민망한 그림이 총천연색으로 펼쳐졌다. 생각하는 것만으로도 온몸이 근질근질하거나 욕지거리를 하는 기분으로 말했던 성기의 명칭. 그날 앞에 서 있던 선생의 입을 통해 그것은 다른 이름으로 명명되었다. 난자, 정자, 음경, 고환, 자궁, 질 등등으로. 점잖은 말의 가면을 쓰고 있었지만 그 원래의 의미까지 고상해진 것은 아니었다. 그 단어의 내막에 대한 호기심과 궁금증만 증폭되고 있었다. 기침 소리나 작은 인기척 소리조차 들리지 않았지만 간간이 침을 넘기는 소리가 들렸던 게 그 증거였다. 선생이 아기를 가질 수 있는 여자의 몸을 소중하게 여겨야 한다는 훈계의 말은 모두 흘려듣고 있었다.

성의 무법 지대로 통하는 보육원이니만큼 성교육을 강화하려는 차원에서 실시한 프로그램이었다. 미성년자 강간과 유이 유기와 같은 범죄의 온상지가 보육원이었으니까.

불이 켜지자 아이들은 딴청을 하며 서로를 힐끔거렸다. 성교육 시간 내내 소녀는 소년이 신경 쓰였다. 소녀는 반사적으로 건너편에 앉은 소년의 옆얼굴을 쳐다보았다. 원래도 하얀 피부인 소년은 표백제에서 방금 꺼낸 얼굴 같았고 곧 쓰러질 것처럼 보였다. 왜 저럴까? 소녀는 머리를 갸웃거렸다. 어릴 적부터 골골하고 약했던 소년이었다.

소녀와 태를 같이한 소년. 그러나 소녀는 소년이 미웠다. 모든 면에서 소녀를 앞서 가는 소년이었다. 마치 소녀의 모든 행운을 소년이 가로챌 것 같은 불안감이 들었다.

소년의 쌍꺼풀 없는 커다란 눈은 늘 많은 생각을 담고 있었다. 소년은 눈으로 말하는 아이였다. 세상 어떤 것도 다 이해한다는 넉넉한 미소를 짓던 아이. 애늙은이 같은 아이이기도 했다. 그래서 도통 속을 알 수 없는 아이이기도 했다.

소년을 색으로 표현한다면 온통 검은색이라고 해야 할까. 속이 시꺼멓거나 음흉하다는 것과는 거리가 먼, 모든 색을 다 빨아들이는 블랙홀 같은 색 말이다. 그 한가운데는 투명하고 밝은 빛을 가진 아이. 소년은 그런 자신의 색을 잘 알고 있는 아이였다.

보육원 아이들의 누추함과 외로움이 소년에게 스며들면 소박함과 고독으로 바뀌었다. 소녀에게 생각나는 소년의 그림이 있다. 소녀와 소년의 기억은 합집합 같은 것이다. 공통된 부분뿐만 아니라 각각 별개로 체험한 부분까지도 공동 소유해야만 하는 운명을 갖고 태어난 아이들이었을지도 모른다.

고독과 외로움을 표현했던 검정색 그림. 창경궁으로 백일장 겸 사생대회를 갔을 때였다. 화사한 봄날이었다. 창경궁을 둘러싼 풀과 나무와 정경들이 봄볕에서 반짝반짝 빛이 났다. 아이들이 너나없이 원고지에 글을 쓰거나 밝은 색감으로 도화지를 메우고 있었다. 대부분의 아이들은 시 몇 줄을 쓰고 놀기에 바빴다. 그러나 소녀는 원고지 칸마다 쓴 글을 몇 번이나 지우며 골몰해 있었다. 예쁜 말과 아기자기한 표현을 찾느라고 이맛살을 구기면서까지. 장원,

차상, 차하. 백일장 상 이름이었다. 소녀는 그 상들 중 하나는 받고 싶은 욕심이 있었다. 공부를 잘하는 아이는 글도 잘 쓰고 그림도 잘 그렸고 피아노도 잘 쳤고, 그런 아이는 선생님들에게 주목을 받았다. 그런 아이들 대부분은 학원에 다니고 있었다. 피아노 학원, 미술 학원, 글짓기 학원. 소녀는 그 어떤 학원도 다닐 수 없는 보육원 계집아이였지만 그 세 가지를 미리부터 다 포기하고 싶지 않았다. 소녀도 선생님에게 주목받는 아이이고 싶었다. 보육원 출신이지만, 소녀는 원아들과 다르고 싶었다.

소녀가 막 원고지를 다섯 장째 넘길 때였다. 그런데 소년이 있는 쪽에서 난데없는 욕설이 들려왔다.

"너 어느 반이야. 네 눈엔 이게 그림으로 보여? 쪼그만 새끼가 감히 반항을 해!"

목소리의 주인공은 학교에서 성깔 더럽기로 소문난 선생이었다. 소년은 자기가 그린 그림을 입에 물고 서 있는 벌을 받아야 했다. 그림을 본 소녀도 까무러칠 뻔했다.

도화지 전체가 새까맣게 칠해진 그것은 선생 말대로 그림이 아니었다. 한가운데 십 원짜리 동전 크기만 한 구멍만 남겨놓고 말이다.

"내가 너 때문에 못 살아. 넌 꼭 그렇게 튀는 행동을 해서 보육원 출신이라는 거 티를 내야겠니."

벌을 다 받은 소년에게 소녀가 통바리를 주자 소년의 큰 눈이 아득해지면서 작은 목소리로 웅얼거렸다. 고독이라고.

“고독? 그게 뭔데?”

소녀가 되물었다. 초등학생이 쓰는 말은 아니었기 때문이다.

“그림 제목이야.”

마침 소년이 가진 크레용 가짓수가 몇 개 없고, 그나마 검정색 크레용이 제일 많이 남아서 그렸을 뿐이라는 변명을 했다. 소녀는 속으로 잘난 척한다고 생각했지만 소년이 다른 아이와는 분명 달랐으며, 소녀와도 다르다는 사실에 화가 날 지경이었다.

사생대회가 끝났다. 교감 선생님이 단 위에 올라섰다. 네 명의 ‘차하’와 두 명의 ‘차상’을 수상한 아이들 이름이 불려졌다. 소녀의 이름은 없었다. 소녀는 입술이 마르고 심장이 팔딱거렸다. 장원만을 남겨놓고 있었다. 둥둥거리는 심장 소리가 소녀의 귀에 들렸을 정도였다. 교감 선생님의 입에서 소년의 이름이 불려졌다. 제목이 ‘고독’이라고 했다. 4학년 학생이 5, 6학년 선배를 제치고 장원을 차지한 적은 학교 백일장 역사상 이례적인 일이라며 칭찬을 아끼지 않는 교감 선생님의 말이 귀에 하나도 들리지 않았다. 상을 받는 소년의 모습이 흐릿했다. 소녀의 눈에 고인 눈물 탓이었다.

저학년 때는 몰랐는데 공부도 그랬다. 소녀는 기를 쓰고 등수를 올리는 반면 소년은 공부에 힘을 기울이지 않았는데도 늘 상위권이었다. 조금만 더 노력하면 1등도 문제없을 것 같았는데 거기까지는 일부러 하지 않으려는 아이였다. 소녀는 그럴 때마다 마음을 다졌다. 세상 모든 사람에게 지더라도 소년한테는 지지 않겠다고. 문학적 재능을 포함한 그의 능력이 천부적인 것에 비해 소녀가 가진 능력은 무엇이었을까? 불행하게도 어린 시절 소년이 발견한 소녀의 모습이었다. 이성을 끌어당기는 힘. 그 또한 학습이나 경험에 의한 것이 아니라 선험적이었다. 하필이면 소녀를 어필하는 그 부분이 소년에게 꽂혔는지는 정말 모를 일이다. 소녀를 바라보는 소년의 눈빛은 몹시 흔들렸고 젖어 있었다.

성교육이 끝나자 보육원 식당을 나오면서 소녀가 소년을 툭 쳤다. 소년은 화들짝 놀라는 표정이었다. 뻥 뚫린 소년의 동공은 우물 같았다.

"왜 그렇게 놀라니?"

"오늘 이 교육 프로그램 주관한 후원자 분이 누구야?"

다 아는 사실을 확인하는 소년이 우스웠다.

"유리회사 사장님이시잖아. 넌 뭘 새삼스럽게 묻니."

"오늘 그분은 오시지 않겠지?"

"잘 모르겠는걸."

소녀가 머리를 갸웃거릴 때 보육원 정문으로 검은 세단이 들어왔다. 소년이 잔뜩 겁에 질려 얼음 기둥이 된 것처럼 딱 멈춰버렸다.

"얘가 오늘 왜 이래."

"이, 이따 봐."

소년의 목소리는 떨렸다. 소년은 검은 세단이 오는 반대 방향으로 몸을 틀었다. 그와 동시에 검은 세단의 까맣게 선팅한 유리창이 열렸다. 뒷좌석에 앉아 있던 후원자가 얼굴을 쓱 내밀었다.

"얘, 꼬마야!"

후원자는 소년을 불렀다. 소년은 그쪽으로 얼굴도 돌리지 않고 새파랗게 질린 표정이었다.

"이따 나 좀 보자."

후원자는 눈을 가늘게 뜨고 소년을 한참 훑어보았다. 후원자의 눈길은 초코파이의 마시멜로같이 끈적거렸다.

그날 저녁 소년이 보이지 않았다. 소녀는 소년을 찾아다녔다. 창고 구석에 오도카니 앉아 있던 소년을 발견했다. 어둠 속에 뿜어지던 소년의 인광은 꼭 레이저 광선 같았다. 창고의 전깃불을 켜려고 스위치를 찾는 소녀에게 소년이 소리쳤다.

"불 켜지 마!"

소년의 목소리는 날카로웠다. 열두 살 아이의 음성이 아니었다. 여기저기 솜이 삐져나온 낡은 소파에 비스듬히 기대앉은 소년은 두 팔로 자기를 감싸 안고 있었다. 소녀가 옆으로 갔을 때 소년이 부들부들 떨고 있는 게 느껴졌다.

"무슨 일이야. 방장 새끼가 때렸니?"

"아무 말도 하지 마!"

소년이 소녀의 품으로 쓰러졌다. 소녀는 보고 말았다. 소년의 바지가 피로 얼룩져 있는 것을.

"아무한테도 말하지 마! 입 뻥긋하면 다 죽여버릴 거야. 그게 누구라도."

소녀는 며칠 동안 소년을 간호했다. 소녀는 학교에 가서도 소년이 몹시 아프다고 했고 보육원에서도 소년을 보호했다. 그런 점에서는 보육원이 참 편리한 곳이었다. 아이 하나쯤은 아무도 신경 쓰지 않았다. 시름시름 앓고 있는 소년에게 관심을 갖는 사람은 별로 없었다. 모두 그저 몸살 정도려니 했다. 소녀도 더 이상 소년에게 묻지 않았다. 소년이 대답해줄 것 같지 않았다. 소년에게 아주 몹쓸 일이 있어났다는 것만 감지했을 뿐이다. 소년의 몸은 빠르게 회복되어갔지만 얼굴에 드리워진 그림자는 쉽게 걷히지 않았다.

소녀는 소년이 일기를 쓴다는 사실을 알게 되었다. 일기장 표지가 참 인상적이었다. 당시 남자애들한테 최고의 인기였던 비행기 프라모델이었다. 보육원 아이들은 감히 만져도 보지 못한 조립식 모델. 표지를 넘기자 그의 단정한 글씨들이 백지를 가득 채웠다. 하도 연필심을 꼭꼭 눌러써서 뒷장까지 자국이 또렷이 남아 있었다. 소년이 얼마나 연필을 꽉 움켜쥐고 힘을 들여 썼는지 소녀의 눈에 그려졌다.

소녀는 다 이해하기가 힘들었다. 소년이 쓴 내용이 무슨 의미인지 해독이 되지 않았다. 남자 어른이 남자아이에게 할 수 있는 일이라는 걸 도무지 납득할 수 없었다. 거대한 손아귀에 꽉 붙들려 오들오들 떨고 있는 소년을 보았을 뿐이었다. 그것은 실체도 드러내지 않는 투명 손이었다. 분명한 사실은 어느 누구에게도 발설하면 안 된다는 것이 빨간 글씨처럼 소녀의 가슴에 와 박혔다.

그 투명한 힘 앞에 소년은 무기력했다. 그러나 소녀는 슬프지 않았다. 어떤 흥분과 쾌감이 어린 소녀를 관통하고 있었다. 무슨 일에나 초연하고 여유가 느껴졌던 소년도 불행의 한가운데를 지나가고 있다는 것이 싫지 않았다. 운명의 역전. 소녀가 당할 수도 있는 불운을 소년이 대신 겪고 있는 것이라면 얼마나 좋을까. 소녀는 그런 생각을 했다. 딱 한 번 본 적이 있는 어미의 가슴에 겨누는 소녀의 칼끝이었다. 무슨 수를 써서라도 보육원을 빠져나가야 한다는 생각이 소녀를 지배했다.

그 후에도 유리회사 후원자는 여러 차례 그를 불러냈고 도저히 상상할 수 없는 일이 진행되고 있었다.

그가 소년을 입양한다고 나선 것이다. 원장은 좋아서 어쩔 줄을 몰랐지만 소년은 새파랗게 질려 있었다. 소녀가 생각해도 소년의 미래는 지옥일 게 틀림없었다.

후원자는 붉은 아가리를 벌리고 소년을 통째로 삼켜버리기 전날, 소녀는 알았다. 후원자가 자기 부인과 함께 온다는 사실을. 부인이 온다면 소년을 빼낼 수 있을지도 몰랐다.

소녀는 커다란 패딩코트 주머니 밑단을 칼로 반듯하게 자른 후 숨이 빠지지 않게 한 땀 한 땀 바느질을 했다. 원정에 필요한 패딩잠바나 코트 주머니 개조는 고학년 여자애들의 몫이니만큼 그 정도는 일도 아니었다. 주머니 밑단으로 손을 넣어 가게 물건을 슬쩍하는 원정이 고학년 남자애들에게 문제도 아니었던 것처럼.

이튿날 아침, 소녀는 전날 작업을 마친 코트를 넣은 비닐봉지를 들고 소년의 방을 찾아갔다. 소년의 눈이 충혈되어 있었다. 밤새 잠을 자지 못한 얼굴이었다.

"네거리 지하도에 있는 전자상가 알지?"

소년이 멈칫했다.

"알아? 몰라?"

"거기서 워크맨 하나만 가져다줘."

"워크맨?"

"응. 이거 꼭 입고 가."

소녀는 커다란 비닐봉지를 소년의 손에 꼭 쥐어주면서 말했다.

"너한테 있었던 그 일 말이야……. 나 아무한테도 말하지 않았
어."

소년이 소녀를 외면하고 먼 산을 보았다. 소년의 옆얼굴이 해쓱했
다.

"넌 거기 가면 죽을지도 몰라."

소년은 소녀의 말에 묵묵한 표정으로 고개를 숙이고 아래만 노려
보았다. 엄지발가락이 툭 튀어나온 운동화 코를 땅바닥에 콕콕 박
으면서.

"너는 내가 시키는 대로 해. 그러면 가지 않을 수도 있을 거야."

그제야 소년이 머리를 들고 소녀의 얼굴을 뚝바로 쳐다보았다. 잠
깐 동안이었지만 소년의 얼굴에는 빛과 그림자가 번차례로 교차
되고 있었다.

"그게 무슨 말이야."

소년이 소녀에게 그렇게 물었지만 두 아이는 알고 있었다. 소년에
게 일어난 끔찍한 일을 소녀가 알고 있다는 것과 소녀가 소년에게
시키는 일이 무엇이라는 것까지.

보육원 아이들이 또래 아이들보다 유독 발달된 촉수가 있다면 바로 눈치였다. 애정 결핍으로 서너 살까지 똥오줌을 가리지 못해 기저귀를 차고 있거나 발육이 늦어 기어 다니는 유아들도 외부인의 손길이 닿으면 비굴에 가까운 재롱을 떨었다.

원아들의 염원은 오로지 하나였다. 자기들의 애처로움이 외부인의 감성을 자극해서 입양과 후원으로 이어졌으면 하는 것이다. 그러나 그런 행운의 확률이 제로에 가까운 복권이나 벼락 맞는 일과 다를 바 없다는 것을 깨닫는 데는 오랜 시간이 걸리지 않았다. 원아들은 치사한 희망에 목을 매다가 엿 같은 절망을 깨달으며 나이를 먹었다. 보육원에서 더 이상 버틸 수 없는 나이가 되면 뒤도 돌아보지 않고 세상으로 나갔다. 그리고 정해진 수순처럼 사회의 가장 밑바닥을 전전하며 살아가다가 폐기 처분되는 인생을 살았다.

그런 까닭에 소년의 입양은 보육원에서 일대 사건이었다. 더군다나 입양되는 집이 유리공장을 하는 부잣집이라는 것에 원아들뿐 아니라 보모 선생과 원장까지 어안이 벙벙했다.

정작 입양되는 소년과는 상관없이 보육원은 며칠 동안 거의 잔칫집 분위기였다. 보육원 전체를 표백제에 담가 살균 처리한 것같이 가는 곳마다 락스 냄새가 진동을 했다. 그날은 다른 원아들까지 목욕을 끝내고 행사 때 입는 옷을 입고 일렬종대로 서 있었다.

그 와중에 주인공인 소년이 타이밍을 맞춰 보육원을 빠져나간다는 게 쉬운 일은 아니었다. 하지만 최악의 상황에 몰린 소년이 세상에 못할 일은 없었다. 만약 정해진 수순대로 그날 소년이 입양되어 갔다면? 둘 중 하나였을 것이다. 소년이 죽었든지 아니면 소년이 후원자를 죽였든지. 두 가지 모두 언해피엔딩이다.

소년이 사람들의 눈을 피해 보육원을 빠져나가자 그때부터는 소녀가 초초해졌다. 타이밍이 관건이었다. 일이 진행되는 속도와 상황이 한 치의 오차도 없이 아귀가 딱딱 맞아야 했으니까 말이다.

정해진 시간에 검은 승용차가 보육원 정문에 미끄러지듯 들어섰다. 차에서 후원자와 부인이 내렸다. 다소 뚱뚱하고 경박해 보이는 인상의 부인은 나름 우아한 자태로 빛이 났다.

소녀는 그때 알았다. 노는 물이 다르다는 것의 의미를. 아무리 좋은 인물로 태어났다고 하더라도 진창에서 뒹굴면 땅강아지가 되는 것이고 반면 인물이 박색으로 세상에 나왔더라도 좋은 의식주와 환경에서 성장하면 때깔이 난다는 것을 말이다.

부인은 사람을 다루는 눈빛 하나에서부터 우아한 발걸음까지 귀티가 몸에 밴 사람이었다. 그 귀티라는 것노 설국은 돈 냄새와 다르지 않겠지만. 이유도 없이 소녀의 심장이 뛰기 시작했다. 어쩌면 소녀도 대학생이 될 수 있다는 작은 목소리가 안에서 울려 퍼졌다. 소녀는 소년을 대신해서 그 집으로 입양되어야겠다는 생각은 거의 집념에 가까웠다.

부인을 맞느라고 원장 이하 보육원 모든 사람들이 우왕좌왕 정신이 없었다. 보육원 시설을 안내받을 때마다 부인은 살짝 이맛살을 구기곤 했다. 사회적 위신과 체면 닦기로 하는 명목상 후원이었는데, 갑자기 남편이 아이 하나를 입양하자고 하니 부인으로서는 황당한 일이었을 것이다. 그 입양하는 아이가 고등학생 여자애였다면 남편을 적이 의심했을지도 몰랐다. 그러나 이제 막 애티를 벗은 남자애였다. 부인은 그때까지도 자기 남편의 못된 습성에 대해서 잘 몰랐을지도 모른다. 후원자가 댄 이유는 적절했다. 아이를 낳지 못하는 부인을 배려한 양 굴어서 부인의 눈물샘을 자극했을 것이다.

후원자 부부는 자식이 없었다. 부인이 아이를 낳을 능력이 없는 여자라는 게 공공연한 비밀이었다. 그렇다면 후원자가 밖에서 아이를 만들어 올 수도 있지 않았을까. 결국 아이가 없는 것은 부인 탓이 아닌지도 몰랐다. 소년과 소녀는 알고 있었다. 후원자가 밖에서 자식을 만들지 못한 이유를.

후원자 부부가 원장실에 들어갈 때까지만 해도 소년을 찾는 사람이 없었다. 차 한 잔 마실 시간이 흘렀을 즈음이었다. 보모 선생이 소년을 찾느라고 난리였다. 그때 소년이 나타났다. 절묘한 타이밍이었다. 멀리서 소년을 본 소녀는 하마터면 뛰어가서 하이파이브를 외칠 뻔했다. 하긴 소년의 몰골이 소녀와 하이파이브 할 상황은 아니었지만.

우락부락한 아저씨 손에 뒷덜미가 잡힌 소년은 거의 끌려오다시피 했다. 아저씨의 다른 손에 쥐어진 빨간색 그것은 바로 워크맨이었다. 소녀는 속으로 외쳤다. 나이스!

원장실이 어디냐며, 이 보육원은 도둑 새끼 소굴이냐고, 아저씨는 고래고래 소리를 질렀다. 누군가 달려들어 아저씨를 제지하려 했지만 말릴 수가 없었다.

지하도 전자상가. 그곳은 보육원 아이들의 원정 일순위 타깃이었다. 그동안 없어진 물건이 부지기수였을 것이다. 늘푸른 보육원 남자애들 원정 솜씨는 한마디로 끝내줬다. 그 솜씨로 금은방을 털었어도 성공했을 것이다. 당시 활약했던 몇 명은 감옥을 수시로 드나드는 절도범이 되어 있을지도 모른다.

전자상가 주인은 약이 오를 대로 올라 있었다. 한 놈만 걸려들어서 잡히기만 해봐라. 그렇게 벼르고 있던 차에 소년이 걸려들었으니 아주 요절을 내고 싶었을 것이다.

아저씨가 소년을 끌고 원장실에 들어가는 것을 지켜보던 소녀는 안도의 한숨을 쉬었다. 끼이익, 소년을 태운 운명의 차가 유턴하는 소리를 들었기 때문이었다. 중앙선 침범과 신호 위반이었지만 이미 반대편 차선으로 몸체를 돌린 차는 서서히 왔던 길을 되돌아가고 있었다.

쾅! 원장실 문이 닫혔다. 상황 종료! 게임 오버!

얼마 있다가 찬바람을 일으키며 문을 여는 후원자 부부를 볼 수 있었다. 그 뒤를 허둥대며 쫓아 나오는 사람들. 그 순간 소녀는 그들 앞으로 나갔다. 소녀는 자신도 유턴을 하기 위해 몸을 돌려야 하는 순간을 알아차렸던 것이다. 그 또한 절묘한 타이밍이었다.

"사모님 죄송해요."

소녀는 두 손을 앞으로 모으고 공손하게 허리를 숙였다.

"뭐가 죄송하다는 거니?"

"저희 보육원에서 있었던 일이니까요."

부인과 소녀의 눈길이 허공에서 부딪혔다. 소녀를 힐끗 쳐다보던 부인의 얼굴에 노여움이 가셔 있었다. 소녀는 알고 있었다. 자신이 사람의 마음을 흔드는 외모를 타고 났다는 것을. 후원자는 벌레 씹은 얼굴로 이미 차에 올라타고 있을 때였다.

그 일이 있은 후 서너 달 있다가 소녀는 보육원을 떠났다. 후원자의 부인이 보낸 차를 타고서. 처음부터 입양은 아니었다. 어린 소녀가 목표한 것은 단 한 가지였다. 소년의 행운을 가로채 소년과 소녀를 쌍둥이로 낳은 어미의 생각을 뒤집어엎는 것. 그러므로 소녀는 소년의 인생을 살아야 했다. 그 후에 베푸는 자의 모습으로 소년을 진창에서 끌어낼 것. 그러려면 소녀가 힘이 있어야 했다. 그 힘을 기르는 데 후원자가 가진 부가 절대적으로 필요했다.

훗날 소년이 소녀에게 물었다. 도둑질을 한 자기가 가지 않았던 것은 당연하지만 그 자리에 소녀가 간 이유는 잘 모르겠다고. 소녀는 부인에게 편지를 보낸 일을 말했다.

"무슨 편지?"

사죄와 감사의 편지. 소년이 저지른 일에 대한 사죄와 보육원에 후원해주셔서 고맙다는 내용이었다. 아줌마들은 아이들이 정성껏 쓴 편지에 쉽게 감동하기도 했다. 더욱이 자식도 없는 아줌마의 마음을 움직이는 것은 그렇게 어려운 일이 아니었다.

"언제부터?"

"네 일이 있은 후부터."

“……..”

“고맙지? 알면 됐어.”

“네가 간다는 보장도 없었을 텐데…….”

소년이 말끝을 흐렸다.

“아니. 난 꼭 가야만 했어. 우리 둘 다 거기에 남아 있다간 거지같이 살 테니까. 지긋지긋하게 사는 거 쫌 내야 할 거 아니야.”

수십 통의 편지 끝에야 부인의 마음이 움직였다. 가끔 소녀는 사진도 보냈다. 소녀의 얼굴을 보여주는 게 훨씬 효과적이었을 테니까. 드디어 답장이 왔다. 아주 짧은 내용이었지만 소녀는 그때 세상을 다 얻은 기분이었다.

용민은 내가 쓴 소설을 읽으면서 두 가지를 알아냈을 것이다. 어미가 나만을 버리려 했다는 것과 내가 자기를 김은성의 손아귀에서 구해준 것이 순전히 자기를 위해서만은 아니었다는 것을. 내가 김은성과 유형일에게 어떤 식으로 농락당했는지에 대한 메일을 보냈는데도 용민이 무반응이었던 것은 그 때문인지도 몰랐다.

내가 보육원을 떠난 후에 용민은 일기를 쓰지 않았던 걸까? 프라모델이 그려진 일기는 내가 떠난 이후로 멈춰 있었다. 물론 다른 일기장은 없었다. 용민이 신춘문예에 당선했을 때 가장 먼저 떠오른 게 그 일기였다. 왜 그 일기가 생각났는지 모르겠다. 그 노트를 생각하는 순간 용민이 글을 쓴다는 게 너무 당연하다는 생각이 들었다. 그때까지 용민은 나에게 글을 쓴다거나, 작가가 되고 싶다거나 하는 말을 한 번도 한 적이 없었는데도 말이다. 나도 용민에게 내 꿈을 이야기한 적 없듯이. 용민이 신춘문예로 당선되었을 때 이미 나는 이런 날들을 계획했던 걸까. 그건 절대 아니다. 용민이 일기에 그 일들을 기록할 때 작가가 되고자 했던 게 아닌 것처럼 말이다. 모든 것이 숙명이다. 용민이 글을 쓴 것도, 내가 그의 글로 세상을 사는 것도. 그가 다시는 꺼내보고 싶지 않은 일기로 다섯번째 소설이 나온 것도.

용민의 치부가 종자가 되어 시작한 일이었다. 그 치부가 정혜규에게 넘겨져 제대로 된 소설이 나오길 기대할밖에. 내가 쓴 소설에 진정성이 없다면 정혜규가 용민의 일기를 토대로 진정성을 불어넣길 바랄 뿐이다. 나는 어떤 난관이 있어도 뚫고 지나가야 한다. 어미가 원장을 찾아와 했던 말을 직접 용민에게 하지 않았지만 나는 무서웠다. 그 말을 하는 순간 용민이 정말 어미가 원하는 삶을 욕망할까 봐. 나 또한 어미의 주술처럼 살아질까 봐. 입에서 그 말이 새어 나오는 순간, 나를 지탱하고 있던 지금의 팽팽한 긴장감이 일순간에 무너지는 위기감이 몰려올까 봐.

용민은 어느새 휠체어에 앉은 채 잠들어 있었다. 내가 따라준 와인 몇 잔이 그를 잠들게 했다. 용민의 입가에 흐른 와인 자국을 닦아주었다. 용민은 자신의 일기장을 정혜규에게 직접 건네주게 할 것이다. 그렇게 함으로 용민과 정혜규 간의 미진한 일도 마무리될 테니까.

나는 침대 옆 탁자 서랍을 열어보았다. 협상을 성공하게 했던 미끼가 거기에 있었다. 두 상자로 분리된 콘돔. 내 몸이 알아차린 일. 남자가 미루어 짐작하는 것보다 여자의 몸은 훨씬 예민하다. 나는 특히 그랬다. 처음에는 얘가 드디어 미쳤군, 하는 생각이 들었다. 그러나 내 머리는 빠르게 회전했다. 협상할 수 있는 가장 완벽한 건수를 물었다는 것을 말이다. 내 몸에 왜 사정을 하느냐고 물었을 때 귓불까지 벌게진 용민 내면은 유리 속을 들여다보듯 환했다.

수컷의 본능. 앞뒤 생각도 하지 않고 저지르는 그 본성이 얼굴을 들고 있었다. 무모하지만 용민의 본능에 나를 맡기기로 결정했다. 협상으로 받은 획득물은 결코 작지 않으므로.

용민이 본능대로 움직인 일이라면 나는 철저한 계획을 세운 후 그 본능에 대처할 것이다. 우리의 관계는 늘 그래왔다. 본능과 조작이 잘 합성된 사이보그가 우리였으니까. 포도 본래의 맛과 향이 숙성된 와인이 되어 크리스털 잔에 옮겨짐으로 독소를 내뿜는 것처럼.

현관을 나와서 차에 시동을 걸 때였다. 전화벨이 울렸다. 정혜규다.

"만나셨습니까?"

"네."

"어떻게 하기로 하셨나요?"

"혜규 씨가 해야 할 일만 남았습니다."

정혜규는 자기가 할 일이 무엇이냐고 묻지 않았다.

"이번에는 출판사로 오시겠습니까?"

"그러죠."

전화를 끊는데 목덜미가 서늘했다. 보이지 않은 차고 투명한 손
이 등허리를 훑고 지나가는 느낌이었다.

13. 크리스털 와인 잔: 용민

내 발치 아래 다가온 나비가 몸을 웅크렸다. 나비는 제 발바닥을 핥았다. 니야옹! 나비의 울음소리가 힘이 없었다. 나비는 페르시안 고양이다. 눈이 부시도록 하얀 털과 초록 눈동자가 나비의 트레이드마크다. 페르시안 고양이 나비는 묘하게 그녀를 닮았다. 도도한 눈빛과 굽힐 줄 모르는 꼿꼿한 자세, 그 교태까지.

그런 나비의 외양이 시원치 않은 울음소리와 함께 무너지고 있었다. 타원형의 초록빛 눈에 눈곱이 꼈고 윤기를 잃은 털도 한 움큼씩 빠져나갔다.

"나비야 이리 온."

아줌마가 나비를 불렀다. 나비는 비척거리며 간신히 몸을 일으켰다. 나비의 시원치 않은 몰골은 몸살을 앓고 난 내 모습과 흡사했다. 나도 겨우 몸을 추스른 상태다. 그동안 나비의 건강을 살필 여력이 없었다. 나비를 병원에 데려가야 하는 게 아니냐고 아줌마에게 물었다. 그녀가 자기가 올 때까지 우유만 주고 나비한테 다른 어떤 일도 하지 말라고 했단다.

닷새 전 나비를 맡기러 그녀가 왔다. 그녀가 고양이를 키운다는 것을 처음 알았다. 그녀의 품 안에 웅크리고 있던 나비가 저런 모양이었는지 기억이 나지 않았다. 잠시 여행을 다녀오겠노라고 했다. 그녀는 의외로 담담한 모습이었다. 너무 차분해서 못내 꺼림칙했지만.

소식은 전날 전화로 들은 터였다. 섣불리 사과 따위를 하려고 들지 마. 물론 위로는 더더욱 사절이야. 그녀의 말이었다. 나는 짧게 하, 하는 신음 소리를 냈을 뿐이었다. 누가 누구를 위로해야 할 상황인지 납득할 수 없어서였다.

○○문학상 수상은 그녀와 오시연이 아닌 다른 작가에게 수여되었다. 평론가, 작가, 출판인으로 이루어진 심사위원단이 최종적으로 내린 결정이었다. 오시연과 그녀도 거론되었단다. 오시연이 탈락된 이유는 결국 추문화로 이어진 심사 공정이 문제였다고 했다. 전화선을 타고 오는 그녀의 목소리가 의미심장했다. 심사위원에서 민기태가 빠졌겠네. 내가 넌지시 물었다. 당연한 거 아니야? 그녀의 목소리에 힘이 실려 있었다. 결국 너한테도 득이 될 일은 아니었군. 나는 그녀를 향해 의표를 찔러보았다. 그게 무슨 말이야? 날 의심해? 즉각적인 반응을 보이는 그녀의 목소리에 날이 섰다. 나는

머리를 끄덕였다. 민기태와 오시연의 추문을 조장했던 것이 누구였는지 알 만했다. 그녀라면 충분히 그러고도 남을 여자니까. 그러나 나는 그녀에게 대놓고 말하지 않았다. 그녀는 전화를 끊기 전에 높낮이 없는 목소리로 나를 원망했다.

"다 너 때문이야. 민기태가 심사위원단에서 빠졌다고 하더라도 네가 그 소설을 다시 집필해줬더라면 예정대로 출간했을 거 아니야. 그 소설만 성공했으면 심사위원들이 나한테 표를 던졌을 거야."

그 때문이 아니라는 것은 그녀도 알고 나도 아는 바였다. 그리고 배후에 그가 있었을 것이다. 어쩌면 그가 정혜규도 조종했을지 모르는 일이다. 정혜규 자신도 모르게 말이다. 그러나 나는 어떤 말도 하고 싶지 않았다. 전화가 끊어져 뚜뚜뚜, 하는 신호음이 날 때까지 휴대폰을 붙들고 있었다. 다음 날 나비를 안고 그녀가 왔다. 탈진한 기색이 엿보였다.

"정혜규가 이렇게 내 뒤통수를 칠 줄은 몰랐어."

그녀는 곧바로 실토했다. ○○문학상 수상자 탈락 배후에 정혜규가 있었음을. 하고 싶은 말을 속으로 감추지 못하는 그녀였다. 『유년의 자화상』을 출간하는 과정에서 정혜규는 시종일관 편집자 입장을 고수했다고 했다. 그녀와 출판사 사장의 기대를 전혀 고려하지 않았던 것이다. 출간도 늦어졌고 작품의 완성도도 많이 미흡했다고 한다. 그녀가 책을 가져다주지 않아서 나도 읽지 않았지만 리뷰가 그랬다. 그래도 온라인 서점에는 베스트셀러에 올라 있었다. 그녀의 명성 덕이었다. ○○문학상까지 받았더라면 더할 나위 없는 판매를 올렸겠지만, 음성적으로 이슈화될 조짐이 보였다. 은성유리의 김은성이 소설 속 후원자였다는 사실이 네티즌 사이에 떠돌고 있었으므로.

"내 일기는?"

"네 일기. 다 읽었다고 하더라. 그러면 뭐해. 꼼짝도 하지 않은걸."

그녀가 불쾌한 기색을 드러내며 말했다. 예상한 일이었다. 내 일기장을 보던 정혜규의 얼굴이 생각났다. 별장으로 찾아온 정혜규에게 내 일기장을 내밀었다. 이게 뭔가요? 내 영혼이오. 정혜규는 누런 일기장을 넘겼다. 몇 장 읽기도 전에 정혜규의 얼굴은 흙빛으로 변했다. 나를 보는 정혜규의 눈빛이 흔들렸다. 그래요. 그녀는 내 영혼까지 도둑질해 갔습니다. 내가 그녀가 쓴 그 작품을 다시 집필할 수 없다고 한 이유이기도 합니다. 내 상처였기에 할 수 없었던 것입니다. 나는 덤덤하게 말했다. 정작 쓰고 싶은 소설이 있습니다. 아니, 현재 구상 중입니다. 그녀와 나의 치부 같은 이야기입니다. 입속에 갇힌 혀가 뻣뻣해지고 있는 게 느껴졌다. 그에게조차도 말하지 않은 작품이었다. 자네가 쓰는 작품마다 최고가 될 수 있게 내가 밀어줄 거야. 그는 약속을 지켰다. 때때로 내 허점까지 정확하게 집어주곤 했다. 나를 사주하고 조종했던 그의 통찰력은 내 작품을 보는 심미안에서도 여지없이 드러났다.

자서전적인 요소가 농후한 작품을 쓰고 있다는 내 말에 정혜규의 어깨가 움찔했다. 그 작품 완성하실 수 있으시겠습니까? 고통스럽습니다. 내 입에서 침이 흘렀다. 고통스럽더라도 끝까지 집필해 보시겠습니까. 선생님 이름으로 출간할 수 있도록, 미력한 힘을 보태겠습니다. 깍지 낀 정혜규의 손등에 파란 정맥이 도드라졌다.

"김은성 재판은?"

내가 그녀에게 물었다.

"궁금해?"

나는 대답하지 않았다.

"판사가 내 책을 재판장에서 공론화했어. 순식간에 파렴치한이 되었지. 형량이 줄어들기는 힘들지 않을까 싶어. 그 책이 큰 역할을 해준 셈이지. 늙어 죽을 때까지 감옥에서 푹 썩힐 생각이야."

"만나봤어?"

"아니. 난 이제 그 인간 안 만날 거야. 감옥에서 나한테 이를 부득부득 갈고 있을 테지. 기분이 어때? 내일이라도 너한테 문학 취재 기자가 몰려왔으면 좋겠니? 당신 일기가 *그* 소실의 *소스*였다면요, 기분이 어떠세요, 라고. 물론 그런 일은 없겠지만."

그녀의 붉은 입이 실기죽거렸다. 나는 그녀를 묵묵히 바라보았다.

"○○문학상 수상자는 아깝게 떨어졌지만 난 아직 건재해. 너나 정혜규한테는 안 된 일이지만. 네가 아무리 발버둥을 쳐도 소용없다는 걸 알았지. 세상은 나를 선택한 거야."

그녀는 담배 한 개비를 다 피우고 몸을 일으켰다. 세상이 그녀 편이든 내 편이든, 달라지는 것은 없다. 나는 그저 내 머릿속에 흘러넘치는 이야기를 쓸 뿐이었다.

"나 좀 쉬어야겠어. 이번 소설 때문에 완전히 탈진 상태야. 그리고 지금껏 너무 달리기만 해서 나도 지쳤어. 나 혼자만의 시간을 가져볼 거야. 나비 좀 맡아줘. 아줌마한테 부탁해놓을 테니까 네가 신경 쓸 일은 없을 거야."

"혼자 가는 건 아닐 테지?"

숲에 가려져 소양강 물줄기의 한 조각이 창문 너머 보였다. 물줄기는 깨진 유리 조각이 햇빛에 반사된 것처럼 번쩍거렸다. 그녀는 아무 말도 하지 않았다. 나비는 남고 그녀는 돌아갔다.

그녀가 돌아가고 나는 소설이 아닌 이야기를 썼다. 단지 기록에 불과한. 구상 계획서라고 해야 할까. 고통스러웠다. 그걸 쓰고 있는 동안 덜컥 병이 났다. 몸 어느 한 곳도 쑤시지 않는 데가 없었다. 그 동안 나를 지탱하고 있었던 모든 기운이 일시에 빠져나가 텅 비어버린 느낌이었다. 온몸의 수분이 다 빠져버려서 메마른 한지 같은 몸은 버석버석 소리를 냈다.

나야말로 한 번도 쉬어본 적이 없었다. 나를 향한 문단의 찬사나 독자들의 격려 한마디 없이 줄기차게 달려온 육 년이었다. 나에게는 슬럼프도 사치였다.

이십삼 년 전 내가 견디며 감내해야 했던 짐승의 시간에서 놓여난 대가로 그녀에게 글을 써주고 있다고 자위했다. 사람을 죽이고도 벌을 받지 않은 대가이기도 했고 누이를 여자로 품은 금기에 대한 대가이기도 했다. 단지 내 이름을 달지 않았을 뿐이지 글을 쓰면서 충일감을 느끼고 있는 것으로 나는 만족했다. 그녀와 나는 무언의 계약을 해왔고 그것을 지켜왔다. 약속을 어긴 것은 그녀였다. 아무에게도 말하지 말라는 내 비밀을 그녀는 세상에 내놓았으니까. 죽어도 들추고 싶지 않는 치부를 세상에 드러낸 나는 이제 껍데기에 불과했다.

밤마다 신열이 끓었고 헛소리가 나왔다. 그동안 앓았어야 할 몸살을 한꺼번에 치르고 있었다. 깜깜한 나락으로 수없이 떨어지면서도 소설을 써야 한다는 강박관념이 나를 괴롭혔다. 정신이 들어 눈을 뜨면 아줌마의 얼굴이 보였다. 아줌마의 걱정스런 얼굴이 잠깐 어른거리다가 환청이 들렸다. 텔레비전 고발 프로그램에서 흔히 쓰는 음성 변조의 목소리. 여성인지 남성인지 구분이 잘 가지 않은 그것이 내 귀에 스쳤다. 희미하게 보이는 사람은 남자였다. 환영일 것이다. 내 이마를 짚어보고 손을 잡아주던 손은 예민하고 섬세했다. 정신이 오락가락하는 중에도 아줌마의 손이 아니라는 느낌이 들었다.

나는 사흘을 꼬박 앓고 겨우 일어났다. 몸속에 쌓여 있던 독소가 다 빠져나간 기분이었다. 글에도 독성이 있는 걸까. 글독. 글을 쓰면서 악착같이 뿜어내기만 했던 독기가 폭발 직전에 이른 게 분명했다. 정작 몸과 마음이 지쳐서 쉬어야 할 사람은 그녀가 아니라 나였던 것이다.

"거울을 좀 갖다 주세요."

나비의 밥그릇에 우유를 쏟아붓고 돌아서는 아줌마에게 한 말이었다.

“거울이요?”

웬만해선 당황하지 않는 아줌마도 놀란 표정이었다.

언제부터였을까. 거울을 통해 나 자신의 모습을 비쳐보지 않았던 것이. 타인의 눈을 통해 보였을 나의 모습. 상상하는 것만으로도 충분히 괴롭고 힘들었다. 거울을 통해 적나라한 내 모습을 확인할 자신이 없었다. 그러나 이제 내 모습을 마주할 시점이 온 걸까.

아줌마는 접시 크기만 한 손거울을 가져다주었다. 내면의 치부가 다 드러난 마당에 겉모습을 외면할 까닭이 없었다. 둥근 거울 속에 내가 있었다. 민둥산처럼 반질반질한 머리에 흩날리는 몇 가닥의 머리카락. 아파트의 어안렌즈처럼 툭 불거져 나온 오른쪽 안구와 흘러내린 살에 파묻힌 왼쪽 눈이 나를 바라본다. 뭉개진 코와 드러난 치열도 흉측했다. 사람일 수 없는 몰골. 이런 나를 세상에 드러낼 수 있을까. 얼굴 없는 작가. 정혜규가 제안한 내 콘셉트다.

나는 손을 들어 내 얼굴을 쓰다듬어보았다. 우툴두툴한 살갗이 손바닥에 전해졌다. 촉감과는 달리 투명한 빛이 흘러넘쳤다. 비록 다갈색 살갗이었지만. 독이 빠진 얼굴은 금방 물에 헹군 듯 말갛게 보였다. 순한 표정의 사내.

“누가 다녀갔어요.”

내가 거울을 돌려주자 아줌마가 무심하게 말했다.

“……?”

나는 아줌마를 물끄러미 올려다보았다.

“점잖은 신사분이셨어요. 누구냐고 물었더니, 잘 아는 사람이라고만 하더라고요. 그러고는 얆게 놔두라고 하더군요. 선생님의 이마를 짚어보더라고요."

누구였을까? 내 마음에 짚이는 사람, 철호. 점잖은 신사와 어울리지 않지만 내가 이곳 주소를 문자로 보낸 유일한 사람이므로. 생각이 그에 미치고 있을 순간, 아줌마가 미간에 잔주름을 잡으며 입술을 달싹거렸다. 미처 하지 못한 이야기가 남은 표정이었다.

"저어, 사실은요. 그분한테는 부러 모르는 척했지만……. 내가 살짝 엿봤어요."

아줌마가 두 손을 가슴에 없고 심호흡을 했다. 나는 아줌마의 눈을 똑바로 응시하며 아줌마가 스스로 말하기를 기다렸다. 이윽고 아줌마가 천천히 입을 열었다.

"그러니까, 그 양반이 선생님 책상에서 컴퓨터를 한참 들여다봤어요. 선생님 건데 그거 보면 안 되는 거잖아요. 컴퓨터를 보는 그분 뒷모습이 왜 그렇게 섬뜩했는지……."

아줌마는 말끝을 흐렸다. 내 머릿속으로 퓨즈가 툭, 끊어지고 있었다. 그가 왔다 간 것이다. 무엇을 탐문하기 위해 내 컴퓨터를 보았던 걸까. 내 머릿속은 실타래처럼 엉키고 있었다. 흐릿한 의식 속에서 보았던 남자. 환영이 아니었다.

나비의 분홍 혓바닥이 접시를 핥고 있었다. 나는 노트북을 켰다. 그가 나의 무엇을 보고 간 걸까. 나의 계획서와 소설. 내 이름에 대한 복원, 현실이 될 수 있을까. 오늘쯤이면 그녀가 올 것이다. 투명한 의식 위에 예감이 돋을새김되고 있었다. 마당에서 차 소리가 들렸다. 차 문이 닫히는 소리. 시동이 꺼지는 소리. 이어서 들리는 그녀의 구두 소리. 현관문이 열렸다. 나는 그녀가 금방 열어볼 수 있도록 파일을 저장하고 노트북을 닫았다.

"아줌마, 나 왔어요."

그녀다. 내 촉각이 곤두섰다.

"네, 오셨어요."

닷새 동안의 여행으로 그녀의 신상에 변화가 있는 게 분명한 목소리였다. 그녀의 닷새가 문득 궁금해졌다. 그와 그녀가 나누었을 밀담과 협상들. 가늠키 어려웠다. 그녀의 기척을 느낀 나비가 갸르릉거렸다. 나비를 내려다보는 그녀의 시선이 싸늘했다. 둘 사이에 차가운 기류가 엉켰다. 뭘까? 심상치 않은 조짐만 느껴질 뿐 구체적인 짐작은 할 수 없었다.

그녀의 양 손에 들린 종이 쇼핑백. 꽤 무거워 보였다. 아줌마가 잰걸음으로 나와 쇼핑백을 받았다.

"와인이에요. 냉장고에 보관해주세요."

그제야 그녀가 나에게 시선을 주었다.

"나 왔어. 얼굴 괜찮은데. 마음 편했나 봐."

질책하는 뉘앙스를 풍기는 그녀의 말투. 마치 내가 자기한테 ○○문학상을 엿 먹인 걸 고소해하기라도 한다는 의미가 담겨 있었다. 그녀는 내 휠체어를 밀고는 침실로 들어왔다.

"나비야. 이리 와."

부드러운 음성이었다. 나비의 흐릿한 초록 눈이 흔들렸다. 그녀는 나비를 냉큼 안아 올렸다.

"이런. 끌끌끌. 네 모습이 말씀이 아니로구나."

그녀의 얼굴에 만족의 미소가 스쳤다.

"여행은 좋았어?"

"여행? 뭐, 그냥 그런대로. 나 당분간 여기서 지낼까 봐. 괜찮지?"

나는 잠자코 그녀와 나비를 번갈아 쳐다보았다. 도대체 뭘까? 상황을 예측하기 어려웠다.

"생각해보니까 너와 오붓한 시간을 보낸 적이 한 번도 없더라고. 그때 빼고는."

그녀가 그때를 말했다. 나와 그녀가 함께했던 그때. 남자와 여자의 시간이었던 그때. 나와 그녀는 다시는 돌이킬 수 없는 시간을 보냈다. 또 다른 짐승의 시간들. 짐승의 시간이 다 더럽고 추악한 것만은 아니었다.

김 사장에게 유린당한 후 나는 더 이상 남자가 아니었다. 청소년기를 보내고 청년기에 이르러서도 그랬다. 성욕이 없는 것은 아니었다. 그러나 끝까지 갈 수가 없었다. 김 사장의 폭력은 나의 정신적 성장판에 쐐기를 박아놓았다. 내 눈앞에 펼쳐진 검은 휘장. 헤쳐나가려는 나의 노력은 부질없었고 좌절로 돌아왔다. 동영상이나 포르노 속 여자를 보면서도 내 남성은 제 기능을 하지 못했다. 그럴수록 나는 치열하게 글쓰기에 매달렸다. 나에게 있어서 글쓰기의 근간이 불능을 대신했다고도 볼 수 있었다. 지금 그녀는 나의 불능이 회복되었던 그 시간들을 말하고 있다.

철호의 집을 나온 우리 두 사람은 몸을 섞었다. 침묵 가운데 내 마음을 동조했던 그가 내 본능을 부추긴 것이었다면 어불성설일까. 자넨 예술가야. 그것도 마성을 표현하는 예술가. 그런 예술가가 욕망에 충실하지 않으면 그 빛은 제 색깔을 잃고 말 거야. 아무 말도 하지 않았지만 그는 나에게 그렇게 지시하는 것 같았다. 그녀를 안는 것이 극히 자연스러웠다. 두 사람 중 누구 한 사람도 제지하지 않았다. 나의 남성적 기능은 쉽게 복원되었고 나는 그녀의 몸을 끊임없이 탐했다. 방사되지 못하고 축척되기만 했던 남성은 일종의 광기처럼 번뜩이기만 했다.

우리는 김 사장이 무너져갈 미래에 대해 축배를 들었고 수없이 하이파이브를 외치며 웃었다. 우리는 세상 끝에 와 있었고 세상 어느 누구도 우리를 비난할 수 없었다.

그녀의 메일이 아니었더라도 나는 짐작하고 있었다. 김 사장이 어린 그녀에게 했을 많은 일들을. 중학교 때였다. 그녀가 입을 앙 다물고 그랬다. 죽여버리고 싶어. 죽여버리자. 기필코. 나는 주먹을 움켜쥐며 속으로 울었다. 왜곡되고 비틀어진 성애에 유린당했던 나와 그녀. 우리가 세상에서 두려워할 것은 아무것도 없었다.

그녀의 육체를 탐하면서 나라는 사람은 그녀를 통해서만 존재하리란 예감이 들었다. 그러면서 앞으로 내 인생은 그녀에게 철저히 저당 잡힌다고 해도 그다지 억울할 게 없다는 생각도 들었다. 일그러지고 비틀어진 나를 그녀가 받아들인다는 사실만으로도 나는 충분히 위로받고 있었다. 우리는 그렇게 며칠을 보냈다. 누군가가 이

건 아니라고 멈췄어야 하는 걸까. 나는 머리를 가로저었다.

부엌에서 덜그럭거리는 소리가 들렸다. 아줌마가 돌아간 시간이었다. 부엌에서 그녀는 무엇을 하는 것일까? 그녀가 한 손에 와인 병과 다른 한 손에 크리스털 유리 잔을 들고 내 방에 들어왔다. 손가락 사이에 거꾸로 걸린 크리스털 와인 잔의 긴 목이 위태위태했다. 세 개의 와인 잔을 탁자에 세우는 그녀의 솜씨가 능란했다. 금방이라도 챙그랑, 소리가 날 듯한 크리스털은 얄팍하고 투명하고 매끈했다. 그녀가 와인 병 주둥아리의 코르크 마개를 땄다. 역시 능숙한 솜씨다.

나는 조용히 앉아 그녀가 하는 양을 지켜보면서 무릎에 개켜 있는 턱받이를 목에 걸었다. 흰색 면으로 된 그것은 보송보송했다. 아줌마는 턱받이 하나까지도 삶아서 정갈하게 준비해놓는 사람이다. 이번 아줌마가 내 수발을 오래 들어주었으면 하는 생각이 잠깐 들었다.

"내일부터 아줌마 오지 않을 거야."

"왜? 너도 맘에 든다고 이번에는 오래 있게 해야겠다고 했잖아."

내 언성이 자연 높아졌다.

"내가 오지 말라고 했어. 너무 오래 있었어. 바꿀 때도 되었잖아."

"왜 너는 늘 네 멋대로니?"

나는 주먹으로 휠체어 손잡이를 두어 번 내리쳤다.

"너야말로 왜 그래. 지금 도우미가 문제야? 네가 나한테 한 일은? 내가 아무 말 하지 않고 있으니까 내가 모르고 있다고 생각하니?"

"내가 한 일이라고?"

내가 눈을 흡떴다.

"관두자. 이미 끝난 일을 왈가불가해서 뭐하겠니. 당분간 내가 있을 거고. 곧 새 사람 구할 거니까 걱정하지 마. 내가 너 불편하게 했던 적 없었잖아. 그러니까 그만해."

그녀는 일언지하에 나를 무찔러버렸다. 나는 질끈 눈을 감아버렸다. 휠체어에 앉아서 내가 할 수 있는 일은 아무것도 없었다.

그녀는 세 개의 잔에 와인을 따르고는 세 개의 잔을 차례로 빙그르르 돌렸다. 내 기분과는 상관없는 그녀의 일련의 행동들. 와인 향이 코끝으로 전해져왔다. 레드 와인이 크리스털 벽 위에까지 붉은 자취를 남겼다. 천장의 노란 전등 빛이 와인 표면에 스며들어 현란한 빛깔로 흔들렸다.

그녀는 와인 한 잔을 나비의 밥그릇에 쏟아부었다. 그녀가 나비를 불렀다. 한쪽 구석에 너부러져 있던 나비가 그녀 곁으로 왔다. 그녀는 갑자기 무엇인가 생각났다는 제스처로 손가락을 튕기고는 의자에서 몸을 일으켰다. 그녀가 들고 온 것은 우유였다. 나비의 밥. 그녀는 와인이 담겨진 나비의 그릇에 우유를 쏟았다. 붉은색에 우유가 혼합되면서 분홍빛으로 엷어졌다. 딸기 우유 색깔. 나비는 분홍빛 액체를 빠르게 핥았다. 붉고 뾰족한 혀 주위와 삐죽이 솟은 수염에 하얀 거품이 송송 맺혔다.

"뭐 하는 거야."

고양이에게 와인을 먹이는 그녀를 이해할 수 없었다. 나는 그녀

의 팔을 잡았지만 그녀가 내 팔을 뿌리쳤다. 그 때문이었다. 나비의
모습이 눈에 띄게 쇠락했던 것이.

그녀는 나를 뿌리치고는 어깨를 으쓱하는 제스처를 보이는 걸로
대답을 대신했다. 때때로 이해하기 어려운 그녀의 행동들. 그녀의
말마따나 그녀의 내면을 지배하는 어떤 특별한 직감이 존재하는
걸까. 내가 알게 모르게 그의 지배를 받았던 것처럼. 남매인 동시에
연인이자 편리 공생 관계였지만 우리는 서로를 속이고 속아왔다.

"마셔!"

그녀는 크리스틸 잔을 천천히 회전시키더니 나에게 내밀었다.
붉은 와인색은 관능적이다. 뿌리칠 수 없는 맛과 향이 내 미각을 유
혹했다. 내 정신은 가닥가닥 흩어져 물속을 부유하는 생물 같았다.
나는 허겁지겁 와인을 마셨다. 독특한 향이 코와 혀 안에 번졌다.
턱받이에 붉은 점이 튀었다. 그녀는 잔이 비우기 무섭게 와인을 채
웠다. 두번째 잔을 비웠을 때나. 나비의 가느디란 신음이 들렸다.
그녀는 나비를 내려다보는 내 얼굴을 두 손바닥으로 감싸며 자기
쪽으로 돌리게 했다.

"신경 쓸 거 없어. 오늘은 좀 취해봐."

나는 마리오네트 인형처럼 머리를 까닥였다. 그녀와 오붓하게
느껴보는 술 분위기에 나를 내맡기고 싶기도 했다.

와인 한 병이 바닥을 드러내자 취기가 올랐다. 발랑 누운 나비가
사지를 버르적거렸다. 상태가 계속 좋지 않은 나비다. 어디가 아픈
게 분명했다. 배를 드러낸 나비의 머리가 양탄자에 툭 떨어졌다. 쫑

굿한 입에서 붉은 털실이 쑥 빠졌다. 그것은 틀림없는 피였다. 술기운에 흐릿해진 시야에도 그렇게 보였다.

"피잖아!"

"아니야. 괜찮아. 네가 취해서 그래. 자. 푹 자."

그녀가 내 머리를 가슴에 안고 어깨를 토닥였다. 나도 취한 탓이라고 생각하며 스르르 눈을 감았다. 그녀의 품이 따뜻했다. 나는 급속히 잠 속으로 빨려 들어갔다.

햇살이 눈꺼풀을 찔렀다. 잠깐 눈을 붙인 것 같았는데 어느새 아침이었다. 머리가 지끈거리고 입안이 텁텁하고 깔깔했다. 갈증도 났다. 와인을 너무 많이 마신 탓일 것이다. 부엌에서 아침밥 짓는 소리가 들렸다. 아줌마일 거라고 생각하다가 오지 말라고 했다던 그녀의 말이 기억났다. 설마 그녀가 아침 준비를? 나는 침대에서 몸을 일으켰다.

"좋은 아침!"

앞치마 차림의 그녀가 침실 문을 열고 방긋, 웃었다. 나와 그녀가 함께 보낸 그때의 꿈이 딱 저랬다. 짐승의 시간을 보내면서 그녀가 아침이면 저 모습으로 나를 깨우고 나는 그녀가 해준 밥을 먹고 출근을 하는 꿈을 꿨다. 허황된 꿈. 도저히 이루어질 수도 없거니와 꿔서도 안 되는 꿈.

그녀 말대로 당분간이라고 해도 상관없다. 그녀의 제멋대로인 행동이 하루로 끝을 낸다고 해도. 지금 이 순간을 즐기면 그뿐이었다.

그녀는 내가 휠체어에 앉는 것을 도와주었다. 방문을 나서자 역겨운 냄새가 코를 스쳤다. 공기 중에 떠도는 역한 냄새는 노린내였다.

"무슨 냄새야?"

"어머, 냄새나? 냄새날까 봐 베란다에서 끓이는데."

"뭘?"

"네가 먹을 보양식. 그동안 너 애썼잖아. 나 속이느라고."

그녀의 의미심장한 말. 어렴풋하게 드러나는 윤곽들. 그녀가 보양식이라고 부르던 그것이 내 앞에 차려졌다. 노란 기름의 국물에 뜬 고깃덩어리. 나는 코를 감싸 쥐었다. 보는 것만으로도 속이 뒤집혔다.

"먹어."

"……."

"나비야."

"뭐라고?"

그러고 보니 나비가 눈에 띄지 않았다.

"너 봤잖아. 나비가 피 토하고 죽는 거."

구역질이 올라왔다. 나는 그릇을 저만치 밀어냈다. 그 바람에 국물이 식탁에 쏟아져 유리 위에 어룽거렸다. 미쳤구나. 어떻게 자기가 키우던 고양이를.

"임상 실험용이었어. 효과 제대로던데."

임상 실험이라니? 무슨 말일까?

"무슨 수작이야?"

숨이 차고 말은 끊어졌다. 사나운 그녀의 눈과 달리 입만 웃고 있었다. 머릿속이 혼란스러웠다. 내 눈동자는 초점을 잃어가고 있었다.

"경고야! 너도 나비 꼴이 될 수도 있다는 걸 보여주려고 한 것뿐이야. 당연히 먹기 싫겠지. 알았어. 치우지, 뭐."

그녀는 고무장갑을 끼고 냄비째 개수대에 쏟았다. 고깃덩어리는 음식물 쓰레기 봉지에 처박혔다. 쓰레기 봉지가 넘쳐났다.

"미친년! 널 위해서 살아온 나한테 어떻게 이럴 수 있어?"

나는 입을 씰룩거리며 뇌까렸다. 미친년? 날 위해서 살았다고? 진짜 웃겨! 그녀가 내 말을 받아 되뇌고는 까르르, 웃음을 터뜨렸다. 비누 거품 같은 그녀의 웃음소리가 듣기 싫었다. 나는 귀를 틀어막았다.

블라인드가 창에 내려오는 시간. 그녀는 어김없이 와인을 들고 왔다. 같은 방법으로 와인을 따고 크리스털 잔을 돌렸다. 오랜 시간 와인을 따라놓기도 했다. 매우 느긋하고 천천히 그와 같은 행동을 끈질기게 반복했다.

며칠이 흘렀는지 날짜를 세는 것조차 귀찮았다. 그녀가 다음 작품에 대해 채근했다. 나는 취기에 흐려진 의식으로 대답했다. 이제 더 이상 못 써. 본전이 다 떨어졌다고. 이제 너와 나의 이야기밖에는 없어. 너와 나의 관계에 대한 지독한 이야기. 그녀의 눈이 빛났다. 결국 이것이었구나. 예측 불허한 행동 속에 내포된 그녀의 계획이. 내 속에 마지막으로 웅크린 그것을 빼내기 위해 그녀는 내 곁에 머물러 있었던 거로구나. 나는 그만 피식, 웃음이 새 나왔다.

　구상 계획을 끝내고 이제 막 시작한 소설. 정혜규가 내 이름으로 출간해주겠다는 그 소설. 결국 소설가는 자신의 이야기를 파먹는 자였다. 자기 팔다리를 먹고도 끊임없는 허기에 시달렸던 에리직톤은 작가의 모습과 다르지 않았다. 상상의 이물질이 첨가되지 않은 순도 백 퍼센트의 기록들. 인생의 노폐물 같은 기록이다. 땀과 침과 오줌과 똥처럼 밖으로 배출해야만 하는 것들. 내가 숨을 쉬며 살아 있다고 외치는 존재의 증명 방식. 그 이상도 그 이하도 아닌 것. 나는 결국 내가 지어낸 이야기 속에서 허우적거릴 것이다.

　이제 나는 와인이 없으면 잠을 들 수도 깰 수도 없었다. 붉은색에 깊이 침잠되어가는 스스로가 무서웠다. 풀린 동공에 비친 모든 사물들이 뿌옇게 굴절되어 보였다. 무기력하고 몽롱한 나날들이 꿈속처럼 흐르고 있었다.

14. 무궁화 꽃이 피었습니다: 리영

휠체어에 늘어진 용민은 어느새 깊은 잠에 빠져 있었다. 벌린 입 사이로 와인색 침이 흘렀다. 그의 잠든 얼굴을 보자 눈가가 뜨뜻해졌다. 가슴속으로 슬프다는 느낌은 전혀 없는데도 눈물이 차올랐다. 정점을 향해 치닫는 파국. 비단 소설에서만 있는 구성이 아니었다. 이야기로 이루어진 삶도 별반 다르지 않다. 세상 누구도 완벽한 내 편은 없었다.

민기태는 밀월여행을 강원도로 가기 원했다. 나는 싫다고 했지만 민기태가 고집을 피웠다. 용민의 별장에서 멀지 않은 곳으로 예약한 펜션에서 사흘을 머물렀다. 용민의 본능에 의해 내 몸이 전조를 보였고 여행은 서둘러야 했다. 가을 강원도는 좋았지만 경치가 눈에 들어올 리가 없었다. 내 목표는 오직 하나였다. 내 뱃속 아이

에게 뿌리를 만들어줘야 한다는 것. 용민이 정혜규에게 일기를 건
네주는 조건으로 맺은 계약이었다. 다섯번째 소설인 『유년의 자화
상』은 그런대로 내 페이스를 유지시켜준 셈이었다. 작품성과 상관
없이 은성유리 사주의 은밀한 행위가 부각되어 이슈화되었으니까.
김은성은 항소했지만 다시 열린 재판에서도 무기징역을 언도받았
다. 변호사도 그 일에서 손을 뗐다.

밀월여행에서 내가 알고 있는 민기태가 아닌 전혀 다른 이면의
민기태를 보게 되었다. 어쩌면 민기태는 나와 같은 부류의 사람이
었는지도 몰랐다. 민기태는 철저하게 자기의 본모습을 은닉시킨
가면의 사내였다. 경악과 분노와 배반감은 잠깐이었다. 민기태에
게서 동질감이 느껴져 안도했다. 우린 한 배를 탄 사람들이야. 나를
올라탄 민기태의 몸은 뜨겁고 격렬했다. 그래요. 결국 누가 최후의
승자가 될지는 아무도 모르겠죠. 내가 민기태의 등허리에 손톱자
국을 길게 그으며 맞장구를 쳤다.

용민을 침대에 간신히 옮겼을 때 전화벨이 울렸다. 민기태다.

"나야!"

"알아요."

"지금 좀 오지,"

"그 사람 재우고 있어요."

"그럼 재우고 와. 널 안고 싶어."

민기태는 일방통행이었다. 그 또한 예전에는 한 번도 본 적이 없
는 모습이었다. 나는 입었던 옷 그대로 현관을 나와 차에 시동을 걸

었다. 길이 막히지 않아 속력을 높일 수 있었다. 민기태가 거처하고 있는 오피스텔에 도착했다. 아내와 이혼하고 민기태는 혼자 나와 있었다. 현관 번호를 누르면서 줄다리기가 필요하다는 생각을 했다.

"생각보다 빨리 왔네. 빨리 잠들었나 보군."

술을 먹고 있는 민기태의 얼굴이 하얬다. 술이 취해도 얼굴이 붉어지지 않는 사람. 나도 편한 자세로 술잔을 받았다.

"너희 아직도 자니?"

흰 얼굴에 눈동자만 붉은 민기태의 얼굴이 야비해 보였다.

"굳이 내 입을 통해 듣지 않아도 알 거 아니에요. 개와 육 년을 내통한 사이였으면서. 나만 감쪽같이 속여놓고……."

"아직도 화가 안 풀렸어? 결과적으로 누구한테 이익이었는데, 그걸 가지고 계속 트집이야. 내가 그렇게 하지 않았다면 그 사람이 널 위해서 작품을 썼을 거 같아? 다 내 덕인 줄 알라고."

민기태의 혀가 꼬였다. 술이 적잖이 들어간 모양이었다.

"정말 날 위해서였나요? 선생님이 우리 두 사람을 이용한 것은 아니고요?"

민기태가 담배를 빼 물었다. 민기태의 섬세한 손끝에서 담배 연기가 피어올랐다. M출판사와 딜을 하면서 깨달은 점이 있었다. 당시 민기태도 M출판사와 같은 생각을 했을 거라는 사실. 누가 판단하더라도 작가로서 그의 상품 가치는 미지수였을 것이다. 몰골이 괴물에 가까운 화상 장애인. 독자에게 환상을 심어줘야 할 작가로서는 실격이었다. 외모 지상주의는 문단에서도 통용되는 조건이었

으니까. 『표절』당선 이후 불행한 사고로 장애를 입은 용민이 전면
에 나섰다면, 일회성 이벤트로만 적합했을 것이다. 그에 비한다면
민기태에게 미칠 파급 효과로 내가 월등했다. 용민과 대면한 민기
태도 그 사태를 간파했던 것이다. 더군다나 『표절』은 이왕 내 이름
을 달고 세상에 나온 작품인데, 그걸 뒤집어 진실을 밝혔을 때 민기
태에게 떨어지는 이점은 없었다.

"너의 쌍둥이 남동생이 그러던가? 내가 결국 두 사람을 이용한
것이라고?"

민기태의 눈동자 속에 탐색의 전조등이 깜박거렸다. 그것은 내
가 용민에게 모든 사실을 이야기했을지 모른다는 불안감이었다.

"설마요. 내가 총 맞았어요? 걔한테는 아무 말도 안 했어요. 걘
선생님이 자신을 복원해줄 거라고 철석같이 믿고 있는데, 실망을
줄 순 없지 않겠어요. 넌 이제 영원히 아웃이야, ○○문학상 심사에
서 오시연을 민 것만 봐도 모르겠니, 민기태 신생의 평론 인생에서
넌 더 이상 필요 없다는 말을 어떻게 하겠어요. 오시연이 떨어진 건
선생님한테도 참 애석한 일이겠죠?"

"○○문학상에서 미끄러진 게 그렇게 분해? 네가 먼저 시작한 일
이잖아. 내가 모를 줄 알고? 내 아내에게 말도 되지 않는 억설의 편
지와 사진을 보내서 나와 시연을 모함한 걸."

"오호! 알고 계셨으면서 시치미를 뗐군요. 그러고는 걔한테 정
혜규를 붙였고요. 이유가 뭐예요? 결국 나한테 다 이야기할 거면서
걔한테는 희망을 준 이유 말이에요."

"이유? 희망?"

민기태는 천장이 들썩거릴 정도로 큰 웃음을 터뜨렸다.

"항상, 어느 때라도 칼자루는 내 손에 있어야 해. 감히 내 칼자루를 너희들이 뺏으려는 걸 두고 볼 수는 없었지. 오시연과 나를 싸잡아 구렁텅이로 밀어버리고 너만 우뚝 서려는데 내가 그냥 당하고 있을 것만 같았어? 그래서 그 사람을 통해 살짝 손을 썼던 것뿐이야. 결국 리영, 너는 내 손바닥에 있으니까 까불지 말라는 경고였다고나 할까."

어릴 적부터 내가 알고 있었던 그 민기태가 맞나 싶을 정도였다. 민기태의 얼굴은 여전히 그 얼굴인데, 그에게서 흘러나오는 말은 소름이 끼쳤다. 내 머릿속에 후보자 선정에서 나왔던 삼 대 이가 기억났다. 반대하는 두 명 중 민기태가 있었던 것이다.

"선생님은 ○○문학상 후보로 나를 추천하지 않았군요."

"이런, 이런. 리영이 그걸 이제야 눈치챘단 말이야?"

민기태가 혀를 챘다. 민기태에게 글발이 다한 나도 폐기 처분되었어야 하는 대상이었던 것이다. 우리는 서로를 물어뜯으며 극렬해졌다. 잡아먹을 듯 성교를 나누는 맹수들처럼.

"억울하셔서 어떡해요. 나를 밀어내고 오시연을 등에 업고 가셔야 했을 텐데."

"그러게. 그런데 네가 일을 다 어그러뜨렸잖아. 그러니까 말해. 네가 계획한 다음 일이 무엇인지."

민기태가 내 몸을 파고들며 이를 바득바득 갈았다.

"선생님이야말로 순순히 털어놓으시죠. 앞으로 용민을 어떻게 요리할지. 이제 걜 이슈화시킬 일만 남은 건가요? 선생님만 교묘하게 발을 뺀 후에 나만 마녀사냥의 희생물이 될 각본이라도 준비된 건가요?"

"마녀 화형식이라. 오! 생각만으로도 짜릿한데."

민기태의 말처럼 내 신경 하나하나가 짜릿짜릿 감전되고 있었다. 정혜규는 편집자 선에서 소설을 출간한 것으로 물러서지 않고 기어이 일을 만들었다. 심사 막바지에 이르렀을 때 정혜규가 심사위원들 한 사람 한 사람을 찾아다녔다. 내가 작품을 쓸 때 누군가의 도움을 받아왔다고. 정혜규는 꽤 정확한 실례를 들어가며 심사위원들을 설득했다. 진실과 사실 여부를 떠나 자질이 의심 가는 작가에게 그런 큰 상을 주는 일은 보류해야 한다는 중론이 모아졌다. 추문화의 대상이 된 민기태로 인해 오시연이 당선자에서 보류된 것 같은 상황이 나에게도 똑같이 재현된 것이나.

정혜규가 출판사에서도 용인한 일을 중뿔나게 들춰낸 이유는? 임금님 귀는 당나귀 귀라고 소리치고 싶은 심리일까? 아니면 진실을 밝히고자 하는 어줍지 않은 오지랖일까? 그로 인해 나는 ○○문학상 탈락뿐 아니라 문단에서의 입지마저 위태로워진 상황으로 몰린 판이니 정혜규의 노력이 실로 가상하다고 해야 할 것이다. 아니다. 나 모르게 은밀히 연락을 주고받았던 용민과 민기태에게 박수를 보내야 하는 걸까?

"나를 화형시키고 선생님한테 남는 것은 뭐죠? 괴물로 화상 장애인이 된 용민에게 빌붙을 작정인가요? 그게 선생님이 평단에서 주목받고 살아남는 길인가요?"

"작가와 작품이 있어야 존재하는 것이 평자일 테니까. 소설은 작가의 머릿속에 있을 때만 단순한 이야기일 뿐이지. 그것이 책이 되어 세상에 돌아다니면 전혀 다른 유기체가 되는 거야. 상품이 되기도 하고, 여러 사람의 생계가 되어 하나의 삶 자체가 되기도 하고, 때로 악마가 되기도 해."

"모르겠어요. 무슨 말인지."

"알 턱이 없지. 네까짓 게."

"개한테 뽑아낼 무엇이 있을까요?"

"더 이상은 없었어. 쓰다 만 원고를 봤어."

"······!"

강원도 펜션에서 민기태가 그동안 죽 용민과 연락을 하고 지냈다는 말을 털어놓으며 천전리 별장 주소를 물었던 생각이 났다. 나는 순순히 가르쳐주었다. 다음 날 아무 말도 없이 몇 시간 사라졌다 돌아온 민기태였다.

"어땠어요? 좋았나요?"

"아직 다 쓴 건 아니지만 너의 절필 작품으로 무난할 것 같아."

"나의 절필 작품이라고요?"

"그럼 『유년의 자화상』으로 끝내려고 했어? 여기서 끝내면 죽도 밥도 아니야. 문단에서 너는 영원히 매장당할 수 있어. 문단뿐 아니라 사회적으로도 문제가 될 수 있어."

"내가 계속 쓴다면요?"

"정확하게 말하면 얼굴 없는 작가 용민이가 쓰는 거겠지."

"아무튼요."

나는 짜증을 냈다.

"모든 일이 유야무야될 거야. 누가 뭐래도 리영은 베스트셀러 제조기니까."

"누구를 위해서죠?"

"너와 나를 위해서지. 그걸 다 쓸 때까지만 네가 걜 돌봐주어야겠지."

민기태의 눈빛은 협잡꾼의 그것과 크게 다를 바 없다는 생각이 들었다. 민기태는 또 한 번 우리를 갖고 논 셈이었다. 용민에게 정혜규를 붙임으로 용민과 나를 단단히 잡도리했으니까. 그걸 다 쓸 때까지만 용민을 돌봐주라고. 민기태는 알고 있는 걸까? 내가 용민의 목울대로 들이밀고 있는 붉고 짜릿한 칼날을.

등단 이십 년 차의 민기태. 언젠가 나에게 그랬다. 새로운 모습과 글발로 부상하는 젊은 비평가들이 무섭다고. 민기태의 문학 인생도 이제 내리막길로 치닫는 일만 남아 있었다. 초록색에서 빨간색으로 바뀌는 찰나의 황색 신호가 켜지는 순간 말이다. 그러나 나는 알고 있다. 이제 나의 정점이 이쯤이라는 것을. 아니, 그의 정점도 이만큼까지라는 것을 말이다.

민기태는 다시 나를 철저히 이용할 것이다. 현재 주가를 올리는 소설가와 그 작품을 평해준 최고의 문학 평론가가 이십여 년 시간을 지내는 동안 스승과 제자가 뜨거운 연인 사이로 발전하는 로맨스로. 하지만 민기태의 실체를 안 이상 가만히 앉아 조종당할 수는 없었다. 나는 누군가를 조종하는 것에 능란한 사람이지, 결코 조종당하고 살 수 있는 부류의 인간이 아니기 때문이다.

민기태는 아내와의 이혼 숙려 기간이 끝나는 동시에 법원 일도 깔끔하게 마무리할 것이다. 이제 민기태가 나에게 내밀 청혼만 기다리면 되었다. 나도 민기태에게 내밀 선물이 있다. 그 선물이 온전히 민기태의 소유가 되기 위해 서둘러 밀월여행을 떠난 것이니까, 그 선물은 마땅히 민기태의 몫이었다.

민기태의 말대로 절필하기 전 나의 존재를 선명하게 각인시킬 수 있는 작품 하나는 용민에게 뽑아낼 작정이다. 문단에서 매장당한 작가로 낙인찍히기는 싫어서다. 아니, 정확하게 말하면 내 문단 인생을 마무리할 작품이라고 해야 할 것이다. 세상에 남긴 여덟 권의 저작물이라면 평생 작가로 대접받으며 살 수 있지 않을까.

새벽녘 민기태를 깨웠다.

"이제 가봐야겠어요. 선생님이 읽었다는 그 작품 나도 빨리 읽고 싶군요."

"그래. 읽어봐야겠지. 너의 마지막 작품인데."

민기태는 내 입술에 자신의 입술을 겹치며 속살거렸다. 사랑해. 민기태의 청혼으로 내가 그에게 주는 선물은 더 축복받을 수 있을 것이다. 작가로서 막을 내린 내 인생이 다시 한 번 어디론가 가고 있다는 느낌이 들었다. 한번 가보는 거다. 아니면 마는 거고. 여섯

번째 장편과 내 뱃속의 생명은 새로 시작하는 우리 두 사람 인생에
서 행운의 상징으로 작용할 것이다.

남자들은 자신들의 욕망에 대한 결과물에 집착하는 일차원적 생
물이다. 그 덕분에 나는 민기태를 맘껏 조종할 수 있을 것이다. 내
안에 이미 그 뿌리가 정착하기 시작했는데, 내가 두려워할 것은 없
었다.

내 안에 꿈틀대는 그의 씨가 민기태에게 행운의 선물이 될는지,
아니면 인생의 목표를 달성하기 전 카운트다운 역할을 하고 있는
지는 나도 모른다. 내 남은 인생의 행보가 결정하는 무엇이 될 수도
있다.

앞으로 해야 할 일이 너무 많다. 축복의 웨딩마치를 위해 민기태
와 나의 뜨거운 열애 사실을 미화해서 퍼뜨려야 한다. 리영 작가와
민기태 평론가의 결혼인데 문단의 이슈는 되어야 하지 않겠는가.

나는 춘천으로 향했다. 새벽어둠이 희붐하게 밝아왔다. 사람의
기척이 없는 별장은 어둠 속에 엎드려 있었다. 나는 어둠을 향해 발
을 내딛었다. 현관 번호 키를 눌렀다. 어쩌면? 혹시? 기대는 두려움
이 되어 손이 떨렸다. 마당의 자갈들이 서로의 몸을 부딪쳐 구르는
소리가 났다. 달그락 달그락. 새벽어둠이 내 뒷덜미를 낚아채는 듯
섬뜩했다. 뒤를 돌아다보았다. 야트막한 야산의 나무들이 검은 가
지를 뻗치고 있었다. 가을바람이 나뭇가지에 걸려 우우, 우는 소리
를 냈다.

현관을 들어서며 불을 켰다. 어둠 속에 묻혀 있던 거실 물건들이

불빛 속에 불쑥불쑥 튀어나오는 것 같았다. 나는 일부러 큰 소리를 질렀다. 용민아! 어디에 있니? 나 왔어. 내 목소리가 거실에 웅웅거렸다. 이 시간이면 용민은 자기 침실에서 깊은 잠에 빠져 있을 것이다. 비긋이 열린 집필실. 어두웠다. 집필실에서 바로 통하는 침실. 그곳으로 향하는 내 발걸음이 자꾸 주춤거려졌다.

어두운 침대에 길게 누운 용민의 실루엣이 보였다. 그의 얼굴은 흐릿했다. 규칙적인 숨소리가 나지막이 들렸다. 나는 가슴을 쓸어내렸다. 아직은 살아 있구나. 안도감에 이어 밀려오는 실망감은 아이러니한 감정이었다. 다리에 힘이 풀렸다. 침대 밑에 쪼그려 앉은 나는 어둠을 노려보았다. 알 수 없는 긴장이 풀리면서 잠이 몰려왔다. 나는 어느 결에 잠이 들었다.

블라인드가 올라간 통창으로 햇빛이 비쳐들었다. 잠이 깼다. 오전 열시 사십분. 용민은 모로 누운 채 아직 잠들어 있었다. 부스스 몸을 일으킨 나는 용민의 어깨를 흔들었다. 간신히 눈을 뜬 용민의 얼굴빛이 심상치 않았다.

용민에게 아침을 주고 장식장을 열었다. 섬세하게 세공된 고급 크리스털 잔. 불빛이 반사될 때마다 투명하고 맑은 음색이 금방이라도 챙그랑, 소리를 내며 울릴 것 같았다. 프랑스 레드 와인을 삼분의 이 가량을 따르고 병의 주둥이를 살짝 돌렸다. 와인 향이 밖으로 퍼지지 않게 와인을 따르는 방법이었다. 나는 여리고 가는 와인 잔 목을 살짝 잡았다. 남자들이 아름다운 여인의 쇄골을 더듬으면 이런 조심스런 기분이 들 것이라는 생각을 해보았다.

와인 잔을 천천히 흔들었다. 와인의 붉은 혓바닥이 크리스털 표면의 독을 남김없이 핥아내도록. 깊이 빨아들이도록. 납 성분이 와인 속에 스며들어 그 맛이 더욱 감미롭고 달콤해지도록.

치명적인 유혹일수록 헤어나기 힘든 법. 유혹에 중독되어가는 그는 조금씩 허물어지기 시작했다. 내가 선택할 수 있는 최선은 그의 최후뿐이었다.

리드 옥시드 성분이 첨가된 크리스털 와인 잔 세트. 유형일의 선물이었다. 억울한 최후를 맞이한 사람이긴 했지만 유형일의 죽음은 헛되지 않았다. 유형일의 선물은 정교하기 때문에 매혹적이고 매혹적인 만큼 치명적이었다. 나도 유형일에게 그만한 대가는 지불했다. 그가 내게 협박만 하지 않았더라도 그렇게 그를 죽음의 아가리에 바치지 않았을지도 모른다. 자신의 죽음을 자초한 것일 뿐이다. 그러므로 그다지 불공정한 거래는 아니었다. 그의 가족들에게 지불한 돈과 비교해서 그 사람이 담보로 한 것이 목숨이라는 게 조금 걸리긴 하지만. 그래서 덤으로 그의 욕망을 채워주었다. 그러고 보면 남자의 욕망이란 하나같이 천편일률적이었다. 가장 중요한 순간에 욕망의 노예가 되어 앞뒤 분간을 못하곤 하니까.

욕망을 발산함으로 능동성을 표출하는 남성과 욕망을 수동적으로 조절하는 여성은 묘하게 맞물린다. 그러나 결국 욕망을 지배하는 것은 여성이고 욕망을 거세당하는 것은 남성이다. 사랑의 결과로 얻은 생명을 잉태하는 것이 여성이고 그로 인해 위축되는 것은 남성이니까. 욕망의 결실인 생명을 쟁취한 여성은 결과적으로 남성성을 획득한 셈이고 욕망을 거세당한 남성은 여성화 현상이 나타나기 마련이다. 그런 면에서 볼 때『표절』의 메시지와 일맥상통했다. 네 개의 팔과 네 개의 다리를 가진 최초의 인류, 세번째 종이 가진 정체성과도 크게 다르지 않다. 그래서 그의 첫번째 소설『표절』이 뛰어난 작품이었던 것이다. 초창기 작품이어서 다소 거칠고 억지스러운 면이 있다고 할지라도 말이다. 어찌 보면『표절』의 메시지는 내 인생의 전언과도 같았다. 고대나 중세 시대의 신탁이나 계시와 같은 종류의 예지.

유리 유통 시장에서뿐 아니라 은성공장 창고에서조차 한 번도 만들지 않았던 정교하고 섬세하고 투명도가 높은 크리스털 와인잔. 김 사장이 수갑을 차고 연행된 후 벽장 깊숙이 감춰두었다가 꺼낸 그것은 용민의 몸속에서 진가를 발휘했다. 불빛 아래 자태를 드러낸 그것의 유연한 곡선은 여성의 몸과 견주어 절대 뒤지지 않았고 투명한 광택은 눈이 부셨다.

소량만 넣어도 광택과 투명도가 죽여주지. 유형일이 그랬다. 기준량의 다섯 배를 첨가하면요? 내가 물었다. 치명적이지. 유형일이 내 가슴을 어루만지던 손으로 목을 긋는 시늉을 하며 말했다. 위험한 물건이야. 유형일의 얼굴이 밤거리에 켜진 수은등처럼 창백했다. 한 세트만 만들어줘요. 그건 뭐 하려고? 유형일의 목소리가 지나치게 위축되어 있었다. 대답 대신 나는 유형일의 품을 파고들었다. 욕망에 사로잡힌 남자는 무지몽매했다. 자신 품속의 여자에게 해줄 수 있는 일이라면, 그것이 무슨 일이라도 해내고 말 거라는 터

무늬없는 자부심으로 똘똘 뭉친 게 사내라는 동물이었다.

유형일의 그것이 얼마나 치명적인지 임상 실험을 거친 바 있었다. 크리스털 잔에 담긴 와인과 우유를 지속적으로 먹여온 나비다. 짧은 시간 내의 납중독에 의한 죽음이 그것을 증명했다. 새파랗게 질렸던 용민. 그는 그때 알았을 것이다. 자신의 최후를.

와인은 크리스털 잔에 깊이 박혀 있는 독소를 순식간에 녹이는 성분이 있었다. 와인을 즐겨온 베토벤의 청각 장애도 그와 무관하지 않았으며 죽음도 그 때문이었다고 한다. 나는 그에게 지속적으로 와인을 크리스털 잔에 부어 마시게 했다. 그의 슬럼프도 그것과 아주 무관하지 않았을 것이다.

용민의 몸속에 납 독소가 시나브로 쌓여갔다. 용민의 결정에 따라 해독이 가능했을 정도의 독. 용민은 스스로가 파국을 자처했다. 민기태와 정혜규가 합작해서 내 뒤통수를 친 것쯤은 눈감아줄 수도 있다. 그러나 나를 위해 글을 쓰지 않겠다고 선언한 용민은 폐기 처분해야 할 녹슨 타자기에 지나지 않는다. 아니, 용민이 소설을 계속 생산하더라도 이제 더 이상 내 이름으로 발표하는 일은 힘들어졌다. 이 사실을 아는 사람은 이제 점점 늘어날 것이므로. 제2의 민기태와 정혜규가 나타나지 말라는 법은 없을 테니까 말이다. 내 잠재의식 속에 이런 날이 올 줄 미리 알았던 걸까. 용민이 선언한 나의 최후가 결국 그의 최후가 될 거라는 막연한 예감. 이제 용민의 목숨은 내 손에서 침몰하는 선체와 다르지 않았다.

유전자 감식 결과에 대한 메일을 보냈다는 문자를 받았다. 한날

한시에 보육원에 버려진 나와 용민. 보모 말에 따르면 낳은 지 채 한 달도 되지 않아 보였던 두 아이는 좁은 사과 상자 안에서 웅크리고 있었다고 했다. 두 아이는 강아지 새끼와 다르지 않았다. 똑같은 옷과 강보에 싸인 두 아이의 모습은 거울을 보는 착각을 일으킬 만큼 닮은꼴이었다. 코가 맞닿을 듯 포개진 두 아이를 증명할 작은 쪽지 하나 없었다. 세상과 부모로부터 철저히 버림받은 아기들.

초등학교 4학년 때 나는 알게 되었다. 어미의 의식 밑바닥은 끊임없이 나만을 버리려고 했다는 사실을. 원장실 문 앞에서 내 어미라는 여자의 소름끼치는 목소리를 들었다. 제가 십일 년 전 쌍둥이 남매를 버린 어밉니다. 내 심장은 뜨겁게 달아올랐고 울음이 터져 나왔다. 원장실 문을 열고 엄마, 라는 말을 외치고 싶었다. 엄마! 꿈속에서도 울면서 불렀던 이름. 그러나 그 여자의 입에서 흘러나온 말은 콩닥콩닥 뛰고 있던 내 심장을 일순간 멈추게 했다. 형편이 나아지는 대로 남자아이만은 꼭 데려가겠습니다. 여자아이는 도저히……. 어미는 그렇게 웅얼거렸다. 그 뒤에 나온 흐느낌에 묻힌 어미의 말이 꼬챙이가 되어 내 명치를 찔러왔다. 난산이었어요. 여자애의 탯줄이 남자애 목을 감았거든요. 내가 낳았지만 그 기집애가 무서웠어요. 맥을 추스르지 못하는 남자애는 숨을 깔딱거리는데 기집애가 얼마나 목청이 큰지. 정신이 오락가락하는데도 소름이 끼쳤어요. 날 잡아먹지 않으면 동생이라도 잡아먹을 거 같은 기집 애였어요. 상피 붙을 기집애일지도 모른다는 생각이 내 머리를 때렸어요. 옛날 어른들도 그러잖아요. 쌍둥이 남매는 전생에 부부였다고. 어미의 말은 표독했다. 아이들이 태어나자마자 애들 아빠가 하던 가게가 갑자기 망하고 빚쟁이들이 몰려왔어요. 끝내 애들 아빠가 저세상으로 갔지요. 모든 게 그 기집애 때문이라는 생각이 들었어요. 원장이 조용히 말했다. 아이들 얼굴을 보고 가시겠습니까? 우리 아들만 멀리서 보고 갈게요. 기집애는 보지 않을래요. 보면 미운 정이라도 들 거 아니겠어요. 나는 비척거리며 그곳을 벗어났다. 어린 내 마음속에서 작고 단단한 씨앗이 자라기 시작했다. 불온한 씨앗은 그때 이미 독을 품고 있었다.

어미의 입술이 뿌린 전언은 용민과 내 삶의 주술로 작용했다. 신의 실수로 태어난 우리. 남녀로 붙어 있던 인류의 세번째 종은 신의 칼에 의해 분리되었어야 했다. 태어나기 전부터 떨어져 살다가 남녀로 해후하는 순간을 위해서 말이다. 그런데 나와 용민은 붙어 있는 채로 세상에 태어난 것이다. 상피 붙을지 모른다는 어미의 주술과 함께. 용민과 딱 붙어 있던 나는 그의 반쪽이었으며, 찾는 수고를 하지 않아도 되는 그의 여자였던 것이다. 우리의 정신적 자아가 용민이라면 육체적 자아는 나였던 것이다. 그가 써낸 소설이 내 창작물이 될 수 있었던 것처럼 매끈하고 아름다운 나의 육체는 그의 소유물이었다. 아주 가끔 용민은 자기 속에 내재돼 있는 욕망 때문에 괴로워했다. 용민이 쓴 작품을 자신이 썼다고 세상에 알리고 싶어 하는 현시적인 욕망. 첫 작품집에 자기의 신춘문예 등단 소설이 왜 실리지 않았느냐고 물었을 때 나는 알았다. 그의 내면에 포기하지 않은 욕망을. 그것은 내가 가진 발현의 욕망이기도 했다. 그럴 때마다 나는 용민의 몸 일부를 나의 몸 안에 오래 있도록 해주었다. 내가 그에게 할 수 있는 위로였다. 그때야 비로소 그는 절대적인 안정감을 느꼈다. 내 말만 들어. 나의 순한 짐승. 내가 널 편안하게 해줄게. 내가 그를 쓰다듬으면 그는 벌어진 입술 사이로 내가 젖꼭지를 빨며 편안하게 잠들었다.

용민은 자신의 남성을 내 몸속에 뿌리를 내리고 싶어 했다. 수컷의 본능이 이성을 제어할 수 없는 지경에 이른 것이다. 민기태에게 고백하던 날, 앞으로 걸어가던 내 직감이 흘린 웃음의 의미를 깨달았다. 용민의 씨앗이 내 몸에 안착했다는 미세한 징조가 감지된 날이기도 했다.

금기를 넘어서는 일. 이제 나와 용민의 인생에서 종지부를 찍어야 했다. 나는 더 이상은 내 인생에서 금기를 넘어서는 위태한 승부를 하고 싶지 않다. 민기태가 내 뱃속 생명의 근원이 되어야 했다.

이혼한 아내로부터 자식이 없었던 민기태다. 이혼의 사유도 그 때문일 수도 있고 그 아내의 히스테릭도 거기서 연유되었다고 들었던 적이 있었다. 사십 중반의 민기태도 어쩔 수 없는 남자였다. 자신의 씨를 여자의 몸에 뿌리내리고자 하는 본능을 가진 수컷.

나는 마음이 급해졌다. 이미 절필을 선언한 용민은 더 이상 필요 가치가 없는 괴물일 뿐이었으므로. 크리스털 잔을 통해 그 아이의 몸속에 쌓인 독소가 하루 빨리 퍼져야 했다. 용민이 뿌린 생명이 세상에 태어나 떳떳하게 살아가는 대가로 그는 마땅히 폐기 처분해야 할 대상이었다.

나는 유전자 감식 결과 메일을 열었다. 그리고 의심할 수 없는 사실을 천천히 확인했다. 현대 의학에 의한 유전자는 명백한 수치로 그것을 증명하고 있었다. 나는 그의 누이였으며 그는 나의 동생이라는 명백한 사실을. 다른 한쪽이 건재하기 위해서는 누군가 사라져야 하는 나와 용민의 딜레마.

나는 용민의 잔에 와인을 따랐고 그는 그것을 마셨다. 한 잔, 두 잔, 세 잔……. 사람의 신체는 상황에 따라 빠르게 적응하는 유기체였다. 용민은 와인 맛에 길들여져갔고 취해갔다. 알코올에 녹아 있는 납 성분은 그의 내장과 신체 기관에 치유하기 힘들 만큼 쌓여갔다.

용민의 혈압이 높아져갔고, 식욕이 감퇴되고 있었다. 그에 따라 점점 무기력해져갔으며 습관처럼 열어보던 노트북도 멀리하고 독서도 하지 않았다. 때로 심한 두통을 호소하기도 했다. 그럴 때마다 용민이 손을 떨며 찾는 것은 와인이었다. 그린 그의 모습은 백태 낀 듯 뿌연 눈동자에 사지가 뻣뻣해지면서 순백의 털이 숭숭 빠졌던 나비와 크게 다르지 않았다. 그녀의 탯줄이 그를 옭아매었던 미완의 운명이 비로소 완성되는 걸까.

용민이 남긴 마지막 소설 초고 파일. 나는 노트북에서 그것을 찾아낼 것이다. 세상에 절필을 선언하기 전 최고의 작품이 되었으면 하는 바람이다. 만약 그렇게 되지 않는다고 하더라도 상관없다. 세상에 한 번도 존재를 드러내지 않는 그가 남긴 유작인 동시에 나의 육 년 작가 생활에서 여섯번째 장편소설이 탄생했다는 것만으로도 충분히 의미 있는 일일 테니까. 악마의 숫자 666에 경배를!

용민을 위해 가장 좋은 화장터를 준비할 것이고 가장 비싼 납골당을 고를 것이다. 그의 사인은 화상에 의한 돌연사로 처리될 것이다. 의사의 진단이 그랬다. 오래 버티지 못할 거라고. 내장 기관까지 스며든 화기가 끝내 그의 목숨을 앗아갈 것이라고. 육 년을 버틴것도 기적이었다. 정혜규에게도 말한 적이 있었다. 갈 날이 얼마 남지 않은 사람에게 감당할 수 없는 파란을 주는 것이 과연 누구를 위해서냐고.

민기태는 내 절필을 문단의 한 사람으로 인정하는 대신 마지막작품에 힘을 실을 것이고 여태까지 문학적 성과를 과대 포장해줄것이다. 정혜규가 걸리지만 그때 이미 용민은 세상에 없을 것이다. 나는 의미심장한 미소를 머금은 민기태와 함께 용민의 장례를 치르는 것을 상상해보았다. 나쁘지 않을 것이다.

땡땡땡! 벨소리가 경박하게 울렸다. 그의 몸이 와인을 원한다는신호다. 그가 와인을 원하는 시간은 시도 때도 없었다. 통창의 블라인드가 서서히 올라가는 아침 시간에도 그는 와인을 찾곤 했다.

죽음을 부르는 와인. 나는 미리 준비해둔 잔을 유연하게 돌렸다. 바닥에 널브러진 그는 허겁지겁 와인 잔을 입으로 가져갔다. 그의입가에 흐르는 붉은 와인이 피 같았다. 죽음의 색깔. 나는 그가 잔을 비우기 무섭게 와인을 따라주었다.

"나, 죽어가는 건가? 나비처럼."

와인 병이 바닥을 드러나자 용민이 체념이 깃든 목소리로 물었다. 그가 알고 있다는 사실에 나는 새삼스럽게 놀라지 않았다. 조용히 머리를 끄덕거릴 뿐이었다. 그에게도 이야기해줘야 할 시간이 온 것이다.

"날 용서해달라는 말은 하지 않을게. 하지만 날 이해해주길 바래. 너와 나의 관계를 청산하고 싶었을 뿐이야. 너의 머리카락과 내 머리카락을 병원에 맡겼어. 왜 그랬는지 대답하지 않아도 알겠지. 아마 너도 수백 번 망설이고 주저했던 일일 거야. 제발 아니었으면 하는 바람. 순전히 바람으로 끝날 거라는 두려움. 그래. 너와 나는……"

"그만해. 제발."

용민은 머리칼 속으로 떨리는 손가락을 파묻었다.

"그래. 말하지 않을게. 그렇지만 네가 알아야 할 사실이 한 가지 또 있어. 이건 네가 바라던 일일 거야. 네가 뿌린 생명의 씨앗이 내 뱃속에서 자라고 있어. 정혜규에게 네 일기를 넘긴 대가야. 그러나 결과는 내가 바라는 대로 되지 않았어. 정혜규로 인해 나는 결국 ○○문학상에서 참패를 당했으니까. 결국 우리의 계약은 무산된 셈이지. 너도 어쩔 수 없는 일이었지. 어쨌든 나는 네 아이를 낳기로 결심했어. 하지만 이제 내 인생에서 너는 퇴장해줘야겠어."

용민의 흐릿한 눈동자에 물기가 스몄다. 벌어진 입술이 더 벌어졌다. 내 입가에 서서히 퍼지는 조소.

"너와 나의 아이가 태어난다니까 좋으니? 행복하니?"

육 년 전 용민이 나에게 물었던 말을 나는 그대로 반복했다. 그는 가쁜 숨을 몰아쉴 뿐 반응이 없었다. 그가 눈을 감았다. 눈꺼풀에 경련이 일었다.

"잘 키울게. 이 아기가 어떤 모습을 하고 세상에 나오더라도 말이야. 너와 나의 분신이니까. 누구의 아이로 키울는지는 알고 있겠지?"

그의 분신은 내 뱃속에서 금기의 열매로 자랄 것이다. 나에게 그 생명이 악마의 숫자인 또다른 '6'이 되더라도 나는 받아들일 것이다. 그는 곧 깊은 잠에 빠질 것이다. 영원히 깨어나지 않을 잠.

나는 용민이 쓴 소설 파일 내용을 상상했다. 나와 그의 이야기라면 흥미진진하긴 할 것이다. 그 소설을 읽는 민기태가 태동으로 꿈틀대는 내 배에 귀를 기울이며 환한 웃음을 지으리라. 리영 작가의 절필 작품으로 이만하면 괜찮아. 좀 아쉽긴 하지만, 절필 작품으로 센세이션을 일으킬 만해. 전체적인 분위기가 논픽션 같아서 더 좋아. 고백체 문장으로 손보면 훨씬 생생하겠군. 어느 출판사에 넘길 거야? D출판사 어때? 민기태가 의미심장한 멘트를 날릴 것이다. 끌끌끌. 조금 더 살아서 몇 편을 더 써주면 좋았을 텐데. 너와 나를 위해서 말이야. 소설을 꽤 잘 쓰는 친구였는데. 조금 아쉽긴 해. 눈을 찡긋해 보이는 민기태의 표정이 그려졌다. 청첩장도 곧 나올 것이다. 배가 약간 불러 웨딩드레스를 한 치수 큰 걸로 맞춰야 할지도 모르겠다.

용민의 눈이 게슴츠레 넘어갔다. 나비의 눈동자가 생각났다. 나는 그의 눈앞에서 유전자 감식 결과 용지를 발기발기 찢었다. 그를 편하게 보내고 싶었다. 그의 비명이 한숨과 함께 내뱉어졌다. 잘게 찢어진 종이에 라이터 불을 붙였다. 붉고 노란 불꽃이 일어나다가 이내 새까맣게 탔다. 나는 와인을 까만 종이 위에 주르르 부었다. 치이직, 소리를 내며 검은 불꽃이 꺼졌다. 용민의 숨이 끊어지면 그와 나의 분신에 대한 어떤 증거도 남지 않게 되는 셈이었다.

숨을 헐떡거리는 그를 놔두고 집필실로 갔다. 그의 유작이자 나의 마지막 소설을 확인하는 작업이 나를 기다리고 있었다. 그의 신음 소리가 내 등 뒤에서 간헐적으로 들렸다.

나는 용민의 손때가 묻은 노트북을 열었다. 소설 파일을 열자 모니터에 한글이 떴다. 제목이 '악마, 너를 향해 웃다'이다. 용민의 마성적인 작품과 잘 어울리는 제목이다. 나는 침을 삼켰다.

술김에 그가 나에게 이야기한 적이 있었다. 죽어도 쓰지 못하겠다고 한 그가 너와 나의 이야기를 쓰고 싶다고 했다. 어떤 식으로? 내가 심드렁하게 물었다. 내가 너를 죽이고 감옥에 가는 것으로 시작하는 이야기야. 어쩐지 그가 웃고 있다는 생각이 들었다. 그렇게 날 죽이고 싶었어? 내가 비아냥거렸다. 아니, 죽을 만큼 사랑했어. 너를 절대로 놓아주고 싶지 않을 만큼. 용민은 말에는 웃음이 깔려 있었다. 그런 말투와는 달리 그의 눈은 슬퍼 보였다.

'나는 그녀를 죽였다. 그리고 감옥에 갇혔다.' 소설의 첫 문장이었다. 나는 알아챘다. 용민이 말한, 바로 그 이야기라는 것을. 돌연 목덜미가 서늘해졌다. 다음 문장을 읽으려 할 때였다. 휴대폰이 요란하게 울렸다. 누굴까? 이른 아침 시간에. 블라인드가 올라간 창밖 너머 소양강의 물줄기가 보였다. 물안개로 뿌옇다. 물의 도시 춘천에서도 뚝 떨어진 이곳. 별장 전체가 운무와 적막 속에 잠긴 것 같았다.

발신자에 뜬 번호가 낯설었다. 나는 곁눈질로 모니터를 보며 휴대폰을 받았다. 예감이 불투명했다. 아스라이 번지는 물안개처럼.

나는 그녀를 죽였다. 그리고 감옥에 갇혔다. 한 평 남짓한 독방이다. 벽은 온통 막혀 있다. 바깥 공기가 들어오고, 해가 뜨고 지며, 계절이 바뀌는 것을 알 수 있는 작은 창문조차 없다. 군데군데 벗겨진 페인트 사이로는 시멘트 잿빛 맨살이 드러나 있다. 그곳에서 뿜어지는 음산한 냉기는 나의 울퉁불퉁한 몸을 서서히 휘감고는 뼛속까지 파고들어온다. 처음에는 손가락이 떨리고, 이가 딱딱 부딪히다가 급기야 머리에 쥐가 날 지경에 이르곤 한다. 추위와 겹친 금단 현상일지도 모른다.

"여보세요."

"안녕하세요? 박용아 씨."

나는 멈칫했다. 김용아도 아니고 박용아라니. 나를 박용아라고 부르는 전화기 너머의 사람은 누구일까? 늘푸른 보육원 원장이 지어준 이름. 생년월일조차 알 수 없었던 그와 나는 그해가 단지 용띠 해였던 1976년이었다는 근거 하나만으로 용민과 용아로 불려졌다. 그 아이와 내가 쌍둥이 남매라는 걸 끊임없이 인지하며 자란 이름. 이제 아무도 나를 그렇게 호칭하지 않는 이름.

"누구시죠? 전화 거신 분은?"

"……."

말이 없었다.

"여보세요?"

나는 마우스를 움직이면서 무의식적으로 원고를 읽었다.

한쪽 귀퉁이는 변기가 차지하고 있다. 거기서 나는 악취는 눈을 시리게 한다. 후각 기능이 50퍼센트 이상 상실된 상태인데도 그랬다. 금이 간 변기의 테는 잇바디의 누런 프라그처럼 집요하다. 딱 그 자국만큼 담겨진 물속의 이름 모를 자잘한 벌레들. 지속적으로 풍기는 암모니아 냄새는 뭉툭하게 짓이겨진 내 콧속으로 무자비하게 밀려왔다. 몸 안에 번져가는 암모니아 독소들.

독방 수감에 따른 추위와 독소. 내 남은 생애에 붙은 꼬리표다. 더 이상 삶에 대한 미련이 없는 나에게는 부가가치에 불과하며 부록과도 같은 시간일 뿐이다.

"김철호라는 사람입니다."

김철호? 김철호가 누구인가? 이름이 낯설지 않은데 생각이 나지 않았다.

"김철호 씨라고요?"

나는 채근하듯 물었다. 전화를 끊고 싶었다.

"네, 용민의 친구입죠."

"……!"

아, 철호. 용민의 유일한 똘마니 친구로 그를 구해준 사람이었다. 그가 내 작품의 하수인으로 사는 동안 김철호는 당연히 삭제시켜야 할 첫번째 대상이었다. 나보다 그가 먼저 인지해서 그 친구와 연락을 끊고 지냈다. 그의 통화 내역에서 내가 모르는 전화번호는 없었다. 그런데 용민이 나 몰래 연락을 주고받았던 것일까? 이것은 명백한 계약 위반이다. 두 사람 사이에 이루어졌던 무언의 계약들. 내 머릿속으로 한바탕 회오리가 지나갔다.

"여보세요? 듣고 있나요?"

"네, 듣고 있습니다. 말씀하세요."

"얼마 전에 전화를 받았습니다."

"당신 정체가 뭐야? 누구한테 전화를 받았다는 거야?"

"용민을 돌보던 가사도우미라고 하더군요."

"……!"

"그 아줌마가 당신 전화번호를 알려줬어. 한번 가보라고. 용민이가 걱정된다고. 당신이 용민에게 저질렀던 일들, 나는 다 알고 있어. 그러니까 이제 그만 멈춰!"

무엇을 알고 있다는 말일까. 머리털이 쭈뼛하고 곤두섰다. 전화기 속 남자는 소리 없이 웃고 있는 듯했다. 나는 휴대폰을 떨어뜨렸다.

마우스를 움직일 때마다 원고 페이지가 넘어가고 있었지만 글자가 눈에 들어오지 않았다. 어디선가 나를 향해 송곳니를 곤두세우며 키득거리는 웃음소리가 들려올 뿐이었다. 소름이 끼쳤다. 원고의 글자들이 내 목을 조를 듯 노려보고 있었다. 나는 글자에서 눈을 떼지 않았다. 기필코 확인해야 했다. 소설 속에서 용민이 끝내 살아 있는지, 그리고 용민이 정말 나를 죽이는지. 그때 침실 쪽에서 작은 기척이 들렸다. 환청이야! 그래 환청일 뿐이야. 나는 핏발선 눈으로 원고를 집요하게 읽어나갔다. 원고에서 눈을 떼는 순간, 내 등을 덮쳐오는 검은 그림자에게 잠식당할지도 모른다는 두려움이 엄습했다.

두 손을 펼쳐본다. 그나마 멀쩡한 신체다. 손가락을 꿈틀거리다가 옹이진 관절을 무심히 꺾는다. 뚝, 뚝. 관절이 내지르는 소리는 제법 경쾌하다. 힘을 주었던 손가락 마디마디는 생명의 세포들이 숨을 멈추었던 시시각각을 기억하고 있다. 몸의 기억은 정신의 기억보다 훨씬 더 자극적이고 또렷하다. 실인을 저질렀던 순간을 고스란히 기억하고 있는 나의 손가락들……

뚝 멈추어진 원고. 나는 황급히 엔터키를 눌렀지만 페이지가 넘어가지 않았다. 고작 이것이던가. 모니터 화면에는 아무것도 보이지 않았다. 그러나 나는 느낄 수 있었다. 나에게 다가오는 검은 그림자의 기운을. 나는 뒷목이 뻣뻣해져서 뒤를 돌아볼 수가 없었다. 무궁화 꽃이 피었습니다. 무궁화 꽃이 피, 었, 습, 니, 다.
그의 목소리가 메아리처럼 들렸다.

나는 그녀를 죽였다. 그리고 감옥에 갇혔다. 한 평 남짓한 독방이다. 벽은 온통 막혀 있다. 바깥 공기가 들어오고, 해가 뜨고 지며, 계절이 바뀌는 것을 알 수 있는 작은 창문조차 없다. 군데군데 벗겨진 페인트 사이로는 시멘트 잿빛 맨살이 드러나 있다. 그곳에서 뿜어지는 음산한 냉기는 내 울퉁불퉁한 몸을 서서히 휘감고는 뼛속까지 파고들어온다. 처음에는 손가락이 떨리고, 이가 딱딱 부딪히다가 급기야 머리에 쥐가 날 지경에 이르곤 한다. 추위와 겹친 금단 현상일지도 모른다.

한쪽 귀퉁이는 변기가 차지하고 있다. 거기서 나는 악취가 눈을 시리게 한다. 후각 기능이 50퍼센트 이상 상실된 상태인데도 그랬다. 금이 간 변기의 테는 잇바디의 누런 프라그처럼 집요하다. 딱 그 자국만큼 담겨진 물속의 이름 모를 자잘한 벌레들. 지속적으로 풍기는 암모니아 냄새는 뭉툭하게 짓이겨진 내 콧속으로 무자비하게 밀려온다. 몸 안에 번져가는 암모니아 독소들.

독방 수감에 따른 추위와 독소. 내 남은 생애에 붙은 꼬리표다. 더 이상 삶에 대한 미련이 없는 나에게는 부가가치에 불과하며 부록과도 같은 시간일 뿐이다.

두 손을 펼쳐본다. 그나마 멀쩡한 신체다. 손가락을 꿈틀거리다가 옹이진 관절을 무심히 꺾는다. 뚝, 뚝. 관절이 내지르는 소리는 제법 경쾌하다. 힘을 주었던 손가락 마디마디는 생명의 세포들이 숨을 멈추었던 시시각각을 기억하고 있다. 몸의 기억은 정신의 기억보다 훨씬 더 자극적이고 또렷하다. 살인을 저질렀던 순간을 고스란히 기억하고 있는 나의 손가락들.

교도서 수감자 대부분은 흰색 명찰이다. 특별히 '관심 대상자'인 수감자만이 색깔 있는 명찰을 단다. 빨간색 명찰은 사형수, 파란색은 강력범, 노란색은 우울증 환자로 구별된다. 나는 파란색 명찰을 가슴에 달고 있다. 그러나 그 외에도 나를 말하는 다른 한 가지가 더 있으리라고 짐작된다. 노란색 명찰이 그것이다. 일그러진 얼굴과 살인이라는 죄명은 파란색 명찰의 강력범을 방불케 했지만 침묵을 일관하는 내 태도는 우울증 증상이기 때문이다.

하지만 그 어떤 죄명으로도 규명될 수 없는 엄청난 감정의 굴곡들이 나를 지배하고 있다. 명찰 정도로 간단하게 명시되거나 설명될 수 없는 것들.

그런 의미에서 내가 지은 죄에 대한 형벌은 너무 가볍다. 판사가 내린 법적 이유는 지극히 타당할지 모르지만. 살인에 대한 정당방위가 성립되었다고 했다. 가해자인 내가 공황 상태인 데다가 곧바로 시인했다는 것이 정상 참작되었다. 독극물 중독에 의한 일시적 정신착란을 일으킨 것이라는 의사의 소견서도 첨부되었다고 들었다. 독극물 중독 치료. 끈질기게 거부하는 중이다.

사람을 죽인 일은 이번이 처음은 아니다. 내 손으로 죽인 또 한 사람이 있다. 그 사실만은 끝까지 은폐할 것이다. 그 때문에 감옥에서 평생 썩을 운명의 사내야말로 나와 그녀의 비틀어진 인생의 덜미를 최초로 움켜쥔 자였으므로.

나는 사람의 악력에 새삼 감탄했다. 실로 대단한 힘이었다. 악력에 의해 그녀 목덜미가 학 모가지처럼 길고 가늘어졌을 때 부릅뜬 그녀의 동공은 금방 튀어나올 듯 부풀어 올랐다. 그동안 사람의 손이 살해 가능한 무기라는 것을 모르고 살았다는 게 신기할 정도였다. 얇은 막으로 부풀어 오른 흰자위에 실핏줄이 도드라졌다. 그 순간 나도 그녀와 똑같이 눈이 튀어나왔고 숨통이 조여왔다. 기도가 막혀 캑캑거리는 그녀에게 비뚤어진 입으로 바람 빠진 소리를 냈다. 그것은 말이라기보다 괴성에 가까웠다. 짐승의 소리. 주욱자아! 우리이 가치이 주욱느은 거어야야. 내 눈에 눈물이 흘렀다. 그녀 뱃속에 막 발아하기 시작한 생명에 대한 최소한의 연민이었다. 그러나 그 생명은 세상에 나오지 말아야 할 태아다.

그녀는 오래전부터 나를 죽이려고 계획해왔었다. 의사의 소견서에 기록된 독극물 중독이 그 증거다. 그것을 안 이상 나도 더 이상 살아가야 할 이유를 찾을 수 없었다. 내가 없는 그녀란 있을 수 없는 존재였기 때문이다. 나는 친구에게 모든 사실을 털어놓았다. 경찰과 친구가 동시에 들이닥쳤지만 모든 일이 끝났을 때였다.

그녀의 목을 누를 때 나는 거의 환각 상태였다. 육체를 빠져나와 이만치 서 있는 상태였다. 그리고 상황을 관망하는 자세로 지켜보았다. 유체 이탈의 상태. 그 상황을 은근히 즐기고 있는 스스로를 발견했다. 그 순간 일종의 쾌감을 느끼고 있었는지도 모른다. 마치 앞니로 갈아댄 초콜릿의 달고 쓴 맛을 혓바닥으로 천천히 음미하듯이.

그녀는 필사적으로 버둥거렸고, 피가 몰린 그녀의 보랏빛 얼굴 위로는 내 땀방울이 뚝뚝 떨어졌다. 그녀와 나는 동시에 죽어가고 있었다. 한 번도 느껴보지 못한 극치에 대한 경험이었다. 그것을 내심 즐기고 있긴 했지만 그만큼 고통스리웠던 것도 사실이다. 고통을 잊기 위해 의사 소견서대로 잠시 정신 착란을 일으켰던 것은 아니었을까.

그녀를 죽이는 순간순간이 슬라이드 필름을 보는 것처럼 흘러간다. 바르르 떨고 있던 그녀의 손목이 축 늘어졌고, 동시에 내 악력도 힘이 풀렸다. 모르겠다. 그때 딸깍, 혹은 꼴까닥, 이라는 숨이 끊어지는 소리가 들렸는지도. 비현실적이지만 가장 사실적인 단말마의 소리.

나는 성치 않은 몸을 이끌고 앞으로 나아갔다. 두 팔로 몸을 끄는 자세였기 때문에 푹신한 양탄자가 거치적거렸다. 그러나 끈질기게 한곳으로 나아갔다. 역 광장에서 찬송가 따위를 틀어놓고 하반신 고무 옷을 끌며 어기적거리는 걸인처럼.

간신히 손에 닿은 휴대폰. 내 얼굴은 땀으로 번들거렸고 열 개의 손가락은 경련이 일어나 뻣뻣해졌다.

"빠아리 이고옷으로오 오아주우세에여. 사아라암이 주거었소오. 내애가아 사아라암으을 주우겨였다아니까아."

전화기 속에서는 연방 네, 뭐라고요? 다시 한 번 똑똑히 말씀해 주세요. 옆에 다른 사람 없습니까? 라는 동시다발적인 재우침이 들렸다. 내 목소리는 심하게 떨렸고 언어는 해체되었다.

소양강을 휘돌아 굽이치는 신북읍 천전리 별장. 사람의 발길도 뜸한 그곳에 사이렌 소리가 요란하게 들렸고 나는 그 자리에서 체포되었다. 범죄 사실을 순순히 인정했고 시종일관 냉정한 모습으로 침묵했다. 그녀가 세상과 연을 끊은 순간, 나도 더 이상 이 세상 사람이 아니었기 때문이다. 죽은 자에게 세속에 대한 번민과 후회와 슬픔 따위는 없다. 슬픔과 후회는 살아남은 자들의 몫이고 죽은 자들은 말이 없다. 인권 변호사도 부인했다. 만약 인권 변호사가 변호를 맡았다면 형량이 줄어들었을까. 어쨌든 나에게는 별 의미가 없는 일이다.

흉측스런 몰골로 인해 나는 독방에 수감되는 특혜를 받았다. 다행한 일이다. 나는 수감된 그날부터 말문이 막혔다. 정신적 충격에 의한 실어증이라고 했다. 반쯤 꼬인 혀와 말린 입술로 바람 새는 말을 하기보다는 실어증인 편이 훨씬 나을 것이다.

나는 배식이 들어오면 먹고, 똥이 마려우면 변기에 고꾸라질 듯 주저앉아 똥을 싸고, 잠이 오면 잤다. 결단코 살기 위한 활동이 아니었다. 단지 거부 행동으로 작은 소요도 일으키고 싶지 않은 탓이었다. 숨을 쉬는 유기체는 스스로의 선택과 판단에 따른 몸짓을 하는 반면, 무기체는 애초에 입력된 기초적인 움직임만을 보이는 것과 같은 맥락이라고 해야 할 것이다.

그렇게 날짜가 흘러가고 있었다. 밝음과 어둠이 번차례로 교차되긴 했지만 그것이 얼마 동안인지 가늠이 되지 않았다. 나에게 한 통의 편지가 오기 전까지. 정혜규였다. 선생님 소식 들었습니다. 친구분이 저를 찾아오셨더라고요, 라고 시작하는 편지의 내용. 나는 새까맣게 잊고 있었다. 내가 친구에게 모든 사실을 털어놓았다는 것도, 또 정혜규와 했던 약속도. 정혜규의 편지는 무기력과 무의미한 나날을 보내는 내 속에서 강렬한 욕망을 부추겼다. 그것은 창작에 대한 욕망의 비등점이었다.

세상에 맙소사! 느닷없는 이 감정을 어떻게 설명해야 할까? 극단적인 만큼 절박했고 매혹적이기까지 했다. 나는 당황했다. 이미 차갑게 식어버린 심장에서 펌프질된 피돌기가 정맥과 동맥을 타고 원활히 순환을 하는 것과 비슷한 기분이었으니까.

그것은 내 이름으로 된 이야기를 세상에 내놓고 싶다는 발현의 욕구와도 맞물렸다. 아무리 생각하고, 또 생각해도 이율배반적이다. 나는 그것을 순순히 받아들이기로 했다. 그것을 굳이 누르려는 것도 유기체의 자발적인 행동이라는 자기 합리화를 덧붙여가며.

처음으로 문을 두드렸다. 교도관을 부르기 위해서다. 노트, 연필, 지우개, 커터 칼. 더듬거리는 말로 교도관에게 부탁했다. 몇 번의 말이 오고 감으로 겨우 의사가 소통되었다. 이 사람아. 칼은 안 되지. 대신 샤프펜슬이라면 넣어줄 수도 있어. 그것도 끝이 뾰족하긴 하지만 뭐, 위험한 정도는 아니니까. 사람 좋아 보이는 교도관은 친절했다. 나는 45도 어긋난 머리를 흔들었다. 고마움을 표시하는 나름의 제스처였다. 교도관은 상부에 보고할 사항이 생긴 걸로 흡족해하는 눈치였다. 몸이 불편하다거나 또 필요한 게 있으면 언제든지 날 불러, 라는 말을 덧붙인 걸 보면 그랬다.

교도관은 저녁 배식과 함께 몇 권의 노트와 샤프펜슬과 지우개를 넣어주었다. HB 0.5 두께의 샤프심 두 통도 노트 위에 놓여 있었다. 이만하면 어느 정도 글을 쓸 만한 준비는 갖춘 셈이었다.

노트에 글을 써본 기억이 아득하다. 예전에 썼던 일기를 빼고는. 그 일기장은 아직도 천전리 별장 집필실 책상 서랍 속에 깊이 잠자고 있을까. 어쩌면 누군가의 손에 폐기처분되었을지도 모르겠다. 이제 그 시절에 대한 기록은 나에게 아무런 의미가 없다. 치욕은 또 다른 치욕에 의해 치료되는 걸까. 여러 가지 생각이 교차되었다. 무엇인가를 생각해본 것도 오래간만의 일이다.

노트를 펼쳤다. 샤프펜슬을 손에 쥐고 종이 위에 글자를 쓰려는 순간이었다. 검은 심이 뚝, 부러졌다. 손이 굳은 탓이다.

오랜 시간 노트북 자판 위를 달리던 손가락들이었다. 머리는 이미지와 생각들로 가열 상태였고 손가락은 문장을 만들기 위해 자판 위를 질주했다. 때로 손가락들이 생각을 미처 좇지 못해 허둥거린 적도 있었다. 글을 쓰기에는 전혀 맞지 않을 만큼 투박하고 거친 나의 손. 용접공으로 일해온 시간들이 글을 썼던 날들보다 훨씬 길었던 탓이다. 지난 몇 년 동안 나의 손은 그녀의 하수인이었다. 그 덕에 그녀의 이름이 세상에 알려졌고 그녀는 자신의 거짓 욕망을 채울 수 있었다. 그것이 다는 아니다. 나는 머리를 절레절레 흔든다. 내 손으로 한 행위들이 단지 그녀의 욕망만을 채우기 위해서였을까. 그녀를 통해서라도 내가 쓴 작품을 세상에 내놓고 싶은 또 다른 욕망은 아니었을까? 내 안에 들끓고 있는 무엇. 쓰지 않고는 견딜 수 없는 무엇, 나를 드러내기보다는 작품 자체로 충일했던 기억들.

모든 게 끝났다. 그녀의 마지막은 결국 나의 마지막이었으므로. 두 사람은 둘인 동시에 하나였고 하나인 동시에 둘이었다. 이제 더 이상, 연민도 사랑도 회한도 없다.

나와 그녀가 동일시되었던 이야기. 너무 길고 아슴푸레해서 종종 기억의 갈피를 더듬어야 할 것이다. 일종의 고해성사와 같은 이야기. 두껍고 따분한 책의 난해한 대목과 그 행간 속 의미 때문에 페이지를 되넘기며 읽어야 하는 종류의 이야기가 될지도 모르겠다.

그녀와 나를 동일시한다는 것 자체가 지나치게 주관적인 생각일 수도 있다. 하지만 내 입장에서는 도무지 객관적일 수가 없다. 그래서 나는 한 발자국 떨어져 보려고 하는 것이다. 저만치 떨어져서 스스로를 뚫어져라 바라보는 일을 시도한다. 내 안에 갇혀 그동안의 일을 다 기록하려면 아무리 치우치지 않는다고 해도 기껏해야 신세 한탄조의 넋두리나 중언부언하는 독백에 지나지 않을지도 모르기 때문이다.

나는 거울에 나를 비쳐보는 일을 상상한다. 거울은 그것을 바라보는 내 눈으로 직접 확인할 수 없는 뒤의 배경까지 모두 볼 수 있는 물건이다. 내가 뒤를 돌아보는 순간 배경들은 그대로 딱 멈춰 있거나, 원래 있었던 무엇이 사라지기도 하고 없었던 무엇이 배치될 수도 있다.

무궁화 꽃이 피었습니다, 라는 말을 외치며 고개를 돌렸을 때 꼼짝하지 않고 멈춰야 했던 놀이. 딱 멈추고 있던 친구들은 나를 술래의 올가미에 얽으려는 불순 세력과 다르지 않다. 내가 다시 '무궁화 꽃이 피었습니다'를 외치기 위해 등을 돌렸을 때 거울 속 배경에 해당하는 아이들은 나를 향해 차츰차츰 다가오고 있다. 거대한 음모와 다르지 않다. 인생의 거울을 바라보던 어린 나에게 다가왔던 불순 세력의 그림자. 음모의 실체.

나는 너무 늦게 깨달았다. 뒤돌아서 불순한 실체를 확인하기보다 거울을 응시하는 것이 내 뒤에 벌어지고 있는 음험한 실체를 목도할 수 있다는 것을 말이다.

어느 순간 거울에 비친 세계가 깜깜해졌다. 거울에 비친 내 모습만 정교하게 오려진 채. 길은 잃은 것이다. 그때부터 나를 향해 다가오는 배후를 알 수가 없었다. 참 이상한 일이다. 그 속에는 나도 엄연히 가담하고 있었는지도 모르는데.

검은 거울. 거울 속 나와 닮은, 아니 닮았다고 믿어 의심치 않았던 그녀가 사랑스런 얼굴로 나를 향해 웃고 있다. 네가 바라보는 내가 바로 우리의 진실이라고. 곧이어 그녀가 조근조근 말을 한다. 그것은 하나의 문장이었고 이야기였다. 거의 입술을 움직이지 않지만 자세히 보면 그녀의 입술은 글자 발음에 따라 움직이고 있었다. 마치 복화술을 하는 것 같았다. 아무리 귀를 기울여도 그녀의 목소리는 들리지 않았다. 당연하다. 그녀는 입 모양만을 가지고 문장과 이야기를 흉내 내왔으므로.

나는 하얀 노트 위에 문장을 써 내려가기 시작한다. 자전적 요소가 농후한 두 사람의 이야기. 나의 이름을 달고 세상에 나갈 최초의 장편소설이 될 것이다.

귓전에서 떠나지 않는 소음. 깊이 잠든 작은 짐승의 나지막한 숨결로 들리기도 한다. 공기 속에 스며는 숨결은 나의 울퉁불퉁한 맨살을 차갑게 쓰다듬는다. 8월도 다 갔다. 끝물이 오른 초록의 나무들은 더위에 축축 늘어져 있다. 창밖 풍경이다. 바깥은 막바지 더위로 후텁지근할 것이다.

소음이 제로에 가까운 최신형 에어컨디셔너. 천장에 설치되어 있는 터라 실내에는 에어컨 외풍기 팬 돌아가는 소음이 철저히 차단되었다. 그런데도 불구하고 나는 그 소리에 민감하게 반응했다. 후각 기능이 거의 상실되면서 유독 청각 기능만이 예민해진 것인지도 몰랐다……

문학 외피에 관한 이야기입니다. 문학 내피도 채 숙련되지 못해 힘겨워하면서 외피까지? 네 까짓 게 뭘 안다고? 문학에 대해 외람되었다는 자책이 듭니다. 그래도 쓰고 싶었고, 썼습니다. 그것으로 만족해야겠지요.

내가 만든 이 이야기 안에는 간절하게 문학을 열망해서 뜨겁다 못해, 냉혈 같은 욕망들이 즐비합니다. 그 속에 나라는 사람도 어떤 모습으로든, 존재하고 있을 것입니다.

혼탁한 이야기 하나, 세상에 내놓으면서 나 스스로가 정화되었으면 하는 바람을 품어봅니다. 이 또한 욕심이겠지요.

소설로서 한 발을 떼고 이제 두번째 걸음마입니다. 다음 발 디딜 곳, 또 열심히 두리번거려야 하겠지요.

문학 앞에선 속절없이 작아지기만 합니다. 갈 길도 멀거니와 길 눈조차 어둡습니다. 거칠고, 투박하고, 뒤뚱거리는 걸음걸이지만 나에게 주어진 길이니까 타박타박, 뚜벅뚜벅 걸어가야겠지요.

이 글을 쓰기 위해 연희문학창작촌과 만해마을에 빚을 졌습니다. 두번째 소설을 낳게 해준 두 창작 집필실에 감사하다는 말을 전합니다. 나의 영원한 스승, 조동선 선생님 오랫동안 강건하셨으면 좋겠습니다.

2012년 봄날, 만해마을 문인의 집 418호에서

이선영

그 남자의 소설

© 이선영, 2012

초판 1쇄 인쇄일　2012년 5월 23일
초판 1쇄 발행일　2012년 5월 30일

지은이 이선영　　　　**펴낸이** 강병철　　　　　　**주간** 정은영
책임편집 임자영　　　**편집** 황여정 최민석 허원
제작 고성은 김우진　　**마케팅** 조광진 장성준 박제연 이도은
홍보 전소연　　　　　　**e-콘텐츠 사업** 정의범 조미숙 이혜미

펴낸곳 자음과모음　　　**출판등록** 2001년 5월 8일 제20-222호
주소 121-840 서울시 마포구 서교동 396-33
전화 편집부 (02)324-2347, 경영지원부 (02)325-6047
팩스 편집부 (02)324-2348, 경영지원부 (02)2648-1311
이메일 munhak@jamobook.com
홈페이지 www.jamo21.net

ISBN 978-89-5707-652-1 (03810)

잘못된 책은 교환해드립니다.
저자와의 협의하에 인지는 붙이지 않습니다.